ro
ro
ro

Armistead Maupin, geboren 1944 in Washington, studierte Literatur an der University of North Carolina und arbeitete als Reporter für eine Nachrichtenagentur. Er schrieb für Andy Warhols Zeitschrift *Interview*, die *New York Times* und die *Los Angeles Times*. Seine Geschichten aus San Francisco, die berühmten «Tales of the City», verfasste er über fast zwei Jahrzehnte als täglichen Fortsetzungsroman für den *San Francisco Chronicle*. Maupin lebt mittlerweile in Großbritannien.

ARMISTEAD MAUPIN

MEHR STADTGESCHICHTEN

ROMAN

Aus dem Englischen
von Heinz Vrchota

ROWOHLT TASCHENBUCH VERLAG

Die amerikanische Originalausgabe erschien 1980 unter dem Titel
«More Tales of the City» bei The Chronicle Publishing Company, San Francisco.

Die vorliegende deutsche Fassung von «Mehr Stadtgeschichten» wurde für diese Neuausgabe sprachlich durchgesehen. Im Zuge dessen waren einzelne, zum Zeitpunkt der ursprünglichen Übersetzung gewählte Begrifflichkeiten zu ändern, da sie den Differenzierungen des Originals keine Rechenschaft trugen. Weitere damals noch übliche Formulierungen des englischen Originaltexts wurden aus Gründen der Werktreue äquivalent übersetzt beibehalten.

Überarbeitete Neuausgabe
Veröffentlicht im Rowohlt Taschenbuch Verlag, Hamburg, Mai 2024

Covergestaltung FAVORITBUERO, München
Coverabbildung Shutterstock
Satz aus der Martina Plantijn bei CPI books GmbH, Leck
Druck und Bindung GGP Media GmbH, Pößneck
ISBN 978-3-499-01453-6

FSC www.fsc.org
MIX
Papier | Fördert gute Waldnutzung
FSC® C014496

Für Ken Maley

As the poets have mournfully sung,
Death takes the innocent young,
The rolling in money,
The screamingly funny,
And those who are very well hung.

Von den Dichtern beklagt und besungen,
Nimmt der Tod sich die unschuldgen Jungen,
Die steinreichen Protzer,
Die komischen Motzer,
Und die, die gar üppig behungen.

W. H. Auden

A Barbary Lane 28
B The Buena Vista
C Come Clean Center
D D'orotheas Haus
E Bay Area Crisis Switchboard
F Malvina's
G Dr. Fieldings Praxis
H Halcyon Communications
I Washington Square Bar and Grill
J The Endup
K Beauchamps und DeDes Penthouse
L Perry's
M Mrs. Madrigals Buchladen
N The Twin Peaks
O Sutro Baths
P Bohemian Club
Q University Club
R Club Baths
S Residenz der Hampton-Giddes
T Twinkie-Keksfabrik
U Caffè Sport
V The Stud
W Glibb Memorial Church
X Ruby Millers Bungalow
Y Sam Woh's
Z Zim's

ROCKS
PACIFIC OCEAN
THE PRESIDIO
GOLDEN GATE
PALACE OF THE LEGION OF HONOR
PALACE OF FINE ARTS
VAN NESS
AQUATIC PARK
RUSSIAN HILL
COLUMBUS
CHINATOWN
NORTH BEACH
FILBERT STEPS
COIT TOWER
TELEGRAPH HILL
BROADWAY
THE EMBARCADERO
SAN FRANCISCO BAY
N

Herzchen und Blümchen

Die Valentinskarte war ein selbst gemachter Mischmasch aus viktorianischen Engelsköpfen mit Flügeln, gepressten Blumen und rotem Flitter. Mary Ann Singleton warf einen Blick darauf und quietschte vor Freude.

«Mouse! Die ist ja vielleicht toll. Wo hast du nur diese entzückenden kleinen ...?»

«Mach sie mal auf.» Michael grinste.

Als sie die illustriertengroße Karte aufklappte, sah sie eine Inschrift in Jugendstil-Lettern: MEINE GUTEN VORSÄTZE ZUM VALENTINSTAG. Darunter folgten zehn nummerierte Leerzeilen.

«Siehst du», sagte Michael, «du sollst selber was reinschreiben.»

Mary Ann beugte sich zu ihm hinüber und gab ihm ein Küsschen auf die Wange. «Bin ich denn so verkorkst?»

«Und ob. Ich verschwende meine Zeit doch nicht mit Leuten, die alles auf der Reihe haben. Willst du mal *meine* Liste sehen?»

«Verwechselst du da nicht was mit Neujahr?»

«Ach, das ist doch Kleinkram. Rauchen-Essen-Trinken-Vorsätze. Aber das hier sind ... verstehst du ... das sind die Hardcore-Vorsätze, die Vielleicht-diesmal-, Aufgeschoben-ist-nicht-aufgehoben-, Morgen-ist-auch-noch-ein-Tag-Vorsätze.»

Er griff in die Tasche seines karierten Flanellhemds und gab ihr ein Blatt Papier:

MICHAEL TOLLIVERS DRECKIGE DREISSIG FÜR 1977

1. Ich werde von keinem sagen, dass er eine «Nellie» oder «butch» ist, wenn er nicht so heißt.
2. Ich werde Frauen, die mich mögen, nicht gleich zu Schwulenmuttchen erklären.
3. Ich werde die Hoffnung aufgeben, dass ich Jan-Michael Vincent in der Sauna treffe.
4. Ich werde Poppers nur durch den Mund inhalieren.
5. Ich werde im YMCA nicht länger als eine halbe Stunde unter der Dusche bleiben.
6. Ich werde mir nicht mehr den Kopf darüber zerbrechen, welche Farbe mein Signaltuch hätte, wenn ich eines tragen würde.
7. Ich werde irgendwann eine Tucke jenseits der fünfzig zu einem Drink einladen.
8. Ich werde die stille Hoffnung aufgeben, dass sich alle attraktiven Männer als hirnlos und langweilig herausstellen.
9. Ich werde im Glory Holes mit meinem richtigen Namen unterschreiben.
10. Ich werde mich langsam wieder an die Religion herantasten, indem ich in der Grace Cathedral Konzerte besuche.
11. Ich werde mich dabei allerdings nicht an die Männer in der Grace Cathedral herantasten.
12. Ich werde bei der Wahl zur schwulen Miss San Francisco *niemandem* meine Stimme geben.
13. Ich werde mich mit einem Hetero anfreunden.
14. Ich werde mich nicht darüber lustig machen, wie er geht.
15. Ich werde ihm nichts von Alexander dem Großen, Walt Whitman oder Leonardo da Vinci erzählen.
16. Ich werde keinem Politiker meine Stimme geben, der den Begriff «schwule Gemeinde» benutzt.

17. Ich werde nicht flennen, wenn Mary Tyler Moore ihre letzte Show hat.
18. Ich werde meinen nicht abmessen, ganz egal, wer mich danach fragt.
19. Ich werde das Jacutin nicht mehr verstecken.
20. Ich werde kein Lacoste-Hemd kaufen, kein Marimekko-Kissen, keine gebrauchte Ehrenjacke für Sportler, kein All-American-Boy-T-Shirt, keine Halskette mit Rasierklinge dran und schon gar nicht irgendwas aus Jeansstoff.
21. Ich werde lernen, alleine zu essen und es zu mögen.
22. Ich werde in meiner Fantasie nicht mehr mit Feuerwehrmännern rumspielen.
23. Ich werde zu Hause keinem erzählen, dass ich bloß noch nicht die Richtige gefunden habe.
24. Ich werde auf der Castro Street im Anzug herumlaufen und damit keine Schwierigkeiten haben.
25. Ich werde weder Bette Davis noch Tallulah Bankhead noch Mae West und auch nicht Paul Lynde nachmachen.
26. Ich werde pro Abend nicht mehr als ein Sandwich-Eis von It's-It essen.
27. Ich werde mich ganz passabel finden.
28. Ich werde jemand Netten kennenlernen, und zwar weit weg von einer Bar oder der Sauna oder einer Rollschuhbahn, und ich werde mich hoffnungslos, aber ganz konventionell in ihn verlieben.
29. Ich liebe dich!, werde ich aber erst sagen, wenn er es schon gesagt hat.
30. Den Teufel werd ich tun.

Mary Ann legte das Blatt weg und sah Michael an. «*Du* hast dreißig Vorsätze. Warum darf ich nur zehn haben?»

Michael grinste. «Du hast es nicht so schwer im Leben.»

«Was du nicht sagst, du schwules Chauvischwein!»

Sie rückte der Valentinskarte mit einem Flair-Filzstift zu Leibe und kritzelte die ersten vier Leerzeilen voll. «So, jetzt zieh dir *das* mal rein!»

1. Ich werde dieses Jahr den Richtigen kennenlernen.
2. Er wird nicht verheiratet sein.
3. Er wird nicht schwul sein.
4. Er wird nicht in Kinderpornos machen.

«Aha», sagte Michael mit einem verschmitzten Lächeln. «Du gehst also nach Cleveland zurück, hm?»

Auf ein Neues

Sie ging *nicht* nach Cleveland zurück. Sie flüchtete nicht nach Hause zu Mommy und Daddy. So viel stand fest. Trotz aller Heimsuchungen war sie gern in San Francisco, und sie liebte ihre zusammengewürfelte Familie in Mrs. Madrigals gemütlichem altem Haus in der Barbary Lane.

Was störte es da, dass sie immer noch Sekretärin war?

Was störte es da, dass sie den Richtigen noch nicht getroffen hatte ... oder wenigstens einen Passablen?

Was störte es da, dass sich Norman Neal Williams, die einzige Beinaheliebschaft ihres ersten halben Jahrs in San Francisco, als Privatdetektiv entpuppt hatte, der nebenbei in Kinderpornos gemacht hatte und schließlich an Heiligabend von einer Klippe am Meer in den Tod gestürzt war?

Und was störte es da, dass sie nie den Mut aufgebracht hatte, außer Mouse noch jemandem von Normans Tod zu erzählen?

Wie Mouse es ausdrücken würde: «Im Vergleich zu Cleveland sieht selbst Scheiße noch aus wie Gold!» Ihr war klar, dass Mouse ihr bester Freund geworden war. Er und seine spaßige, aber herzallerliebste Mitbewohnerin Mona Ramsey waren im Lauf ihrer teils glorreichen, teils qualvollen Initiation in das wirkliche Leben von San Francisco stets ihre Mentoren gewesen und hatten ihr treu zur Seite gestanden.

Sogar Brian Hawkins, ein sexbesessener Kellner, dessen Annäherungsversuche sie einst so gestört hatten, war in letzter Zeit dazu übergegangen, noch recht unbeholfene, aber doch gewinnende Freundschaftsangebote zu machen.

Die windschiefe, efeuumrankte Hütte in der Barbary Lane 28 war jetzt Mary Anns *Zuhause*, und die einzige Elternfigur in ihrem Leben war Anna Madrigal, eine Vermieterin, deren schräger Charme und exzentrisches Wesen auf dem Russian Hill legendär waren.

Mrs. Madrigal war ihrer aller wahre Mutter. Sie erteilte ihnen Ratschläge, schimpfte mit ihnen und hörte sich unerschütterlich die Berichte über ihre amourösen Niederlagen an. Wenn alles nicht half (aber auch sonst), belohnte sie ihre «Kinder» damit, dass sie ihnen Joints aus selbst gezogenem Gras an die Wohnungstür klebte.

Mary Ann rauchte inzwischen Gras wie eine altgediente Kifferin. Kürzlich hatte sie allen Ernstes daran gedacht, sich in der Mittagspause bei Halcyon Communications einen anzustecken. So groß war die Pein, die sie unter dem neuen Regime Beauchamp Days zu ertragen hatte, des arroganten jungen Mannes aus bestem Hause, der durch den Tod seines Schwiegervaters Edgar Halcyon auf dem Chefsessel der Werbeagentur gelandet war.

Mary Ann hatte Mr. Halcyon sehr gemocht.

Und zwei Wochen nach seinem unzeitigen Ableben (am Heiligen Abend) hatte sie erfahren, wie sehr er *sie* gemocht hatte.

«Rühr dich nicht von der Stelle», ermahnte sie Michael voller Ausgelassenheit. «Ich habe nämlich *auch* eine Überraschung für dich!»

Mary Ann verschwand im Schlafzimmer und tauchte Sekunden später mit einem Umschlag in der Hand wieder auf. In einer sehr akzentuierten Handschrift war ihr Name darauf zu lesen. Die Karte in dem Umschlag war ebenfalls mit der Hand geschrieben:

Liebe Mary Ann,
inzwischen haben Sie bestimmt eine kleine Aufheiterung nötig. Das beiliegende Geschenk ist für Sie und einen Freund oder eine Freundin. Fahren Sie irgendwohin, wo nicht nur die Sonne lacht. Und lassen Sie sich von dem kleinen Mistkerl nicht unterkriegen.
Stets der Ihre
EH

«Ich kapier überhaupt nichts», sagte Michael. «Wer ist EH? Und was war drin in dem Umschlag?»

Mary Ann platzte schon fast. «Fünftausend Dollar, Mouse! Von Mr. Halcyon, meinem alten Chef! Sein Anwalt hat mir den Umschlag letzten Monat gegeben.»

«Und wer ist der ‹kleine Mistkerl›?»

Mary Ann lächelte. «Das ist Beauchamp Day, mein neuer Chef. Mouse, ich hab zwei Tickets besorgt für eine Kreuzfahrt nach Mexiko. Auf der *Pacific Princess*. Hättest du Lust mitzukommen?»

Michael sah sie entgeistert an. «Willst du mich verarschen?»

«Nein.» Mary Ann kicherte.

«Is ja ’n Ding!»

«Kommst du mit?»

«Ob ich *mitkomme*? Wann? Wie lange?»

«In einer Woche. Elf Tage. Aber wir müssten gemeinsam in eine Kabine, Mouse.»

Michael sprang auf und umarmte sie. «Dann verführen wir die Leute eben im *Schichtbetrieb*!»

«Oder wir angeln uns einen netten Bisexuellen.»

«Mary Ann! Ich bin schockiert!»

«Oh, freut mich!»

Michael hob sie hoch. «Wir werden braun werden wie die Kaffeebohnen. Und wir suchen dir einen Liebhaber ...»

«Dir aber auch.»

Er ließ sie wieder runter. «Bitte nicht gleich zwei Wunder auf einen Schlag.»

«Ach, Mouse, sei kein Pessimist.»

«Ich bin bloß realistisch.» Michael litt noch immer unter einer kurzen Affäre mit Dr. Jon Fielding, einem hübschen blonden Gynäkologen, der ihn als Liebhaber eliminiert hatte, als er Zeuge seines Auftritts beim Jockey-Shorts-Tanzwettbewerb im Endup geworden war.

«Sieh mal», sagte Mary Ann gelassen, «wenn *ich* dich attraktiv finde, dann gibt's in *dieser* Stadt bestimmt haufenweise Männer, denen es genauso geht.»

«Ach», meinte Michael gallig, «die wollen doch alle nur was Großes.»

«Na, jetzt hör aber auf!»

Michael reagierte manchmal wegen der dümmsten Sachen empfindlich. Er ist mindestens eins siebzig, dachte Mary Ann. Da kann sich doch keiner beklagen.

Von Trauer umflort

Frannie Halcyon war ein absolutes Wrack. Acht Wochen nach dem Tod ihres Mannes schleppte sie sich immer noch durch ihr höhlenartiges altes Haus in Hillsborough und hing düsteren Gedanken darüber nach, ob es nicht bald an der Zeit war, sich um die Zulassung als Immobilienmaklerin zu bewerben.

O Gott, wie anders das Leben doch jetzt war!

In der vergeblichen Hoffnung, dass ihr ein kürzerer Tag ausgefüllter vorkommen würde, stand sie immer erst spät auf, manchmal sogar erst mittags. Ihre ausgedehnten Vormittagskaffees auf der Terrasse gehörten der Vergangenheit an, waren ein totes Ritual, das genauso unausweichlich und schnell versagt hatte wie Edgars kranke Nieren.

Nun begnügte sie sich mit einem ausgedehnten Nachmittags-Mai-Tai. Manchmal zog sie natürlich einen Funken Trost aus dem Wissen, dass sie bald Großmutter sein würde. Das heißt, eigentlich *zweifache* Großmutter. Ihre Tochter DeDe – die Frau von Beauchamp Day, dem neuen Chef von Halcyon Communications – würde Zwillingen das Leben schenken.

Das war die letzte Auskunft von Dr. Jon Fielding gewesen, DeDes reizendem jungen Gynäkologen.

Allerdings gönnte DeDe ihrer Mutter nicht einmal das simple Vergnügen, über ihre neuen Erben auch nur zu *sprechen*. Für sie war es ein geradezu leidiges Thema, wie Frannie feststellte. Und das kam der Matriarchin doch reichlich merkwürdig vor.

«Warum darf ich nicht wenigstens ein *bisschen* schwärmen, DeDe?»

«Weil du deine Schwärmerei *benutzt*, Mutter.»

«Ach, Larifari!»

«Du benutzt sie als Vorwand, damit du … damit du dich vor deinem eigenen Leben drücken kannst.»

«Ich bin nur noch ein halber Mensch, DeDe.»

«Daddy ist tot, Mutter. Du musst dein Leben schon selber in die Hand nehmen.»

«Dann erlaub mir doch endlich, dass ich Babysachen kaufe. Am Ghirardelli Square gibt es einen *entzückenden* Laden. Er heißt Bébé Pierrot, und ich bin sicher, dass ich dort ...»

«Wir wissen doch nicht einmal, ob es Jungen oder Mädchen werden.»

«Dann wäre was Gelbes doch ganz wunderbar.»

DeDe machte ein finsteres Gesicht. «Ich kann Gelb nicht *ausstehen.*»

«Du magst Gelb sehr. Du hast Gelb immer sehr gemocht. DeDe, mein Schatz, was *ist* denn mit dir?»

«Nichts!»

«Du kannst mir nichts vormachen, DeDe.»

«Mutter, bitte ... Können wir nicht einfach ...?»

«Ich muss das Gefühl haben, dass ich gebraucht werde. Kannst du das nicht verstehen? Niemand braucht mich mehr.» Die Matriarchin begann zu schniefen.

DeDe griff nach der Hand ihrer Mutter. «Das de Young braucht dich. Das Legion of Honor braucht dich.»

Frannie lächelte bitter. «Ja, genau so läuft das. Wenn du jung bist, braucht dich deine Familie. Und wenn du alt bist, brauchen dich die Museen.»

DeDe verdrehte entnervt die Augen. «Hör mal, wenn du unbedingt in Selbstmitleid baden willst, kann ich es auch nicht ändern. Aber es ist echt für die Katz.»

Frannies Augen schwammen inzwischen vor Tränen.

«Was erwartest du denn von mir?»

«Ich erwarte von dir ...» DeDe schlug einen sanfteren Ton an und wurde zur besorgten Tochter. «Ich erwarte von dir, dass du dir wieder etwas Gutes tust. Bring ein bisschen Schwung in dein

Leben. Tritt einem Backgammonclub bei. Schreib dich in Janet Sassoons Trainingskurs ein. Oder bring Kevin Matthews dazu, dass er dich ins Konzert ausführt, Herrgott noch mal! Sein Liebhaber ist bis Juni auf Hydra.»

«Ich weiß, dass du recht hast, aber ich ...»

«Sieh dich einmal an, Mutter! Du hast doch das Geld dazu ... Lass dir rundherum ein paar Abnäher machen!»

«DeDe!» Die Unverschämtheit ihrer Tochter machte Frannie sprachlos.

«Ich meine es ernst! Mein Gott, warum auch nicht? Gesicht, Titten, Hintern ... die ganze Katastrophe! Was hast du schon zu verlieren?»

«Ich glaube nicht, dass es besonders schicklich ist, wenn eine Frau in meinem ...»

«Schicklich? Mutter, hast du Mabel Sussman in letzter Zeit mal gesehen? Ihr Gesicht ist glatt wie ein Babypopo! Shugie hat erzählt, dass Mabel in Genf diesen wundervollen Menschen ausfindig gemacht hat, der nur mit Hypnose arbeitet!»

Frannie schaute ungläubig drein. «*Irgendwas* Chirurgisches muss er doch gemacht haben.»

«Aber nein. Alles nur Hypnose ... Jedenfalls *schwört* Shugie das auf einen ganzen Stapel *Town and Country*.» DeDe kicherte boshaft. «Stell dir vor, eines Tages klatscht jemand in die Hände oder sagt das Geheimwort oder stellt sonst was an, und die ganze Chose fällt in sich zusammen wie ein Soufflé! Wärst du da nicht *platt*?» Frannie konnte nicht anders – sie musste lachen.

Und später am Nachmittag fuhr sie mit einem merkwürdig heimlichtuerischen Gefühl in die Stadt, um sich bei F. A. O. Schwarz nach einem Steiff-Tier für die Zwillinge umzusehen.

Sie fühlte sich inzwischen wohler und spielte mit dem Gedanken, dass DeDe vielleicht doch recht hatte. Vielleicht hatte sie tatsächlich zu lange Trübsal geblasen; länger, als es gesund war; länger, als selbst Edgar es gewollt hätte.

Als Frannie den Laden verließ, sah sie im Schaufenster von Mark Cross ihr Spiegelbild. Sie blieb lange genug stehen, um die Haut unterhalb ihrer Ohren zu packen und sie über die Wangenknochen straff nach hinten zu ziehen. «Also gut», sagte sie laut. *«Also gut!»*

Zwei verwandte Seelen

Mona Ramseys Leben war – in ihren eigenen Worten – restlos beschissen.

Sie war bei Halcyon Communications Werbetexterin mit fünfundzwanzigtausend Dollar im Jahr gewesen, doch nach einer kurzen, aber befriedigenden feministischen Tirade gegen den Chef von Adorable Pantyhose, den größten Kunden der Agentur, hatte man sie dieser Position enthoben.

Die anschließende Zeit der Muße, die sie im gemeinsamen Haushalt mit Michael Tolliver verbracht hatte, war bei oberflächlicher Betrachtung angenehm, auf längere Sicht jedoch gefühlsmäßig unbefriedigend gewesen. Sie sehnte sich nach etwas *Dauerhaftem*. Zumindest hatte sie das so gesehen, als sie aus der Barbary Lane 28 ausgezogen war, um in D'orothea Wilsons elegantem viktorianischen Haus in Pacific Heights Wohnung zu nehmen.

D'orothea war Model bei Halcyon, vielleicht das bestbezahlte Schwarze Model der Westküste. Sie und Mona waren in New York einmal liiert gewesen. Das Arrangement, das die beiden für San Francisco getroffen hatten, war allerdings ungetrübt von jeder Leidenschaft, blieb ein blutleerer Pakt zur Linderung der Einsamkeit, die die beiden Frauen immer stärker bedrängte.

Es hatte nicht funktioniert.

Zum einen konnte Mona D'orothea nie ganz verzeihen, dass sie eigentlich doch nicht Schwarz war. (Ihre Hautfarbe war, wie Mona schließlich erfuhr, durch pigmentverändernde Tabletten und ultraviolette Bestrahlungen hervorgerufen – ein Trick, der das Model vor einer beruflichen Randexistenz gerettet hatte.) Zum anderen hatte sich Mona, wenn auch missmutig, mit der Tatsache herumschlagen müssen, dass ihr das Zusammensein mit Männern fehlte.

«Als Heterofrau bin ich nicht mal Durchschnitt», hatte sie Michael bei ihrer Rückkehr in das gemeinsame Nest Barbary Lane erklärt, «aber als Lesbe bin ich unter aller Sau.»

Michael hatte volles Verständnis gezeigt. «*Das* hätte ich dir auch so sagen können, Babycakes!»

Ihre letzte Quaalude begann gerade zu wirken, als Mona die wackelige Holztreppe hochstieg, über die man in die Barbary Lane kam. Sie war den ganzen Abend bei der Cosmic Light Fellowship gewesen, doch ihre Stimmung war schwärzer als je zuvor. Sie hatte einfach ihre Mitte nicht mehr.

Was war mit ihr geschehen? Warum hing sie immer mehr durch? Wann hatte sie zum ersten Mal aus dem dunklen Jammertal ihres Lebens nach oben geblickt und festgestellt, dass dessen Hänge unüberwindlich waren?

Und *warum* hatte sie so wenig Quaaludes gekauft?

Mona schleppte sich durch den Blättercanyon der Barbary Lane, ging durch den Vorgarten von Nummer 28 und trat in das mit braunen Schindeln verkleidete Haus. Sie klingelte bei Mrs. Madrigal, weil sie hoffte, dass ein Glas Sherry und ein paar sanfte Worte von der Vermieterin ihren Durchhänger verscheuchen könnten.

Mrs. Madrigal, ging Mona durch den Kopf, war eine Verbündete der besonderen Art. Und Mona war nicht einfach eines von den «Kindern» der Vermieterin. Mona war die einzige Bewohnerin des Hauses, die Mrs. Madrigal regelrecht angeworben hatte.

Und sie war – wie sie glaubte – die Einzige, die um Mrs. Madrigals Geheimnis wusste.

Dieses Wissen schuf zwischen den beiden Frauen ein mystisches Band, eine unausgesprochene Seelenverwandtschaft, die Mona auch an den allerdüstersten Tagen wieder aufrichtete. Doch Mrs. Madrigal war nicht zu Hause, weshalb Mona mühsam in ihre Wohnung im ersten Stock hochstieg.

Wie sie schon befürchtet hatte, war auch Michael weg. Zweifellos war er einen Stock höher und plante mit Mary Ann ihre gemeinsame Reise. Mit Mary Ann war er in letzter Zeit sowieso ziemlich viel zusammen.

Das Telefon klingelte genau in dem Moment, als Mona das Licht einschaltete. Es war ihre Mutter, die aus Minneapolis anrief. Mona plumpste in einen Sessel und gab sich große Mühe, gefasst zu klingen.

«Hallo, Betty», sagte sie gelassen. Sie hatte ihre Mutter immer Betty genannt. Betty hatte darauf bestanden. Betty fand es nämlich *ziemlich* übel, dass sie älter war als ihre Tochter.

«Bist du unter dieser Nummer ... wieder dauernd zu erreichen?»

«Ja.»

«Ich habe in dem Haus in Pacific Heights angerufen. D'orothea hat mir gesagt, dass du gerade umgezogen bist. Ich kann gar nicht glauben, dass du aus einem so reizenden Haus in einem so hübschen Viertel ausgezogen bist und jetzt wieder in diesem heruntergekommenen ...»

«Du hast das Haus doch noch nie gesehen!» Das passt wieder mal zu ihr, dachte Mona. Denn Betty war Immobilienmaklerin, eine abgebrühte Karrierefrau, die noch zu Monas Säuglingszeiten von ihrem Mann verlassen worden war. Von Häusern, in denen es weder Sicherheitspersonal noch eine Sauna gab, hielt sie nicht viel.

«Na, und ob», brauste Betty auf. «Du hast mir letzten Sommer ein Foto geschickt. Wird das Haus immer noch von dieser ... Frau geführt?»

«Wenn du Mrs. Madrigal meinst, dann ja.»

«Beim Anblick dieser Person habe ich eine richtige Gänsehaut gekriegt.»

«Erinnere mich in Zukunft, dass ich dir keine Fotos mehr schicke, ja?»

«Was hat dich am Haus von D'orothea denn gestört?» Natürlich hatte Betty keine Ahnung von der zerbrochenen Beziehung. An Beziehungen verschwendete sie ohnehin kaum einen Gedanken.

«Die Miete wurde mir zu viel», sagte Mona ausweichend.

«Ach, weißt du, wenn *das* das Problem ist, kann ich schon einspringen, bis du wieder ...»

«Nein. Ich will dein Geld nicht.»

«Nur, bis du wieder einen Job gefunden hast, Mona.»

«Danke, aber ich will nicht.»

«Sie hat dich da hineingelockt, Mona!»

«Wer?»

«Diese Frau.»

Mona platzte der Kragen. «Mrs. Madrigal hat mir eine Wohnung *angeboten*, und zwar *nachdem* wir schon gute Freundinnen geworden waren! Außerdem ist das schon drei Jahre her! Warum bist du jetzt auf einmal so fürchterlich um mein Wohl besorgt?»

Betty zögerte. «Ich ... Ich habe nicht gewusst, wie sie aussieht, bis du mir das Foto ...»

«Ach, hör mir bloß *damit* auf!»

«Es ist doch nur, weil sie so ... extrem ist.»

Wenn sie wüsste, dachte Mona. Wenn sie bloß wüsste.

Down sein auf dem Dach

Brian Hawkins war dreiunddreißig.

Als er seine aus Jeansstoff und Cordsamt geschneiderte Kellnerkluft von Perry's auszog und sich mit einem Oly aufs Bett warf, lief es ihm kalt über den Rücken: Das hieß, er war genauso alt wie Jesus auf Golgatha.

Oder so alt wie der Idiot aus *Schall und Wahn.*

Er trat auf der Stelle. Nichts weiter. Er arbeitete, um zu überleben, um weiterzuexistieren, um seine Schweinekoteletts und sein Bier und sein blödes Palmolive bezahlen zu können. Und keine noch so große Dosis entspannter, abgeklärter, dämlicher Philosophiererei über Kalifornien reichte als Kompensation für die Leere, die er fühlte.

Er wurde alt. Und zwar allein.

Der Briefträger brachte fast nur Postwurfsendungen. Dabei war er vor langer, langer Zeit natürlich einmal ein hitziger und radikaler junger Anwalt gewesen. Bevor diese Hitzigkeit sich gelegt hatte (und zwischen seinen Beinen zu neuem Leben erwacht war), hatte er den gerechten Kampf zugunsten von Wehrdienstverweigerern in Toronto, von Schwarzen in Chicago, von Indianern in Arizona und von mexikanischen Einwanderern in Los Angeles geführt.

Jetzt war er in San Francisco Kellner und bediente WASPs.

Und er ging jetzt mit der gleichen Inbrunst auf «Mösenfang», mit der er früher gegen Nixon protestiert hatte. Auf der Suche nach diesem glanzlosen Gral trieb es ihn in Farnkrautkneipen und gemischte Saunen, in Waschsalons, Supermärkte und rund um die Uhr geöffnete Junk-Food-Restaurants, wo sich der Ertrag zwar in Grenzen hielt, die Befriedigung aber fast an Ort und Stelle zu haben war. Er hatte keine Zeit zu verlieren, sagte er sich. Die Wechseljahre standen vor der Tür.

Falls er auf etwas Dauerhaftes aus war – und manchmal hatte er dieses Gefühl –, blieb er jedenfalls mit keiner Frau lang genug zusammen, um dieses Bedürfnis erkennen zu lassen.

Seine Logik führte ihn im Kreis, war aber unschlagbar: Die Art Frau, die er haben wollte, konnte an der Art Mann, zu der er sich entwickelt hatte, keinesfalls interessiert sein.

Sein gesamtes Dasein stand unter der Fuchtel seiner Libido.

Sie hatte sogar die Entscheidung für seine jetzige Wohnung bestimmt, für dieses zugige und beengte Häuschen auf dem Dach der Barbary Lane 28. Er war zu dem Schluss gekommen, dass Frauen auf die wunderbare Rundumsicht und die Putzigkeit der Wohnung abfahren würden. Das Häuschen würde zu seinem Vorteil als architektonisches Aphrodisiakum wirken.

«Und du willst es *wirklich* haben?», hatte Mrs. Madrigal ihn damals gefragt, als er sie um einen Wohnungstausch ersucht hatte. (Zu der Zeit hatte er im zweiten Stock gewohnt, gleich gegenüber von Mary Ann Singleton, die furchtbar sexy, aber auch furchtbar zugeknöpft war.) Brian hatte damals ohne zu zögern ja gesagt.

Er nahm an, dass die Ungläubigkeit der Vermieterin mit dem Vormieter der Wohnung zu tun hatte, einem etwa vierzigjährigen Vitaminpräparatevertreter namens Norman Neal Williams.

Doch von Williams wusste er nur, dass der im letzten Dezember spurlos verschwunden war.

Ein heftiger Wind schüttelte das Häuschen durch und verhalf Brian zu einem leicht morbiden Déjà-vu-Gefühl.

Fünf auf der Richterskala, dachte er.

Er wusste inzwischen, was das hieß, denn er hatte in der Woche davor sein erstes Erdbeben gespürt. Ein tiefes, gespenstisches Grollen hatte ihn um zwei Uhr nachts geweckt, seine Fenster klirren lassen und ihn augenblicklich in ein verängstigtes Urwesen verwandelt.

Aber jetzt war es bloß der Wind, und das Knirschen von «The Big One» würde sich im zweiten Stock genauso schauerlich anhören wie oben auf dem Dach. Jedenfalls sagte er sich das, seit er in dem Häuschen wohnte.

Die Türklingel schreckte ihn auf. Er zog nur ein Sweatshirt über und ging in Boxershorts an die Tür. Es war Mary Ann Singleton.

«Brian, ich ... Entschuldige bitte, dass ich dich so spät noch störe.» Seine Unterhose hatte sie offensichtlich durcheinandergebracht.

«Ist schon okay.»

«Du bist nicht angezogen. Ich werd jemand anderen fragen.»

«Kein Problem. Ich kann mir ja schnell 'ne Hose anziehen.»

«Wirklich, Brian, es ist nicht so ...»

«Stopp! Hab ich gesagt, dass ich dir helfe, oder nicht?»

Sein Ton brachte sie auf. Aber sie legte dennoch ein schwaches Lächeln hin. «Michael und ich fahren nach Mexiko, und ich hab da einen Koffer, den ich nicht ...»

«Warte mal eben.»

Brian zog ein Paar Levi's an und ging vor Mary Ann die Treppe zu ihrer Wohnung hinunter. Er hob den Koffer, den sie brauchte, vom obersten Regalbrett in ihrem Wandschrank. «Danke», sagte sie lächelnd. «Jetzt komm ich wieder allein zurecht.»

Sein Blick durchbohrte sie fast. «Bist du sicher?»

«Ja, Brian.» Ihre Stimme hatte einen festen und leicht gouvernantenhaften Klang. Sie wusste, worauf er angespielt hatte, und sie sagte Nein. Wieder einmal.

Oben auf dem Dach stieg Brian aus den Levi's und griff nach dem Fernglas, das er auf dem Regal neben dem Bett stehen hatte. Er stellte sich vor das Südfenster des Häuschens und verfluchte die unzugängliche Miss Singleton, während er seinen Blick suchend über die mitternächtliche Stadt gleiten ließ.

Zuerst das grün-schwarze Mysterium Lafayette Park, dann die als ultramoderne St. Mary's Cathedral daherkommende Maytag-Rührmaschine, dann die amerikanische Flagge auf dem Mark Hopkins in ihrer obszönen Übergröße, die vor dem tintenblauen Himmel wild hin und her schlug, als stammte sie aus dem Acid-Trip eines Anhängers der John Birch Society.

Das war alles nur Vorspiel.

Sein eigentliches Begehr galt einem Gebäude, das er Superman Building nannte.

Vater des Jahres

Zum ersten Mal seit Wochen stand DeDe vor Beauchamp auf.

Sie begrüßte ihren Gatten mit einem Kuss und einem Croissant, als er um Viertel vor sieben in die Küche wankte. Für die Tageszeit war sie ziemlich aufgekratzt – übertrieben aufgekratzt sogar –, sodass Beauchamp sofort argwöhnisch wurde.

Er lehnte sich an die stabverleimte Arbeitsplatte und rieb sich die Augen. «Hast du ein Junior-League-Treffen oder so was?»

«Kann ich meinem Ehemann nicht mal das Frühstück machen?»

«Kannst du schon», sagte er trocken, während er zögerlich an dem Croissant knabberte, «aber du tust es nicht.»

DeDe warf zwei Schalotten in die Küchenmaschine. «Wir essen Omeletts. Und ein paar von den köstlichen französischen Würstchen von Marcel & Henry.» Sie lächelte matt. «Ich ... mache mir einfach zu viele Sorgen, Beauchamp, und als ich heute … na ja, als ich heute diese albernen Papageien draußen im Eukalyptusbaum vor dem Fenster gehört habe, da ist mir durch den Kopf gegangen … Also, ich finde, wir haben mehr Glück als die meisten anderen.»

Beauchamp, der noch immer mit dem Wachwerden kämpfte, massierte sich die Schläfen. «Ich kann diese verfluchten Papageien nicht *ausstehen*.»

DeDe sah ihn bloß an.

Er drehte sich um und machte sich an der Mr.-Coffee-Maschine zu schaffen. DeDes Gesicht war regelrecht *getränkt* mit dem idiotischen, flehenden Ausdruck, den sie bekam, wenn sie ihm ein schlechtes Gewissen machen wollte. Aber er war nicht bereit, sich damit so früh am Morgen abzugeben.

«Beauchamp?»

Er blieb mit dem Rücken zu ihr stehen. «Dieses verdammte Ding hat auch schon seit ewigen Zeiten keinen Wischlappen mehr …»

«Beauchamp! Sieh mich an!»

Er drehte sich mehr als langsam um. Auf seinem Gesicht klebte ein dünnes Lächeln. «Ja, mein Schatz?»

«Willst du mir nicht wenigstens sagen, dass du … glücklich bist?»

«Worüber?»

Sie legte die Hände auf ihren dicken Bauch. «*Darüber*, verdammt noch mal!»

Schweigen.

Sie ließ nicht locker. «Und?»

«Ich bin außer mir vor Freude.»

Mit einem melodramatischen Seufzer wandte sie sich ab.

«DeDe … Eltern tragen eine große Verantwortung.» Er bemühte sich um einen ruhigen Ton. «Ich habe die Verantwortung akzeptiert, *ein* Kind großzuziehen, wenn auch nur sehr widerstrebend. Sei mir also bitte nicht böse, wenn ich nicht gerade Freudentänze aufführe angesichts der Aussicht auf ...»

«Ach, halt doch die Klappe!»

«Sieh an. Wie geistreich.»

«Ich brauch keine dämlichen Thesen zur Elternschaft. Ich brauch deine *Unterstützung*. Alleine schaffe ich das nicht, Beauchamp. Ich *schaffe* das nicht!»

Er grinste affektiert und deutete auf ihren Bauch. «*Das da* hast du weiß Gott auch nicht alleine hingekriegt.»

«Nein», gab sie sofort zurück, «aber ich hab es auch garantiert nicht mit *dir* hingekriegt!»

Sie starrten sich über die Küchenmaschine hinweg an und bleckten die Zähne. Beauchamp brach das Schweigen mit einem kurzen, boshaften Lachen, schlug mit der flachen Hand auf die Arbeitsfläche und ließ sich auf einen Marcel-Breuer-Stuhl sinken.

«Das war wirklich nicht schlecht. Für dich jedenfalls.»

«Beauchamp ...»

«Es gibt *bessere* Möglichkeiten, meine Aufmerksamkeit zu erregen, aber im Großen und Ganzen war das nicht schlecht.»

«Es ist die Wahrheit, Beauchamp! Du bist *nicht* der Vater!»

Schweigen.

«Verdammt noch mal, Beauchamp! Kannst du nicht zwei und zwei zusammenzählen? Hör zu ...» Ihre Stimme begann zu zittern. Sie zog sich einen Stuhl heran und setzte sich neben ihn. «Ich wollte es dir schon lange sagen. Ehrlich. Ich habe sogar überlegt, ob ich ...»

«Wer?», fragte er frostig.

«Ich glaube nicht, dass wir ...»

«Splinter Riley vielleicht? Oder wie wär's mit dem charmanten, aber so unendlich schmierigen Jorge Montoya-Corona?»

«Du kennst ihn nicht, Beauchamp.»

«Wie interessant. Du vielleicht?»

DeDe brach in Tränen aus und lief aus der Küche. Beauchamp wusste, dass sie sich im Schlafzimmer einschließen und dort schmollen würde, bis er außer Haus war. Dann würde sie sich ein paar Dutzend bunte Tabletten in die zitternde Hand schütten und alle auf einmal hinunterwürgen.

In einer Krisensituation konnte sie ihren M & M's nie widerstehen.

Als Beauchamp am Jackson Square eintraf, überreichte ihm Mary Ann Singleton die Nachrichten, die man für ihn hinterlassen hatte.

«Außerdem hat vor fünf Minuten D'orothea Wilson angerufen.»

Das war alles. Nicht Mr. Day. Nicht einmal Beauchamp. Er hatte keinen Namen mehr, seit dieses *Betthäschen* seine Sekretärin geworden war.

Beauchamp ächzte. «Sie hat sich wohl nicht zu einer Erklärung herabgelassen, warum sie zu dem Adorable-Fototermin im Icehouse nicht erschienen ist, oder? Alleine diesen Monat hat sie schon drei Termine abgesagt.»

«Sie hat gemeint, dass ihr Aussehen ... nicht mehr passt.»

«Was soll *das* denn heißen?»

Die Sekretärin zuckte mit den Schultern. «Vielleicht hat sie über die Feiertage Gewicht zugelegt, oder sie ...»

«Vielleicht ist ihr Halcyon Communications auch ganz einfach schnurz! Vielleicht macht sie lieber eine Reise nach *Mexiko*!» Die Spitze gegen seine Sekretärin wirkte genau so, wie Beauchamp es sich gewünscht hatte.

Sie zerbog eine Büroklammer. «Beauchamp ... Es war Mr. Halcyon, der wollte, dass ich ...»

«Das brauche ich mir nicht schon wieder anzuhören!» Er stürmte in sein Büro und schlug die Tür hinter sich zu. Dann wütete er im Stillen gegen die Familie Halcyon.

Post von Mama

Lieber Mikey,

Dein Papa und ich haben uns sehr darüber gefreut, dass Du mit Mary Ann eine Reise nach Mexiko machst. Ihr werdet bestimmt eine Menge Spaß haben. Bitte schreib uns eine Ansichtskarte, wenn sich die Gelegenheit bietet, und gib acht, dass Du nicht zu viel Tequila trinkst. Haha.

In Orlando war es diesen Winter so richtig kalt, aber das hast Du wahrscheinlich alles schon von Walter Cronkite in den Nachrichten gehört. Die Pflanzung unten bei dem neuen Bungalow von den Bledsoes hat es am schlimmsten erwischt. Ein paar von den Orangen waren durch und durch gefroren. Papa sagt aber, das ist halb so schlimm, weil wir sie an die Saftfabrik verkaufen können. Ich tue, was ich kann, um Papa zu helfen, aber Du weißt ja, wie er zur Erntezeit ist. (Das nur mal so zum Spaß.) Papa lässt Dir ausrichten, dass Du Dir keine Sorgen machen sollst, denn wir kriegen ungefähr drei Dollar fünfzig die Kiste, und außerdem ist die Ernte im Ganzen höher ausgefallen, selbst mit dem Frost und so. Das einzige Problem haben wir jetzt mit den Homosexuellen.

Ich schätze, Du weißt gar nichts davon. Angefangen hat die ganze Sache damit, dass die Dade County Commission ein Gesetz zugunsten von Homosexuellen erlassen hat. Es besagt, dass man sich nicht weigern kann, Homosexuelle einzustellen oder an sie zu vermieten, aber Anita Bryant hat sich als die christgläubige Mutter von vier Kindern und Zweite bei der

Miss-America-Wahl, die sie ist, dagegen ausgesprochen, und alle normalen und gottesfürchtigen Menschen in Miami haben sich voll hinter sie gestellt.
Wir haben uns natürlich keine besonderen Gedanken darüber gemacht, weil wir hier oben lang nicht so viele Homosexuelle haben wie die in Miami. Sie mögen nämlich das Meer, sagt Papa. Jedenfalls hat es nicht lange gedauert, bis so eine organisierte Gruppe von Homosexuellen versucht hat, Druck auszuüben auf die Citrus Commission, damit die ihre Fernsehspots mit Anita Bryant aus dem Programm nimmt. Stell Dir das mal vor! Anita hat gesagt, nur weiter so, und sie wird tun, was nötig ist, damit ihre Kinder wieder gefahrlos durch die Straßen von Miami laufen können. Gott schütze sie!
Ich würde selber ja gar nicht so viel darüber wissen, aber am Dienstag ist Etta Norris (die Mutter von Bubba) bei uns vorbeigekommen, weil sie sich auf unserem neuen Farbfernseher die Oral-Roberts-Bibel-Show anschauen wollte, und da hat sie erzählt, dass sie in Orlando Leute zusammentrommelt für ein Komitee, das die Gruppe von Anita Bryant unterstützen soll. Save Our Children, Inc. heißt die. Ich bin sofort Mitglied geworden bei diesem Komitee, aber Papa hat gesagt, dass er nicht Mitglied werden will, weil Du schon ein erwachsener Mann bist, und ein Sohn von ihm hat es nicht nötig, dass man ihn vor Homosexuellen beschützt. Ich habe gesagt, dass es ums Prinzip geht, und dann habe ich ihn gefragt, was denn passiert, wenn die Homosexuellen aufhören, Orangensaft zu trinken. Er hat gesagt, dass die meisten Homosexuellen sowieso keinen Orangensaft trinken, aber er ist dann doch Mitglied geworden.
Gestern Abend hatten wir im Raum der Veterans of Foreign Wars im Fruitland Bowl-a-Rama unser erstes Treffen. Etta hat gesagt, das Wichtigste ist, dass wir Anita Bryant zeigen, dass wir hinter ihr stehen. Sie hat auch gesagt, wir sollten in

unsere Erklärung hineinschreiben, dass wir keine Vorurteile haben, dass wir Homosexuelle in der Schule aber nicht als gute Vorbilder für Kinder ansehen. Lolly Newton hat gesagt, dass die Sache mit den Lehrern ihrer Meinung nach auch wichtig ist, denn wenn da vorne ein Lehrer steht, der den ganzen Tag herumtuckt, dann werden die Kinder automatisch auch zu Tucken. Ralph Taggart hat den Antrag unterstützt.

Dein Vater hat mir dauernd gesagt, ich soll bloß still sein und mich nicht lächerlich machen, aber Du kennst mich ja. Ich musste natürlich auch mein Scherflein dazu beitragen. Ich bin aufgestanden und habe gesagt, dass wir meiner Meinung nach alle niederknien und dem Herrn danken sollten, dass jemand so Berühmtes wie Anita Bryant den Mächten von Sodom und Gomorrha den Kampf angesagt hat. Etta hat gesagt, dass wir das in unsere Resolution aufnehmen sollten, und da war ich dann mächtig stolz.

Reverend Harker hat gemeint, dass wir zu der Mietgeschichte vielleicht lieber nichts schreiben sollten, weil doch Lucy McNeil das Zimmer über ihrer Garage an diesen tuckigen Mann vermietet hat, der in der Dixie Dell Mall Teppiche verkauft. Lolly hat aber gesagt, dass das nichts ausmacht, denn Lucy hat das ja freiwillig gemacht, und außerdem ist es viel einfacher, wenn man es einem von denen ansieht, dass er homosexuell ist. Auf die Weise kann man seine Kinder vor so einem warnen.

Na, wahrscheinlich höre ich mich an, als würde ich bei einem Kreuzzug mitmachen, was? Ich hoffe, Du hältst Deine alte Mama nicht für eine lächerliche Idealistin. Ich glaube bloß fest daran, dass der Herr uns geschaffen hat, damit wir alle sein geheiligtes Wort hinaustragen.

Heute Vormittag habe ich bei Etta drüben Bubba getroffen. Er ist so ein netter junger Mann. Meine Güte! Ich kann es kaum glauben, dass es schon mehr als acht Jahre her ist, dass ihr bei-

de zum letzten Mal am Cedar Creek zelten wart. Er hat nach Dir gefragt. Er unterrichtet jetzt an der Highschool Geschichte und ist immer noch nicht verheiratet, aber wahrscheinlich ist es heutzutage auch reichlich schwer, die Richtige zu finden. Blackie hat den Frost nicht besonders vertragen und liegt bloß träge im Haus herum. Ich fürchte, wir müssen ihn bald einschläfern lassen. Er ist schon furchtbar alt.
Pass auf Dich auf, Mikey. Wir lieben Dich sehr.
Mama

PS: Wenn Du für Deine Reise noch etwas zu lesen brauchst, dann empfehle ich Dir Anita Bryants Autobiografie. Sie heißt «Mine Eyes Have Seen the Glory».

Die Flucht

Am Vorabend ihrer Kreuzfahrt nach Mexiko steckten Mary Ann und Michael über ihren Koffern verschwörerisch die Köpfe zusammen. «Wie wär's», sagte Michael grinsend, «wenn wir es in ein Kleenex einwickeln und dann in deinen BH ...»

«Das finde ich gar nicht komisch, Mouse.»

«Aber, sieh mal: Wir müssen es doch nicht mit an Land nehmen. Es ist ja nicht so, als wollten wir es in Acapulco auf der Straße rauchen. Herrgott, einen Zöllner kriegen wir sowieso erst zu sehen, wenn wir wieder nach L. A. zurückkommen.»

Mary Ann seufzte und setzte sich auf die Bettkante.

«Ich hab mal zu den Future Homemakers of America gehört, Mouse.»

«Na und?»

«Na, und jetzt schmuggle ich Dope nach Mexiko.»

«Und außerdem verreist du mit einem» – er senkte seine

Stimme zu einem bedrohlich klingenden Bass – «bekennenden Homosexuellen.»

Mary Ann lächelte schwach. «Das noch dazu.»

Michael schaute sie einen Moment lang an, um herauszufinden, wie ernst sie ihn genommen hatte. Es gab selbst jetzt noch Situationen, in denen seine Ironie dem, was sie tatsächlich empfand, gefährlich nahekam. Sie zwinkerte ihm allerdings zu, sodass er mit dem Packen weitermachte.

«Der Ausdruck gefällt mir», sagte er, ohne aufzublicken.

«Welcher?»

«‹Ein bekennender Homosexueller.› Ich meine, hast du *jemals* von einem bekennenden Heilsarmisten gehört? Oder von einem bekennenden Versicherungsvertreter? Und wenn du kein bekennender Homosexueller bist, dann bist du ein *notorischer*. ‹Mr. Farquar, ein notorischer Börsenmakler, wurde heute Morgen im Golden Gate Park erstochen aufge...›»

«Mouse, davon kriege ich Gänsehaut!»

«Entschuldige.»

Sie drückte seine Hand. «Ich wollte dich nicht anschnauzen. Es ist bloß ... Na ja, ich bin immer noch ein bisschen schreckhaft, wenn es um Tote geht, das ist alles.»

Er wollte schon sagen: «Über die Klippe kommst du auch noch hinweg», besann sich dann aber eines Besseren. Er hielt stattdessen Mary Anns Hand fest und besänftigte sie zum dritten oder vierten Mal in dieser Woche. «Wird schon werden, Babycakes. Es ist ja erst zwei Monate her.»

Sie bekam feuchte Augen. «Und du glaubst nicht, dass wir ... davonlaufen oder so?»

«Vor was?»

Sie wischte sich eine Träne aus dem Auge, zuckte mit den Schultern und sagte etwas kleinlaut: «Vor der Polizei vielleicht?»

«Du hast doch nichts verbrochen, Mary Ann.»

«Ich habe seinen Tod nicht angezeigt.»

Er zwang sich zur Geduld. Sie hatten es schon so oft durchgekaut, dass das Reden darüber zu einem Ritual geworden war. «Dieser Kerl», sagte Michael sanft, «war ein ausgesprochenes Arschloch. Vergiss nicht, dass er Kinderpornos gemacht hat. Und du hast ihn doch nicht *runtergestoßen* von der Klippe, Mary Ann. Sein Tod war ein Unglück. Und wenn du seinen Tod angezeigt hättest, wärst du außerdem verpflichtet gewesen, der Polizei davon zu erzählen, dass er über Mrs. Madrigal Nachforschungen angestellt hat. Dafür mögen wir Mrs. Madrigal aber *beide* viel zu gern, und zwar unabhängig davon, *was* in der Akte gestanden hat.»

Schon bei der bloßen Erwähnung der Akte schüttelte es Mary Ann. «Ich hätte sie auf keinen Fall verbrennen sollen, Mouse.»

Also kaute Michael ihr auch *das* noch einmal vor. Dass sie die Akte verbrannt hatte, erklärte er ihr, war ihre allerklügste Entscheidung gewesen. Indem sie das Dossier des Privatdetektivs über Mrs. Madrigal vernichtet hatte, hatte sie gleich einen doppelten Treffer gelandet: Erstens hatte sie verhindert, zur Mitwisserin von vertraulichen Informationen zu werden, die sie dann vielleicht an die Polizei hätte weitergeben müssen. Und zweitens hatte sie die Akte dem Zugriff der Polizei entzogen.

Die Polizei war in der Barbary Lane 28 aufgetaucht, sobald Mrs. Madrigal ihren Mieter als vermisst gemeldet hatte. Es stellte sich heraus, dass die Beamten ihre Ermittlungen nach Schema F betrieben und nach kurzer Zeit wieder einstellten. Wie die Polizisten in Erfahrung brachten, handelte es sich bei Norman Neal Williams um einen Durchreisenden, einen Handelsvertreter für Vitaminpräparate, der ohne greifbare Verwandte war. Seine Verwicklung in das Kinderpornogeschäft wurde sofort aufgedeckt, doch Mary Ann tat so, als hätte sie davon nichts gewusst.

Sie erzählte der Polizei, dass sie ein paarmal «mit ihm ausgegangen» war. Sie hatte ihn nicht besonders gut gekannt. Er war ihr manchmal «ein bisschen eigenartig» vorgekommen. Und, ja, sie hielt es für möglich, dass er in eine andere Stadt gezogen war.

Nachdem die Polizei gegangen war, hatte sie Michael in ihre Wohnung gerufen und war mit ihm die tatsächlichen Geheimnisse dieses schrecklichen Kapitels in ihrem Leben durchgegangen.

Wusste die Polizei, dass Norman Neal Williams Privatdetektiv gewesen war?

Wusste Mrs. Madrigal, dass sie Gegenstand von Williams' Nachforschungen gewesen war?

Würde Williams' Leiche an Land gespült werden?

Und warum sollte jemand Nachforschungen anstellen über eine so warmherzige und mitfühlende und ... harmlose Frau wie Anna Madrigal?

Mexiko *war* natürlich eine Flucht, aber keine von der Art, wie Mary Ann sie gemeint hatte. Eine morbide Beklommenheit hatte sich in ihrem Körper breitgemacht wie Moder. Sie beschloss, sie aus sich herauszu*braten*. In jungen Jahren war das ihre Lösung für so gut wie alles gewesen.

Sie verstaute eine Flasche Coppertone-Sonnenmilch in einer Seitentasche ihres American-Tourister-Rucksacks. «Weißt du was?», sagte sie mit gekünsteltem Optimismus.

«Was?»

«Diese Reise wird ein Schlager. Ich lerne garantiert jemand kennen, Mouse.»

«Meinst du etwa einen Mann?»

«Mouse, natürlich bist *du* der tollste Begleiter von der Welt, aber ...»

«Hör mal, *das* brauchst du mir nicht zu erklären. Ich hab eh schon einen sagenhaften Plan: Ich entdecke auf dem Schiff einen Typen, ja? Er räkelt sich am Swimmingpool, oder ... Jedenfalls schlender ich ganz lässig auf ihn zu, mit dir am Arm, und du bist braun gebrannt und siehst einfach zum Anbeißen aus, sodass er gar nicht anders *kann*, als vor Neid zu vergehen, und dann sage ich mit meiner *markigsten* Lee-Majors-Stimme: ‹Heh, du da, ich bin Michael Tolliver, und das ist Mary Ann Singleton. Bist du auf *sie* scharf oder auf *mich*?›»

Mary Ann kicherte. «Und was ist, wenn er weder auf dich noch auf mich scharf ist?»

«Dann», sagte Michael nüchtern, «stößt du ihn in Acapulco von der erstbesten Klippe.»

Mona reißt aus

Nachdem sie Mary Ann und Michael zum Flughafen gefahren hatte, kehrte Mona in die Barbary Lane zurück. Dort verfiel sie in eine Niedergeschlagenheit von kosmischen Ausmaßen.

Sie war schwer verunsichert. Einerseits wegen des sonderbaren Anrufs ihrer Mutter, andererseits deswegen, weil zwei ihrer Freunde es geschafft hatten, dem inzestuösen Provinzbabylon namens San Francisco zu entkommen.

Das war es, was auch sie nötig hatte. Einen Tapetenwechsel. Blauen Himmel. Zwiesprache mit der Ewigkeit. Eine Gelegenheit, ihr Leben so umzugestalten, dass es ihr zu der inneren Ruhe verhalf, nach der sie sich so heftig sehnte.

In weniger als zehn Minuten entwarf sie einen Schlachtplan und hinterließ an Mrs. Madrigals Tür eine knappe Nachricht:

Mrs. M,
ich bin einige Zeit weg.
Bitte machen Sie sich keine Sorgen.
Ich muss mal Luft holen.
Alles Liebe
Mona

Mona bewerkstelligte ihre Flucht per Cable Car – eine bittere Ironie, die ihr einigen Verdruss bereitete. Würde Tony Bennett sich nicht ins Fäustchen lachen, wenn er wüsste, dass Mona Ramsey, alternder Freak und transzendentale Zynikerin, gezwungen war, sich bei ihrer Flucht aus Everybody's Favorite City eines dieser grauenhaft niedlichen Touristenwägelchen zu bedienen?

An der Ecke Powell und Market stieg sie aus und ließ die geschniegelten Massen schnellstmöglich hinter sich. Sie schlenderte die Market hinauf bis zur Seventh, bog in die Seventh ein und blieb mit einem Seufzer vor der Greyhound-Station stehen. Nach dreiminütiger Bedenkzeit kaufte sie eine Fahrkarte nach Reno, weil sie spontan entschieden hatte, dass Sonne und Himmel und Wüste ihr möglicherweise neue Horizonte eröffnen würden. Sie bekam die Auskunft, dass der Bus kurz nach Mitternacht abfahren würde.

Den Rest des Nachmittags saß sie auf dem Union Square, wo die Betrunkenen, die Penner und die kaputten Hippies sie nur bestärken konnten in ihrem Entschluss wegzugehen. Sobald die Dunkelheit hereinbrach, rauchte sie eine kräftige Mischung aus Gras und Angel Dust und ging langsam zurück zur Busstation.

Sie aß in der Snackbar gerade ein Käsesandwich, als ein grell geschminktes altes Weib von mindestens achtzig versuchte, mit ihr ins Gespräch zu kommen.

«Wo soll's denn hingehen, Püppi?»

«Nach Reno», antwortete Mona leise.

«Das is eine Station nach mir. Nimmste auch den Bus um Mitternacht?»

Mona nickte. Sie fragte sich, ob die Frau durch das Angel Dust grotesker aussah, als sie in Wirklichkeit war. «Was hältste davon, wenn wir zwei beide uns zusammensetzen? Ich werd beim Busfahren immer arg nervös wegen diesen Perversen und so.»

«Tja, ich weiß nicht, ob ich Ihnen da viel ...»

«Ich stör dich garantiert nich. Ich red nur, wenn's dir grade recht is.»

Mona war eigentümlich berührt. «Ja, klar», sagte sie schließlich. «Abgemacht.»

Die alte Frau grinste. «Wie heißte denn, Püppi?»

«Mo ... Judy.»

«Ich bin Mother Mucca.»

«Mother ...?»

«Mucca. So 'ne Art Spitzname. Weil ich aus Winnemucca bin, verstehste?» Sie kicherte vor sich hin. «Aber das is 'ne lange Geschichte, und es hätt eh keinen Sinn, dass ... Sag mal, Püppi, is was mit dir?»

«Nein.»

«Du schaust irgendwie abgefuckt aus.»

«Was?» Durch Monas Kopf brauste ein schauerliches Meeresrauschen, als hätte ihr jemand eine riesige Schneckenmuschel ans Ohr gebunden.

«Ich hab gesagt, du schaust irgendwie abgefuckt aus. Deine Augen sind ganz ... Haste etwa 'nen Joint geraucht, Püppi?»

Mona nickte. «So was Ähnliches.»

«Was heißt das denn?»

«Ich glaube nicht, dass Sie das ...»

«War was drin?»

«Schon mal was von Angel Dust gehört?»

Mother Muccas Hand knallte mit solcher Wucht auf den Tresen, dass mehrere verschlafene Gäste von ihrem Kaffee aufschauten. «Ja, leck mich doch! Mit dem Zeug schläfert man Elefanten ein, Kind! Wenn de so blöde bist, dass de dich mit 'nem Betäubungsmittel für Viecher volldröhnst, dann haste nix zu suchen in 'nem Bus ...»

Mona taumelte hoch. «Ich muss hier nicht sitzen und mir anhören ...»

Eine Hand wie eine Klaue klammerte sich um Monas Handgelenk und zog sie auf den Sitz zurück.

«Scheiße, und ob de das nötig hast!», kreischte Mother Mucca.

Ein tierischer Zug

«Manche Leute trinken, damit sie vergessen», sagte Mrs. Madrigal, die sich im Vorgarten in der Sonne aalte. «Ich dagegen rauche, damit ich mich erinnere.» Sie zog an ihrem Kolumbianer neuester Ernte und reichte den Joint an Brian weiter.

«An was denn, zum Beispiel?», wollte er wissen.

«Ach ... an alte Lieben, an Zugfahrten, an den Geschmack der Cola aus dem Ausschank, als ich noch klein war. Gras ist so was Hübsches, Sentimentales ... *Reader's-Digest*-Mäßiges. Ich kann gar nicht verstehen, warum die Bourgeoisie was dagegen hat.»

Brian lächelte und streckte die Beine auf dem Badetuch aus.

«Rauchen Sie schon lange?»

«Für meine Begriffe nicht. Ich glaube ... wahrscheinlich, seit du auf der Highschool warst.»

«Das ist noch nicht lange.»

Sie lächelte. «Ich habe fast damit gerechnet, dass du so was sagst.»

«Können Sie sich noch an das erste Mal erinnern?»

«Nein. Aber ich kann mich an das dritte Mal erinnern.»

«Hat es beim ersten Mal nicht geklappt?»

«Doch. Es hat geklappt.» Sie gluckste. «Kannst du Leute ausstehen, die so was sagen?» Sie äffte die Stimme einer ältlichen Matrone nach. «Die Kinder haben darauf *bestanden*, dass ich Pot rauche, und deswegen habe ich es dann auch ausprobiert, Madge, aber das eine kann ich dir sagen: Ausgelöst hat es bei mir *rein gar nichts*, nein, rein gar nichts!»

Brian lachte. «Manchmal stimmt es aber. Bei meinem ersten Mal hat es jedenfalls nicht geklappt.»

«Na und?» Die Vermieterin zuckte mit den Schultern. «Wenn man das erste Mal Sex hat, *klappt* es auch nicht. Und trotzdem ist es das erste Mal. Reicht das nicht?»

«Wahrscheinlich schon.»

«Es gibt nichts Tolleres als das Hochgefühl bei einem ersten Mal. *Absolut* nichts.»

«Das klingt ganz so, als hätten Sie schon eine Menge erste Male hinter sich.»

«Ich tu mein Bestes. Und du wechselst das Thema.»

«Tut mir leid. Ich hab den Faden verloren.»

«Ich wollte dir von meinem dritten Mal erzählen.»

«Ach ja.»

«Das dritte Mal», sagte Mrs. Madrigal und zupfte die Ärmel ihres Kimonos zurecht, «hat im Zoo von San Francisco stattgefunden. Direkt nach der Ermordung von Bobby Kennedy.»

«Depri, hm?»

«Nein ... Ich meine, ich habe mich nicht deswegen vollgedröhnt. Man hatte ihn halt ermordet, das war alles. Jedenfalls kannte ich diesen liebenswürdigen kleinen Kerl aus dem Zoo, der für die Affen zuständig war. Eigentlich trifft die Beschreibung gar nicht. Er war eher *selber* einer von den Affen. Er hatte nämlich ganz schön lange Arme und war ziemlich behaart, und die Affen fanden ihn schlicht *wunderbar*. Ich fand ihn auch ganz wunderbar, weil er so ausgezeichnet Backgammon spielte. Na ja, an dem besagten Tag hielten wir ein nettes langes Pläuschchen ab, und zwar in diesem merkwürdigen Gittergang, der von den Affenställen zu dem Käfig führt, wo die Gorillas immer hingehen und in aller Öffentlichkeit an sich rummachen ...»

Brian lachte glucksend.

Mrs. Madrigal zog eine Augenbraue hoch. «Sind Zoos denn nicht gerade dazu da? Warum schauen sich die Leute sonst Gorillas an?»

«Ich verstehe, was Sie meinen.»

«Wir standen also in diesem Gang und unterhielten uns ganz reizend, als diese ziemlich furchterregende Gorilladame angewackelt kam und sich zu uns gesellte. Sie stellte sich neben meinen Tierpflegerfreund und legte ihm den Arm um die Schulter, als wären sie alte Schulkameraden oder so was. Dann sagte mein Freund: ‹Ach, das hätt ich jetzt beinah vergessen›, und zog einen Joint aus der Hemdtasche. Er zündete den Joint an, zog einmal kräftig daran und gab ihn an den Gorilla weiter ...»

«Ach, das gibt's doch nicht!»

«Gott ist mein Zeuge! Und *dann*, wenn's dir recht ist, machte der Gorilla einen langen Zug und gab den Joint an mich weiter!»

«Meine Güte. Was haben Sie gemacht?»

«Ich besitze ja *Anstand*, mein Junge. Ich habe den Joint freundlich und ohne Zögern angenommen und ihn nachher wieder meinem Freund zurückgegeben. Die Gorilladame ist noch auf zwei Züge bei uns geblieben, dann ist sie den Gang entlangmarschiert, um ihr Publikum zu begrüßen. Aber da war sie schon eine sehr angeheiterte Gorilladame.»

«Hat sie das immer gemacht?»

«Jeden Tag. Wahrscheinlich hat es ihr geholfen, mit allem fertigzuwerden.»

«Ist sie noch immer im Zoo?»

Mrs. Madrigal tippte mit dem Zeigefinger an ihre geschürzten Lippen. «Weiß ich eigentlich gar nicht. Ich frage mich oft, ob sie noch lebt. Gorillas können sehr alt werden, soviel ich weiß. Ich hätte große Lust, sie mal wiederzusehen.»

«Warum?»

«Ach ... wahrscheinlich, weil wir eine Menge Gemeinsamkeiten haben. Sie war ein zähes altes Mädchen, und sie hat sich so viel Spaß geholt, wie sie nur kriegen konnte. Und auch ... weil sie vieles noch recht spät im Leben gelernt hat.»

«Was haben Sie denn gelernt?»

Sie bedachte ihn mit einem missbilligenden Lächeln. «Ich habe gelernt, dass du viel zu neugierig wirst, wenn du was geraucht hast.»

«Ich habe Sie nicht nach Ihrer Lebensgeschichte gefragt.»

«Wie schade. Das solltest du unbedingt mal nachholen. Aber nicht, wenn *ich* was geraucht habe.»

«Warum nicht?»

«Weil ich ... da *vielleicht* die Wahrheit erzählen würde, mein Schatz.»

Ein vorteilhafter Schnitt

Emma wurde langsam alt, bemerkte Frannie voller Wehmut, als das spindeldürre Schwarze Hausmädchen mit dem Frühstückstablett ins Schlafzimmer gezockelt kam.

«Soll ich die Vorhänge aufziehen, Miss Frances?»

Miss Frances! Das machte Emma zu einer absoluten Perle, zur letzten Vertreterin ihrer Zunft. Seit sie auf Halcyon Hill arbeitete, hatte es immer nur geheißen: Miss Frances, Miss DeDe, Mr. Edgar ...

«Nein danke, Emma. Stellen Sie das Tablett bitte auf den Tisch.»

«Ja, Ma'am»

«Emma?»

«Ma'am?»

«Finden Sie denn, dass ich ... Setzen Sie sich bitte, Emma, ja?»

Emma folgte ihrem Wunsch und setzte sich vorsichtig auf die Kante eines rüschengeschmückten Sessels neben dem Bett. «Sie sind doch nicht ... krank, Miss Frances?»

«Nein ...»

«Mr. Edgar ist nicht mehr, Miss Frances. Damit müssen Sie jetzt leben. Er ist heimgekehrt in den Schoß Gottes, und es gibt auf dieser gesegneten Erde nicht ein einziges Wesen, das ihn zurückbringen kann, bis der Herr am Tag des Jüngsten Gerichts die Seinen erlöst von ...»

Frannie klingelte mit dem Glöckchen, das auf ihrem Nachttisch stand. «Emma, meine Liebe ... von Ihrem Gerede bekomme ich Kopfschmerzen.»

«Ja, Ma'am»

«Also, was ich gerne wissen würde ... Emma, ich halte große Stücke auf Ihre Meinung. Ich denke, Sie wissen das auch, und ... Finden Sie, dass ich mich liften lassen müsste, Emma?»

Schweigen.

«Emma, Sie *wissen* doch, was liften bedeutet, oder?»

Das Hausmädchen nickte voller Missmut. «Schnibbeln.»

«Nein ... Na ja, das gehört auch dazu, aber im Grunde ist es ein kompletter kosmetischer Prozess, der heutzutage gar nichts Besonderes mehr ist. Ich meine, *sehr viele* Damen ...»

«Weiße Damen.»

«Werden Sie nicht unverschämt, Emma.»

Ein Vierteljahrhundert treuen Dienstes auf Halcyon Hill berechtigte Emma zu der finsteren Miene, mit der sie ihre Herrin jetzt ansah.

«Miss Frances, der Herr hat Ihnen ein ganz prima Gesicht gegeben, und wenn es dem Herrn gefallen hätte, dass Sie ...»

«Ach, pah, Emma! Der Herr muss nicht zu den Treffen der Opera Guild gehen!»

«Ma'am?»

«Ich bin so *alt*, Emma. Und alle meine Bekannten sehen aus wie ... Nancy Kissinger! Bei mir hängt alles runter wie bei einem Truthahn!» Sie zog an dem Gewebe rund um ihre Wangenknochen. «Sehen Sie sich das bloß an, Emma!»

Emmas Blick wurde streng. «Mr. Edgar würde so ein Gerede gar nicht gefallen.»

Frannie wälzte sich im Bett herum und schob die Unterlippe vor. «Mr. Edgar ist tot», sagte sie teilnahmslos.

Als Emma sich um die Wäsche kümmerte, verriegelte Frannie die Schlafzimmertür und rief Vita Keating an. Die Verstohlenheit dieses Akts machte ihr klar, dass sie selbst mit neunundfünfzig noch nicht erwachsen war. Es hatte *immer* jemand gegeben, vor dem sie sich rechtfertigen musste.

Allerdings war Edgar jetzt nicht mehr da. Nur Emma war ihr noch geblieben.

Vita, ging es Frannie durch den Kopf, hatte diese Art emotionaler Knechtschaft nie gekannt. Vita war eine Pionierin, eine tatkräftige Unabhängige, die es über ihren irgendwann in den Fünfzigern errungenen Miss-Oklahoma-Titel zum zweiten Platz auf dem Treppchen in Atlantic City und danach zu einem republikanischen Ehemann in San Francisco gebracht hatte.

Obwohl Vita als Gastgeberin einen untadeligen Ruf genoss, schockierte sie die eher spießigen Angehörigen ihrer Gesellschaftsschicht manchmal damit, dass sie in San Francisco seit ewigen Zeiten geltende Gepflogenheiten über den Haufen warf: Sie war nicht umsonst die *erste* im Gesellschaftskalender verzeichnete Ortsansässige, die Platzdeckchen aus Jeansstoff mit Kristallgläsern von Waterford kombiniert hatte. Außerdem hatte sie ganz reizende Ideen, was man mit Halstüchern alles anstellen konnte.

Wer außer Vita verfügte schon über die Extravaganz, sich auf dem Cerebral Palsy Ball in einem Großmutterkleid à la Pionierzeit zu zeigen und dazu noch ein Lasso zu schwingen? Man hatte immer *solchen* Spaß mit ihr.

Natürlich lachte sie aus vollem Hals, als Frannie sie mit ihrer Frage überfiel.

«Mein Gesichtsheini? Ach Gott, Schatz, soviel ich weiß, füllt er in der Schweiz Schafsamen in Fläschchen ab. Mit seiner letzten Patientin hat er den *totalen* Reinfall erlebt – irgendeine bemitleidenswerte Frau aus Santa Barbara, die am Schluss ausgesehen hat wie das Phantom der Oper.»

Frannie konnte ihre Enttäuschung nicht verbergen. «Ach so», sagte sie betrübt.

«Hast du dir das mit den Spritzen schon mal überlegt?», zwitscherte Vita.

«Mit welchen Spritzen?»

«Der Schafsamen, mein Schatz.»

«Vita!»

«Na ja, *ich* bin da ganz einer Meinung mit dir, aber Kitty Cipriani behauptet, dass die Spritzen eine ganz neue Frau aus ihr gemacht haben. Ich persönlich glaube eher, dass ihr jemand Schafköttel in die Augen gestreut hat!» Vita lachte schallend, und Frannie lachte trotz ihrer immer düsterer werdenden Stimmung mit.

Schließlich sagte Vita aus heiterem Himmel: «Wie alt bist du, Frannie?»

Die Frage schmerzte in diesem Augenblick vielleicht noch mehr als sonst. Vita war mindestens fünfzehn Jahre jünger als Frannie. «Ich frage aus einem bestimmten Grund», fügte Vita entschuldigend hinzu.

«Vierundfünfzig», antwortete Frannie.

«Was für ein Jammer.»

«Reib's mir nicht auch noch hin, Vita.»

«Aber nein, Schatz. Ich meine, es wäre besser, wenn du schon sechzig wärst.»

«Kannst du mir mal erklären, warum das besser sein sollte?»

Vita ließ ein kehliges Glucksen hören. «Das sag ich dir erst, wenn du mir dein richtiges Alter verrätst.»

Frannie zögerte einen Augenblick, bevor sie nachgab. «Was?!», sagte Vita. «Mensch, *toll*!»

«Vita, was ist denn bloß in dich ...?»

«Lass dich überraschen, Frannie Halcyon! Lass dich überraschen!»

Zu neuen Ufern!

Die Qualen des Kofferpackens auf den letzten Drücker, einer lästigen Erkältung und eines nervenaufreibenden PSA-Flugs nach Los Angeles fielen von Mary Ann ab, als sie die *Pacific Princess* zu Gesicht bekam.

«Oh, Mouse! Sie ist so *weiß*!»

Michael kniff sich in den Unterarm. «Dann passen wir ja gut dazu, nicht?»

Mary Ann gab keine Antwort. Sie war gefesselt vom majestätischen Aussehen des riesigen Schiffs, das im Mondschein vor ihnen lag. Der Augenblick hatte etwas Beängstigendes und gleichzeitig Erregendes. Mary Ann fühlte sich wie eine Fallschirmspringerin, die verwegen durch die Luft saust und weiß, dass es *diesmal* darauf ankommt, dass es diesmal ernst ist, dass sich ihr Schirm diesmal öffnen muss.

Der Taxifahrer schaute über die Schulter zu den beiden nach hinten.

«Seid ihr zwei verheiratet?»

«Nee, aber wir treiben's miteinander», sagte Michael und erhielt dafür von Mary Ann den erwarteten strafenden Blick.

«Na dann», sagte der Fahrer glucksend. «*Love Boat* kennt ihr schätzomativ, hm?»

Michael nickte. «Was aus dem Fernsehen, nicht?»

«Genau. Bert Convy. Lyle Wagoner. Celeste Holm.»

«Die ganzen Größen.»

Der Fahrer nickte. «Das is da gedreht worden. Auf der *Pacific Princess*. Ziemlich sexy, das Zeug.»

«Mhmm. Ich erinnere mich», sagte Michael mit einem amüsierten Seitenblick auf Mary Ann. «Celeste Holm spielt eine feiste, aber liebenswerte Matrone, die überzeugt ist, dass sich das Thema Männer für sie erledigt hat, bis sie bei der Kreuzfahrt Craig Stevens begegnet. Viele Jahre davor war Celeste mit Craig zusammen, und jetzt ... Na ja, jetzt ist das arme Ding *starr vor Entsetzen*, dass Craig bei der Gelegenheit feststellen könnte, was für ein Pummel aus ihr geworden ist.»

«Und, tut er's?», wollte Mary Ann wissen.

«Aber nein. Großes Happy End. Craig ist nämlich in der Zwischenzeit blind geworden.»

«Das hast du dir ausgedacht, Mouse.»

«Großes Pfadfinderehrenwort! Und am Schluss *heiraten* die beiden sogar.» Er wandte sich an den Taxifahrer: «Stimmt's?»

«Klar.»

«Anscheinend», sagte Michael schulterzuckend, «hatte der gute alte Craig auch gleich seinen Tastsinn verloren.»

Der Schiffsfotograf überraschte die beiden auf der Gangway, wo er ihnen ein joviales «Lächeln, meine Jungverliebten!» zurief. Michael tat ihm den Gefallen und fasste von der Schulter aus auf Mary Anns rechte Brust.

«O mein Gott!», stöhnte er, als sie an Bord kamen. «Gehen wir auf eine Kreuzfahrt oder auf einen Highschool-Abschlussball?»

«Mouse, könntest du dich ein *klein* bisschen benehmen?»

«Elf ganze Tage lang?»

«Es ist ein *britisches* Schiff, Mouse.»

«Das schon! Aber mit *italienischen* Stewards.» Er hielt seine ausgestreckten Zeigefinger mehr als einen halben Meter auseinander.

Mary Ann lief rot an, prustete dann aber auch schon los. «Mit *normalen* italienischen Stewards», verbesserte sie ihn.

«Das *hättest* du wohl gerne», gab Michael zurück.

Ihre Kabine befand sich auf dem Promenadendeck und war Luxusklasse – zwei Doppelbetten, Einbaumöbel aus echtem Holz, bequeme Sessel und ein Badezimmer mit Wanne. Außerdem stand eine Flasche gekühlter Champagner für sie bereit.

Mary Ann brachte den ersten Toast aus. «Auf Mr. Halcyon. Gott segne Mr. Halcyon.»

«Richtig. Gott segne Mr. Halcyon.»

«Und» – sie füllte die Gläser nach – «auf ... auf die Abenteuer der Seefahrt!»

«Und auf die Liebe.»

«Und auf die Liebe!»

«Auf Mrs. Madrigal ... auf das Marihuana ... auf den Heißhunger nach einem Joint ... und auf alle Menschen in Florida außer Anita Bryant!»

«Ja!»

«Aber am allerinnigsten», sagte Michael plötzlich in gespieltem Ernst, «auf diesen wohlerzogenen, charmanten und so unglaublich geilen Kerl, der wenigstens *einem* von uns beiden schöne Augen gemacht hat, als wir heute Abend an Bord gekommen sind.»

«Wo? Wer?»

«Woher soll ich wissen, wer er ist? Ich bin doch gerade erst angekommen. Mensch. Du hast ihn doch *auch* gesehen, oder?»

«Ich glaube nicht.»

Michael machte ein verzweifeltes Gesicht und verdrehte die Augen. «Er hat uns permanent angeschaut?»

«Ein Passagier?»

«Ja.»

«Und er hat *uns* angeschaut?»

«Genau, Kleines.»

Mary Ann biss auf die Spitze ihres Zeigefingers. «Denkst du, er war blind?»

Michael jauchzte und hob sein Glas. «Okay ... Auf die Blinden!»

«Auf die Blinden», stimmte Mary Ann ein.

Mother Muccas Vorschlag

Als der Greyhound kurz vor Tagesanbruch in Truckee, Kalifornien, haltmachte, erwachte Mona aus einem unruhigen Schlaf. Sie hatte das deutliche Gefühl, dass sich ihre Zunge in ein totes Pelztier verwandelt hatte. Die bizarre alte Frau neben ihr tätschelte ihr die Hand. «Das ist es noch nicht, Püppi. Schlaf weiter.»

Es? Was war «es»? Wo war «es»?

«Mach dir keine Sorgen, Püppi. Mother Mucca is ja bei dir. Ich pass schon auf dich auf.»

«Hören Sie mal, meine Liebe, ich ...»

«Mother Mucca.»

«Okay. Ich bin Ihnen dankbar für Ihre Hilfe, aber ...»

«Dieses idiotische Angel Dust zermatscht dir die Birne. Du hättst dich mal reden hören sollen im Schlaf, Püppi!»

«Das ist mir doch ... Was hab ich gesagt?»

«Keine Ahnung. Lauter verrücktes Zeug. Irgendwas über Mäuse.»

«Über Mäuse?»

«Irgend so was. Angehört hat sich's wie: ‹Wo ist die Maus hin? Ich kann die Maus nicht mehr finden.› Danach haste dann nach deinem Daddy geschrien. Das war vielleicht 'ne gespenstische Vorstellung, Püppi!»

Mona rieb sich die Augen und beobachtete ihre zombiegesichtigen Mitreisenden, die auf einen Kaffee in die Station von Truckee hinüberschlurften. Sie sahen aus wie übermüdete Infanteristen, die sich für einen Angriff im Morgengrauen wappneten.

Was, in Buddhas Namen, machte sie hier eigentlich?

Als Mother Mucca darauf bestand, sie zum Frühstück einzuladen, hatte Mona nicht mehr die Kraft, um Nein zu sagen. Außerdem schien die alte Schachtel ganz gut bei Verstand zu sein, auch wenn sie *aussah*, als wäre sie einem Fellini-Film entsprungen. «Ich hab mal 'n Mädchen gehabt, das hat auch Judy geheißen.»

«Was?»

«Haste mir erzählt, dass de Judy heißt, oder nich?»

Mona beschloss, so anonym wie möglich zu bleiben, und nickte. Von Mona Ramsey hatte sie erst mal die Nase voll.

«Judy war total prima», fuhr Mother Mucca fort. «Ich glaub, sie is länger bei mir gewesen wie alle andern.» Sie schüttelte den Kopf, lächelte und verlor sich in schönen Erinnerungen. «Ja, das kann man laut sagen, sie war total prima!»

Mona stellte fest, dass sie langsam Zuneigung zu der Alten entwickelte. «Hatten Sie denn viele Kinder?»

«Kinder?» Sie kotzte das Wort regelrecht aus.

«Sie haben gerade gesagt ...»

Mother Mucca lachte wieder gackernd. «Du bist noch 'ne ganze Ecke doofer, wie de aussiehst. Ich red vom allerbesten Puff in Winnemucca!»

Mona war erschüttert, zugleich aber auch fasziniert. Natürlich! Eine waschechte Puffmutter aus Nevada! Ein mageres Überbleibsel aus dem Gewerbe, das im amerikanischen Westen als erstes Encounter angeboten hatte!

«Sie ...? Wie lang sind Sie schon ...?»

«Ach Gott, Püppi! Wo soll ich da den Strich ziehen!»

Beide lachten herzhaft. Zum ersten Mal seit ihrem Kennenlernen lagen sie auf derselben Wellenlänge. Mona war gefesselt von der ungenierten Offenheit dieser ungewöhnlich hässlichen alten Frau.

«Was hat Sie denn nach San Francisco geführt?», wollte sie wissen.

«Ein Treffen der Nuttengewerkschaft. Coyote. Das steht für ‹Call Off Your Old Tired Ethics›.»

Mona nickte wissend. Eines der wichtigsten Kennzeichen des North-Beach-Schicks war das selbstverständliche Wissen um Margo St. James und ihre Prostituiertengewerkschaft.

«Kennste Margo?», wollte Mother Mucca wissen.

«O ja», log Mona. Wenigstens hatte sie die Frau schon mehrmals *gesehen*, wenn sie sich bei Malvina's zum Frühstück Kaffee und Croissants bestellte.

Mother Mucca zog eine ihrer aufgemalten Augenbrauen hoch. «Sie hat viel mehr Klasse wie ich, was, Püppi?»

«Ich finde, Sie haben eine Menge Klasse.»

Mother Mucca senkte den Kopf und blies in ihren Kaffee.

«Doch, wirklich», beharrte Mona. «Sie sind ein sehr ... klarer Mensch.»

«Und du bist ’ne schlechte Lügnerin.» Mother Mucca streckte plötzlich die Hand aus und kniff Mona oberhalb des Ellbogens in den Arm. Einen Augenblick sah es so aus, als könnte ihre krustige Tünche jeden Moment aufplatzen, doch dann räusperte sie sich plötzlich, und ihr Ton wurde noch ruppiger als zuvor.

«So, Püppi! Du hast mir noch immer nich erzählt, warum de mit der Birne voll Angel Dust nach Reno gondelst!»

«Ach, mit Reno hat es eigentlich nichts Besonderes auf sich.»

Die alte Frau schnaubte verächtlich. «*Das* kannste aber laut sagen!»

Mona lachte. «Ich wollte bloß ... ich weiß nicht ... mal für einige Zeit weg. Ich war noch nie in der Wüste.»

«Wüste haben wir in Winnemucca mehr als genug.» Das klang nach einer halben Einladung. Mona schaute auf ihre Bratkartoffeln und drückte sich um eine Antwort.

«Das Haus is groß, Püppi. Und ich brauch eine, die sich um die Anrufe kümmert. Außerdem isses richtig sauber und hübsch. Ich glaub, du würdst ganz schön überrascht sein.»

«Ich bin sicher, dass es ...»

«Ach komm, Püppi! Ich treib doch keinen Mädchenhandel oder so was! Du sollst mir bloß Gesellschaft leisten. Du kannst sofort abhauen, wenn’s dir nich mehr passt.»

«Ich glaube aber nicht, dass ich ...»

«Was machste denn überhaupt?»

«Wie?»

«Beruflich.»

«Ich bin ... Ich war bis vor Kurzem Werbetexterin.»

Mother Mucca brüllte vor Lachen. «Na, dann tu mal bloß nich so schrecklich etepetete!»

Mona grinste und warf ihre Serviette auf den Teller. «Der Bus fährt wieder los, Mother Mucca.»

«Heißt das, du machst es nich?»

«Keine Chance», sagte Mona und nagte nachdenklich an ihrem Zeigefinger. «Außer, wenn ich mein eigenes Wasserbett kriege.»

Schwule Handelsklasse A

Die Technik des Partygebens war für die Hampton-Giddes mindestens genauso knifflig wie die Funktionsweise von Arch Giddes neuem Silver-Shadow-Rolls.

Nach sorgfältiger Prüfung wurden mögliche Gäste einer von vier Listen zugeschlagen:

Der A-Liste.

Der B-Liste.

Der schwulen A-Liste.

Der schwulen B-Liste.

Die Hampton-Giddes kannten keine C-Leute, ob schwul oder sonst wie.

In der Regel setzte sich die A-Liste aus den Schönen und den Alteingesessenen zusammen, aus Leuten, die in der Kolumne von Merla Zellerbach im *Chronicle* die Fragen nach ihrem liebsten Junkfood-Lokal oder ihrem bevorzugten Ziel fürs Underground-Sightseeing beantworten durften.

Natürlich gab es auf der A-Liste ein paar Einsprengsel von der schwulen A-Liste, aber man erwartete von ihnen, dass sie sich benahmen. Ein A-Schwuler, der trutschig wurde, wenn man nach einem Abendessen der A-Liste Scharade spielte, fand sich postwendend im Fegefeuer der schwulen B-Liste wieder.

Den B-Schwulen, diesen armen Wichten, wurde das Scharadespielen gar nicht erst zugestanden.

Die Bandbreite und die Intensität der Unterhaltungen bei den Cocktails der Hampton-Giddes hingen größtenteils davon ab, welche Liste zur Anwendung kam.

Leute von der A-Liste konnten sich über Kunst, Politik und die Wildledertapeten im Hauptschlafzimmer des Hauses unterhalten.

Leute von der B-Liste konnten sich über Kunst, Politik, die Wildledertapeten im Hauptschlafzimmer des Hauses und die Leute von der A-Liste unterhalten.

Die A-Schwulen konnten sich darüber unterhalten, wer wohl im Badezimmer Koks schnupfte.

Von den B-Schwulen, die größtenteils Dekorationszwecken dienten, wurde nicht erwartet, dass sie an einer Unterhaltung teilnahmen.

«Binky *schwört*, dass es stimmt», sagte William Devereaux Hill III eines Abends, als ein ganzer Schwarm von A-Schwulen über das Anwesen der Hampton-Giddes in Seacliff hergefallen war.

«Was *Chinesisches*?», stieß Charles Hillary Lord hervor.

«Zwillinge!»

«Gleich ein ganzer *Wurf*!», mischte sich Archibald Anson Gidde kreischend ein.

«O nein, das *halte* ich nicht aus!»

«Was heißt, *du* hältst es nicht aus? Mein Schatz, unsere Miss Gidde hier hat sich am Vormittag regelrecht die Fingernägel ruiniert an ihrem Princess-Telefon, damit sie die Neuigkeit unter die Leute bringen konnte.»

«Das *stimmt* überhaupt nicht.» Der Gastgeber war empört.

«*Mir* hast du es jedenfalls erzählt.»

«Aber auch nur dir.»

«Stoker behauptet, dass du es ihm auch erzählt hast.»

«Oh, wie die lügt!»

Charles Hillary Lords Bedarf an Gehässigkeiten war noch nicht gedeckt. «O Gott, Billy, mit einem *Ornamentalen*? DeDe hat es mit einem *Ornamentalen* getrieben?»

«Die haben doch bloß *Kinderpipis*.» Das kam von Archibald Anson Gidde.

«Es ist geradezu abstoßend, was ihr für Vorurteile habt», sagte Anthony Latimer Hughes, der gerade zu der Gruppe stieß.

«Oh, die Gnädigste spricht! Du hast doch nicht *zufällig* wieder mal deine kleine Chinoiserie-Periode, was, mein Schatz?» Das kam erneut von Gidde.

«Es gibt zwei Dinge, die man in San Francisco beachten muss», warf Charles Hillary Lord ein. «Dass man sich *nie* im Top of the Mark verabredet. Und dass man bei Regen nie durch Chinatown geht.»

«Warum nicht?», fragten alle im Chor.

«Weil die Chinesen so *klein* sind, dass sie den Weißen mit ihren Regenschirmen die Augen ausstechen!»

In einer anderen Ecke des Raums tauschte Edward Paxton Stoker Jr. zu Füßen des Claes Oldenburg mit seinem Gastgeber Richard Evan Hampton Nettigkeiten aus.

«Ich gäbe was dafür», sagte der Gast, «wenn Jon Fielding hier wäre.»

«Also biiiitte!» Rick Hampton hatte es noch immer nicht verwunden, dass Jon Fielding bei einer Abendgesellschaft im letzten Herbst plötzlich explodiert war und sich wutschnaubend verabschiedet hatte. «Diese Zicke wirst du *bei mir* garantiert nie wieder auf der Gästeliste finden, Edward.»

«Aber er ist DeDes Gynäkologe und ...»

«Und *außerdem* steigt Beauchamp ab und zu über ihn drüber.»

«Das stimmt nicht mehr.»

«Sag bloß?»

«Der Herr Doktor ist auf einmal *überaus* frömmlerisch geworden – wie das manchmal so seine Art ist – und hat unserem lieben Beauchamp den Laufpass gegeben. Beauchamp war *außer sich*.»

«Ich würde zu gerne Fieldings Version hören!»

«Ich fürchte, da wirst du dich noch ein Weilchen gedulden müssen. Er ist nämlich auf dem Weg nach Acapulco.»

«O Gott, was will er da denn?»

«Na, was wohl? Er besucht einen Gynäkologenkongress.»

Die reichere – und ältere – Hälfte der Hampton-Giddes verdrehte heftig die Augen. «Acapulco ist auch nicht mehr das, was es mal war.»

Heckmeck auf dem Sonnendeck

Irgendwo vor der Küste Mexikos traf eine strahlende Mittagssonne an Deck der *Pacific Princess* auf Dutzende von willigen Anbetern. Mary Ann lag – mit offenem Oberteil – auf dem Bauch, als ihr eine Hand unvermutet etwas Schmieriges auf den Rücken klatschte.

«Mouse?»

Schweigen.

«Mouse!»

«Ich diese Mouse nicht kennen, Signorina. Ich sein bloß einfache italienische Steward aus Speisesaal, was will maachen nacktes Party mit scheene scharffe Mädchen aus Amerika!»

«Du hast was von dem Gras geraucht, stimmt's?»

Michael setzte sich mit einem theatralischen Seufzer neben sie. «Ach, wenn du doch *endlich* lernen würdest, in Fantasien zu schwelgen.»

«Was ist das überhaupt für ein Zeug?»

«Welches Zeug? Ach so ... Tortugacreme. Der Kabinensteward hat sie mir gegeben. Er sagt, sie wird in Mazatlán hergestellt.»

«Sie riecht lecker.»

«Mhmm. Das kommt, weil sie aus pürierten Schildkröten ist.»

«Mouse!»

«Wenn er mir das doch so *gesagt* hat.»

«Igitt!»

«Glaubst du, Polly Bergen nimmt Rosenblätter?»

Mary Ann setzte sich auf, hielt ihr Bikinioberteil mit dem rechten Arm an Ort und Stelle und blinzelte in die Sonne.

«Verschnür mich wieder, ja?»

«Bondage? *Jetzt schon?* Dabei hast du noch nicht mal Bingo gespielt. Außerdem gibt es heute Nachmittag in der Carrousel Lounge einen schicken Mambo-Tanztee für Senioren, wenn du ...»

«Mouse ... schau jetzt nicht hin, aber er ist gerade in den Pool gesprungen.»

«Wer?»

«Unser Mister Geheimnisumwoben. Der Kerl, den du gesehen hast, als wir an Bord gegangen sind.»

«Der, der uns schöne Augen gemacht hat?»

Mary Ann korrigierte ihn. «Der einem von uns schöne Augen gemacht hat.»

«Vielleicht ist er ja auf einen flotten Dreier scharf.»

«Glaubst du, dass er schwul ist, Mouse?»

«Na ja ... Seine Technik beim Rückenschwimmen sieht *schon* ein bisschen tuntig aus.»

«Mouse, ich meine das ernst.»

«Dann *frag* ihn doch, du Dummchen! Lad ihn zu einer Piña Colada ein!»

Mary Ann drehte sich um und musterte den kraftvollen weißen Körper, der durch das grüne Wasser des Pools schnitt. Der Kerl war erdbeerblond, stellte sie fest, und er schüttelte den Kopf wie ein nasser Collie, als er aus dem Becken stieg.

Mary Ann widmete sich wieder Michael. «Du traust mir das wohl nicht zu, was?»

Michael grinste sie bloß aufreizend an.

«Okay. Dann pass jetzt mal auf!»

Der nasse Collie lag am Rand des Pools auf einem Badetuch. Mary Ann näherte sich ihm so absichtslos wie möglich und versuchte, sich auf den Swimmingpool zu konzentrieren. Sie wollte genauso energisch und selbstbewusst wirken wie Candice Bergen, wenn sie sich nach einem anstrengenden Tag, den sie mit dem Fotografieren von afrikanischen Wildtieren zugebracht hatte, zum Schwimmen aufmachte.

Der Collie schaute hoch und sagte lächelnd: «Es klappt am besten, wenn man die Augen zumacht und springt.»

«Ist es denn kalt?», fragte Mary Ann.

Nicht besonders geschickt. Ganz und gar nicht Candy-Bergen-like.

«Keine Bange», redete er ihr gut zu. «Sie halten es schon aus.»

In der Hoffnung, dass es noch nicht zu spät war für einen Marlo-Thomas-Effekt, schnitt Mary Ann schulterzuckend eine Grimasse. Über das Gesicht des Collies legte sich ein nachsichtiges Lächeln, als sie die Luft anhielt und sprang.

Der Pool war nicht viel größer als eine Hutschachtel, und man konnte nicht mal Bahnen schwimmen. Das kalte Meerwasser war anregend, aber man hielt es darin nur kurz aus. Mary Ann griff fröstelnd nach der Leiter.

Der Collie streckte ihr die Hand entgegen. «Die Gänsehaut steht Ihnen ausgezeichnet.»

«Danke», sagte sie lächelnd.

«Darf ich Sie zu einem Drink einladen? Sie und Ihren Mann, meine ich.»

«Meinen ...? Ach so, das ist nicht mein ...» Sie drehte sich um und schaute zu Michael hinüber, der ihr affektiert zulächelte. Darüber hinaus gab er noch seine Version von Queen Elizabeths königlichem Winken zum Besten. «Michael ist bloß ein Freund.»

«Das ist ja angenehm», sagte der Collie.

Für wen?, dachte Mary Ann. Für mich oder für Michael?

Der Collie stellte sich den beiden vor. Er hieß Burke Andrew, und er machte die Kreuzfahrt alleine mit. Er schüttelte Michael mit festem Griff die Hand und entschuldigte sich kurz, um ihre Drinks zu holen.

«Und?», sagte Mary Ann. «Ist er?»

«Woher soll ich das wissen? Geheime Erkennungszeichen beim Händeschütteln gibt es für Tucken schon seit 1956 nicht mehr.»

«Er ist hinreißend, was?»

Michael zuckte mit den Schultern. «Wenn man auf kräftige Oberschenkel steht.»

Mary Ann schaute seufzend über das Meer. «Ich glaube, er mag mich, Mouse. Hilf mir rauszufinden, was mit ihm nicht stimmt.»

Das Superman Building

Absurd, dachte Brian, als er sich um Mitternacht in die Barbary Lane schleppte. Er hätte mit ihr nach Hause gehen können.

Gar keine Frage.

Verdammt noch mal, ihr war praktisch schon der *Sabber* rausgelaufen, als sie im brutalen Atombombenschein der Tiffanylampen im Henry Africa's an ihn gedrückt dagesessen hatte. Er hätte sie einfach so abschleppen können.

Warum hatte er's dann nicht *getan*? Welcher perverse neue Auswuchs seiner Persönlichkeit hatte ihn dazu getrieben, eine sichere Sache sausen zu lassen und seinen Arsch wieder in das Häuschen auf dem Dach zurückzuverfrachten?

Die Szene in der Kneipe hatte sich folgendermaßen abgespielt:

«Ich komm immer noch nicht weg über die Sache mit Freddie Prinze.»

Das passt, dachte er. Eine Vogelscheuchenperücke à la Farrah Fawcett-Majors. Eine Schnute wie Bernadette Peters. Sie holt sich alles aus der Glotze. Als Nächstes kommt sicher *Roots* dran.

«Ich meine, er war noch so *jung*, und ... Na ja, selbst *wenn* er auf Drogen war und so, warum soll er davon so depressiv geworden sein, dass er sich ... Mein Gott, das hat vielleicht *reingehauen* ... Dabei hat er so viel für die Chicanos getan.»

Brian schaute weiter in sein Bier, als er sie korrigierte: «Er war aber aus Puerto Rico.»

«Außerdem heißt es doch immer, dass man an Kokain gar nicht ... Ja, wirklich?»

«Mhm.»

«Ich hatte mal eine Mitbewohnerin aus Puerto Rico. Die hab ich durch das Ethnic Studies Program am College zugeteilt gekriegt.»

Brian trank mit unbewegter Miene einen Schluck von seinem Oly. «Und, hat's geklappt mit ihr?»

«Ich hab ganz schön was gelernt dabei.»

«Gut.»

«Sie hat Cecilia geheißen.»

«Ein hübscher Name.»

«Cecilia Lopez.»

«Mhmm. Als ich elf oder zwölf war, hab ich mir mal einen Klammeraffen schicken lassen.»

«Entschuldige, aber ...»

«Mit einer Bestellkarte aus dem Comic-Heft: ‹Ein süßes kleines Äffchen, das sogar in deiner Teetasse Platz hat.›»

«Aber, was hat das ...?»

«Sie hat auch Cecilia geheißen.»

«Oh.»

«Sie war schon tot, als ich sie gekriegt habe. Sie hat einfach so dagelegen in ihrem kleinen Karton. Das ist mir vielleicht an die Nieren gegangen.»

«Wie grauenvoll! War ... Wer hatte denn schuld?»

«Eigentlich niemand.»

Sie nickte voller Mitgefühl.

«Es war ... Selbstmord!»

Sie schaute ihn mit gramerfüllter Miene an.

«Drogen», klärte er sie auf. «Und dabei war sie noch so *jung*.»

Sie wollte ihre Hand auf die seine legen, aber er stand abrupt auf und knallte etwas Geld auf den Tresen.

«Tut mir leid», sagte er. «Zum Ficken bin ich heute Abend viel zu deprimiert.»

Das Superman Building war ein turmhohes Art-déco-Wohnhaus an der Ecke Green und Leavenworth. Brian mochte es sehr gern, weil es ihn an das Daily-Planet-Gebäude aus der alten Fernsehserie erinnerte.

Ist es ein Flugzeug, ist es eine Rakete? Nein, es ist Superman ...

Er mochte es auch deswegen sehr gern, weil es ihm zu einem Machtgefühl verhalf, das manchmal an der Grenze zum Erotischen lag.

Als er an diesem Abend seine Levi's und sein Rugbyshirt auszog, bemerkte er, dass im Superman Building hinter sechs oder sieben Fenstern noch Licht war.

Er griff nach dem Fernglas und beobachtete einige Zeit den fünften Stock, in dem er sich auf eine große Eckwohnung konzentrierte. Eine plump wirkende Frau mit kurzen Haaren und einem roten Pullover bewegte sich schwerfällig durch die Zimmer und schüttelte die Kissen auf.

Um Mitternacht?

Stand der Besuch eines Liebhabers bevor? Eher unwahrscheinlich. Reiste schon frühmorgens jemand ab? Vielleicht, aber welcher Gast konnte *dermaßen* wichtig sein? Wahrscheinlich handelte es sich bloß um einen Fall von Langeweile. Von Langeweile, von Nervosität ... oder von Irrsinn.

Da Brian sich inzwischen selbst langweilte, wechselte er in den – in den wievielten? – in den siebten Stock? Dort stand ein dünner Mann mit leichter Glatze vor einem hell erleuchteten Fenster und hob langsam das Bein, um mit dem Fuß die ausgestreckte Hand zu berühren.

Die Bewegung wirkte zu ausdrucksstark für Körpertraining und zu isoliert für Tanz. Vielleicht eine Kampfsportart ... Aber vielleicht war das ganze Haus auch voller Verrückter.

Wenn er nicht achtgab, würde er noch anfangen, diesen Leuten Namen zu geben. So wie Jimmy Stewart in *Fenster zum Hof*.

Ein Licht ging an.

Brian hob das Fernglas noch einmal hoch und zielte damit auf ein Zimmer im elften Stock, das von gedämpftem, leicht rötlich schimmerndem Licht erfüllt war. Gleich darauf erschien eine Frau.

Sie blieb am Fenster stehen. Sie trug ein langes, nicht genau zu erkennendes Gewand. Einen Moment lang stand sie reglos da, dann glitten ihre Hände bis auf Taillenhöhe nach unten und gleich darauf wieder hoch zu ihrem Gesicht.

Sie hatte ein Fernglas in der Hand. Und sie sah zu Brian herüber.

Das Haus

In der Morgendämmerung wirkte die Wüste rund um Winnemucca so grau und holprig, als bestünde sie aus zerbröckeltem Beton, der von einem präkolumbianischen Freeway übrig geblieben war.

Jedenfalls kam es Mona so vor, als sie aus dem Fenster des ramponierten Ford Ranchero blickte, der sie rasch und ohne viel Aufhebens von der Busstation an einen Ort brachte, der sich Blue Moon Lodge nannte.

«Tja, das isses», brüllte Mother Mucca und deutete mit dem Kopf durch die Windschutzscheibe nach vorne zu dem flachen Gebäude mit Putzfassade, das sich in einiger Entfernung in die Landschaft duckte.

«Hübsch», sagte Mona.

«Ja», erwiderte Mother Mucca.

«Haben Sie es schon lange?»

«Sind dir sechzig Jahre lang genug?»

Mona pfiff.

Die Achtzigjährige stieß ein raues Glucksen hervor. «Mother Mucca ist eben ein *altes* Miststück!»

Bevor Mona eine Bemerkung über die im Herzen Junggebliebenen zustande bringen konnte, bog der Ranchero abrupt auf einen staubigen Parkplatz ein, der gleich neben dem Bordell lag. Mother Mucca drückte kräftig auf die Hupe.

«Himmel, Arsch und Wolkenbruch, wo is Bobbi denn?»

Eine Aluminiumtür flog krachend auf und gab den Blick frei auf eine nervös wirkende blonde Frau von Mitte zwanzig. Sie trug abgeschnittene Levi's und eine pinkfarbene Qiana-Bluse, die sie in Taillenhöhe verknotet hatte. Leicht humpelnd lief sie auf das Auto zu.

«Willkommen zu Hause», rief sie strahlend.

«Verflixt noch mal, was haste denn mit deinen Füßen angestellt?»

«Nix.»

Mother Mucca kletterte aus dem Ranchero. Sie schaute so finster drein wie eine dieser Indianerfiguren, die in Tabakläden herumstehen. «Nix, hmh?»

«Mother Mucca, ich hab ihm gesagt, dass er ...»

«Jetzt hör mal zu, Püppi! Wenn du noch *einmal* 'ne Nummer schiebst mit diesem verrückten Mistsack aus Elko, dann kriegste 'nen Tritt in den Arsch und fliegst hier so schnell raus, dass du lieber ... Aber gebrochen is nix, oder?»

Bobbi schüttelte den Kopf.

«Dann hol jetzt die Tüten raus. Das da is Judy.» Sie ruckte mit dem Kopf in Monas Richtung. «Judy bleibt 'n paar Tage und kümmert sich um die Telefone.»

Die beiden jungen Frauen nickten einander zu.

«Gib ihr Tanyas Zimmer», sagte Mother Mucca in etwas sanfterem Ton. «Aber nimm vorher die Schaukel raus.»

Die erste Station war die Küche, wo Mother Mucca mehr als einen Liter Milch in sich hineinschüttete und für sich und Mona Pop-Tarts in den Grill schob.

«Is sie nich 'n süßes kleines Ding?»

«Wer?»

«Bobbi.»

«Ach so ... Ja. Sie macht einen sehr netten Eindruck.»

«Aber sie is völlig durchn Wind. Verrückt wie nur was. Aufpassen muss man auf sie wie 'ne Glucke. Mein Gott, wie ich die Göre aufgetan hab, hat se bis zum Hals in der Scheiße gesteckt. Schlimmer wär nich mehr gegangen.»

Mona schüttelte mitfühlend den Kopf. «Drogen?»

«Nee. Viel schlimmer. Sie hat Lochkarten getippt.»

Monas Zimmer lag zur Wüste hinaus und war das letzte in einer Reihe von Zimmern, die wie bei einem Motel an einer Art Laubengang lagen.

Die Einrichtung bestand aus einem Bett (weder Wasser noch Messing), einem Cocktailsessel mit grünem Plastikbezug, einem Nachtschränkchen mit Resopalplatte und einer Frisierkommode aus der Eisenhower-Zeit, auf der unter anderem ein Autograph Hound (von Tanya?), ein Plastikfarn und eine postkutschenförmige Flasche Avon-Eau-de-Cologne ausgestellt waren.

Mona lag bäuchlings auf dem Bett und beschäftigte sich gerade mit der Frage, ob eine Woche in einem Puff ihrem Karma ernstlich schaden konnte, als Bobbi ins Zimmer kam.

«Klopf, klopf», sagte sie freundlich.

Mona wälzte sich auf den Rücken und rieb sich die Augen. «Oh ... Hallo.»

«Ich hab dir ein paar Handtücher gebracht.»

«Danke.»

«Hast du dich schon eingelebt?»

«Ja. Danke, Bobbi.»

Sie lächelte. «Gern geschehen, Judy.» Mona erwiderte das Lächeln. Sie verspürte ein merkwürdiges Gefühl der Verbundenheit mit diesem unbedarften Wesen.

«Du wirst Mother Mucca mögen», sagte Bobbi leise. «Sie schimpft zwar wie ein Weltmeister, aber sie ist gar nicht so. In Wirklichkeit liebt sie uns wie ihre Töchter.»

«Wahrscheinlich hatte sie selber nie welche, hm?»

«Nein. Töchter hat sie keine gehabt. Aber sie hatte mal 'nen Sohn.»

«Was ist mit ihm passiert?»

«Er soll davongelaufen sein. Als er noch ein halbes Kind war. Aber das ist schon lange her.»

Land in Sicht

Frühstück auf der *Pacific Princess.* Im Speisesaal auf dem Aloha-Deck wimmelte es vor rot gesonnten Passagieren, die ihren ersten Blick auf Puerto Vallarta werfen wollten. Mary Ann hatte ihren Auftritt ohne Michael, der noch unter der Dusche stand.

«Na», polterte Arnold Littlefield los, während er sein Rührei in Ketchup ersäufte, «Ihr Männe hat Sie wohl versetzt, hm?»

Arnold und seine Frau Melba saßen mit Mary Ann und Michael am selben Tisch. Die Littlefields waren beide in den Vierzigern und ausnahmslos im Partnerlook unterwegs. Als Reverenz gegenüber ihrem Ausflugsziel hatten sie sich an diesem Morgen in exakt gleiche mexikanische Mehlsackgewänder gehüllt. Die Littlefields kamen aus Dublin. Dublin, Kalifornien.

«Er braucht immer länger als ich», sagte Mary Ann vergnügt, als sie sich setzte. Es war entschieden einfacher, Michael für ihren Ehemann durchgehen zu lassen, als zu erklären, wie es um ihre Beziehung, die Michael als «bizarr, aber ulkig» charakterisierte, eigentlich bestellt war.

«Richtig», sagte Melba, den Mund voll gebratenem Speck. «Männer sind viel eitler als Mädchen.»

Mary Ann nickte. Sie war dankbar, dass Michael keine Gelegenheit hatte, diese Bemerkung zu kommentieren. Sie bestellte ein Riesenfrühstück, doch als ihr Burke Andrew einfiel, ließ sie die Waffeln wieder streichen. Sie trank gerade ihren Orangensaft, als Michael voller Elan und blitzsauber auf der Bildfläche erschien.

Er trug Adidas, Levi's und ein weißes T-Shirt mit aufgedruckter Crisco-Dose.

«Entschuldigung, Entschuldigung.» Er grinste, als er den Littlefields zunickte und sich setzte.

«Kein Problem», sagte Arnold. «Aber Sie sollten Ihr kleines Frauchen besser im Auge behalten.» Er zwinkerte Mary Ann zu. «Sie ist viel zu hübsch, um sie frei rumlaufen zu lassen.»

«Arnold!» Das war Melba.

«Aber, das weiß Mike doch. Hab ich recht, Mike?»

«Tja, ich muss wirklich dauernd auf sie aufpassen.»

Melba stupste ihren Ehemann mit dem Ellbogen an. «Über *mich* sagst du so was nie, Arnold!»

«Na, die zwei sind ja auch jünger als wir, und du weißt doch, wie es damals bei uns ... Sagen Sie mal, Mike, wie lang sind Sie schon bei Crisco?»

«Wie?» Michael hatte dem Kellner vom Nebentisch schöne Augen gemacht.

«Ihr T-Shirt. Sie haben doch mit Crisco zu tun, oder?»

Mary Ann wäre am liebsten in ihre Cornflakesschüssel getaucht.

«Doch, ja», antwortete Michael ganz sachlich. «Bei Crisco ... bin ich schon vor ... ach, ich weiß nicht genau ... vor vier oder fünf Jahren gelandet.»

«Im Verkauf?»

«Nein. In der Werbung.»

«Mouse ...»

Michael zwinkerte Arnold zu. «Meinem kleinen Frauchen gefällt es nicht, wenn ich beim Essen übers Geschäft rede.»

«Recht hat sie», schlug Melba sich auf Mary Anns Seite. «Arnold redet über Aluminiumgussteile, bis ihm die Luft ausgeht. Und es ist so *langweilig*!»

«Für dich vielleicht, Melba, aber für *andere* überhaupt nicht. Nicht, wenn sie das Zeug zu ihrem Beruf gemacht haben! Sie finden Crisco ja auch nicht langweilig, oder, Mike?»

«Ganz im Gegenteil», antwortete Michael im Brustton der Überzeugung.

Wenn man auf dem Promenadendeck stand, schienen der weiße Sand und die Palmen von Puerto Vallarta zum Greifen nah. Mary Ann lehnte sich an die Reling und beobachtete die Taxifahrer und Ponchoverkäufer, die am Anleger bereits Aufstellung genommen hatten.

«Wo sollen wir hingehen, Mouse?»

«Keine Ahnung. Am besten einfach den Strand lang.»

«Wir haben überhaupt kein mexikanisches Geld.»

«Der Zahlmeister hat gesagt, dass man hier auch ... Moment. Da kommt er!»

«Wer?»

«Der geheimnisumwobene, aber geile Mr. Andrews.»

Als Mary Ann sich umdrehte, sah sie den Erdbeerblonden mit ausladenden Schritten auf sich zukommen. *«Andrew»*, verbesserte sie Michael rasch. «Ohne ‹s›.»

Michael zuckte mit den Schultern. «Aber sonst ist er doch auch nicht ohne.»

Mary Ann registrierte Michaels Bemerkung gar nicht mehr; Burke Andrew strahlte sie an. «Ich hab euch beide schon gesucht», sagte er.

Uns beide?, dachte Mary Ann.

Kinderkram

Selbst nach drei Scotchs im University Club musste Beauchamp immer noch an den Brief denken, der in der Brusttasche seines Brioni-Jacketts steckte.

«Na», sagte Peter Cipriani, der den jungen Geschäftsmann auf der Terrasse ansprach, «für dich ist das Leben im Moment wohl *kein* ‹cabaret, old chum›, was?»

Beauchamp schaute finster drein. «Nicht mal zur *Hälfte*.»

«Es könnte schlimmer sein.»

«Wie?»

«Du könntest an *meiner* Stelle sein, *mon petit*. Du könntest dazu verdammt sein, einer Essenseinladung bei den Langstons folgen zu müssen.»

Beauchamp schaute Peter über den Rand seines Glases hinweg mitleidig an. «Was wird heute serviert? Antiker Fasan?»

«Schlimmer ... Ach, viel schlimmer!»

«Viktorianisches Wildbret?»

Peter machte ein ernstes Gesicht und schüttelte den Kopf. «Den Gerüchten nach ... Gott steh uns bei! ... soll es edwardianischen Elch geben! Wer weiß, wie lang das Vieh schon in der Gefriertruhe gelegen hat. Miss Langston hat schon seit Ende der Sechziger keinen Elch mehr erlegt!»

Was für eine Pissnelke, dachte Beauchamp verbittert, als er mit dem Lift zu seinem Penthouse auf dem Telegraph Hill hochfuhr. Im Vergleich zu seinen Problemen waren die anderer Leute geradezu lächerlich.

DeDe war in der Bibliothek. Sie saß mit angezogenen Beinen auf dem Sofa mit der geschwungenen Rückenlehne und las in *Sog der Leidenschaft* von Rosemary Rogers. Ihre freie Hand steckte zur Hälfte in einer Cloisonne-Schale voller M&M's. Beauchamp funkelte sie wütend an.

«Sieh da! Der Inbegriff des Frauseins!»

«Ich habe einen anstrengenden Tag hinter mir, Beauchamp.»

Er stellte seinen Aktenkoffer ab und ging an die Bar. «Das kann ich mir vorstellen.»

«Was soll das denn heißen?»

Er drehte sich nicht zu ihr um, während er sich J & B in ein Schnapsglas schüttete. «Es muss *unvorstellbar* strapaziös sein, eine Super-Jumbo-Tüte M & M's aufzutreiben. Bist du den ganzen Weg zu Woolworth gefahren?»

«Sehr witzig.»

«Wenn du *Fett* so lustig findest, dann lach doch.»

«Darf ich dich daran erinnern, dass ich *zwei* Babys im Bauch habe!»

«Ich weiß», sagte er und kippte seinen Scotch. «Schoko und Schoko-Nuss.»

Das Abendessen bestand aus kalter Quiche und Salat. Sie aßen in eisigem Schweigen, vermieden jeden Blickkontakt und warteten missmutig auf den Moment, von dem sie beide wussten, dass er kommen würde.

«Wir müssen miteinander reden», sagte Beauchamp.

«Worüber?»

«Das weißt du verdammt gut!»

«Beauchamp ... Ich habe es satt, darüber zu reden. Dass du verärgert bist, nehme ich dir nicht übel, wirklich nicht. Ich werde die Babys auf jeden Fall zur Welt bringen, aber diese ... Schikanen halte ich nicht mehr länger aus.» Sie sah ihm direkt in die Augen. «Ich habe lange überlegt. Und ich habe mich entschieden, zu Mutter zu ziehen.»

«Brillant. Einfach brillant.»

«Ob das brillant ist oder nicht, kann ich nicht sagen, aber wenigstens werde ich ...»

«Jetzt hörst du mir aber mal zu! Du schuldest mir noch eine Erklärung. Und bevor du mir nicht ein paar Fragen beantwortet hast, läufst du nicht nach Hause zu deiner Mommy.» Er kramte den Brief aus der Tasche und klatschte ihn ihr in die Hand. «Dieses reizende anonyme Sendschreiben habe ich heute im Büro bekommen!»

DeDes Hände zitterten, als sie einen Notizzettel aus dem Umschlag zog. Die Botschaft, die mit gelbem Filzstift geschrieben war, bestand aus acht Worten:

WARUM NENNT IHR SIE NICHT YIN UND YANG?

«Und?», sagte Beauchamp mit drohender Stimme. «Würdest du mir vielleicht erklären, was das heißen soll?»

DeDe starrte die grauenhafte Botschaft mehrere Sekunden an, um Zeit zu schinden. Sie zwang sich, ruhig zu bleiben. Ihr war klar, dass sich der Kreis geschlossen hatte. Ausgehend von ihrer besten Freundin Binky hatte sich die schändliche Wahrheit auf dem Weg über den Klatschkolumnisten Carson Callas in der ganzen Stadt ausgebreitet: Sie trug die Kinder eines Botenjungen vom Telegraph Hill unter dem Herzen!

DeDe legte den Zettel mit der beschriebenen Seite nach unten auf den Tisch. «Das ist abstoßend», sagte sie leise.

«Beantworte meine Frage, DeDe.»

«Beauchamp, bitte ...»

Er wirkte angriffsbereit wie eine Kobra.

«Ach, scheiß drauf, Beauchamp! Der Vater der Kinder ist Chinese!»

Die Lektion der Vermieterin

Als Brian mit seiner Schicht bei Perry's fertig war, ging er schnurstracks nach Hause in die Barbary Lane. Mrs. Madrigal thronte im Flur auf einer Stehleiter und wechselte eine Glühbirne aus. Mit ihrer Sechzig-Watt-Aura wirkte sie da oben wie eine Schundfilm-Madonna, die sich vorgenommen hatte, ein ahnungsloses französisches Dorf aufzumischen.

«Willkommen auf Manderley», sagte sie theatralisch. «Ich bin Mrs. Danvers. Ich bin sicher, dass Sie hier sehr glücklich sein werden.»

Brian lachte. «Ist Ihnen heute Abend nach Schauergeschichten zumute?»

«Und wie! Dir etwa nicht? Dieses Haus ist doch die reinste *Gruft*, seit Mary Ann und Michael in Mexiko sind und Mona sich *wer weiß wo* rumtreibt ... Und du ständig damit beschäftigt bist, der halben weiblichen Bevölkerung nachzustellen.»

«Ich war arbeiten.»

«Mhmm. Es *ist* auch Arbeit, nicht?»

Ihre Sticheleien nervten ihn, doch er ließ sie über sich ergehen. Sie hatte ihm in ihrer Barbary-Lane-Familie die Rolle des alternden Don Juan zugewiesen, und im Moment passte dieses Etikett ebenso gut wie jedes andere. «Na dann», sagte er seufzend. «Ich kümmere mich jetzt wohl besser um meinen Abwasch. Auf dem kann man wahrscheinlich schon Penizillin gewinnen.»

«Brian?»

«Ja?»

«Hast du Lust auf einen kleinen Joint mit einer alten Dame?» Sie blinzelte ihn mit ihren großen blauen Augen völlig ungeniert an.

«Klar», antwortete er lächelnd. «Ich besorg den Joint, wenn Sie die alte Dame ranschaffen.»

Ihre Wohnung wirkte überladener denn je, als hätten die Deckchen und Troddeln in unbeobachteten Augenblicken noch mehr davon ausgebrütet. Die beiden Marmorstatuen, die Brian bei seinem ersten Besuch im Reich der Vermieterin so fasziniert hatten, flankierten noch immer den Durchgang ins Esszimmer: ein Junge mit einem Dorn im Fuß und eine Frau mit einem Wasserkrug.

Mrs. Madrigal setzte sich auf das uralte Samtsofa und zog die Beine mit einer Bewegung unter den Kimono, die überraschend mädchenhaft wirkte. Sie machte einen kurzen Zug an dem Joint und reichte ihn an ihren Mieter weiter. «Wer ist sie denn nun, mein Lieber?»

«Wer?»

«Das Wesen, das meinen Prinzen Sorglos zur Raserei treibt.»

Brian hielt den Rauch in der Lunge, so lange er konnte. «Ich glaube, Sie reden mit dem falschen Prinzen Sorglos.»

«Ja, meinst du?»

Ihr Blick sagte ihm, dass er sich ruhig bei ihr ausweinen konnte.

«Mrs. Madrigal, es ist schon spät, und ich bin nicht mehr aufgelegt zu Spielchen.» Seine Schroffheit war ihm peinlich, weshalb er lachend hinzufügte: «Wenn sie natürlich ein paar ... weibliche Wesen in petto haben – auf meiner Büchse ist noch Platz für die eine oder andere Kerbe!»

«Brian, Brian ... Das bist nicht *du*, mein Lieber.»

Er verlor die Geduld. «Ach, hören Sie auf mit ...»

«Mir *liegt* was an dir, mein Lieber. Herrgott, ich weiß, dass ich eine neugierige alte Kuh bin, aber ich hab eben nichts Besseres zu tun. Ich meine, wenn du mal jemand zum *Reden* brauchst ...» Sie beugte sich ein wenig vor und lächelte wie eine bekiffte Mona Lisa. «Darf ich dir einen unerbetenen Rat geben?»

Er nickte, obwohl er sich mit jeder Sekunde unwohler fühlte.

«Wenn du das nächste Mal ein Mädchen kennenlernst ... eines, das du wirklich magst ... dann tu so, als wärst du ein Kriegsheld, dem sie den Wasserhahn weggeschossen haben.»

Brian grinste ungläubig. «Was?»

«Ganz im Ernst, mein Lieber. Erzähl keiner Menschenseele von deiner Verletzung ... Und schon gar nicht *ihr*! ... Aber tu vor dir selber so, als wär dir diese schreckliche Sache passiert und als könntest du deine Gefühle nur noch mit den Augen und dem Herzen vermitteln.»

«Und was mache ich, wenn sie mit mir nach Hause kommen will?»

«Das *geht* nicht, mein Lieber. Denk daran, dass du deinen Pillermann verloren hast. Du kannst nur tapfer lächeln und sie für den nächsten Abend zum Essen einladen ... Oder vielleicht zu einem netten Spaziergang im Park. Sie wird Ja sagen. Glaub mir nur.»

Brian machte einen langen Zug an dem Joint. «Und wie lange soll ich ...?» Er atmete mitten im Satz aus und bemühte sich weiter um einen Ausdruck amüsierter Nachsichtigkeit. «Wie lange soll ich so tun, als ob?»

«So lange wie möglich. Bis sie dich fragt.»

«Bis sie mich was fragt?»

«Ob du im Krieg verwundet worden bist, natürlich!»

«Und was sage ich ihr dann?»

«Die Wahrheit, mein Lieber. Dass alles intakt ist. Das wird für sie eine ganz *wunderbare* Überraschung sein.»

Brian verschränkte die Arme und lächelte Mrs. Madrigal an.

«Und für *dich*», fügte sie mit erhobenem Zeigefinger hinzu, «wird es auch eine hübsche Überraschung sein.»

«Inwiefern?»

«Du wirst die arme Kleine dann *kennen*, Brian. Und es könnte sogar sein, dass du sie dann auch schon *magst*.»

Als Brian ein paar Minuten später am Fenster seines Häuschens auf dem Dach stand, staunte er darüber, dass Mrs. Madrigal in ihm lesen konnte wie in einem offenen Buch, dass sie «das Wesen, das meinen Prinzen Sorglos zur Raserei treibt» so mühelos ausfindig gemacht hatte.

Konnte man es in seinem Gesicht lesen? Weiteten sich seine Pupillen schon allein wegen der lendenstimulierenden Kraft der Fantasie? Welche Mundstellung oder welches Augenzucken verriet die Leidenschaft, die ihn mit zunehmender Heftigkeit verzehrte?

Zwei Minuten vor Mitternacht hob er das Fernglas vors Gesicht und richtete es auf den elften Stock des Superman Building.

Er hatte darum gebetet, und so passierte es auch – sie zeigte sich pünktlich auf die Minute.

Und Brian hörte sich aufstöhnen, als ihre Fernglasblicke sich auf halber Strecke trafen.

Bobbi

Mona war durch die Drogen und die lange Busfahrt so erschöpft, dass sie sich nach dem Frühstück in der Blue Moon Lodge schlafen legte. Die glühend heiße Mittagssonne hatte sie bereits gezwungen, die Decken wegzustrampeln, als Bobbi an die Tür ihres kleinen Blockhüttenabteils klopfte.

«Klopf, klopf», sagte sie.

Mona stöhnte im Stillen. Wie lange würde sie die hündische Zuneigung dieses zuckersüßen Flittchens ertragen können?

«Hallo, Judy. Mother Mucca hat mir gesagt, ich soll dir zeigen, wie die Telefone funktionieren.»

O wie grässlich! Die Telefone. Sie hatte wohl *tatsächlich* einen Job. Für diesen acidfreien Trip musste sie bezahlen. Sie zog sich in eine halb sitzende Position hoch, lehnte sich an das Kopfbrett und rieb sich die Augen. «Drei Minuten, okay?»

Sie taumelte in das winzige Badezimmer und spritzte sich Wasser ins Gesicht. Es würde nur für eine Woche sein, sagte sie sich, und Prostitution war in Nevada schließlich erlaubt. Außerdem würde *dieser* Gig in ihrem Lebenslauf ganz schön rausknallen, wenn sie sich je dazu entschließen sollte, wieder als Werbetexterin zu arbeiten.

Als sie aus dem Badezimmer zurückkam, fielen ihr zwei große Metallhaken an der Decke auf.

«Wofür sind die denn?», wollte sie von Bobbi wissen.

«Was?»

«Die Haken da oben.»

«Ach so. Das hier war mal Tanyas Zimmer.»

Schon kapiert, vielen Dank. «Hat Tanya mit Haken gearbeitet?»

Bobbi kicherte, als wäre Mona ein neues Kind in der Nachbarschaft, das noch nicht mal Himmel und Hölle spielen konnte. «Da hat sie die Schaukel dran aufgehängt.»

Soll ich noch weiterfragen?, dachte Mona. Ja. Ich bin Empfangsdame in einem Puff. Ich sollte über Schaukeln Bescheid wissen. «Und die Schaukel hat ... zu ihrem Programm gehört?»

Bobbi nickte. «Wasserspiele. Sie war richtig berühmt dafür.»

«Du meinst ...? Ich kapier das nicht.»

«Ach, Dummerchen», zwitscherte Bobbi. «Sie hat auf ihre Freier *runtergepinkelt* von dort oben. Während sie geschaukelt hat, verstehst du?»

«Ich glaub, ich hab sie mal in der *Gong-Show* gesehen.»

«Hmh?»

«Ach, nichts. Warum ist sie eigentlich nicht mehr hier?»

«Tanya? Sie ist an ein Haus in Elko gewechselt.»

«Hat das denn was gebracht?»

Bobbi zuckte mit den Schultern. «Für sie schon, denk ich. Mother Mucca war furchtbar pissig. Aber Tanya kommt wahrscheinlich sowieso wieder. Es gibt hier in der Gegend halt nur ein paar gute Häuser. Elko, Winnemucca, Wells ... Und das war's dann auch schon.»

Mona unterdrückte ein despektierliches Grinsen. Dieses dumme Kind, das pinkeln sagte, wenn es pissen meinte, und pissig, wenn es sauer meinte, konnte sehr wohl zwischen einem achtbaren und einem weniger achtbaren Puff unterscheiden. «Und wo sind die lausigen Häuser?», wollte Mona wissen.

Bobbi verzog nachdenklich den Mund. Offensichtlich war sie glücklich über ihre Rolle als Duncan Hines der Puffs. «Also, ich glaube ... in Mina, und in Eureka und in Battle Mountain. Battle Mountain ist absolut das Hinterletzte. Wenn ein Mädchen mal in der Mühle drin ist ... Na ja, dann kann sie die Sache auch gleich an den Nagel hängen.»

Bobbis Einkünfte, erfuhr Mona, lagen bei ungefähr dreihundert Dollar in der Woche. Das blieb, *nachdem* Mother Mucca ihren Anteil kassiert und Bobbi für Kost und Logis bezahlt hatte.

Alle Mädchen aus der Blue Moon Lodge mussten drei Wochen durcharbeiten und hatten anschließend eine Woche frei. Der Staat achtete darauf, dass sie eine Arbeitserlaubnis ausgestellt bekamen, dass ihre Fingerabdrücke abgenommen wurden, dass sie fotografiert und ärztlich untersucht wurden, bevor sie ihr Geschäft in Schwung brachten – oder ihre Schaukeln.

Die einträglichsten Zeiten waren nach Bobbis Auskunft der Sommer, wenn der auf der Interstate 80 von Küste zu Küste rollende Verkehr stärker war, und die paar Wochen von Mitte September bis Mitte Oktober, wenn die Rotwildjäger in die Gegend einfielen.

Die Mädchen aus der Blue Moon Lodge hatten das Recht,

zum Einkaufen und zu einem Kino- oder Arztbesuch in die Stadt zu fahren, doch sie mussten sich dabei entsprechend den Bestimmungen der Gemeindeordnung von Winnemucca abwechseln.

Außerdem gab es ein Gesetz, demzufolge eine Frau in keinem der Bordelle von Winnemucca arbeiten durfte, wenn ein Mitglied ihrer Familie seinen Wohnsitz im Bezirk Winnemucca hatte.

«Mach schon», drängte Bobbi, sobald Mona sich einigermaßen aufgerappelt hatte. «Ich will dir was ganz Tolles zeigen.»

Mona wappnete sich gegen die zu erwartende Scheußlichkeit. Ein Gummizimmer vielleicht? Eine verspiegelte Zimmerdecke? Ein sexhungriger Esel? Ein mösenfreier Taucheranzug aus Naugahyde von Frederick's of Hollywood?

Bobbi ging voran, in die pralle Sonne hinaus. Die warme Wüstenluft rief Mona schlagartig den ursprünglichen Grund für ihre Flucht aus San Francisco in Erinnerung: das Einswerden mit der Natur. Die Harmonie mit den Elementen.

Aber nein ... O nein. Buddha hatte sie zu etwas anderem bestimmt.

Buddha wollte aus einem völlig unverständlichen Grund, dass sie ein Zimmer mit Haken in der Decke hatte.

Ihr Ziel war Bobbis Zimmer, das dem von Mona aufs Haar glich, aber drei Türen näher am Haupthaus lag. Bobbi öffnete schwungvoll die Tür.

«Dort drüben», rief sie. «Auf dem Regal über dem Bett.»

Mona fiel die Kinnlade herunter.

«Dolls of All Nations», sagte Bobbi. «Ich sammel solche Puppen schon, seit ich zwölf bin.»

«Sie sind ... sehr hübsch», kommentierte Mona.

Die Kindsnutte strahlte voller Stolz. «Sie haben alle das gleiche Gesicht, aber ... Na ja, wahrscheinlich kann man im Leben nicht alles haben.»

«Nein.»

«Du kannst sie anfassen, wenn du willst.»

Mona ging zu dem Regal und tat so, als würde sie sich eine der Puppen genauer ansehen. «Sehr hübsch», sagte sie leise.

«Du hast dir meine Lieblingspuppe ausgeguckt. Norwegen.»

«Ja?»

«Glaubst du, dass die Mädchen in Norwegen wirklich solche Kleider ...? Stimmt was nicht, Judy?»

«Nein, ich ... Ich war bloß einen Moment lang woanders mit meinen Gedanken.»

Kurz darauf entschuldigte Mona sich und ging zurück in ihre Bude, wo sie sich ins Badezimmer einschloss und einige Zeit heulte.

Angel Dust wirkte manchmal so bei ihr.

Der Tag des Leguans

Das ziemlich unmögliche Trio nippte unter einem strohgedeckten Sonnenschirm vor dem Posada Vallarta an Coco Locos und schaute auf den blauesten aller Ozeane hinaus.

«Es ist hübsch hier», sagte Burke und streckte die Arme über den Kopf. «Ich bin froh, dass ihr mich mitgenommen habt. Zu den anderen Leuten auf dem Schiff habe ich nicht so den ... richtigen Bezug.»

Michael grinste ihn über seine Kokosnuss hinweg an. «Fährst du nicht ab auf blau Gespülte?»

«Auf blau was?»

«Auf alte Damen», übersetzte Mary Ann.

«Ach so.» Burke schaute erst Mary Ann, dann Michael an und

lachte herzlich. «Anscheinend bin ich nicht mehr auf der Höhe der Zeit, hmh?»

Mary Ann schüttelte den Kopf. «Mouse redet verschlüsselt, Burke. Die Hälfte der Zeit habe ich selber nicht die leiseste Ahnung, wovon er redet.»

«Wie lange ... kennt ihr euch schon?»

Michael sah Mary Ann an. «Wie lang ist die Geschichte im Safeway her? Ein Dreivierteljahr? Ein Jahr?»

«Ja, das kommt hin.»

«Wir haben uns im Supermarkt kennengelernt», klärte Michael Burke auf. «Mary Ann hat versucht, mir meinen Liebhaber auszuspannen.»

Burke schaute erstaunt drein. «Du bist ...?»

«Schwul wie nur was», sagte Michael. Er stand lächelnd auf und zupfte seine blauen Rocky-Shorts aus Satin zurecht. «Ich gehe jetzt ein bisschen spazieren. Ihr zwei habt genau eine Stunde Zeit, um miteinander warm zu werden.»

Mary Ann drehte sich um und sah Michael nach, der beschwingt auf die Brandung zulief. Dann lächelte sie Burke amüsiert und zugleich entschuldigend an. «Ich kann mir einfach nicht helfen mit ihm», sagte sie.

«Offensichtlich», antwortete Burke lachend.

Sie lachte mit. «So hab ich es nicht gemeint.»

«Er macht aber einen sehr netten Eindruck.»

«Ja. Ich hab ihn furchtbar gern.»

«Aber er ist nicht dein ...?»

Sie schüttelte den Kopf und prustete dann los: «Er sagt, dass er sich als mein Kuppler versteht.» Ihr Lächeln verschwand schlagartig, als sie Burkes Gesicht sah. «War das gerade unanständig?»

«Überhaupt nicht. Ich bin bloß ... Na ja, ich hab noch nie jemand wie euch zwei kennengelernt.»

Mary Ann ließ ihren Blick über sein Gesicht wandern, taxierte den kräftigen Unterkiefer, den vollen Mund und die verblüffende Naivität, die aus diesen weit auseinanderliegenden Augen sprach. Konnte jemand noch *dermaßen* unschuldig sein?

«Wo kommst du her, Burke?»

Er warf ihr einen kurzen Blick zu, dann zog er mit dem Zeigefinger den Rand seiner Kokosnuss nach. «Eigentlich von überallher.»

«Ach so. Na ja, wo hast du dann in der letzten Zeit gewohnt?»

«Äh ... In San Francisco.»

«Großartig! Ich auch! Und wo dort?»

«Eigentlich bin ich aus Nantucket. Das heißt, meine Eltern leben jetzt dort, und ich wohne bei ihnen. Ich hab mal einige Zeit in San Francisco gelebt, aber damit ist es jetzt vorbei.»

«Wo hast du gewohnt, als du ...»

Er stieß abrupt seinen Stuhl zurück. «Hast du nicht Lust, schwimmen zu gehen oder so? Ich finde, wir sollten diese eine Stunde nutzen.»

Sie lächelte ihn an. «Du hast recht. Gehen wir.»

Sie bummelten den Strand entlang in Richtung Stadt. Ab und zu machten sie halt und tollten in der Brandung herum oder sahen mit angehaltenem Atem den geblähten Flugdrachen zu, die durch den wolkenlosen Himmel glitten. Burke nahm alles mit unverhülltem Staunen in sich auf, mit der fröhlichen Offenheit eines Kindes, das zum ersten Mal das Meer sieht.

Er war liebenswürdig, fiel Mary Ann auf, und zwar auf eine urwüchsige, männliche Art. Und er war männlich, ohne ein Macho zu sein. Es war unvorstellbar, dass er im Thomas Lord's Sekretärinnen anbaggerte. Als ein Straßenhändler auftauchte, der sich einen abstoßenden Halsschmuck aus ausgestopften Leguanen umgelegt hatte, griff Burke sofort nach seiner Brieftasche.

«Welchen möchtest du haben?»

«Igitt! Das meinst du doch nicht ernst?»

«Dann so ein Hemd vielleicht? Das mit der Stickerei?»

«Burke ... Du brauchst mir nichts kaufen.»

Er runzelte die Stirn und machte ein feierliches Gesicht. «Wie willst du mich in Erinnerung behalten, wenn du keinen Leguan hast?»

Lächelnd legte sie ihre Hand auf die Stelle seines Rückens, an der ein Büschel goldener Haare über den Rand seiner Badehose lugte.

«Ich behalte dich schon in Erinnerung», sagte sie. «Mach dir da mal keine Sorgen.»

Hoffnungslos normal

Als DeDe Halcyon Day zehn Jahre alt gewesen war, hatten ihre Eltern sie ins Ferienlager an den Huntington Lake geschickt. Sechs schauderhafte Wochen lang hatte sie gelitten, wie nur ein dickes Kind leiden kann, das gezwungen wird, im Kanu zu paddeln, Brieftaschen zu nähen und verschiedene Lieder immer nach der Melodie von «O Tannenbaum» zu singen.

Das Ende des Ferienlagers war ihr damals als barmherzige Befreiung erschienen, als Flucht vor der Tyrannei von Kindern in die Annehmlichkeiten und den Schutz von Halcyon Hill.

Etwas Ähnliches, etwas von dieser alten Sehnsucht nach Heimat, verspürte sie auch jetzt, als sie ihre Gucci-Koffer packte und sich innerlich auf Hillsborough einstellte.

Sie wollte Beauchamp hinter sich lassen.

Es sollte ihn das gleiche Schicksal ereilen wie das Juckpulver, die Betten mit den zu kurzen Laken und die hübschen vorpubertären Mädchen, die über Damenbinden witzelten.

Er sollte aus ihrem Leben verschwinden.

Aber Beauchamp ließ nicht locker.

«Dir ist doch wohl klar, dass dadurch überhaupt nichts besser wird!»

Sie ignorierte ihn und packte weiter ein.

«Okay. Du läufst also nach Hause zu deiner Mommy. Und was dann? Was glaubst du, was die Leute sagen werden, wenn die Babys erst mal auf der Welt sind?»

«Das ist mir doch egal, was die Leute sagen.»

«Oh, was bist du mal wieder *au courant*!»

DeDes Stimme blieb ruhig. «Ich will die Babys haben, Beauchamp.»

«Glaubst du denn, dass ihr Vater sie haben will? Wie soll er das überhaupt anstellen mit den beiden? Soll er sie sich auf den Gepäckträger schnallen, wenn er seine Liefertour fährt?»

«Lass ihn aus dem Spiel.»

«O Gott, ja! Bloß nicht an seine schützenswerten asiatischen Empfindlichkeiten rühren. *Er* hat ja auch nur einen unschuldigen ethnischen Vorstoß unternommen, und zwar in meine ...»

«Halt die Klappe, Beauchamp!»

Er fauchte jetzt. «Warum lässt du deine Pearl-S.-Buck-Masche nicht einfach fallen, Miss Moralinsauer! Diese Babys sind dir doch scheißegal, und das weißt du auch!»

«Das ist nicht wahr.»

«Die Hälfte deiner Freundinnen hat schon eine Abtreibung hinter sich, DeDe.»

«Aber nicht im sechsten Monat.»

«Eine einfache Kochsalzinjektion, das ist alles. Es ist nicht komplizierter als ...»

«Ich will nichts mehr davon hören.»

Er äffte ihren Ton nach. «‹Ich will nichts mehr davon hören.› Scheiße! Schert es dich denn einen Dreck, welchen Demütigungen du mich aussetzt? Gibst du denn überhaupt noch einen

Pfifferling auf Halcyon Communications – auf die Firma deines *eigenen* Vaters?» Er senkte dramatisch die Stimme und klang dann beinahe wehleidig. «Mein Gott, DeDe, man hat uns dieses Jahr für den PU Club vorgeschlagen.»

«Dich, Beauchamp. Mich nicht.»

«Das ist doch ein und dasselbe.»

DeDe blickte von ihrem Koffer auf und brachte ein schwaches Lächeln zustande. «Jetzt nicht mehr», sagte sie.

Er warf ihr einen mörderischen Blick zu, bevor er die Schlafzimmertür zuknallte und aus der Wohnung stürmte.

Beauchamp verschanzte sich für den Rest des Samstagnachmittags hinter seinem Schreibtisch bei Halcyon Communications und kniete sich in die neue Werbekampagne für Tidy-Teen Tampettes. Die Arbeit half ihm, seine Gedanken zu ordnen, sodass er sich gegen sechs auf einen anderen Zugang zu seinem Problem verlegte.

Er wählte eine Telefonnummer in West Portal.

«Ja?», knurrte eine Stimme am anderen Ende der Leitung. Beauchamp wusste aus Erfahrung, dass der nasale Klang nicht von einer Erkältung kam.

«Bruno?»

«Ja, ja.»

«Ich bin's, Beauchamp Day.»

«Ach so. Ja. Brauchst du schon wieder frischen Schnee?»

«Nein. Das heißt, vielleicht doch. Eigentlich will ich diesmal was ganz Besonderes.»

«Ich hab grade 'n bisschen Purple Haze da. Und 'n paar sagenhafte Black Beauties.»

«Nein. Es geht um etwas anderes. Erinnern Sie sich an diesen Freund von Ihnen, der ... Schwierigkeiten bereinigt?»

Schweigen.

«Es ist nicht das, was Sie jetzt denken. Nichts Hartes. Ich brauche bloß ... Na ja, es ist so eine Art Spezial... Ich meine, es ist eine spezielle Situation.»

«Das kost dich aber was.»

«Das ist mir klar. Wann können wir darüber reden?»

«Heut Abend? Um acht?»

«Wo?»

«Äh ... Im Doggie Diner. An der Van Ness.»

«Abgemacht. Im Doggie Diner an der Van Ness um acht.»

«Keinen Schnee, hmh?»

«Nein, Bruno. Heute nicht.»

Lady Eleven

Entgegen seinem Instinkt hatte Brian Hawkins der Frau aus dem Superman Building einen Namen gegeben.

Lady Eleven.

Er sagte sich, dass er schließlich keine krankhaften Fantasien auslebte. Sie war *da* wie der Mount Everest, war eine nächtliche Realität, genauso beständig und unausweichlich wie das Rattern der Cable Cars oder das Tuten der Nebelhörner auf der Bay. Da war es doch nur natürlich, ihr einen Namen zu geben.

Sie erschien verlässlich um Schlag Mitternacht (konnte eine Digitaluhr schlagen?) und ging vor dem schwach rosa Schimmer in ihrem Schlafzimmer in Stellung. Danach bewegte sie sich nur noch, um ihr Fernglas zu heben oder zu senken und nach nicht einmal zwanzig Minuten einen wenig dramatischen Abgang hinzulegen.

Sie ließ nie erkennen, dass sie um Brians Anwesenheit wusste, doch ihr Blick haftete immer nur am Fenster seines Häuschens auf dem Dach. Mit bloßem Auge betrachtet, war sie nichts als ein dunkler Fleck in dem weit entfernten Rechteck aus Licht. Aber mit dem Feldstecher waren sogar ihre Gesichtszüge auszumachen.

Ein längliches Gesicht mit einem vollen Mund, das eingerahmt war von ... Ja, waren die Haare dunkelbraun? Die Farbe war nicht zu bestimmen, doch Brian entschied sich für kastanienbraun.

Die Haare fielen ihr weit über die Schultern und waren wohl hinten zusammengebunden. Sie trug einen hellen, unspektakulären Bademantel, vielleicht aus Frottee, der recht wenig vom Rest ihres Körpers enthüllte.

Etwas an ihr ließ vermuten, dass sie eben erst unter der Dusche gewesen war.

Brian fragte sich jedes Mal, ob ihre Haare feucht waren und nach Herbal Essence dufteten.

Es war die sechste Nacht.

Als Brian von Perry's nach Hause kam, musste er unwillkürlich daran denken, wie radikal sich seine Gewohnheiten geändert hatten. Mein Gott, es war elf, und er war zu Hause!

Außerdem fiel ihm auf, dass er jetzt nach der Arbeit immer duschte. An diesem Tag verbrachte er sogar noch mehr Zeit im Bad als normalerweise und hübschte sich auf wie ein Erstsemester vor der Kennenlernfete im Haus einer Studentinnenverbindung.

Nach dem Zähneputzen und Rasieren (Rasieren?) schlüpfte er in seinen Frotteebademantel und setzte sich mit einer eselsohrigen *Oui* in einen Polstersessel vor dem Südfenster.

Nur noch sieben Minuten.

Der Himmel um das Dachhäuschen befand sich in wagnerianischem Aufruhr. Bombastische weiße Wolken, die aussahen wie Theaterrequisiten aus Watte, trieben an dem gespenstisch aussehenden Monolithen Superman Building vorbei. Um elf Uhr sechsundfünfzig ging im elften Stock ein Licht an.

Das Licht.

Brian ließ die Illustrierte fallen und stellte sich ans Fenster. Er griff nach dem Fernglas und konzentrierte sich auf die Höhle von Lady Eleven. Sie war noch nicht zu sehen; in ihrem Schlafzimmer rührte sich nichts.

Auch um Mitternacht war sie nicht zu sehen.

Sie hatte ihn versetzt.

Brian harrte am Fenster aus, wie betäubt von der Enttäuschung und dem Gefühl, verraten worden zu sein; wie ein Kind, das im Sommer unvermittelt aus einem Traum über den Heiligen Abend gerissen worden war. Während er unbeweglich an der kalten Fensterscheibe lehnte (die er erst am Morgen mit Windex geputzt hatte) und die unsichtbare Sirene verfluchte, die ihn dazu gebracht hatte, sich um Mitternacht zu rasieren, stieg ihm nach und nach die Hitze der Wut ins Gesicht.

Es war wohl ein ehernes Gesetz! Die Frauen, nach denen ein Mann sich verzehrte, erkannten es mit gerissener, seit Urzeiten geübter Unfehlbarkeit. Es war allein sein Begehren, das diese Frauen reizte, nicht dessen Erfüllung. Sobald sie es spürten, sobald der erste kräftige Moschusduft in ihre Nüstern drang, verschwanden sie für immer aus seinem Leben.

Doch dann – Dem Herrn sei Dank! – erschien sie.

Der Schwerkraft enthoben und majestätisch wie die Galionsfigur des großen weißen Klippers Superman Building nahm Lady Eleven in ihrem Fenster Gestalt an und hob das Fernglas an die Augen. Brian tat es ihr nach.

Dann verschlug es ihm den Atem.

Denn nun hielt sie das Fernglas mit der rechten Hand ... und benutzte die linke, um den Gürtel ihres Bademantels zu öffnen.

Gleichzeitig mit dem ihren glitt auch Brians Bademantel zu Boden.

An diesem sechsten verzauberten Abend, hoch über dem Getümmel der Stadt.

Praxisnahe Ausbildung

Monas erster Nachmittag in der Blue Moon Lodge verlief enttäuschend ereignislos. Das Telefon klingelte nur zweimal. Der erste Anruf kam von einem Mann, der wissen wollte, ob Monique noch im Haus arbeitete. Eine kurze geflüsterte Frage an Mother Mucca führte zu der Antwort, dass dem nicht so war.

«Sie hat letzten Monat aufgehört», klärte die Puffmutter sie auf. «Sie is inzwischen in Reno bei der Telefonauskunft.»

«Und was sage ich dem Kerl jetzt?»

«Sag ihm, Doreen hat die Nummer auch drauf.»

«Welche Nummer?»

«Sei nich so schrecklich naseweis!»

Mona runzelte die Stirn und griff wieder nach dem Hörer. «Äh ... Monique ist nicht mehr bei uns, aber Doreen ... weiß auch Bescheid.»

Der Kunde zögerte. «Mit allen Einzelheiten?»

«Äh, ja.»

«Mit Hasenpfote und so?»

«Äh ... Moment, bitte.»

Mother Mucca schaute sie gereizt an. «Hast du nich mal 'nen blassen Schimmer ...»

«Er fragt nach so einer dämlichen Hasenpfote!»

Der Mund der alten Frau stülpte sich zu einer Schnute. «Red mit ältern Herrschaften gefälligst nich in dem Ton, Püppi! Sonst wasch ich dir den Mund mit Seife aus!»

Mona schlug einen sanfteren Ton an: «Was ist mit der Hasenpfote?»

Mother Mucca zuckte mit den Schultern. «Doreen macht das auch.»

Mona widmete sich wieder dem Kunden. «Ja, sie ... sie kann das mit der Hasenpfote auch machen.»

«Mit allem Drum und Dran?»

«Ja. Sie werden garantiert zufrieden sein.»

«Die Mädchen in Battle Mountain tun nämlich nur so, wissen Sie.»

«Mag ja sein», fertigte Mona ihn ab, «aber wir sind hier nicht in Battle Mountain. Wir sind hier in der Blue Moon Lodge!»

Mother Mucca strahlte übers ganze Gesicht und drückte Monas Arm. «Bravo, Judy! Bravo, Mädchen!»

Die Hitze, die Mona spürte, rührte von reinem, unverfälschtem Stolz.

Eine nach der anderen dackelten die Mädchen der Blue Moon Lodge ins Gesellschaftszimmer. Es waren insgesamt sieben, Bobbi mitgerechnet. Die Älteste war wohl Mitte dreißig. Sie hatte toupierte Haare und schmale Lippen und sah aus wie eine Gospelsängerin aus der Truppe der Billy Graham Crusade.

«Du bist die Judy, was? Ich bin die Charlene.»

Charlene, Bobbi, Doreen, Bonnie, Debby, Marnie und Sherry. Mein Gott, dachte Mona. Was sind sie denn? Nutten oder Walt-Disney-Mäuse?

Charlene fühlte ihr ein bisschen auf den Zahn. «Mother Mucca hat gesagt, du machst Telefondienst diese Woche.»

«Ja, ich ... na ja ... Nur so wegen der Erfahrung.»

Falsch, total falsch. Herablassend wie nur was. Und das war Charlene auch klar. «Schreibste vielleicht so 'ne ... wie heißt das Zeug noch mal ... so 'ne Uniarbeit?»

«Nein.»

«Gut.» Sie kniete sich auf den Boden, was ihre limonensorbetfarbenen Capri-Hosen bis an die Grenzen dehnte, und schaltete einen monströsen Farbfernseher ein. Mona fiel zum ersten Mal auf, dass das Gerät mit einer Plastikbüste von JFK geschmückt war.

Die meisten Mädchen sahen sich die Merv-Griffin-Show an, als der zweite Kundenanruf reinkam.

«Wer spricht da?», wollte eine fein modulierte Stimme wissen.

«Ich heiße Mo ... äh ... Ich heiße Judy. Ich arbeite diese Woche hier.»

«Ach so.»

«Mother Mucca hat mich bevollmächtigt, alle ...»

«Ich denke, ich spreche besser mit ihr selbst, bitte.»

Mona war gekränkt. «Sir, wenn Sie einen Termin vereinbaren möchten, stehe ich Ihnen gerne ...»

Mother Mucca merkte, dass etwas nicht stimmte, und stellte sich neben Mona. «Macht er Faxen, Judy?»

«Er besteht darauf, mit Ihnen zu sprechen.»

Die Puffmutter griff nach dem Hörer. «Hallo, hier ... Oh, ja, Sir ... Nein, sie ist neu hier. Ich habe ... Ja, Sir, Sie können sich vollkommen auf sie verlassen ... Ja, Sir ... Natürlich, Sir ... Nein, das ist auf keinen Fall zu kurzfristig ... Ich veranlasse die üblichen Vorsichtsmaßnahmen ... Sehr schön, Sir ... Auf Wiederhören. Und besten Dank.»

Die alte Frau legte den Hörer auf. Sie wirkte merkwürdig zahm. Die vornehme Art, die sie während des Telefongesprächs an den Tag gelegt hatte, hinterließ bei Mona eine gewisse Verblüffung.

«Charlene», sagte Mother Mucca.

«Ja?»

«Wimmel die andern Freier für heute ab.»

«Hmh?»

«Du hast doch gehört. Wimmel sie ab. Ruf an oder leg sie auf 'nen andern Termin oder so, aber wimmel sie alle ab.»

«War das ...?»

Mother Mucca nickte. «Er kommt mit dem Flieger aus Sacramento.»

Charlene pfiff leise. «Welches Mädchen hat er reservieren lassen?»

«Gar keins.»

«Hmh?»

«Er will 'ne Neue.»

Gelüste

Die *Pacific Princess* war wieder auf Fahrt und dampfte, umflossen vom Licht des Vollmonds, südwärts in Richtung Manzanillo. Kurz nach acht entstieg Mary Ann dem Bad und salbte ihren Körper mit Schildkrötenlotion. In weniger als einer Stunde würde sie ihr erstes richtiges Rendezvous mit Burke haben.

«Bin ich denn schon ein bisschen braun, Mouse?»

«Was? Ach so, ja ... Hübsch.»

«Was liest du denn da?»

«Ach du grüne Neune!»

«Muss ja was Gutes sein.»

Er pfiff ungläubig durch die Zähne und vertiefte sich weiter in sein Buch. Mary Ann wurde ungeduldig. «Mouse ... Zeig es mir!»

Michael hielt das Taschenbuch hoch. Es hatte den Titel *Cruise Ships – The Inside Story*. «Ich hab das blöde Ding unten im Geschenkeladen gekauft. Sie haben es mir auch regelrecht aufgedrängt!»

Er las vor: «‹Unter den Passagieren von Kreuzfahrtschiffen gibt es zwei Gruppen von aufdringlichen Frauen. Zum einen solche, die auf Rangabzeichen stehen, und zum anderen solche, die lediglich einen Hang zur Abwechslung haben.›»

«Das ist das Sexistischste, was ich je ...»

«‹Die Frauen aus der ersten Gruppe suchen sich bevorzugt Offiziere aus. Die aus der zweiten Gruppe sind am glücklichsten, wenn sie in den Mannschaftsquartieren verschwinden und den Rest der Reise in den Armen der verschiedensten Männer zubringen können.›»

«Na ja, gegen ein bisschen Abwechslung ...»

«Warte. Jetzt kommt das Tollste: ‹Manchmal nehmen wohlhabende, aber einsame homosexuelle Männer ...›»

«Das hast du erfunden!»

«Hörst du mir jetzt vielleicht zu? ‹Manchmal nehmen wohlhabende, aber einsame homosexuelle Männer an einer Kreuzfahrt teil und versuchen, sich die Gunst von Mannschaftsmitgliedern zu erkaufen. Das ist nur allzu leicht.›»

«Die Stelle will ich sehen!»

Er hielt das Buch so, dass sie hineinschauen konnte, und las weiter vor: «‹Ein großzügiges Trinkgeld macht einem willigen Mannschaftsmitglied das Verlangen deutlich. Kurze Zeit später klingelt das Kabinentelefon, und der Handel wird abgeschlossen.›»

«*Die* Suche überlasse ich ganz allein dir.»

«Werd nicht gleich hochnäsig, nur weil *du* deinen Traumprinzen schon gefunden hast.»

Wie ein altes Ehepaar dachten sie beide dasselbe und sprachen es gemeinsam aus: «Nein, was sind die jungen Leute doch hochnäsig heutzutage!»

Mary Ann probierte drei Blusen an, konnte sich aber nicht entscheiden, welche am besten zu ihrer beigen Hose passte.

«Bleib lieber bei der blauen», sagte Michael. «Mit der orangen siehst du aus wie Ann-Margret.»

«Vielleicht *will* ich ja aussehen wie Ann-Margret.»

Michael rang sich einen Seufzer ab. «Na gut. Wenn du *allen Ernstes* meinst, dass dieser nette Junge aus Nantucket auf den Typ *Mädchen mit der Peitsche* abfährt, dann zieh ...»

Mary Ann riss sich die Bluse vom Leib und sah ihn tadelnd an. «Du bist schlimmer als Debbie Nelson!»

«Danke. Aber, wer ist Debbie Nelson?»

«Meine Zimmerkollegin aus dem ersten Jahr im College.»

«Das Blau ist doch sehr kleidsam.»

«Scheiß auf kleidsam.»

Michael gab sich schockiert. «Nimm so ein Wort nie wieder in den Mund, kleines Fräulein!» Er knöpfte ihr die blaue Bluse zu. «Na, was meinst du jetzt? Sieht das nicht besser aus?»

«Du Verräter. Dich hat wohl meine Mutter bestochen, was?»

«Deine Mutter verfügt wohl kaum über die anatomischen Voraussetzungen, um mich bestechen zu *können*.»

«Sag, findest du nicht, dass die cremefarbene Bluse vielleicht doch ...»

Michael kümmerte sich nicht darum. «Los, blas», forderte er sie auf.

«Wie bitte?»

«Blas mir ins Gesicht. Du hast heute Abend zwei Scheiben Knoblauchbrot gegessen.»

«Mouse! Ich weiß sehr wohl, was ...»

«Es sind schon die stärksten Männer wegen zwei Scheiben Knoblauchbrot schwul geworden!»

Sie blies.

Als sie die Kabine verließ, drehte sie sich noch einmal um und zwinkerte ihm zu. «Du brauchst nicht auf mich zu warten, Babycakes!»

Er streckte ihr die Zunge raus.

«O wie nett, Mouse. Ich liebe dich.»

«Spar dir dein Schmalz für das Schenkelwunder.»

«Was hast *du* vor?»

«Im Moment schwanke ich noch zwischen Shuffleboard und Selbstbefleckung.»

Sie lachte. «In der Carrousel Lounge gibt es eine Cole-Porter-Re...»

«Verschwinde jetzt endlich!»

Er las ungefähr eine Stunde und spazierte dann auf das Promenadendeck hinaus, wo er sich an die Reling lehnte und auf das Meer schaute. Hier oben, weit weg von den weißen Kunstlederschuhen und den strassbesetzten Brillen, war es leichter, sich die Kreuzfahrt vorzustellen, die durch seine Träume geisterte: Noël Coward und Gertie Lawrence. Exzentrische Witwen der besten Gesellschaft, verwegene Gigolos und Schrankkoffer voll blinder Passagiere ...

Alles nur romantische Selbsttäuschung. Wie seine Hoffnung auf einen Liebhaber eigentlich auch. Eine nutzlose, wenn auch harmlose Träumerei, die kaum mehr bewirkte, als ihn von der unerschütterlichen Erkenntnis über sein Leben abzulenken: Er war allein auf der Welt. Und er würde immer allein sein.

Manche Leute – wahrscheinlich die glücklicheren – wussten mit diesem Wissen genauso umzugehen wie mit dem Wetter. Sie glitten auf der Oberfläche des Lebens dahin und erfreuten sich daran, dass sie sich selbst genug waren, und gerade deshalb fühlten sie sich *nie* allein. Michael wusste über diese Leute Bescheid, denn er hatte schon versucht, es ihnen nachzumachen.

Der Trick funktionierte allerdings selten. Sein Hunger war ihm immer an den Augen abzulesen.

Als er wieder in der Kabine war, rauchte er einen Joint, nahm all seinen Mut zusammen und drückte am Telefon auf den Klingelknopf für den Steward. Der Steward war fünf Minuten später da.

«Ja, Sir?»

«Hallo, George.»

«Guten Abend, Mr. Tolliver. Was kann ich für Sie tun?»

«Ja. Na ja, ich würde ... Ich meine, wenn es Ihnen nicht unangenehm ist ...» Er griff nach seiner Brieftasche. «George, ich möchte Ihnen das hier geben.» Er überreichte dem Steward einen Zehn-Dollar-Schein.

«Sehr freundlich, Sir.»

«George, würden Sie ...? Ich habe erfahren, dass es Ihnen möglich ist, bestimmte Arrangements zu treffen ... Denken Sie, Sie könnten mir etwas Eiscreme besorgen?»

«Selbstverständlich, Sir. Welche Sorte?»

«Ich weiß auch ... Am besten wohl Schokolade.»

Der Steward lächelte und steckte den Geldschein in die Tasche. «Plagt Sie eines dieser späten Gelüste, hm?»

«Ja», sagte Michael. «Das Schlimmste überhaupt.»

Vita rettet den Tag

Die Relikte aus DeDes Jungmädchenzeit bevölkerten immer noch ihr altes Zimmer auf Halcyon Hill. Ein ramponiertes Beatles-Poster. Eine Steiff-Giraffe von F. A. O. Schwarz. Ein Rührstäbchen aus dem Tonga Room. Eine Schale mit getrockneten Rosenblättern aus Kotillon-Zeiten.

Nichts war verändert worden, nichts berührt, als wäre die Bewohnerin dieses schlichten, in Rosa und Grün gehaltenen kleinen Zimmers bei einem Flugzeugabsturz ums Leben gekommen und als hätte eine zwanghaft trauernde Überlebende es als einen Schrein für die Nachwelt bewahrt.

In gewisser Weise war sie natürlich auch gestorben.

Wenigstens in den Augen ihrer Mutter.

«Entschuldige, mein Schatz. Aber das ergibt für mich alles keinen Sinn.»

«Es ist eine Sache zwischen mir und Beauchamp, Mutter.»

«Ich könnte dir helfen, wenn du mich nur lassen würdest.»

«Nein, kannst du nicht. Niemand kann das.»

«Aber ich bin doch deine *Mutter*, mein Schatz. Es gibt sicher ...»

«Vergiss es.»

«Hast du es Binky erzählt?»

DeDe wurde wütend. «Was spielt das denn für eine Rolle?»

«Ich wollte es nur wissen.»

«Du wolltest nur wissen, ob sich diese lederhäutigen alten Schlampen aus dem Francesca Club über deine ach so kostbare und wundervolle Tochter das Maul zerreißen werden!»

«DeDe!»

«Du bildest dir ein, dass Carson Callas schon morgen in der Zeitung über die Trennung schreibt und dass du dann nicht mehr hocherhobenen Hauptes im Cow Hollow Inn sitzen kannst. Tja, Pech gehabt, Mutter! Riesenpech!»

Frannie Halcyon saß auf dem Bett ihrer Tochter und starrte wie benebelt auf die Wand. «Ich habe dich noch nie so reden hören, DeDe.»

«Kann gut sein.»

«Kommt das von der Schwangerschaft? Manchmal kann ...»

«Nein.»

«Du solltest eigentlich überglücklich sein, mein Schatz. Als du unterwegs warst, habe ich mich gefühlt wie ...»

«Mutter, bitte fang nicht wieder damit an.»

«Aber, warum gerade *jetzt*, mein Schatz? Warum verlässt du Beauchamp nur *Wochen* vor der ...?»

«Es ist eben so. Und es ist eben auch so, dass ich nicht überglücklich bin. Und das mit Beauchamp kann ich nicht ändern, verdammt noch mal. Ich bringe die Kinder zur Welt. Ich will sie haben. Reicht dir das, Mutter?»

Frannie runzelte die Stirn. «Warum solltest du sie auch nicht haben wollen?»

Schweigen.

«DeDe?»

«Ich habe Kopfschmerzen, Mutter.»

Frannie seufzte, küsste DeDe auf die Stirn und stand auf. «Ich liebe dich, aber du kommst mir nicht mehr wie mein Kind vor. Ich glaube, ich weiß jetzt ... wie Catherine Hearst sich fühlt.»

Die Matriarchin von Halcyon Hill mixte sich gerade einen Mai Tai, als das Telefon klingelte.

«Mrs. Halcyon?»

«Ja.»

«Mein Name ist Helena Parrish. Vita Keating hat mich an Sie verwiesen.»

Frannie wappnete sich innerlich gegen neuerliches elegant formuliertes Geplapper, mit dem sie für den Verwaltungsrat eines weiteren Museums gewonnen werden sollte. «Ach ... ja», antwortete sie vorsichtig.

«Ich will gleich zur Sache kommen, Mrs. Halcyon. Ich bin gebeten worden, mich wegen Ihres Interesses an einer Mitgliedschaft bei Pinus mit Ihnen in Verbindung zu setzen.»

Frannie war nicht sicher, ob sie richtig gehört hatte.

«Vielleicht sind wir Ihnen kein Begriff.»

«Nein, ich ... Na ja, natürlich habe ich schon davon *gehört* ... Entschuldigen Sie, aber wenn das einer von Vitas Scherzen ist, dann halte ich es ...»

Die Anruferin ließ ein kehliges Kichern hören. «Es ist kein Scherz, Mrs. Halcyon.»

«Ich ... Ich verstehe.»

«Meinen Sie, wir könnten uns in der nächsten Zeit einmal zu einem kleinen Plauderstündchen treffen?»

«Ja. Ja, natürlich.»

«Wie wäre es mit morgen?»

«Ja, das ginge. Äh ... Sollen wir uns irgendwo zum Lunch treffen?»

«Ehrlich gesagt, bevorzugen wir eine etwas diskretere Situation. Darf ich Ihnen auf Halcyon Hill einen kurzen Besuch abstatten?»

«Gewiss doch. Wann?»

«Oh ... So gegen zwei?»

«Wunderbar.»

«Schön. Ciao-ciao.»

«Ciao-ciao», antwortete Frannie. Sie spürte, dass ihr das Herz bis zum Hals klopfte.

Dame gesucht

Brian verbrachte den Vormittag auf dem Washington Square und bräunte seinen Körper für eine Person, die den Unterschied wahrscheinlich nie bemerken würde. Als er auf der Union Street zur Barbary Lane zurücktrottete, kam er plötzlich zu dem Schluss, dass es an der Zeit war, sich seiner Fantasie von Angesicht zu Angesicht zu stellen.

Er bog an der Leavenworth von der Union ab und ging einen Block den Hügel hinauf zur Green Street, wo das Superman Building im Sonnenschein glänzte wie ein Märchenschloss.

Je näher er kam, desto stärker hatte er das Gefühl, dass die modernen Hieroglyphen an dem Gebäude symbolhafte Bedeutung gewannen, dass in ihnen die wahre Identität von Lady Eleven verborgen lag.

Als Brian vor dem Haus ankam, setzte ein Luxor-Taxi einen Fahrgast am Bürgersteig ab. Eine kleine alte Dame. Sie ging auf den Eingang des Superman Building zu.

«Entschuldigen Sie bitte, gnädige Frau?»

«Ja?»

«Ich bin auf der Suche nach einer Freundin, die hier wohnt. Allerdings ist die Angelegenheit etwas peinlich. Ich habe nämlich ihren Namen vergessen. Sie wohnt im elften Stock. Sie ist ungefähr in meinem Alter, hat mittellange Haare und ...»

Das Gesicht der alten Frau verwandelte sich in pure Ablehnung. Brian war überzeugt, dass sie eine chemische Keule in der Handtasche hatte. «Die Namen stehen auf dem Klingelbrett», knurrte sie ärgerlich.

«Ach so. Ja, ich seh schon.»

Auf dem Weg zum Klingelbrett spürte er die ganze Zeit die Blicke der Frau im Rücken. Er blieb kurz stehen und tat so, als würde er die Namen durchgehen. Dann drehte er sich um und bot seiner weiß behandschuhten Anklägerin die Stirn.

«Ich bin kein Vergewaltiger, Gnädigste.»

Die alte Frau funkelte ihn wütend an, bevor ein Ruck der Entrüstung durch sie ging und sie in das Haus stürmte. Sie wechselte ein paar Worte mit dem Sicherheitsbeamten, der sich umdrehte, Brian musterte und dann etwas zu der kleinen alten Dame sagte.

Brian ging weiter die Namen durch und hoffte, dass seine

Lässigkeit nicht allzu künstlich wirkte. Er hatte brennende Schuldgefühle und fand das sehr ärgerlich.

Für den elften Stock waren sechs Namen angegeben: Jenkins, Lee, Mosely, Patterson, Fuentes und Matsumoto. Eine großartige Hilfe.

Vielleicht sollte er beim Sicherheitsbeamten eine Nachricht hinterlassen ... Nein, das Arschloch sah ihn schon ganz schräg an. Und er hatte *keinen* Vorwand, um sich in der Eingangshalle herumzudrücken, bis Lady Eleven auftauchte. Andererseits, wenn er ...

«Kann ich Ihnen helfen?» Der Sicherheitsmensch war angerückt. Er strengte sich mächtig an, wie Karl Malden auszusehen.

«Wissen Sie, ich suche eine junge Frau.»

Der Gesichtsausdruck des Mannes sagte: *Das* glaub ich dir aufs Wort, Jungchen.

«Vergessen Sie's», sagte Brian.

In zwölf Stunden würde er sie sowieso sehen.

Er änderte erneut den Kurs und ging die Union Street hinunter zum La Contadina. Er brauchte ein Glas Wein, um seine Nerven zu beruhigen. Manchmal konnte einem ein Faschist in Uniform den ganzen Tag kaputtmachen.

Als er vor dem Restaurant ankam, winkte ihm von einem riesigen, thronartigen Stuhl hinter dem Fenster ein exotisches Wesen zu. Es war Mrs. Madrigal, die sich mit einem Paisley-Muster-Turban, mit blauem Lidschatten und einer Art Haremsgewand herausgeputzt hatte. Sie winkte ihn hinein.

«Willst du dich zu mir setzen?»

«Gern», sagte er und nahm ihr gegenüber Platz. Mit seinem Sporthöschen und dem Sweatshirt kam er sich einen Tick unpassend gekleidet vor. Mrs. Madrigal selbst wirkte etwas strapaziert.

«Brian ... Du hast Mona auch nicht gesehen, oder?»

«Nein. Schon eine Woche nicht oder so.»

«Ich mache mir Sorgen. Sie hat mir kurz nach Mary Anns und Michaels Abreise einen Zettel geschrieben, dass sie einige Zeit weg sein wird, aber seither habe ich nicht einen Ton von ihr gehört. Ich habe gedacht, dass du vielleicht ... Fehlanzeige, hmh?»

Brian schüttelte den Kopf. «Tut mir leid.»

Die Vermieterin nestelte an ihrem Turban herum. «Sie kann manchmal ganz schön ... töricht sein.»

«So gut kenne ich sie nicht. Wie lange wohnt sie schon im Haus?»

«Ach ... mehr als drei Jahre. Brian, hat sie jemals ... mit dir über mich gesprochen?»

Er dachte einen Augenblick nach. «Nein, nie. Warum?»

«Ich fürchte, dass ich selbst ein bisschen töricht war. Und ich hoffe, dass es noch nicht zu spät ist.»

«Ich verstehe nicht ...»

«Mona ist meine Tochter, Brian.»

Ihre Mieter und Mieterinnen, dachte Brian, sind immer ihre «Kinder». Er lächelte verständnisvoll. «Sie müssen ein sehr enges Verhältnis zu ihr haben.»

«Nein, Brian. Sie ist meine *richtige* Tochter.»

Ihm fiel die Kinnlade herunter. «Ihre ... Weiß Mona das?»

«Nein.»

«Aber, lebt ihre Mutter denn nicht in ...?»

«Ich bin nicht ihre Mutter, Brian. Ich bin ihr Vater.»

Bevor er etwas sagen konnte, legte sie einen Finger an die Lippen und gab ihm zu verstehen, dass er still sein sollte. «Wir können zu Hause darüber reden», flüsterte sie ihm zu.

Herrenbesuch

Der Stimmungsumschwung in der Blue Moon Lodge hatte etwas Unheimliches. Mona spürte es sofort und sah die Spannung weiter steigen, als Mother Mucca ihre Mädchen zu den Vorbereitungen für die Ankunft des bedeutenden Kunden aus Sacramento auf Trab brachte.

«Bobbi, du schnappst dir das 409 aus der Küche und putzt das Scheißhaus in Charlene ihrem Zimmer. Da sieht's nämlich aus, als wär 'ne Horde Fernfahrer drauf gewesen! Marnie, du bringst das Gesellschaftszimmer in Schuss. Und schmeiß ja die ganzen Filmillustrierten raus. Bonnie, du gurkst mit Debby im Ranchero in die Stadt und holst beim Chinesen das Kostüm ab. Es is ja wieder mal typisch! Vom ganzen Jahr taucht er akkurat in der Woche auf, wo wir das Kostüm in der Reinigung haben!»

Mona hielt sich vom Zentrum des Sturms fern. Sie hätte gerne geholfen, war aber sicher, dass sie nur im Weg sein würde. Charlene bemerkte ihr Unbehagen und drückte ihr augenzwinkernd ein Staubtuch in die Hand. «Verrückt, was?»

Mona nickte. «Wer ist der Kerl eigentlich?»

«Ich ... Da fragste besser Mother Mucca.»

«Wo soll ich Staub wischen?» Tja, Mona, das war zu schwer für unser Rateteam! Arlene, Bennett – ich denke, es wird euch überraschen, wenn ihr hört, dass die reizende Saalkandidatin Miss Ramsey ihr Geld ... als Putzfrau in einem Puff verdient!

«Drüben hinter der Bar. Und die Kennedy-Figur auf der Glotze hat's auch nötig.»

«Okay. Charlene?»

«Ja.»

«Mother Mucca hat gesagt, dass er eine Neue will. Leiht sie sich die von einem anderen Haus aus, oder was?»

Charlene wischte weiter Staub. «Ja. Das könnt se wohl machen.»

«Soll das heißen ... dass sie das noch nie gemacht hat?»

«Er hat noch nie 'ne Neue haben wollen.»

«Ach so. Aber, warum ist sie dann gar nicht ...»

«Quassel nich so viel. Wir verplempern bloß Zeit.»

Als Mother Mucca kurz darauf ins Gesellschaftszimmer gestürmt kam und Mona bei der Arbeit sah, fauchte sie ihr dienstältestes Mädchen an: «Charlene! Was soll das mit Judy und der Putzerei?»

«Na, Sie ham doch alle verdonnert zum ...»

«Judy is meine Empfangsdame, Charlene! Mit Staubwischen hat sie nix ...»

Mona fiel ihr ins Wort. «Aber es macht mir gar nichts aus, Mother Mucca, wenn ich ...»

«Is schon klar, Judy. Aber es gehört sich nich für meine Empfangsdame, dass se mitm Staubfetzen rumrennt.»

Mona zuckte angesichts solcher protokollarischen Feinheiten bloß mit den Schultern und entschuldigte sich mit einem Lächeln bei Charlene, die sich stirnrunzelnd davonmachte.

«Komm mit», sagte Mother Mucca und hakte sich bei Mona ein. «Wir zwei beide trinken jetz in der Küche 'n schönes großes Glas Milch zusammen.»

Die Bitte der alten Frau traf Mona wie ein Vorschlaghammer.

«Was?», japste sie und verschluckte sich beinahe an ihrer Milch.

«Es is 'n Kinderspiel mit ihm», sagte Mother Mucca.

«Dann sollen doch *die anderen* mit ihm spielen! Ich bin die Empfangsdame, oder haben Sie das schon vergessen?»

«Ich zahl dir auch was extra, Judy.»

«Sie müssen ja ... O nein ... Oooo nein. Kapiert? *Nein!*»

Mother Mucca griff über den Tisch und nahm Monas Hand. «Er will eine mit Klasse, Judy. Und in Winnemucca hat keine so 'ne Klasse wie du.»

«Danke für das Kompliment.»

«Vögeln brauchste ja nich mit ihm.»

Das brachte Mona vollends aus dem Konzept. «Ja, aber, was will er denn sonst ...? Nein, vergessen Sie's. Ersparen Sie mir die grausigen Details.»

«Judy, trauste denn der alten Mother Mucca zu, dass se ...? Du bist doch wie mein eigen Fleisch und Blut, Judy. Ich würd dich doch nie in was reinreden, wo du nachher schlecht von dir denkst. Ich sag dir, es tut mir richtig weh, dass du ...»

Die alte Frau ließ Monas Hand los und zupfte ein Taschentuch aus ihrem welken Dekolleté. Dann drehte sie sich weg und betupfte ihre Augen.

Mona war erschüttert. «Mother Mucca, sehen Sie mal, es ist ...»

«Du hast mir *wehgetan*, Kind!»

«Das wollte ich nicht.»

«Ich sag dir mal was, und es is die reine Wahrheit. Den Laden hier hab ich schon sechzig Jahre, und du bist die Erste, wo ich je das Gefühl gehabt hab, dass ... Judy, ich würd dich auf der Stelle adoptieren, wenn de mich lassen würdst.»

Diesmal griff Mona nach der Hand der Puffmutter. «Sie sind wirklich sehr gut zu mir, Mother ...»

«Haste gewusst, dass ich 'nen kleinen Jungen gehabt hab?»

«Nein.»

«Ja, stell dir vor. Er war das süßeste kleine Ding, was einem je untergekommen is. Genau hier is er immer aufm Boden gesessen, hat vor sich hin gelacht und gekichert, und ich und die Mädchen, wir ham immer alles getan für den kleinen Wurm, und ich hätt nie gedacht ...»

«Bitte nicht weinen.»

«Nich in ’ner Million Jahre hätt ich gedacht, dass mein kleiner Schatz mit sechzehn ausbüxt und seine Mama alleinlässt. Nie im Leben wär ich auf so ’ne Idee gekommen. Ich hab ihm vertraut, Judy, wie ich jetzt ...»

Sie unterbrach sich, als Bonnie und Debby das wichtige Paket aus der Reinigung brachten.

«Weg damit!», befahl Mother Mucca.

Bonnie runzelte die Stirn. «Aber, ham Sie denn nicht gesagt ...?»

«Nehmt das dämliche Ding weg!»

«Moment mal», sagte Mona. «Ich muss doch erst sehen, ob es mir auch passt.»

Mother Mucca starrte Mona an, betupfte dann ihre Augen und grinste. «Du bist ein Engel, Püppi.»

«Und Sie sind eine Hexe», antwortete Mona.

Der Hit des Jahres

«Das gefällt mir», sagte Mary Ann, die in der Starlight Lounge der *Pacific Princess* eine Piña Colada schlürfte, während ein Pianist «I Write the Songs» spielte. Burke lächelte sie an und nickte.

«Michael behauptet, dass der Song das diesjährige ‹What I Did for Love› ist.»

«Das verstehe ich nicht.»

«Ach, du weißt schon. Es gibt doch jedes Jahr einen Song, den *alle* aufnehmen. Vor zwei Jahren war es ‹Send in the Clowns› – oder war das schon vor drei? Egal. Letztes Jahr war es jedenfalls ‹What I Did for Love›. Auch wenn es zu Tode gespielt wird, gefällt es mir immer noch. Ich meine ... wenn ein Song gut ist, dann spricht doch nichts dagegen, dass man ihn oft spielt, oder?»

«Nein. Ich denke nicht.»

«‹What I Did for Love› ist wahrscheinlich mein absoluter Lieblingssong. Wenigstens ... na ja, es ist der einzige Song aus dem Album, den man mitsummen kann. Nicht, dass das so wichtig wäre, aber ... Na ja, ich meine, wer kann schon ‹The Music and the Mirror› summen?»

«Keine Ahnung. Ich weiß noch nicht mal, von welchem *Album* du redest.»

«Klar weißt du das. *Chorus Line.*»

Er schüttelte den Kopf. «Tut mir leid.»

«Das Musical, Burke. In San Francisco ist es auch gelaufen.»

«Ich habe dir ja gesagt, dass ich nicht mehr auf der Höhe der Zeit bin.»

Mary Ann zuckte mit den Schultern, doch insgeheim war sie erleichtert. Burke *konnte* nicht schwul sein, wenn er noch nie was von *Chorus Line* gehört hatte. Sie beschloss, das Thema zu wechseln. Burke schien sich bei Popmusik etwas unwohl zu fühlen.

«Wie lang hast du in San Francisco gelebt, Burke?»

«Eigentlich nur kurz. Und zu Hause fühle ich mich auch eher in Nantucket.»

«Arbeitest du dort?» Das kam ihr erwachsener vor als: «Und was machst du so?» Neun Monate in San Francisco hatten diese Frage für immer aus ihrem Gehirn verbannt.

«Kann man so sagen. Mein Vater ist im Verlagswesen. Ich helfe manchmal bei ihm aus.»

«Nein, wie toll!» Mein Gott, *das* hörte sich ja vielleicht teenagermäßig an! Warum holperte ihre Unterhaltung bloß so dahin?

«Komm, Mary Ann, gehen wir ein bisschen an die frische Luft. Okay?»

Draußen auf dem Sonnendeck lehnten sie sich an die Reling und sahen zu, wie der Mond über der ruhigen See aufging. Wie üblich war sie diejenige, die das Schweigen brach.

«Ich rede zu viel, was?»

Er legte ihr den Arm um die Schultern. «Überhaupt nicht.»

«Doch, doch. In der Highschool hab ich den Optimist Oratory Contest gewonnen, und seither hab ich mit dem Reden nicht mehr aufgehört.»

Er lachte. «Ich fürchte, im Moment bestreitest du die ganze Unterhaltung allein.»

Sie ging nicht darauf ein und schaute wieder auf das Wasser hinaus. «Weißt du, was mich heute Morgen umgehauen hat?»

«Was?»

«Die Rettungsübung ... Was der Kapitän da gesagt hat. Ich hab gar nicht gewusst, dass man Frauen und Kinder nicht mehr als Erste von Bord schickt.»

«Tja. Die Zeiten ändern sich.»

«Ja, leider.»

Er reagierte darauf, indem er ihre Schulter drückte.

«Ich meine, es ist einfach nicht fair. In dem Song heißt es, dass es immer noch so ist wie früher, aber das stimmt gar nicht. Wer kann sich heute noch wie Ingrid Bergman fühlen?»

«*Das* ist wenigstens mal eine, die ich kenne.» Er kicherte.

«Wie alt bist du, Burke?»

«Siebenundzwanzig.»

«Du wirkst ... ich weiß nicht recht ... nicht eigentlich *älter*, aber ... Es ist schwer zu sagen. Du wirkst wie siebenundzwanzig und gleichzeitig so, als wärst du es schon ziemlich lange.»

«Anders gesagt: Ich bin nicht mehr auf der Höhe der Zeit.»

«Warum sagst du das ständig, Burke? Ich *mag* das, Burke.»

Er beugte sich zu ihr hinunter und küsste sie zart auf den Mund. «Und ich mag *dich*.»

«Wirklich?», fragte sie.

«Ja. Sehr sogar, Mary Ann.»

«Ingrid», sagte sie und erwiderte seinen Kuss.

Familienplanung

Im Neonlicht des Doggie Diner nahmen die Furchen und Krater in Bruno Koskis Gesicht mondähnliche Ausmaße an. Beauchamp fiel auf, dass von Brunos mayonnaiseverschmierten Mundwinkeln alles Flüssige abperlte.

«Dass ich das noch mal klarstelle, Mann. Du willst nich, dass sie hopsgeht, sondern bloß ...»

«Reden Sie gefälligst leise, Bruno!»

Bruno zuckte mit den Schultern und schaute mit einem verächtlichen Blick durchs Lokal. «Sin doch alles Drogisten hier, Mann. Da hört keiner hin.»

«So was weiß man nie.»

«Ich kenn das doch sofort, ob einer 'n Drogist is oder nich.»

Das stimmte. Bruno kannte seine Drogisten. Beauchamp schaute auf seinen Hamburger hinunter. «Okay, ich wollte nicht ... Wissen Sie, ich bin einfach nervös. Ich habe so etwas noch nie gemacht.»

«Dann schieb mal rüber mit dem, was de von mir willst, Mann.»

Beauchamp hielt den Kopf gesenkt und entfernte umständlich die Zwiebeln von seinem Hamburger. «Ich möchte, dass Sie dafür sorgen ... dass sie das Baby nicht bekommt ... das heißt *die* Babys.»

Bruno blinzelte ihn ungläubig an. «Ich soll ihr den Bauch eintreten?»

«Sie sollen ihr nicht wehtun, Bruno.»

«Okay. Den Bauch soll ich ihr eintreten, aber weh tun darf's nich.»

«Ihr Ton ist ekelhaft, Bruno.»

«Ach, leck mich!»

«Hören Sie: Sie ist meine Frau, ja? Und ich möchte nicht, dass ihr ... Ich möchte nicht, dass sie bleibende Schäden davonträgt. Wenn Sie mir das nicht versprechen können, vergessen wir's lieber gleich.»

«Wie soll ich so 'n Scheiß garantieren ...? Was is ... wenn ... Ich mein, es kann ja ... wie sagt man? ... Komplikationen geben.»

Beauchamp setzte seine Verärgert-aber-noch-geduldig-Miene auf, mit der er die Art Directors bei Halcyon Communications mühelos auf die Palme brachte. «Hören Sie, Bruno, sie ist im siebten Monat. Da sollte es eigentlich nicht *allzu* schwer sein, einen ... Unfall zu arrangieren oder so was in der Art.»

Der Koksdealer starrte seinen Kunden an. «Weißte, Mann ...»

«Aber es könnte ja auch sein», unterbrach Beauchamp ihn trocken, «dass das für Sie eine Nummer zu groß ist.»

«Wer sagt das?»

«Sie kommen mir ein bisschen zögerlich vor. Vielleicht sollte ich mir jemand suchen, der ... professioneller ist als Sie.»

Bruno war einen Moment eingeschnappt. Dann schaute er hoch. «Wie viel?»

«Was ist es wert?»

Das traf Bruno unvorbereitet. «Äh ... Fünftausend. Bei dem Aufwand.»

«Ich gebe Ihnen sieben. Aber ich verlange korrekte Ausführung.»

«Dir is klar, dass ich den Auftrag weitergeb.»

«Das ist mir egal.»

«Ich will Cash. Im Voraus.»

«Können Sie haben. Wann geht die Sache über die Bühne?»

«Wie ich wen auftu.»

«Es muss bald passieren, Bruno.»

«Fick dich ins Knie!»

«Bruno?»

«Hmh?»

«Wischen Sie sich mal den Mund ab, ja?»

Eine Viertelstunde später rief Beauchamp DeDe auf Halcyon Hill an. Ihre Stimme war ausdruckslos. Sie war eindeutig auf der Hut vor den Unwägbarkeiten ihrer gerade mal einen Tag alten Trennung.

«Ich wollte nur mal hören, wie's dir geht», sagte er.

«Danke, gut.»

«Ist deine Mutter da?»

«Ja.»

«Schön. Wenn du was rausgeschickt haben willst, dann lass es mich wissen, okay.»

Schweigen.

«Okay, DeDe?»

Sie begann zu weinen. «Warum bist du ... so schrecklich nett?»

«Ich weiß nicht. Wahrscheinlich fehlst du mir.»

«Beauchamp ... Ich will die Babys unbedingt haben. Aber ich will dir damit nicht wehtun. Ehrenwort.»

«Das weiß ich doch, mein Schatz. Warten wir erst mal ab, okay?»

«Wenn ich mich nicht so hin und her gerissen fühlen würde, wäre ich auch eine bessere Ehefrau. Ich brauche bloß ... Ich möchte mal einige Zeit für mich alleine sein.»

«Das verstehe ich doch.»

Sie schniefte und putzte sich die Nase. «Im Gefrierschrank steht noch Hühnerpastete, und ein bisschen übriggebliebene Quiche ist im ...»

«Ich komme schon zurecht.»
«Beauchamp ... Ich liebe dich.»
«Ich weiß», sagte ihr Ehemann. «Ich weiß.»

Mrs. Madrigals Beichte

Zum ersten Mal in seinem Leben lehnte Brian einen Joint ab.

Für diese Geschichte wollte er einen klaren Kopf haben.

«Es war einmal ein kleiner Junge», begann Mrs. Madrigal, «der hieß Andy Ramsey. Andy war kein besonders ungewöhnlicher kleiner Junge, aber er wuchs unter ungewöhnlichen Umständen auf: Seine Mutter war eine Puffmutter. Sie führte in Winnemucca, Nevada, ein Bordell namens Blue Moon Lodge, und Andys beste Freundinnen und Kindermädchen waren die Nutten, die dort ihr Zuhause hatten. Vielleicht war das der Grund dafür – vielleicht auch nicht –, dass Andy, als er in die Pubertät kam, eine verblüffende Entdeckung machte: Er hatte ganz und gar nicht das Gefühl, ein Junge zu sein.

Oh, er *sah aus* wie ein Junge. Das schon. Die entsprechende Ausstattung war vorhanden. Aber er fühlte sich immer wie ein Mädchen. Ein Mädchen, das im Körper eines Jungen gefangen war. Zu seinem Entsetzen verstärkte sich dieses Gefühl noch, als er älter wurde. Mit sechzehn war er so verängstigt, dass er aus dem Bordell weglief und nach Kalifornien trampte.

Einige Zeit hielt er Leib und Seele zusammen, indem er sich als Wanderarbeiter durchschlug. Danach arbeitete er in einem Drugstore in Salinas als Limonadenverkäufer, und dann kam er wieder als Arbeiter unter, diesmal in Modesto. Kurz nach seinem zwanzigsten Geburtstag verließ er Modesto und ging nach Fort Ord, wo er als einfacher Soldat in die Army eintrat. Er war ein guter Soldat, aber er blieb den ganzen Krieg, das heißt den ganzen Zweiten Weltkrieg, über in Fort Ord und tippte dort meistens die Munitionsberichte für einen betrunkenen Colonel. Auf die Dauer konnte Andy die reine Männergesellschaft in der Army aber genauso wenig ertragen wie die reine Frauengesellschaft im Puff. Und das Gefühl, dass er in Wirklichkeit eine Frau war, blieb während der Zeit in der Army völlig unverändert.

Kurz nach Kriegsende lernte Andy eines Abends bei einer Tanzveranstaltung in Monterey ein hübsches junges Mädchen kennen. Das heißt, das Mädchen war zu der Zeit eigentlich noch *sehr* jung, nämlich ungefähr siebzehn. Andy war fünfundzwanzig. Sie war aus Minneapolis zu Besuch und wohnte bei ihrer Cousine in Carmel. Sie hieß Betty Borg, und Andy war auf seine Art ziemlich angetan von ihr. Sie hatte einen lebhaften, unabhängigen Geist, und Andy war erleichtert, als er feststellte, dass er sich zu ihr hingezogen fühlte. Sogar sexuell.

Betty wollte heiraten und dann wieder nach Minneapolis zurückkehren. Es war dann in der Tat sie, die einen Heiratsantrag machte, und Andy kam zu dem Schluss, dass seinem Problem wohl am besten mit einer Heirat beizukommen wäre. Und so ... geschah es dann. Andy kam seinen Verpflichtungen als Ehemann nach, indem er in einer Buchhandlung in Minneapolis arbeitete. Ein Jahr später bekamen die beiden ein kleines Mädchen. Sie nannten es nach Andys Mutter, die von ihm entfremdet noch immer in Winnemucca lebte, Mona.

Aber es klappte hinten und vorne nicht. Jedenfalls nicht für Andy. Es kam schließlich so weit, dass er Frau und Kind verließ – im Stich ließ –, als das Kind zwei Jahre alt war. Die nächsten fünfzehn Jahre verschwand er praktisch von der Bildfläche, zog als armselige, sich selbst bemitleidende Kreatur, die ihr eigenes Leben und das der Menschen in ihrer nächsten Umgebung verpfuscht hatte, von Stadt zu Stadt. Das fand jedoch alles ein Ende, als Andy vierundvierzig wurde. Denn da raffte er sich zu einer Reise nach Dänemark auf, wo er seine gesamten Ersparnisse für eine Geschlechtsumwandlung ausgab.»

«Und von dort kam er als Anna Madrigal zurück.» Diese Information steuerte Brian bei. Eher fasziniert als schockiert lächelte er die Vermieterin an.

Sie lächelte zurück. «Es ist ein hübscher Name, findest du nicht? Er ist ein Anagramm.»

«Aber, wenn Mona Ihre Tochter ist ...? Ach so, nein, Sie haben ja schon gesagt, dass sie es nicht weiß.»

«Nein, sie weiß es nicht. Sie ist vor drei oder vier Jahren nach San Francisco gezogen, und kurz darauf habe ich in Herb Caens Kolumne von einer Mona Ramsey gelesen, die bei Halcyon Communications arbeitete. Es war mir klar, dass es auf der Welt nicht *so* viele Mona Ramseys geben konnte. Ich habe also ein paar Nachforschungen angestellt, und eines Abends habe ich sie im Savoy-Tivoli angesprochen.»

«Und?»

«Sie hat mich *sympathisch* gefunden, was denn sonst? Also habe ich ihr angeboten, in der Barbary Lane einzuziehen. Sie umgibt sich ja gerne mit dem Ruch der Bohèmienne, und da hat ihr wohl der Gedanke, eine Transsexuelle als Vermieterin zu haben, ziemlich imponiert.»

«Das wusste sie also schon?»

«O ja. Von Anfang an.»

«Weiß Ihre ... Ihre Frau denn, wo Sie leben? Oder Ihre Mutter?»

Mrs. Madrigal schüttelte den Kopf. «Die beiden nehmen wohl an, dass ich tot bin.» Sie lächelte schwach. «Andy *ist* ja auch tot.»

«Und jetzt glauben Sie, dass Mona herausgefunden hat, wer Sie in Wirklichkeit sind, und deswegen ausgeflippt ist?»

«Denkst du nicht auch, dass das möglich wäre?»

Er lächelte. «Ich denke im Moment nicht besonders klar.»

«Du Ärmster!»

«Ich bin ... Ich fühle mich sehr geschmeichelt, dass Sie mir das alles erzählt haben, Mrs. Madrigal.»

«Schön. Können wir den Joint dann *jetzt* rauchen?»

Er lachte. «Je früher, je ... Moment mal. Wie kann Anna Madrigal ein Anagramm für Andy Ramsey sein?»

«Ist es ja gar nicht.»

«Aber Sie haben doch gesagt ...»

«Ich habe gesagt, dass es ein Anagramm ist. Ich habe aber nicht gesagt, wovon.»

«Wofür steht es dann?»

«Mein lieber Junge», antwortete die Vermieterin, die endlich den Joint anzünden konnte, «du sprichst mit einer Frau, die ihr Geheimnis zu wahren weiß!»

Alle Jubeljahre

Bobbi umschwirrte Mona wie eine Brautjungfer, die am Kleid der Braut noch ein allerletztes Mal Hand anlegt. «Ich glaub, du hast das Oberteil falsch rum an, Judy. Probier mal ... Nein, andersrum. Genau. Guck mal, wie hübsch das ist!»

«Um Himmels willen, Bobbi. Es soll doch nicht *hübsch* aussehen!»

«Du weißt schon, wie ich's mein. Außerdem *bist* du hübsch. Du kannst richtig stolz sein auf dich.»

Mona brachte ein winziges Lächeln zustande. «Hör auf, mich aufzumuntern.»

«Du stichst sicher alle aus, die's bis jetzt gemacht haben, Judy. Er wird dich *lieben* in dem Aufzug!»

«*Das* soll er ja gerade nicht tun.»

Bobbi kicherte. «Mach dir keine Sorgen, 'ne Menge Kunden haben solche Wünsche.»

«Solche?» Mona deutete auf ihr Kostüm.

«Nein, aber sie ... Na ja, sie wollen dich nicht ficken. Sie holen sich bei dir bloß ... so was Besonderes, was sie sonst nirgends kriegen. Ich hatte mal 'nen Kerl, aus Stockton war er, der hat gewollt, dass ich 'nen schwarzen Slip mit Spitzen dran anzieh und mich auf seinen Schoß setze, und dann hat er mir sein Testament diktiert.»

«Ja, sicher.»

«Ich schwör's, Judy. Und es hat *ewig* gedauert. Ich hab damals sogar zu Dr. Craig gemusst.»

«Warum?»

Bobbi kicherte. «Er hat gesagt, ich hätt aus 'nem Schreibkrampf mal so eben 'ne Geschlechtskrankheit gemacht.»

Mona schlenderte in voller Montur nach vorne ins Gesellschaftszimmer und holte sich aus dem Kühlschrank hinter der Bar ein Bier. Sie sehnte sich nach einem Joint.

Charlene tauchte auf und grinste angesichts von Monas Aufzug mokant. «Bist ja arg früh dran.»

«Ich hetze mich nicht gern ab.»

«Er is frühestens in 'ner Stunde da.»

«Das macht nichts.»

«Dein Deo hat dann sicher schon den Geist aufgegeben.»

«Zisch ab, Charlene!»

«Biste nervös, hmh?» Ihr Ton war jetzt offen zickig. Sie hat was gegen mich, dachte Mona. Es stinkt ihr, dass Mother Mucca mich mag.

«Keine Spur», sagte Mona ungerührt.

«Wenn de meinst», antwortete Charlene. «Aber dein Bier verschüttste trotzdem.»

Eine Viertelstunde vor ihrem Auftritt saß Mona allein im Gesellschaftszimmer. Mother Mucca kam aus der Küche und setzte sich zu ihr.

«Alles okay?»

Mona nickte.

«Das is was, das kannste mal deinen Enkelkindern erzählen.»

«Klar.»

Die alte Frau achtete darauf, dass das Kostüm nicht in Unordnung kam, als sie Mona den Arm um die Schulter legte. «Aussehen tust de ... richtig gut.»

«Danke.»

«Die andern Mädchen sin alle auf ihrm Zimmer. Und da bleiben se auch, bis er wieder weg is. Ihr zwei beide nehmt das Zimmer von Charlene, und ich sag dir Bescheid, wenn du kommen sollst. Er is schon vor dir drin. Haste noch im Kopf, was zu tun is?»

«Ich denke schon.»

Mother Mucca tätschelte Monas Hand. «Du machst es sicher gut.»

«Mother Mucca?»

«Was is?»

«Wie kann er ...? Wie kommt er hierhin?»

«Ach, in ’ner Limousine.»

«In einer *Limousine*?»

«Na klar», sagte Mother Mucca und tippte sich dabei an die Stirn, um zu zeigen, dass der Mann Köpfchen hatte. «Dann glaubt keiner, dass er’s is, verstehste?»

Es klopfte an Monas Tür.

«Er ist da», flüsterte Mother Mucca.

Mona schlüpfte in die sternenklare Wüstennacht hinaus. Vom Norden her wehte eine warme Brise, die die Ärmel ihres

Habits flattern ließ. Mother Mucca warf einen letzten prüfenden Blick auf ihre Neue, rückte deren Nonnenschleier zurecht und huschte zurück zum Gesellschaftszimmer. Dann öffnete Mona die Tür zu Charlenes Boudoir.

Der Kunde saß mit gekreuzten Beinen neben dem Bett auf dem Fußboden. Er trug das safrangelbe Gewand eines buddhistischen Mönchs.

«Schwester ... Ich habe gesündigt.»

Mona räusperte sich. «Ich weiß, mein Kind.»

Die Peitsche lag wie besprochen auf dem Bett.

Idyll auf Zeit

Die Taxifahrt aus Manzanillo hinaus bot ihnen kaum mehr als zerfallende Hamburgerbuden, mit Palmblättern gedeckte Hütten und hin und wieder ein paar kleine Packesel, die neben der Straße im Müll scharrten.

Am Ziel ihrer Fahrt erwartete Mary Ann und Burke allerdings etwas ganz Unglaubliches.

Der Ausflugsort Las Hadas lag in luftiger Höhe über einer azurblauen Bucht und schimmerte wie ein Opiumtraum aus den *Geschichten aus Tausendundeiner Nacht*. Bougainvilleen leuchteten und strahlten vor weiß getünchten Wänden, von Minaretten herab blickten groteske Figuren in sonnenüberflutete Innenhöfe, Vögel sangen, Palmen wiegten sich in der sanften Brise.

Und Mary Anns Herz setzte zu einem Höhenflug an.

«Ach, Burke, sieh dir *das* bloß an!»

Natürlich meinte sie das gar nicht so. Eigentlich meinte sie: Sieh dir *uns* bloß an.

Der Strand war ein Halbrund aus silbern glänzendem Sand, und das Wasser war so klar, dass Mary Ann sehen konnte, wie zwischen ihren Beinen winzige Fische hin und her schossen. Burke zog sie mit kindlicher Schadenfreude unter Wasser und hielt sie an der Hüfte umschlungen, wenn sie gemeinsam ins Sonnenlicht emportauchten.

Wie lange war es schon her, dass jemand das mit ihr gemacht hatte? Wie lange hatte sie auf dieses Lächeln gewartet, auf diesen Blick, auf diese starke und gleichzeitig schlichte Persönlichkeit, die ihr begegnet war in einer Welt voll von Habgier, Existenzangst und computerisierten Partnervermittlungen? Und wie lange, lieber Gott, würde es halten?

Sie legten sich nebeneinander in die Sonne. Ihre Fingerspitzen berührten sich.

«Was macht Michael heute?», wollte Burke wissen.

«Er ist auf dem Schiff.»

«Von mir aus hätte er gerne mitkommen können.»

«Ich glaube, er will heute mal ausspannen.»

«Ach so.»

«Burke?»

«Ja?»

«Warum bist du aus Kalifornien weggegangen?»

Nach einiger Zeit sagte er: «Ich weiß nicht. Wahrscheinlich wegen ... meines Vaters und so.»

«Wegen deines Vaters?»

«Wegen der Verlagsarbeit. Er brauchte Unterstützung.»

«Hast du denn ... in San Francisco auch im Verlagswesen gearbeitet?»

«Nein. Ich habe bloß ... so in den Tag hineingelebt.»

«Drei Jahre lang?»

Er drehte sich auf die Seite, schaute sie an und lächelte leicht. «Möchtest du wissen, wie reich ich bin?»

Die Frage hatte sich *tatsächlich* so angehört, und ihr Fauxpas war ihr schrecklich peinlich. «Nein, Burke! Garantiert nicht. Ich wollte bloß ... Ach, lass mal. Ich bin wohl nur ein bisschen nervös.»

«Weswegen?»

«Ach, weil es so schrecklich klischeehaft ist!»

«Was?»

«Ach, na ja. Man lernt jemand Nettes kennen und kommt fantastisch mit ihm aus, aber *natürlich* wohnt er dreitausend Meilen weit weg! Das ist schlichtweg Betrug.»

Er rückte näher an sie heran und legte die Hand auf ihre Wange. «Bist du heute Nacht auch betrogen worden?»

«Nein. Und das weißt du auch.»

Er küsste sie auf die Nasenspitze. «Wir haben noch eine Woche, Mary Ann. Machen wir das Beste draus, hm?»

In einem Garten mit gepflegtem tropischem Blattwerk aßen die beiden mit Blick auf das Wasser zu Mittag. Ein künstlicher Wasserfall plätscherte in das Schwimmbecken hinter ihnen.

Ein Kind lief als Sandwichman umher. Auf seinen Plakattafeln wurden die bevorstehenden Veranstaltungen angekündigt. «Wie niedlich!», sagte Mary Ann, als sie das blaue Clownskostüm und die Hofnarrenschuhe mit den gezwirbelten Spitzen sah.

Doch als das Kind näher kam, machte Mary Ann die Entdeckung, dass es gar keines war. Es war ein Zwerg.

Peinlich berührt wandte sie sich ab. Sie hoffte, der kleine Mann würde ihren Tisch übergehen und sich einer Gruppe von lauten Touristen zuwenden, die in der Nähe des Schwimmbeckens saßen. Es kam allerdings anders. Er näherte sich dem frisch verliebten Paar mit einem breiten, bettelnden Grinsen und streckte den beiden eine rote Rose entgegen.

Jetzt gab es keinen Ausweg mehr. «Burke, hast du vielleicht einen Peso für ihn?»

Ihr Begleiter gab keine Antwort. Er saß kreidebleich und totenstarr da.

«Burke, was ist …?»

Seine Stimme war kaum mehr als ein Wimmern, klang wie die mitleiderweckende Klage eines gefangenen Tiers. «Schick ihn weg», stieß er hervor.

«Burke, es ist doch bloß ein …»

«Bitte, bitte … Schick ihn weg!»

Der Zwerg brauchte keine weitere Aufforderung. Er war bereits drei Tische weiter, als Burke ins Gebüsch torkelte und dort kotzend auf die Knie fiel. Mary Ann kniete neben ihm nieder und strich sanft über die Erdbeerlöckchen in seinem Nacken.

«Ist ja gut», sagte sie. «Ist ja gut.»

Kurz darauf ging ein Ruck durch ihn, und er versuchte, seine Würde zurückzugewinnen. «Verzeih mir, bitte. Es tut mir sehr leid. Ich hätte …»

«Das macht doch nichts», sagte sie sanft. «Ich kann verstehen, dass er dich …»

Burke schüttelte den Kopf. «Er war nicht schuld daran, Mary Ann.»

«Was?»

«Es war die Rose.»

Douchebag

Nachdem das Mabuhay Gardens lange Zeit ein auf großbusige Sängerinnen spezialisierter Filipino-Nachtclub gewesen war, hatte es sich beinahe über Nacht in San Franciscos einzige Punk-Rock-Attraktion verwandelt. In dem Ambiente aus absterbenden Palmen und ramponierten Rattanmöbeln nahm man Bruno Koski glatt den schweren Jungen aus einem frühen Bogart-Film ab.

Die Punker und Punkerinnen beäugten ihn mit kaum verhohlenem Neid, lechzten im Stillen nach seiner pockennarbigen Haut, nach seinen Knopfaugen, nach seiner angeborenen Verkommenheit, die so gar nichts Aufgesetztes hatte.

Bruno Koski war unverdünnte Realität.

Jimmy, der Bühnenmanager, erkannte ihn sofort. «Hallo, Bruno, was ...?»

«Ich such Douchebag.»

«*Die* kennst du?»

«Sag einfach, wo sie is, Kleiner.»

«Dort drüben. Neben dem Verstärker. Die in dem Müllsack.»

Bruno schaute mit mürrischem Gesicht zur Tonanlage hinüber. Er vermied es, den Blicken der versammelten Punks zu begegnen. Drei von den Punkerinnen trugen Hefty-Plastik-Säcke, die sie mit Sicherheitsnadeln zu Ponchos umgearbeitet hatten.

«Ach so», schob Jimmy nach, als er Brunos Irritation bemerkte. «Es ist die mit den grünen Haaren.»

Bruno ging zu ihr hin.

«Du bist Douchebag?»

«Ja.» Sie malträtierte ihren Kaugummi wie wild. Ihre Haare, die um ein paar Stufen heller waren als der Müllsack, waren knapp über der Haut abgesäbelt. Sie trug einen Button, auf dem PUNK POWER stand.

«Ich heiß Bruno.»

Sie kaute noch heftiger. «Und?»

«Und ich will mit dir reden.»

«Nix da. Jetz is Crime dran.» Sie deutete mit dem Kopf in Richtung Bühne, wo eine Musikergang in schwarzem Leder zu ihrem nächsten Angriff auf das Publikum in Position ging.

Bruno schaute Douchebag finster an, beschloss aber, ihr ihren Willen zu lassen. Schließlich *brauchte* er das kleine Miststück. Da konnte er sich ihre Art auch ein paar Minuten länger gefallen lassen.

Die Crime spielten so laut, dass er sich vorkam, als hätte er eine Hirnblutung. Die Punker und Punkerinnen verwandelten sich unter dem Zauber der Musik zu Spastikern und schüttelten sich, als säßen hundert Sträflinge auf dem elektrischen Stuhl. Der Song hieß «You're So Repulsive».

In der ersten Pause beschäftigte Douchebag sich wieder mit Bruno. «Geil, hm?»

«Ja», log er.

«Du hättst mal erleben solln, wie sie Mary Monday and the Bitches dagehabt ham.»

«Ja?»

«Absolut, Mann. Die ham die Mikros demoliert und die Tische zerlegt, und der Bühnenmanager is ausgeklinkt und ... Mann, das war total ent-aaaartet!»

«Hört sich ganz so an.»

«Aber das is nix ... ich mein, *gar* nix ... wenn du dir mal die Damned oder die Nuns anhörst. Ich mein, die knallen vielleicht rein ... Total abgefahrenes Zeug. Da kriegste das Gefühl, du willst *kotzen*!»

Das Kaugummigekaue wurde ihm zu viel. «He ... Nimm mal endlich das Zeugs ausm Maul, ja?»

Sie starrte ihn mit weit aufgerissenen Augen an, nahm dann den Kaugummi aus dem Mund, rollte ihn zu einer hübschen kleinen Kugel und stopfte sich die ins Nasenloch.

Douchebag zuckte mit keiner Wimper, als Bruno seinen Vorschlag in groben Zügen darlegte.

«Ich ... würg ihr nur so 'n paar rein, hmh?»

«Genau. Sie wohnt gar nich weit von hier.»

«Und von dir krieg ich 'n Plan, was sie so macht und so? Ich mein, ich muss kein Bruch machen, oder?»

«Nee. Wir machen 'nen fixen Termin. Aber das is mein Bier, Punky.»

Sie strahlte, als er das sagte. Sie war jetzt eine *richtige* Punkerin. Sie war drauf und dran, sich richtige Punk-Referenzen zu besorgen. «Wie steht's mit Kohle, Bruno? Was springt dabei raus für mich, hm?»

«Wie viel willste?»

Sie dachte kurz nach. «Ich will 'ne eigene Gruppe aufmachen. Wir brauchen dreihundert Mäuse.»

«Is gebongt.»

«Kennste die Scorpions?»

«Klar.»

«So 'ne Gruppe wird das. Bloß dass es alles Mädels sin. Aber wir singen nur, wenn wir die Regel ham, damit wir die Leute voll anekeln können, wenn wir ...»

«Stopp, Punky ... Okay, okay!»

Douchebag zog einen Flunsch. «Kacke, Mann! Ich halt's kaum mehr *aus*, bis ich dreizehn bin!»

Wie ausgewechselt

Brian wollte gerade zur Tür hinaus, als in seinem Häuschen auf dem Dach das Telefon klingelte.

«Ja?»

«Hallo! Was läuft denn so?»

Das musste Chip Hardesty sein. Chip Hardesty würde selbst beim Begräbnis seiner Großmutter noch fragen: «Was läuft denn so?» Er wohnte in Larkspur, aber seine Wohnung war von seiner Praxis in Northpoint kaum zu unterscheiden. In beiden gab es Farne, Spiegel mit Watney's-Ale-Werbung und Korbsessel, die an Ketten von der Decke hingen. Das Zahnarztdasein machte ihm nicht unbedingt Spaß.

«Nicht viel», sagte Brian. Zum ersten Mal seit Jahren log er unverschämt drauflos.

«Toll! Ich habe einen Plan.»

«Ja», sagte Brian mit aller Zurückhaltung. Zu Chips letztem Plan hatten ein Kasten Cold Duck gehört, eine gemietete Blockhütte am Lake Tahoe und zwei todsichere Zahnarzthelferinnen. Eine von den beiden – die von Chip natürlich – hatte ausgesehen wie eine zweite Olivia Newton-John.

Brians Begleiterin hatte ihn auf unangenehme Art an Amy Carter erinnert und sich außerdem in schiefer Haltung fortbewegt, weil sie sich permanent um einen Ausgleich für ihre linke Brust bemühte, die ihrem Gefühl nach kleiner war als die rechte.

«Arbeitest du heute Abend?», wollte Chip wissen.

«Ich fürchte.»

«Wann hast du Schluss?»

«Um elf.»

«Okay. Hör zu. Erinnerst du dich noch an Jennifer Rabinowitz?»

«Nein.»

«Okay. Riesentitten, ja? Arbeitet im Cannery. Knopf in der Nase ...»

«Hat beim Tarr-and-Feathers-Sing-along gekotzt.»

«Wer sagt das?»

«Ich sage das. Der Vollgekotzte.»

«Das hast du mir nie erzählt.»

«Entschuldige. Ich hätte es auf meine Weihnachtskarte schreiben sollen.»

Es folgte beleidigtes Schweigen. Dann: «Ich will dir einen Gefallen tun, Mann. Mach mit oder lass es bleiben.»

«Erzähl weiter. Ich hör dir zu.»

«Okay. Jennifer hat da diese Freundin ...»

«Näht sich ihre Kleider selbst. Beeindruckende Persönlichkeit. Alle Mädchen im Studentinnenwohnheim fliegen total auf ...»

«Mensch, was ist dir denn über die Leber gelaufen?»

«Ich bin nicht mehr so drauf, Chip. Lass mich bei so was lieber aus dem Spiel.»

«Was soll das heißen, du bist nicht mehr so drauf?»

«Alle. Erschöpft. Elf ist ein bisschen spät für ...»

«Mensch! Du bist doch seit fünf Jahren nicht mehr vor zwei in der Falle gewesen!»

«Na, vielleicht werd ich ja langsam alt.»

«Ja. Vielleicht wirst du das wirklich.»

«Chip?»

«Ja?»

«Rutsch mir den Buckel runter, ja?»

In Wirklichkeit war er kein bisschen müde, nachdem er sich bei Perry's um seinen letzten Gast gekümmert hatte. Er fühlte sich so vital, angeregt und gut gelaunt wie ein Vierzehnjähriger, der eben beschlossen hat, sich mit *Fanny Hill* auf dem Klo einzuschließen. Lady Eleven war das Tollste, was ihm seit Jahren passiert war.

Als er später aus der Dusche stieg, stellte er fest, dass er gegenüber der Sirene aus dem Superman Building ein starkes Gefühl der Treue verspürte. Sie *gehörte* ihm, und zwar im reinsten, befriedigendsten Sinn des Wortes. Und er gehörte ihr. Wenn auch nur für eine halbe Stunde.

Er hatte endlich eine Gleichgesinnte gefunden.

Liebe auf dem Dach

Die Hampton-Giddes waren die Ersten, die nach dem Ballettabend eintrafen. «Wunderbare Tischlerarbeit», schwärmte Archibald Anson Gidde, als er das neue Sonnendeck über der Wohnung seines Gastgebers sah.

Peter Cipriani nickte. «Ich habe im Mission einen *obergeilen* Tischler entdeckt. Spottbillig und Muskeln für zwei. Er heißt Jason oder so.»

«Heißen sie denn nicht *alle* Jason?»

Peter wieherte. «Oder Jonathan.»

«Hatte er einen Knopf im Ohr?»

«Nein. Aber er hatte Shorts an zum *Ohnmächtigwerden*. Und zu den Kniestrümpfen Komm-fick-mich-Stiefel von Lands End. Total scharf.»

«Meinst du, er bekommt eine Küche auch so gut hin?»

«Keine Ahnung. Ich kann nur sagen, welche Qualitäten er im Schlafzimmer entwickelt, meine Liebe.»

«Ohoooo», sagte Archibald Anson Gidde.

Kurz vor Mitternacht tummelten sich auf dem Sonnendeck ganze Horden von A-Schwulen, die sich in kunstvollem Gezirpe über Glissaden und Pirouetten ergingen. Charles Hillary Lord hob einen Spatel mit Kokain an Archibald Anson Giddes linkes Nasenloch.

«Ich habe heute mit Nicky gesprochen.»

Arch inhalierte das Pulver lautstark. «Und?»

«Ich glaube, er macht mit.»

«Schön», sagte Arch gleichgültig. «Das hilft dir sicher weiter.»

«Wir brauchen keine *Hilfe*, Arch. Die Sache läuft von selbst. Ich möchte nur, dass du von Anfang an dabei bist.»

«Dann macht es dir ja wohl nichts aus, wenn ich nein sage.»

Chuck Lord seufzte übertrieben und wies mit der Hand in weitem Bogen über die Dächer des Russian Hill. «Arch ... hast du überhaupt eine Vorstellung davon, wie viele Tunten es dort draußen gibt?»

«Einen Moment. Ich seh mal in meinem Adressbuch nach.»

«Innerhalb der Stadtgrenzen von San Francisco gibt es – und das ist noch zurückhaltend geschätzt – einhundertzwanzigtausend praktizierende Homosexuelle.»

«Und *Praxis* macht bekanntlich den Meister.»

«Diese einhundertzwanzigtausend Homosexuellen werden zusammen alt werden, Arch. Ein paar von ihnen werden nach Kansas zurückgehen, oder von wo sie sonst weggelaufen sind, aber der Großteil von ihnen wird hier in Shangri-La bleiben und sich gegenseitig anmachen, bis es Zeit ist für den Herzschrittmacher.»

«Ich brauche eine Valium.»

«Wann wird das endlich in deinen verdammten Schädel hineingehen, Arch? *Wir* haben natürlich keine Probleme. Wir besitzen Häuser und Autos und Treuhandvermögen und genügend ... Kleingeld, um uns noch mit hundertundzwei jemand von Dial-a-Model kommen zu lassen, wenn wir wollen. Aber die Arschlöcher, die von der Fürsorge oder von Almosen leben, die auf dem Flohmarkt irgendwelchen Mist verkaufen oder im Haight Häuser anstreichen, die brauchen so was, wenn es mal so weit ist.»

Arch machte ein ernstes Gesicht. «Riecht das für dich nicht nach Ausbeutung, Chuck?»

«Ach, Mensch! Irgendwer *wird* es machen! Das weißt du doch, Arch. Warum sollen wir dann nicht die Ersten sein?»

«Ich weiß nicht. Es kommt mir bloß ... ziemlich riskant vor.»

«Riskant? Arch, damit schreiben wir im Sozialwesen Geschichte! Die Sache ist reif für das *Wall Street Journal*! Stell dir das mal vor! Das erste schwule Pflegeheim in der Weltgeschichte!»

Arch Gidde drehte sich um und schaute über die Stadt. «Lass mir noch ein bisschen Zeit, okay?»

Chuck legte ihm den Arm um die Schulter und sagte in einem zärtlicheren Ton: «Nicky hat sich sogar schon einen Namen ausgedacht.»

«Welchen?»

«The Last Roundup.»

«O mein Gott ...»

«Kapierst du denn nicht? Ein geschmackvolles, herbes Westernmotiv, die Zimmer mit Holzverkleidung wie in einer Scheune, kleine Gulaschkanonen für das Essen ...»

«Nicht zu vergessen die Beutel für die künstlichen Darmausgänge, die selbstverständlich in Hüllen aus Jeansstoff stecken müssen.»

Chuck funkelte ihn wütend an. «Du reißt zwar Witze, aber ich *weiß*, dass du den Profit siehst, der dabei zu machen ist!»

Schweigen.

«Sieh mal, Arch, es könnte dort doch sehr kultiviert zugehen. Ich meine, wir könnten eine Sauna mit allem Drum und Dran einbauen. Und als Pfleger könnten wir Colt-Modelle einstellen!»

«Das hilft einem sicher gewaltig, wenn sie einen aufs Klo tragen müssen. Weißt du, Chuck, kein Mensch ist wie der andere. Das ist *deine* Fantasie, die du da durchspielst. Was würdest du zum Beispiel mit den Drag Queens anfangen?»

«Wir könnten ... Keine Ahnung ... Wir könnten einen eigenen Flügel für sie bauen.»

«Und dort vielleicht Helen-Hayes-Lookalike-Wettbewerbe veranstalten?»

«Na, ich sehe keinen Grund, warum ...»

Er wurde von Peter Cipriani unterbrochen, der seinen Gästen aufgeregt zurief: «Okay, nicht drängeln. Einer nach dem anderen, meine Herren, einer nach dem anderen.» Er drückte Rick Hampton ein Fernglas in die Hand, das dieser nach Norden richtete.

«Welches Haus?», fragte Rick.

«Das mit den Schindeln dran. An der Barbary Lane. Das Häuschen auf dem Dach, hast du's?»

«Ja, aber ich kann nichts ...»

«Das rechte Fenster.»

«Ach, du meine Güte!»

«Was ist?», fragte Arch, als die anderen sich um Rick drängelten.

«O Gott, seht euch bloß an, was er ...»

«Was macht er denn?», kreischte Arch.

«Warte, bis du an der Reihe bist, meine Beste. O Gott, das ist ja nicht zu *glauuuuuben* ... Wie lange geht das schon so, Peter?»

«Mindestens ein paar Wochen. Da drüben in dem weißen Hochhaus gibt es eine Frau, die er beobachtet.»

«Er ist *hetero*?»

«Offensichtlich.»

«*Unmöglich!* Heteros haben keinen solchen Body!»

«Ich will auch mal!», drängelte Arch.

Die Pyjamaparty

Hinterher saß Mona vollkommen regungslos auf dem Bett in ihrem Zimmer und vollzog den einzigen Exorzismus, den sie kannte:

Sie rezitierte ihr Mantra.

Es war nicht eigentlich so, dass sie sich schämte. Oder dass es ihr auch nur peinlich gewesen wäre. Sie hatte sich an die Abmachungen gehalten, und damit konnte sie leben. Sie hatte dem Kunden einen Gefallen getan. Sie hatte Mother Mucca einen Gefallen getan. Sie hatte sich in der ganzen blöden Angelegenheit hundertprozentig siebzigerjahremäßig verhalten.

Es war also keine Scham, die sie verzehrte. Es war ... nichts. Sie fühlte überhaupt nichts, und das machte ihr riesig Angst. Das klaffende Schwarze Loch ihres Daseins hatte erschütternde Ausmaße angenommen, und sie befand sich gefährlich nahe am Abgrund. Wenn sie auch nur einen Augenblick haltmachte, wenn sie sich nicht mehr veränderte, würde die ziellose und monströse Irrationalität des Universums sie bei lebendigem Leib verschlingen.

«Klopf, klopf.»

Schweigen.

«Klopf, klopf.»

«Ja, Bobbi?»

Die Kindsnutte lugte vorsichtig herein. Wie eine Vampirjägerin, die ein Kruzifix schwenkt, winkte sie durch den Türspalt hindurch mit einem Zellophanpäckchen. «Ich hab Oreos dabei. Willst du mir beim Aufessen helfen?»

«Ich glaube nicht, Bobbi.»

Nach einer Pause kam die Frage: «Fühlst du dich auch wohl, Judy?»

«Warum denn nicht? *Er* ist derjenige, dem alles wehtut.»

Bobbi gickelte und schwenkte das Päckchen ein zweites Mal. «Willst du nicht wenigstens *ein paar*?»

«Du leckst doch wohl die Füllung nicht raus, oder?»

«Nein. Das kann ich nicht ausstehen.»

«Ich auch nicht.»

«Meine Mutter hätt mir nie welche gegeben, wenn ich die Füllung rausgeleckt hätt.»

Mona lächelte. Mütter waren also doch zu etwas gut. Was spielt es da für eine Rolle, wenn wir in einem Puff in Winnemucca S / M-Nummern abziehen? Wir haben uns immer verboten, die Füllung aus den Oreos rauszulecken, mit gespreizten Beinen dazusitzen, auf andere Leute zu zeigen oder uns zu kratzen, wenn es juckt.

«Und, wie isses?» Bobbi ließ nicht locker.

«Na gut», antwortete Mona. «Warum nicht?»

Bobbi ließ sich hocherfreut auf das Bett plumpsen und riss die Kekspackung auf. «Und», sagte sie, als sie Mona ein Oreo anbot, «wie hast du's gefunden mit ihm?»

Mona antwortete trocken: «Erschlagend.»

Aber Bobbi sprang nicht darauf an. «Ich finde ihn ja richtig hübsch.»

«Bobbi ... Ich möchte nicht darüber reden, okay?»

«Klar. Tut mir leid.»

Bobbi zog die Knie unters Kinn und wickelte die Arme darum. Sie kaute meditativ auf einem Oreo herum, als wollte sie den Jahrgang feststellen. Dann blickte sie Mona schmachtend an.

«Weißt du was, Judy?»

«Was?»

«Du bist meine beste Freundin.»

Schweigen.

«Ich schwör's, Judy.»

«Na ja, das ist ... Danke.»

«Kann ich über Nacht bleiben?»

«Hier?»

Bobbi nickte. «Wie bei 'ner Pyjamaparty oder so.»

«Bobbi, ich glaube nicht, dass ...»

«Ich bin keine Lesbe, Judy.»

Mona lächelte. «Und wenn *ich* eine bin?»

Bobbi sah zuerst erschrocken drein, dann amüsiert. «Auf gar keinen Fall», sagte sie lachend. «Du doch nich.»

Trotz des damit einhergehenden Betrugs lachte Mona mit. D'orothea gehörte schließlich schon lange nicht mehr zu ihrem Leben. Aus Monas Sicht war das Lesbischsein bloß die logische Weiterentwicklung von Makrobiotik und Urschrei gewesen. Sie hatte sich darauf eingelassen, aber selten etwas davon gehabt, und sie war *nie* hinter seine Geheimnisse gekommen.

Mona nahm den Oreo, den Bobbi ihr hinhielt, und brach ihn auseinander. «Wie sollen wir eine Pyjamaparty machen ohne Plattenspieler und einen Stapel Singles?»

«Ich kenn ein paar Gruselgeschichten.»

Mona grinste. «Wir könnten uns die Zehennägel lackieren.»

«Ich hab meine gestern erst gemacht.»

«Ach so, na ja, dann könnten wir ...»

«Die Füllung aus den Oreos rauslecken!», kreischten sie im Chor, als Mona ein Oreo hochhielt, bei dem die Creme bereits offen lag. Bobbi streckte erwartungsvoll die Zunge vor. «Die Milch fehlt noch», platzte Mona heraus. Sie ließ das Oreo in Bobbis Hand fallen und hüpfte vom Bett.

Mona machte einen Bogen um das Gesellschaftszimmer, weil sie hörte, dass Mother Mucca dort vier der Mädchen Aufstellung nehmen ließ für zwei betrunkene Fernfahrer. Sie betrat die Küche durch die Hintertür, tastete nach dem Lichtschalter und ging an den Kühlschrank. Im obersten Fach stand noch mehr als ein Liter Milch.

Ein Krug wäre nicht schlecht, ging es Mona durch den Kopf. Wenn sie einen Krug hatten, konnten sie sich gegenseitig Milch eingießen. Bobbi würde das garantiert gefallen.

Mona entdeckte einen auf dem Regal über dem Herd, ein blassgrünes Exemplar aus der Zeit der Wirtschaftskrise, für das man in einem Antiquitätengeschäft in San Francisco sicher ein kleines Vermögen bekommen hätte.

Als sie danach griff, streifte sie eine Reihe ramponierter Kochbücher, von denen eines zu Boden fiel. Sie bückte sich danach. Der Name auf dem Vorsatzblatt jagte ihr einen jähen Schrecken ein.

Mona Ramsey.

Geduld, Geduld

Zwei Tage vor der geplanten Ankunft der *Pacific Princess* in Acapulco stellte Michael beim Aufwachen fest, dass er alleine in der Kabine war. Mary Anns Bett war unberührt. Er hatte solche Lust auf einen kleinen Schlagabtausch, dass er in aller Eile duschte und zum Frühstück auf das Aloha-Deck hinunterhetzte.

Mary Ann saß mit Arnold und Melba Littlefield bereits am Tisch. Das Ehepaar steckte in funkelnagelneuen Jeans-Hosenanzügen. Arnolds Anzug war mit aufgestickten Regenbögen verziert, der von Melba mit Schmetterlingen. Ogottogott, dachte Michael. In Dublin ist der Sommer der Liebe nie zu Ende gegangen.

«Mensch», donnerte Arnold los, als Michael sich setzte, «schafft ihr zwei es denn *nie*, dass ihr mal zur gleichen Zeit zum Essenfassen kommt?»

Mary Ann wurde rot und warf ihrem verspäteten Kabinengenossen einen nervösen Blick zu.

Michael reagierte schelmisch. «Das kleine Frauchen hatte wohl schon schrecklichen Hunger.»

Mary Ann gab ihm unter dem Tisch einen Tritt.

Arnold lachte wissend in sich hinein und zwinkerte Michael zu.

Melba schaute wie üblich verwirrt drein. «Sie haben wohl die ganze Nacht Boogie getanzt, was?» Melba hatte eine abnorme Vorliebe für Ausdrücke wie «Boogie», «Schwatz» oder «Nepp». Ein Vokabular, das sie nach Michaels Überzeugung aus der *People* bezog.

«Boogie?» Er konnte sich genauso gut seinen Spaß machen mit ihr.

«Sie wissen schon. Dieser Tanz. Wird denn in der Skaal Bar nicht Disco angeboten?»

«Ach so, ja, Sie haben recht. Das hab ich ganz vergessen. Ich war schon recht früh im Bett. Mit Christopher Isherwood.»

Mary Ann rutschte verlegen hin und her. «Mouse, du hast noch nicht bestellt.»

«Moment mal», sagte Arnold zu Michael. «Sagen Sie das noch mal.»

«Es ist ein Buch», mischte Mary Ann sich ein.

Michael nickte. *«Christopher und die Seinen.»*

«Mouse ... Ich glaube, der Steward ...»

«Um was geht's da?», wollte Arnold wissen.

«Er hat *Cabaret* geschrieben», sagte Mary Ann.

«Um Deutsche, hmh?»

«Aber heftig», sagte Michael.

«Es gibt heute Blaubeerpfannkuchen, Mouse.»

Melba seufzte. «Ist Liza Minnelli nicht einfach *hinreißend*?»

«Los jetzt», sagte Michael, sobald sie den Speisesaal verlassen hatten. «Ich will sofort alles wissen.»

Mary Ann schmollte.

«Mach schon. Hat er dir auf dem Achterdeck Gewalt angetan?» – Schweigen.

«Hat er dich unter Deck geschändet? Hat er an deinen Zehen gelutscht? Hat er dich zu einem Kaffee eingeladen?»

«Mouse, du hast mir das ganze Frühstück versaut!»

«Du hättest ja Burke mitbringen können.»

«Genau. Und unterm Tisch mit ihm füßeln, während du Arnold und Melba flotte Geschichten über dein kleines Frauchen erzählst, oder was?»

«Jetzt mach aber mal halblang. Dass wir uns als Jungverheiratete ausgeben sollen, war deine Idee.»

«Nicht so laut.»

«Selber nicht so laut! Verdammt noch mal, wofür hältst du mich eigentlich? Für einen Mietehemann?»

Mary Ann warf ihm einen giftigen Blick zu, stöhnte entnervt und marschierte an ihm vorbei den Korridor hinunter. Michael reagierte sich auf dem Promenadendeck ab, wo er unter den Rettungsbooten auf und ab lief, bis er wieder einen klaren Kopf hatte. Eine Viertelstunde später kehrte er in die Kabine zurück. Mary Ann saß am Tisch und schrieb Postkarten. Sie drehte sich nicht um.

«Weißt du was?»

«Was?»

«Ich bin eifersüchtig.»

«Mouse, versuch nicht ...»

«Es stimmt. Ich bin eine eifersüchtige kleine Tunte. Ich bin auf Burke eifersüchtig, weil er mir meine Spielkameradin weggenommen hat, und auf dich bin ich eifersüchtig, weil du einen Liebhaber gefunden hast.»

Mary Ann drehte sich um. Sie hatte Tränen in den Augen. «Du wirst auch einen finden, Mouse. Ganz bestimmt. Vielleicht sogar in Acapulco.»

«‹Maybe this time›, hm?»

Sie lächelte, umarmte ihn und drückte ihn. «*Dafür* liebe ich dich, Michael Mouse.»

«Wofür?»

«Dass du alles in Songtexte packst.»

«Ja», sagte Michael. «Ist Liza Minnelli nicht einfach *hinreißend*?»

Später war es an Mary Ann, sich zu entschuldigen. «Ich war auch boshaft, Mouse. Ich meine ... Na ja, ich bin wohl ein bisschen nervös.»

«Weswegen?»

Sie zögerte, bevor sie antwortete. «Wegen Burke.»

«War er nicht ...?»

«Er ist wunderbar, Mouse. Er ist einfühlsam, stark, rücksichtsvoll. Wir sind ... na, du weißt schon ... sexuell und überhaupt. Er beschützt mich, aber er behandelt mich völlig gleichberechtigt. Er knackt nicht mit den Fingerknöcheln. Er ist wunderbar, Mouse.»

«Aber auch *nicht* wunderbar?»

«Er hat Angst vor Rosen, Mouse.»

«Äh ... Wie bitte?»

«In Las Hadas hat ein Zwerg versucht, uns eine Rose zu geben, aber als Burke sie gesehen hat, ist er schlagartig bleich geworden und hat in die Büsche gekotzt.»

«Vielleicht ist er aus Pasadena.»

«Es macht mir Sorgen, Mouse. So was ist doch nicht normal, oder?»

«Das fragst du *mich*?»

«Als ich versucht habe, mit ihm darüber zu reden, hat er das Thema gewechselt. Vermutlich hat er nicht die geringste Ahnung, warum er so heftig reagiert hat.»

Die Mysterien von Pinus

Alles an Helena Parrish war schick, aber dezent. Sie trug einen marineblauen Filzhut, ein marineblaues Mollie-Parnis-Kostüm und marineblaue, halbhohe Kalbslederschuhe von Magnin's mit t-förmigen Ristriemchen. Sie wirkte auf Frannie wie eine jener Frauen, die unter gar keinen Umständen einen der Reisevorträge ausließen, die jeden Mittwochabend im Century Club gehalten wurden.

«Noch etwas Tee?», fragte Frannie, die zu gern gewusst hätte, bei welchem Friseur sich ihr Gast so schöne Strähnchen hatte färben lassen.

«Nein, danke», antwortete Helena Parrish lächelnd und tupfte sich mit einer Leinenserviette die Lippen ab.

«Whiskytrüffel?»

«Danke, nein. Obwohl sie sehr verführerisch aussehen. Aber, dürfte ich Sie vielleicht Frannie nennen?»

«Natürlich.»

«Wie viel wissen Sie über Pinus, Frannie?»

Die Gastgeberin wurde rot, fühlte sie sich doch völlig überrumpelt durch diese abrupte Annäherung an das Thema. «Oh ... Na ja, das meiste kenne ich wohl nur vom Hörensagen.» Diskretion schien Frannie das Gebot der Stunde zu sein. Sollte Helena doch das Gespräch bestreiten.

Frannies Gast nickte würdevoll. «Wir sind der Ansicht, dass Mundpropaganda unser bester Schutz ist.» Sie zeigte ein dünnes Lächeln. «Die unterschiedliche Behandlung von Personen ist in der heutigen Zeit ja in Verruf geraten, nicht?»

«Ist es nicht schrecklich?»

«Wir ziehen es vor, unser Verfahren als Qualitätskontrolle anzusehen. Außerdem wirkt es sich natürlich positiv aus, wenn kaum Informationen an die Öffentlichkeit dringen. Wir sind dann viel eher in der Lage, die Bedürfnisse unserer Mitglieder zu ... befriedigen.»

«Ich verstehe.»

«Neben den gesellschaftlichen Voraussetzungen ist für eine Mitgliedschaft nur noch eine Bedingung zu erfüllen – der Abschluss des sechzigsten Lebensjahres.» Die letzten beiden Worte sagte sie fast im Flüsterton, als müsste sie sich für das peinliche, wenn auch notwendige Eindringen in Frannies Privatsphäre entschuldigen.

Frannies Lächeln wirkte etwas verlegen. «Ihr Timing ist beinahe perfekt.»

«Ich weiß», entgegnete Helena.

«Vita?»

Helena nickte und fuhr fort: «Unsere Philosophie ist die, dass Frauen wie wir in ihrem reiferen Stadium einen Anspruch darauf haben, ihren ganz eigenen Lebensstil zu entwickeln, solange sie ihn sich leisten können. Schließlich haben wir vierzig Jahre die Spielregeln befolgt. Wir haben Kinder aufgezogen, unsere Ehemänner ertragen, sind in den richtigen Clubs Mitglied geworden und haben die richtigen Wohlfahrtseinrichtungen unterstützt.» Sie beugte sich vor und schaute Frannie direkt in die Augen. «Wir schulden niemandem etwas, Frannie, und wir werden den Rest unserer Tage nicht damit vertrödeln, dass wir so geduldig vor uns hin leiden wie Mary Worth!»

Frannie war wie hypnotisiert. Helena Parrish bekam allmählich die Aura eines Gurus.

«Natürlich gibt es noch *andere* Möglichkeiten. Pinus ist nicht die einzige Lösung. Aber es ist die einzig *befriedigende*. Und wenn wir das Geld dafür haben, warum sollten wir es dann für Faceliftings, Fettabsaugen und Jugendlichkeitsspritzen verschwenden?»

«Glücklicherweise», fuhr Helena fort, «können Leute wie

wir es uns leisten, dieser Art ... Luxus zu frönen. Was sollte daran auch falsch sein? Was ist falsch daran, wenn wir uns von der Torte, die Vergnügen heißt, das uns zustehende Stück abschneiden?»

Helena reichte Frannie eine Broschüre. Sie war in brauner Farbe auf schwerem cremefarbenem Bütten mit handgerissenen Kanten gedruckt. Und sie enthielt natürlich keine Bilder.

Pinus

Für Damen, die sechzig sind – und bereit.

Bei Pinus, das in die sanften Hügel von Sonoma eingebettet liegt, handelt es sich zweifellos um das bemerkenswerteste Refugium seiner Art auf der ganzen Welt. Refugium ist allerdings ein schlecht gewählter Begriff, denn Pinus ist eine Lebensart. Pinus ist ein Flug der Fantasie, ein Idyll für gereifte Frauen, ein Traum von uferloser Hemmungslosigkeit. Sobald Sie Ihre erste Erfahrung mit Pinus gemacht haben, ist nichts mehr annähernd so wie zuvor.

«Ich werde sie Ihnen dalassen», sagte Helena sanft. «Ich bin sicher, dass Sie sich noch alleine damit beschäftigen möchten.»

«Ja. Danke.»

«Wie Sie vielleicht wissen, Frannie, hängt die Aufnahme letztlich von unserem Verwaltungsrat ab. In Ihrem Fall bin ich allerdings überzeugt, dass es keinen Grund gibt für irgendwelche ...» Sie beendete den Satz mit einer angedeutet wegwerfenden Handbewegung. Frannies gesellschaftliche Eignung hatte nie in Frage gestanden.

«Die Entscheidung liegt jetzt bei Ihnen, Frannie. Wenn Sie

das Gefühl haben, dass Sie bereit sind, dann rufen Sie mich bitte bei Pinus an. Die Nummer finden Sie in der Broschüre.»

«Danke. Äh ... Helena, wann würde ich ... Wie bald?»

«An Ihrem Geburtstag, wenn Sie möchten.» Die Besucherin schenkte ihr ein herzliches Lächeln. «Wir warten dann sogar mit einem ganz besonders interessanten Kuchen auf.»

«Oh, was für ein Spaß.»

«Ja», sagte Helena. «*Dafür* wird es auch Zeit, nicht?»

Die doppelte Mona

Mona hätte niemals erwartet, dass sie in einem Haus mit zehn Schlafzimmern dem größten Schrecken ausgerechnet in der Küche begegnen würde. Doch da stand sie nun – starr vor Angst – *und las ihren eigenen Namen auf dem Vorsatzblatt eines Kochbuchs.*

Ihren eigenen Namen! Warum? Warum?

Sie ließ das Buch fallen und stürzte sich auf die anderen, obwohl sie schon sicher war, was sie darin finden würde. *Mona Ramsey ... Mona Ramsey ... Mona Ramsey!* Jedes Mal in derselben primitiven, krakeligen Handschrift eines Kindes – oder vielleicht einer erwachsenen Person, die kaum schreiben konnte.

Ein Flashback. Das war's. Das war der LSD-Flashback, vor dem man sie immer gewarnt hatte. Sie sank leise stöhnend auf einen Stuhl und wartete gottergeben darauf, dass große purpurrote Raupen aus den Abflussrohren der Spüle kriechen würden.

Minuten verstrichen. Keine Raupen. Nur das durchdringende Winseln des Wüstenwinds aus der Ferne und das beharrliche Tropfen des Wasserhahns. Im Gesellschaftszimmer lachte ein Fernfahrer dröhnend mit Marnie, die mit ihrem blechernen

Modesto-Akzent in einem fort verlangte: «Sag mir was Dreckiges! Sag mir was Dreckiges!»

Mona stand mit wackeligen Knien auf, ging an die Spüle und spritzte sich Wasser ins Gesicht. Sie trocknete sich mit einem JFK-Bobby-Kennedy-Martin-Luther-King-Geschirrtuch ab und taumelte durch die Hintertür in die Dunkelheit hinaus.

Vom Haupthaus her zählte sie die Türen, bis sie endlich vor ihrer eigenen stand.

Das Licht war noch immer an.

Bobbi schaute lächelnd hoch. «Keine Milch da, hmh?»

«Nein.»

«Ich glaub, in der Bar stehen noch ein paar Flaschen Dr. Peppers, wenn du ... Judy, was ist denn?»

«Keine Ahnung.» Mona sank auf die Bettkante nieder und starrte mit glasigem Blick auf den Autograph Hound, den die vorherige Bewohnerin des Zimmers auf der Frisierkommode zurückgelassen hatte.

«Bobbi ... Wie heiße ich?»

«Hmh?»

«Wie heiße ich?»

«Bist du ...?»

«Bitte, gib mir eine Antwort.»

«Du heißt Judy.»

«Und weiter?»

«Keine Ahnung. Das hast du mir nie gesagt.»

«Wenn ich ... Wenn ich anders heißen würde, und du wüsstest das, würdest du es mir dann sagen? Oder würdest du mich damit aufziehen, Bobbi? Meinst du, Charlene würde ...?» Sie konnte nicht weiterreden. Es hörte sich alles so paranoid an. Wenn Charlene sie mit ihrem richtigen Namen quälen wollte, warum sollte sie ihn dann in ein Kochbuch schreiben?

Bobbi lächelte nachsichtig. «Von uns haben doch viele ’nen

falschen Namen, Judy. Marnie heißt in Wirklichkeit Esther. Mir is das doch piepegal, ob du anders ...»

«Wie lang arbeitest du hier schon, Bobbi?»

«Mit Unterbrechungen?»

Gab es eine andere Möglichkeit, in einem Puff zu arbeiten? «Ja.»

«Ach, na ja ... drei Jahre.»

«Das heißt, du kennst etliche von den Mädchen, die hier durchgelaufen sind, stimmt's?»

«Klar.» Bobbi hatte plötzlich begriffen, dass sie verhört wurde. Sie steckte sich einen Streifen Dentyne in den Mund und kaute in aller Ruhe darauf herum.

«Kannst du dich an eine erinnern, die Mona geheißen hat?»

Das Gekaue ging weiter. Wenn der Name bei Bobbi etwas ausgelöst hatte, war es ihrem Gesicht jedenfalls nicht anzusehen. «Mona, hmh?»

«Ja.»

Bobbi schüttelte träge den Kopf. «Nein. Nicht so auf Anhieb.»

«Denk nach, Bobbi. Bitte.»

«Weißt du ihren Nachnamen?»

«Ramsey. Mona Ramsey.»

Es dämmerte. Bobbi kicherte über ihre eigene Dummheit.

«Ach je!», entfuhr es ihr. «Wir nennen sie *nie* so!»

«*Wen*, Bobbi?»

«Mother Mucca.»

«Mother Mucca?»

«Klar. Mona Ramsey ist der richtige Name von Mother Mucca.»

Minuten später, als Bobbi gegangen war, saß Mona alleine da und dachte über ihre zunehmende Paranoia nach. Sie hatte sich nicht mehr so konfus und verängstigt gefühlt – so restlos verlassen seit bekannt geworden war, dass Rennie Davis, der Gott ihrer Jugendtage, in Colorado für die John-Hancock-Gruppe Versicherungen verkaufte.

Warum tat Buddha ihr das bloß an?

Zwei Mona Ramseys in demselben Puff! Die eine grauhaarig, uralt und gezeichnet von einem ausschweifenden Leben. Die andere erschöpft, noch einigermaßen jung und am Rand des Wahnsinns.

Vergangenheit und Zukunft? Yin und Yang? Donny und Marie?

Mother Mucca hatte von Anfang an recht gehabt: «Dieses blöde Angel Dust zermatscht dir jedes Mal die Birne!»

Das stimmt absolut, dachte Mona. Das stimmt absolut.

Ich bin so zermatscht, zermatschter geht's gar nicht. Hoffnungslos zermatscht. Es gibt nichts mehr, an das ich mich halten kann. Nur ein Wunder könnte mich jetzt noch retten.

Mit glasigem Blick und völlig benommen ging sie nach vorn in das leere Gesellschaftszimmer und rief in der Barbary Lane 28 an.

«Madrigal.»

«Gott sei Dank!»

«Wer spricht da, bitte?»

«Ich bin's, Mrs. Madrigal. Mona.»

«Kind! Wo bist du?»

«Ach Gott! In Winnemucca!»

Schweigen.

«Mrs. Madrigal?»

«Geht es dir gut, Liebes?»

«Na ja, ich ... Nein, es geht mir total beschissen.»

«Bist du ... Bist du im Blue Moon?»

Mona begann zu schluchzen. «Woher haben Sie das gewusst?»

«Mona, ich ...»

«Woher haben Sie das gewusst?»

«Die Frage ist eher, woher *du* es gewusst hast.»

«Woher ich *was* gewusst habe?»

«Das mit ... Winnemucca?»

«Ich bin völlig fertig, Mrs. Madrigal.»

«Bitte, Mona. Ich hätte es dir schon früher erzählt, wenn ...»

« *Was* hätten Sie mir schon früher erzählt?»

«Ich hatte solche Angst, dass du mich verachten würdest ... Ich meine, einfach so davonzulaufen und sich ...»

«Ich bin nicht *davongelaufen*! Ich habe bloß mal Luft zum Atmen gebraucht. Das habe ich Ihnen doch ...»

«Nicht *du*, Liebes. *Ich*.»

«Was? Aber Sie sind doch gar nicht davongelaufen. Was reden Sie denn?»

Schweigen.

«Mrs. Madrigal?»

«Es ist wohl besser, wenn wir ganz von vorn anfangen, Liebes. Bist du allein?»

«Ja.»

«Na, dann setz dich mal hin. Ich habe dir nämlich eine kleine Geschichte zu erzählen.»

Acapulco-Blues

Die Abenddämmerung lag über der *Pacific Princess*. Michael saß in einem Liegestuhl an Deck, rauchte einen Joint und schaute auf die sanfte, verführerische Rundung des Strands vor Acapulco hinaus. Die Luft war warm, und der Himmel hatte genau die Farbe, die man von ihm erwartete.

Er hatte sie allerdings auch schon gehabt, bevor Michael stoned gewesen war.

«Mouse?» Es war Mary Ann, die sich für ihr Rendezvous zurechtgemacht hatte.

«Hallo», sagte Michael.

«Ich habe dich überall gesucht.»

«I'se heah, Miz Scahlett.»

Sie zog sich einen Liegestuhl heran und setzte sich vorne auf die Querstange. «Geht es dir denn gut, Mouse?»

Er nickte. «Es geht mir doch immer *gut*.»

«Du warst nicht beim Abendessen.»

Er tätschelte seinen Bauch. «Die Wampe.»

«Burke und ich haben uns überlegt, dass du vielleicht gerne ... Wir beide fänden es sehr schön, wenn du heute Abend mit uns in die Stadt kommen würdest. Jemand hat uns von einem Lokal erzählt, das Baby O's heißt.»

«Danke. Ich glaube nicht, dass ich das heute Abend verkrafte.»

«Es ist eine Disco.»

«Vielleicht morgen, okay?»

Sie strich ihm eine Locke aus der Stirn. «Bist du sicher?»

Er nickte, als ihre Hand über seine Wange glitt. Seine Wange war feucht. Mary Ann saß fast eine Minute bei Michael, hielt seine Hand und schwieg.

«Du solltest besser gehen», sagte er schließlich. «Mach dir keine Sorgen wegen mir.»

«Du bist viel zu hart zu dir selbst, Mouse.»

Er zuckte mit den Schultern. «Wer sollte mich denn sonst hart rannehmen?»

«Mouse, du bist so ein wunderbarer ...»

«Ich weiß, Mary Ann. Ich weiß, dass ich ein netter Kerl bin. Wirklich. Ich weiß, dass du mich magst. Ich weiß, dass alte Damen mich mögen. Und meine Mutter, und Hunde, und Katzen ... Und alle Leute, die ich kennenlerne. Nur ist keiner darunter, der sich einlassen würde auf ... Ach, bring mich bitte nicht auf diesen Trip.»

«Mouse, ich wollte, du könntest ...»

«Das Schlimme daran ist, dass ich die Antwort schon kenne. Die Antwort lautet, dass man seinen Seelenfrieden *nie* findet, wenn man auf einen anderen Menschen setzt. Tut man's doch, ist man auch schon aufgeschmissen. Vielleicht nicht gleich, aber früher oder später garantiert. Man muss ... Ich weiß nicht ... Man muss mit sich selbst leben lernen. Man muss lernen, alleine aus dem Bett zu krabbeln und den Tisch bloß für eine Person zu decken, ohne dass man sich miserabel fühlt. Stark und selbstsicher und mit sich selbst zufrieden muss man sein, und man darf nie auch nur den Hauch eines Anscheins erwecken, dass man es ohne diesen bestimmten Jemand vielleicht nicht packt. Alan muss grauenhaft gut Theater spielen.»

«Du spielst aber kein Theater, Mouse. Du *bist* stark.»

«Ich will aber nicht mehr. Es hängt mir zum Hals raus, ewig die Scherben aufzusammeln und voller Heldenmut den Blick nach vorn zu richten. Ich will, dass es wenigstens *einmal* klappt.» Er wischte sich die Tränen aus den Augenwinkeln, lächelte dann plötzlich und zuckte mit den Schultern. «Ich will mit einem Marlboro Man einen Salem-Spot drehen.»

Mary Ann drückte seine Hand. «Wir sind alle so, Mouse.»

«Ich weiß, aber bei manchen Leuten funktioniert's.»

«Bei dir wird's auch bald funktionieren.»

«Wird es nicht.»

«Mouse ...»

«Ich will es zu sehr, Mary Ann. Selbst ein Blinder kann das sehen. Wenn du so danach hechelst, dann will dich keiner mehr. Keiner fährt ab auf diesen ... gehetzten Blick.»

Er drehte den Kopf weg und wischte sich mit der Hand über die Augen.

«Mensch!», sagte er leise und griff wieder nach ihrer Hand. «Sieh dir nur diesen Himmel an!»

Als Mary Ann und Burke aufgebrochen waren, verbrachte Michael eine halbe Stunde in der Kabine und las ein weiteres Kapitel des Isherwood-Buchs, bevor er wieder auf das Deck spazierte.

Die Lichter der Stadt zwinkerten ihm verführerisch zu.

Aber warum sollte ich?, fragte er sich. Warum sollte ich mein Herz schon wieder in die Mangel stecken? Wen könnte ich bei einem zweitägigen Aufenthalt in einer fremden Stadt schon finden, der mir vielleicht etwas bedeutet?

Und sollte ich das rosa oder das grüne Lacoste-Hemd anziehen?

Der Taxifahrer hatte einen enormen weißen Schnurrbart und ein joviales Großvatergesicht. Michael fragte ihn nur äußerst ungern.

«Äh ... Kennen Sie irgendwelche schwulen Lokale?»

Der Fahrer schaute verständnislos drein. «Rotlicht?»

«Nein, nicht Rotlicht. Männer.»

«Männer?»

«Sí.»

«Ah, Homosex!»

«Sí.»

Der Fahrer schaute nach hinten und musterte seinen Fahrgast einige Sekunden. «Homosex», wiederholte er, bevor er seinen Blick wieder auf die Straße richtete.

Der Mann in Weiß

Die Straße auf den Berg hinauf war schlecht beleuchtet. Michael bekam nur einen flüchtigen Eindruck von staubigem Gebüsch, schwarzen Palmen und ärmlichen Häusern, die sich im Scheinwerferlicht duckten wie heimliche Liebende, die der Kamerablitz eines Privatdetektivs ertappt hatte.

Das Taxi hielt vor einem kastenförmigen weißen Gebäude mit einem Bogengang in der Mitte. Über dem Eingang stand in schmiedeeisernen Buchstaben: SANS SOUCI.

Sorglos, übersetzte Michael. Sorglos in Acapulco in einer schwulen Bar mit französischem Namen. In einer Nacht, in der rein gar nichts mehr einen Sinn ergibt. Es war ihm peinlich, dass er Mary Ann mit einem solchen Gefühlsausbruch gekommen war. Sie hatte einen Blick in die schwärzesten Winkel seiner Seele getan, wo es keinen Humor mehr gab und alles von Selbstmitleid vergiftet war. Sie hatte hinter die Fassade des tapferen Disney-Kobolds geblickt und dabei garantiert nichts Schönes zu sehen bekommen.

Michael zahlte das Taxi und betrat den Bogengang. Er nickte einer alten Frau zu, die dort den Boden wischte. Ausdruckslos erwiderte sie seinen Gruß. Michael fragte sich, ob sie ein spezielles Wort für Gringoschwuchtel hatte.

Der Bogengang führte auf eine rückwärtig gelegene Terrasse, von der aus ein Hügel und ein Eckchen Bucht zu sehen waren. Hinter der mit Stroh überdachten Bar am einen Ende der Terrasse stand ein alter Mann, der wohl Wache und Barmann in einer Person war. Rundherum war es so duster, dass Michael gegen einen Stuhl stieß, als er auf die Terrasse hinaustrat.

Er versuchte, es gelassen zu nehmen, und schaute sich nach Zeugen seiner Ungeschicklichkeit um. Es gab keine. Die Terrasse war leer. Die einzigen Geräusche waren das skelettähnliche

Rappeln der Palmen auf dem Hügel und die düstere Wehklage von Donna Summer, die «Winter Melody» sang.

Hier war etwas grundverkehrt.

Aber vielleicht auch nicht. Vielleicht *musste* eine schwule Bar in Mexiko so aussehen. Oder hatte der Fahrer ihn falsch verstanden? Nein. Was sollte «Homosex» sonst noch heißen? War es etwa ein Scherz? Ein Machostreich, den man einem naiven Perversen aus Amerika gespielt hatte?

Es war halb zehn, als Michael bei dem alten Mann ein Dos Equis bestellte und sich an einen Tisch am Rand der Terrasse setzte. Er verlor sich für einige Zeit im onyxfarbenen Schimmer der Bucht und im Anblick des riesigen beleuchteten Kreuzes auf der Capilla de la Paz. Auf einem anderen Hügel stach eine Neonwerbung für Pepsi geradezu obszön in die Dunkelheit.

Einige Leute kamen auf die Terrasse geschlendert. Frauen. Lesben? Ein Mann tauchte auf. Sein Putz bestand aus einer hautengen weißen Hose, mehreren Dutzend Goldkettchen und einer hochglanzgelackten Latin-Lover-Frisur wie aus der *Gentleman's Quarterly*. In L. A. wäre er hetero gewesen. Aber hier ...?

Der Mann fing an, alleine zu tanzen, und verdrehte dabei die Augen wie jemand, den beim Vögeln der Schlag getroffen hatte. Seine Bewegungen waren für Michael Beweis genug. Der Mann hatte nicht nur gebrochene Handgelenke; er hatte gebrochene *Fußgelenke*.

Gegen elf war die Tanzfläche knallvoll. Das Publikum bestand zum größten Teil aus Tunten, obwohl Michael auch eine Clique von Pseudoholzfällern ausmachte, die das Geschehen mit kaum kaschierter Belustigung verfolgten. Michael achtete darauf, nicht mit ihnen in Kontakt zu kommen. Wenn sie aus San Francisco waren, wollte er es gar nicht erst wissen. Er hatte keine Lust, auf einem Hügel in Mexiko jemand kennenzulernen, dem er im Kontaktraum des Jaguar Book Store vielleicht einen geblasen hätte.

Ein Mann forderte ihn zum Tanzen auf. Michael nahm an, obwohl es ihm ein bisschen peinlich war und er sich unaufrichtig vorkam. Er wollte gar nicht tanzen. Er wollte im Arm gehalten werden.

«Erstes Mal hier?», fragte sein Tanzpartner, der halbherzig Shimmy tanzte. Er war Mexikaner.

«Ja», antwortete Michael. Er bemühte sich, kein gebrochenes Englisch zu sprechen. Das tat er sonst meistens, wenn er es mit Ausländern zu tun bekam.

«Du unglücklich, glaube ich?»

Michael versuchte zu lächeln. «Entschuldige. Ich ...»

«Ist okay. Manchmal ... ich auch.»

Verdammt, dachte Michael. Sei nicht nett zu mir. Wenn du nett zu mir bist, heule ich dich noch voll. «Meistens bin ich ja glücklich, aber manchmal ...» Michael gab alle Erklärungsversuche auf und verfiel stattdessen auf einen Klischeespruch, der ihm in einer kalifornischen Kneipe nie über die Lippen gekommen wäre: «Bist du öfter hier?»

Als die Antwort kam, hörte Michael nur halb hin.

Sein Blick klebte an dem Bogengang, von dem aus ein großer blonder Mann im weißen Leinenanzug die Tanzfläche betrachtete. Aus uralter Gewohnheit machte Michael ihn für den Bruchteil einer Sekunde an, ließ es aber so abrupt wieder sein wie ein Hund, der nach seinem eigenen Schwanz geschnappt hat.

Der Mann war Jon Fielding.

Spielchen

Es gab Zeiten, da war Brian überzeugt, dass sie ihm folgte.

Seine Fantasie beschwor sie an den merkwürdigsten Orten herauf: in Waschcentern, auf überfüllten Cable Cars und leeren Rolltreppen, und wenn er mit Kolumbianer vollgedröhnt war, dann auch in dunklen Kinos.

Am Anfang stand meistens ein Blick. Ein Beäugen hinter schweren Lidern hervor. Ein vertrauliches Zwinkern. Ein langsam sich ausbreitendes Grinsen, das ihn von Kopf bis Fuß entflammte. Natürlich war er mit diesen Zeichen vertraut, aber früher hatten sie für etwas anderes gestanden.

Früher hatten sie für eine Eroberung gestanden, für *seine* Eroberung, für ein einfaches, unkompliziertes Abenteuer, das er von Anfang bis Ende unter Kontrolle gehabt hatte.

Aber jetzt ...

Jetzt konnte es eine Frau sein, die wusste, dass er ihr verfallen war.

Jetzt konnte es Lady Eleven sein.

Und *sie* konnte diejenige sein, die alles unter Kontrolle hatte.

Die Frage, die ihn quälte, blieb immer gleich: Wenn sie wusste, wer er war, wenn sie wusste, wo sie ihn finden konnte ... Warum tat sie dann nichts, um mit ihm zusammenzukommen?

Klar, sie konnte es versucht haben. Vielleicht war sie genauso vor der Barbary Lane 28 gewesen wie er vor dem Superman Building. Er hielt sich vor Augen, dass sein Name noch nie auf dem Briefkasten gestanden hatte.

Trotzdem, sie hätte ja *fragen* können. Mrs. Madrigal hätte ihr Auskunft gegeben, Herrgott noch mal! Vielleicht *hatte* Mrs. Madrigal mit ihr gesprochen und dann vergessen, *ihm* zu sagen, dass ...

Andererseits konnte etwas mit ihr sein. Etwas Schlimmes.

Vielleicht hatte sie Angst, dass er sie kennenlernte und dabei feststellte, dass sie ... nun, dass sie was war? Behindert? Geisteskrank? Blind? Genau, Brian. Blinde haben immer ein Fernglas griffbereit.

Vielleicht war sie aber auch *berühmt*, eine Dame der Gesellschaft, die sich das Bekanntwerden einer offenkundig sexuellen Beziehung nicht leisten konnte. Oder eine Zuträgerin für den Hite-Report, die freiberuflich ein bisschen Feldforschung betrieb. Oder eine Lesbe auf Reformkurs, die sich nur schrittweise vorantraute. Oder eine Pornodarstellerin, die für ihren großen Auftritt übte.

Oder eine amerikanische Durchschnittsfotze, die es darauf anlegte, Brian Hawkins um den Verstand zu bringen.

Als sie sich an jenem Abend am Fenster auszogen, beschloss Brian, etwas Neues zu probieren. Er behielt bloß noch seine Boxershorts an, hielt seinen Schwanz aber verborgen. Er stellte das Fernglas auf dem Fensterbrett ab, kreuzte die Arme vor der Brust und wartete.

Lady Eleven beobachtete ihn durch ihr Fernglas. Anschließend machte sie seine Haltung nach.

Brian zählte bis zwanzig und schaute dann wieder durch das Fernglas.

Lady Eleven tat das Gleiche.

Was für ein beschissenes *Spielchen*, dachte er. Wir sind wie zwei kindische Gören, die «Mach mir alles nach» spielen. Mir soll's recht sein, du Miststück! Dann wollen wir mal sehen, ob du auch damit fertig wirst!

Er ging vom Fenster weg, rannte in die Küche und kam mit einer großen braunen Papiertüte zurück. Er riss die Tüte auseinander und strich sie glatt. Mit einem Magic Marker schrieb er sieben Ziffern auf das postergroße Plakat:

Dann hielt er es gegen das Fenster und beobachtete die Reaktion von Lady Eleven durch das Fernglas. Sie verharrte einen Moment lang bewegungslos, bevor sie das Fernglas hob, um die Aufschrift zu studieren. In dieser Haltung blieb sie dann reichlich lange stehen.

Plötzlich – Allmächtiger! – ging sie vom Fenster weg und kehrte gleich darauf mit einem Telefon in der Hand zurück. Brian stürzte zu seinem Apparat. Er war unsäglich erleichtert, dass er das Modell mit Verlängerungsschnur bestellt hatte.

Sie standen dann beide in Position, waren wieder das Duplikat des anderen.

Brian beobachtete sie durch das Fernglas. Im Schneckenmuschelrosa ihres Zimmers schien ihr bademantelumhüllter Körper vor Wärme zu pulsieren. Er *wusste*, wie sie roch – er wusste um den süßlichen Grasduft ihrer nassen Haare, um den verhaltenen Moschusduft ihrer Brüste ...

O Gott, sie wählte!

Eins ... zwei ... drei ... vier ... fünf ... sechs ... sieben.

Brians Telefon klingelte.

Er fürchtete, sie zu erschrecken, weshalb er den Hörer ganz sachte abnahm. «Hallo», sagte er mit ruhiger, gut modulierter Stimme. Schweigen.

«Weißt du, wenn du mir deine Telefonnummer geben würdest, könnten wir ... Ich könnte dich manchmal anrufen ... Sonst nichts.» Er konnte sie jetzt atmen hören. Er konnte sehen, wie sie schweigend am Telefon stand.

«Hallo ... Sag mir doch wenigstens deinen Namen ... Von mir aus auch nur den Vornamen. Ich bin ein netter Kerl ... Ich schwör's. Mein Gott! Findest du das nicht auch ein bisschen abgedreht?»

Die Atemzüge wurden lauter. Zuerst dachte er, sie würde mit ihm spielen, würde ihn mit aufreizenden Geräuschen verspotten. Dann wurde ihm klar, dass sie weinte.

«Hallo ... Es tut mir leid, wirklich. Ich wollte nicht, dass es klingt wie ...»

Sie legte auf. Er sah zu, wie sie in einen Sessel sank und auf ein kleines Häufchen Elend zusammenschrumpelte. Eine halbe Minute später stand sie auf und machte die Vorhänge zu.

Brian zog sich einen Sessel heran und beobachtete ihr Fenster, bis er einschlief.

Blutsverwandte

Monas Gespräch mit Mrs. Madrigal dauerte eine Dreiviertelstunde. Weil sie die Enge ihres Zimmers hinterher nicht ertrug, wanderte sie in die Wüste hinaus. Etwa hundert Meter vom Haus bot sich ein ausrangiertes Lkw-Führerhaus als Zufluchtsort an.

Sie setzte sich darauf, schaute minutenlang in den Mitternachtshimmel hoch und erwartete fast, dass dort oben eine fliegende Untertasse erschien, um sie aus dieser scheußlichen, surrealen Landschaft zu entführen.

In San Francisco waren die Hügel jetzt grün – ein zartes Blassgrün – und so weich wie der feine Flaum auf dem Geweih eines Hirschs. Auf dem Washington Square blühten gelbe Narzissen und in der Barbary Lane üppige purpurrote Sträucher und Dutzende von Callas, die mit stillem Gleichmut Michaels alljährlicher Katharine-Hepburn-Vorstellung entgegensahen.

Außerdem war ihr *Vater* dort! Ihr Vater, ihre Mutter, ihre beste Freundin und ihre Vermieterin, alle vereint in einem einzigen lebensfrohen und liebenden Menschen!

Mona sprang von dem Führerhaus und rannte zurück zum Haus. Ihr Herz klopfte vor Erwartung wie wild, und die Hoffnung löste in ihrem Kopf fast einen Kurzschluss aus. Wer brauchte schon eine fliegende Untertasse? So wie Dorothy aus dem *Zauberer von Oz* brauchte sie nur dreimal die Hacken ihrer Schuhe zusammenzuschlagen, um wieder zu Auntie Em zurückzufinden.

Ohne das geringste Zögern und ohne jede Furcht vor der Griesgrämigkeit der alten Frau stieß Mona die Tür zu Mother Muccas Zimmer auf

Die Puffmutter bürstete sich gerade die Haare. «Kannst du nicht klopfen?»

«Mother Mucca ... Oh, entschuldigen Sie bitte, aber ich ...» Sie lehnte sich an die Wand und versuchte, wieder zu Atem zu kommen. «Es gibt etwas, das ich ...»

Die alte Frau runzelte besorgt die Stirn. «Is was mit dir, Judy?»

«Nein. Nicht Judy. Mona.»

«Nenn mich nicht so, Püppi!»

«Tu ich ja auch gar nicht, Mother Mucca. Ich habe bloß gesagt, dass ich nicht Judy heiße. Ich heiße Mona. Mona Ramsey ... Genau wie Sie.»

Mother Mucca funkelte Mona wütend an, bevor sie sich wieder dem Spiegel zuwandte und mit dem Bürsten weitermachte.

«Ich hab's dir ja gesagt wegen diesem Angel Dust, Püppi.»

«Mother Mucca, ich habe kein ...»

«Wenn ich dich erwisch, wie de im Haus rauchst, Judy, dann fliegste auf der Stelle!»

Mona hatte ihre Fassung wieder und versuchte, Mother Mucca gut zuzureden. «Ich *weiß*, dass Sie das nicht glauben können. Ich kann es ja selber kaum glauben. Es ist wie ein ... Na ja, es ist wie ein Wunder, Mother Mucca. Irgendeine unsichtbare kosmische Kraft hat uns zusammengeführt, weil wir beide uns brauchen, weil wir ...»

«Weißte, Püppi, wenn de mich ...»

«Ich hol meine Tasche! Ich zeig Ihnen meinen ... Das heißt, da fällt mir ein, ich hab gar keinen Ausweis dabei. Ich *schwöre* Ihnen, dass ich so heiße. Ich hab Ihnen gesagt, dass ich Judy heiße, weil ich ... Es war mir ein bisschen peinlich, dass ich hier arbeite und so ... Bitte, beantworten Sie mir nur eine Frage.»

«Los jetzt ... Raus hier!»

«Erst müssen Sie meine Frage beantworten.»

«Ich hab doch gesagt ...»

«Wie hat Ihr kleiner Junge geheißen?»

«Was meinste denn, wer de bist, dass de ...»

«Wie hat er geheißen?»

Mother Mucca griff nach dem Haustelefon auf ihrer Frisierkommode. «Ich hol jetz Charlene, Judy.»

«Mona!»

«Du tust mir so was von leid, dass ich nich mal ...»

Mona riss ihr den Hörer aus der Hand. «Hören Sie mir zu! Ich mag Sie unheimlich gern, verflucht noch mal! Andy hat er geheißen, nicht? Ihr Sohn hat Andy geheißen!»

Verblüfftes Schweigen. Dann: «Wer hat dir das gesagt?»

«Was glauben Sie? Charlene? Marnie? Bobbi vielleicht? Sie haben es *nie* jemandem erzählt, nicht? Es hat viel zu wehgetan, und deswegen haben Sie nie über ihn geredet.» Mona holte tief Luft, ehe sie auf die Knie sank und die Hände der alten Frau in die ihren nahm. «Mother Mucca ... *Er* hat es mir gesagt. *Andy* hat es mir gesagt. Ich wohne in San Francisco bei ihm ... Und er ist mein Vater.»

Die Augen der Puffmutter waren voller Tränen. «Ich bin 'n altes Weib, Püppi. 'ne Lüge kann da schrecklich wehtun.»

«Ich würde Ihnen niemals wehtun, Mother Mucca.»

«Und … wieso biste dann hier?»

Mona lächelte sie an. «War's nicht so, dass Sie mich *herge-schleppt* haben?»

«Ich versteh das alles nich.»

«Ich hab es Ihnen doch gesagt. Es ist ein Wunder! Ich bin Ihre Enkelin, Mother Mucca. Verdammt, ich hab meine Wurzeln gefunden!»

Die Augen der alten Frau verengten sich zu Schlitzen. «Wo haste so reden gelernt, Mona?»

Das ist meine Welt, und sonst gar nichts

Der Mann, mit dem Michael tanzte, spürte, dass etwas nicht stimmte. «Entschuldigung, bitte … Du kennst den Mann?»

Michael befand sich in einem beinahe tranceartigen Zustand. «Ich … Ja. Ich hoffe, es macht dir nichts aus. Ich hab ihn mal … Entschuldige, okay?»

Der Mann nickte anscheinend eher verwirrt als gekränkt und tänzelte zurück zur Bar. Michael stand wie angewurzelt da und legte sich alle möglichen Eröffnungssätze zurecht. Jon hatte ihn noch nicht gesehen.

Ein kratziger Plattenspieler trötete «Cherchez la Femme». Derselbe Song war damals im Endup gelaufen, als Michael den Tanzwettbewerb in Jockey-Shorts gewonnen hatte … Und Dr. Jon Fielding sich für immer aus seinem Leben verabschiedet hatte.

Bei Michael dauerte ein «für immer» nie besonders lang.

«Hallo, Griiiiingo! Du willst kaufen Schweeester meiniges? Ist Juungfrau!»

«Michael! Gott!»

«Michael genügt.»

Jon umarmte ihn herzlich. Nach Michaels Gefühl war die

Herzlichkeit von der Art, mit der Danny Thomas in der Johnny-Carson-Show George Burns umarmt hätte. «Mensch, was machst du denn hier?»

Michael zuckte mit den Schultern. «Das ist der einzige Tuntenladen in Acapulco.»

Jon lachte. «Was du in Acapulco machst?»

«Ich bin auf einer Kreuzfahrt.»

«Auf der Pacific Princess*?»*

«Exakt. Und was führt *dich* hierher?»

«Oh ... Vaginalinfektionen.»

«Du siehst aber gar nicht krank aus.»

Der Gynäkologe grinste. «Ich bin auf einem Kongress, du Affe.»

«Es darf gelacht werden, hm?»

«Nein, wirklich. Wir haben eben viel freie Zeit.»

Das ärgerte Michael. Leute, auf die er mal gestanden hatte, sollten sich nicht auch ohne ihn amüsieren können. Aber da der Doktor bester Laune war, hatte es keinen Sinn, sich selber zu quälen. «Schön, dass wir uns wieder mal gesehen haben, Jon.»

«Gehst du schon?»

«Ja. Ich komm mir in dem Laden hier vor wie im Kokpit an einem schlechten Tag. Mir reicht's.»

Jon sah sich auf der Terrasse noch einmal um. «Ich sehe, was du meinst.»

«Ja. Aber du findest sicher trotzdem was.»

«Ich dachte, das hätte ich schon.»

Michael ignorierte die Bemerkung. «Ich kann mir vorstellen, dass es später am Abend besser wird.»

«Ich habe einen Wagen, Michael. Wir könnten spazieren fahren oder so.»

Michael sah ihn einen Moment lang an und schüttelte dann den Kopf. «Ich glaube, eher nicht, Jon. Aber trotzdem danke.»

Der Doktor lächelte matt. «Du bestrafst mich, nicht?»

«Wofür?»

«Für ... den Abend im Endup.»

Michael gelang ein unbekümmertes Schulterzucken. «Es war ja wirklich eine geschmacklose Geschichte. Ich mach dir keinen Vorwurf, dass du ...»

«Nein. *Ich* war geschmacklos. Es war mir ... schrecklich peinlich, Michael. Ich war mit ein paar pissigen Tunten aus Seacliff unterwegs, und ich bin mit der Situation nicht klargekommen. Es war mein Fehler, Michael, nicht deiner.»

Michael lächelte. «Weißt du, dass ich gewonnen habe?»

«Das konnte ja gar nicht anders sein.»

«Gracias.»

Sie fuhren in Jons Volkswagen-Mietschüssel zur Capilla de la Paz. Ganz die Besucher einer ausländischen Stadt, plauderten sie unbeschwert über Nachtlokale in Acapulco, über den langweiligen Charakter von Kreuzfahrten und über die Gefahren für Potraucher in Mexiko.

Die Kapelle auf dem Berg lag verlassen da. Über ihr ragte das kolossale Kreuz auf, das sich weiß wie gebleichte Knochen vom Sternenhimmel abhob. Schweigend gingen die beiden bis zu seinem Sockel.

«Man hat mir erzählt», sagte Jon, «dass das hier die Gedenkstätte für zwei Brüder ist, die bei einem Flugzeugabsturz ums Leben gekommen sind.»

«Ach, wie hübsch. Ich meine ... Die Geschichte ist hübsch.»

«Vielleicht täusche ich mich aber auch.»

«Mir gefällt die Geschichte trotzdem.»

«Sieh mal, man kann das Schiff sehen.» Jon zeigte auf das Spielzeugboot, das unten im Hafen glitzerte. Michael spürte den Atem des Doktors auf seiner Wange.

«Und dort drüben», fuhr Jon fort, «hinter den vielen Hotels ... Michael?»

«Entschuldige. Ich habe nachgedacht.»

«Worüber?»

«Über Gedenkstätten. Genau gesagt über Beerdigungen.»

«Entzückend.»

Michael sah ihn an. «Sag bloß, dass du noch nie deine eigene Beerdigung geplant hast.»

Jon schüttelte lächelnd den Kopf.

«Na, dann schreib das jetzt mal alles auf, bitte. Ich möchte eine große Party im Paramount Theater in Oakland mit tonnenweise Dope und Leckereien, und alle meine Freunde müssen sich in diesem Art-déco-Tempel damit vollknallen. Und wenn die Party vorbei ist, sollen sie mich in der ersten Reihe aufbocken, aus dem Theater gehen und ... das verdammte Ding dann zuschütten.»

Jon lachte und fuhr ihm über den Hinterkopf. «Kannst du das nicht auch haben, ohne dass du stirbst?»

«Mhmm. Es war ja nicht das erste Mal.»

Jon lachte, nahm sein Gesicht in die Hände und küsste ihn. «Stirb nicht, bevor ich mit dir fertig bin, okay?»

Immer Ärger mit Burke

Mary Ann saß im Denny's von Acapulco in einer in Pink und Orange gehaltenen Nische und inspizierte ihre Pommes frites. Sie kamen ihr verdächtig grau vor. «Iiih», sagte sie und hielt Burke eines davon zur Begutachtung hin.

Lächelnd und ohne Murren sagte er: «Mit dem Milchshake ist es das Gleiche.»

«Tut mir leid, Burke.»

«Warum?»

«Ich hätte dich nicht herschleppen sollen. Aber ich hatte richtig Lust auf einen Hamburger.»

«Schon gut. Ich auch.»

«Wir hätten im Colonel Sanders' essen sollen.»

Er zuckte mit den Schultern. «Wir können heute Abend auf dem Schiff essen.»

«Ich bin doch keine ... Langweilerin, oder?»

«Das kann ich nicht beurteilen», antwortete er grinsend. «Dazu bin ich viel zu sehr in dich verliebt.»

Sie mieteten eine Pferdekutsche und trappelten mitsamt den vielen Luftballons am Wagen durch die Stadt. Es ist eine Romanze wie aus dem Groschenroman, dachte Mary Ann. Zu kitschig und zu perfekt, um wahr zu sein. Wenn ich zu lange darüber nachdenke oder anfange, *Pläne* zu machen, ist es garantiert sofort aus und vorbei. Also schmiegte sie sich an Burkes Schulter und schaltete ihr Hirn auf Leerlauf.

«Wie geht es Michael?», wollte Burke wissen, als sie am Ritz vorbeifuhren.

«Viel besser. Er war letzte Nacht nicht allein. Und heute Morgen auch nicht. Das hab ich gleich auf die harte Tour rausgefunden.»

«Was soll das heißen?»

«Ich bin bei den beiden reingeplatzt.»

Burke lächelte. «Ist es der blonde Kerl, mit dem er beim Frühstück war?»

«Mhmm. O Gott, was müssen Melba und Arnold gedacht haben.»

«Wer sind Melba und Arnold?»

«Mr. und Mrs. Partnerlook. Das Ehepaar bei uns am Tisch. Sie glauben, Michael und ich sind verheiratet.»

«Wie kommt das denn?»

«Na ja … Ich hab es ihnen so gesagt. Ich meine, ich wollte nicht, dass es aussieht, als würden wir … einfach so zusammenleben oder so. Außerdem wären sie ausgeflippt, wenn ich ihnen erzählt hätte, dass Michael schwul ist, und mich hätten sie für ein Schwulenmuttchen gehalten.»

«Für *was*?»

Mary Ann küsste ihn aufs Ohr. «Ich liebe dich. Du hast von rein gar nichts eine Ahnung.»

Als sie wieder am Strand waren, schmierten sie sich mit Schildkrötenlotion ein und streckten sich im Sand aus. Die schlichte, ungetrübte Schönheit der Szene machte Mary Ann schmerzhaft bewusst, dass das Ende ihrer Zeit mit Burke nahte.

Aber bloß nichts forcieren, ermahnte sie sich. Du darfst ihn nicht verschrecken.

«Burke?»

«Hmmm?»

«Es ist so schön.»

«Ganz deiner Meinung.»

«Ich meine … ich hätte nie gedacht, dass ich auf dieser Reise jemand wie dich kennenlernen würde.»

«Na komm! Bei *deinem* Aussehen?»

«Das ist lieb von dir, aber ich meine es ernst. Die meisten Typen, die ich in San Francisco kennenlerne, wollen bloß über ihre dämlichen Porsches reden, über ihre Stereoanlagen oder über ihre Selbstfindung. Dass ich so viel mit Michael zusammen bin, hat nichts damit zu tun, dass ich … verzweifelt wäre oder so was. Es ist bloß so, dass … na ja, dass Michael mir das Gefühl gibt, dass ich überhaupt was wert bin. Ich konnte mir schon kaum noch vorstellen, dass ich dieses Gefühl auch bei einem Hetero haben kann.»

Schweigen.

Mary Ann wurde augenblicklich rot. «Du findest das peinlich, was?»

«Nein, wirklich nicht ...» Er griff nach ihrer Hand und drückte sie. «Ich bin nicht gerade gesprächig gewesen, Mary Ann.»

«Es geht nicht darum, was du *sagst*, Burke. Es geht darum ... ich weiß nicht ... wie du mich ansiehst, wie du auf Dinge reagierst. Ich weiß, dass du mich als Ganzes siehst. Und dafür werde ich dir immer dankbar sein. Ich möchte, dass du das weißt.»

Er drehte sich auf die Seite und zog sie an seine Brust, womit er das Gekicher von zwei vorbeikommenden Bengeln auslöste. Mary Ann hätte nichts weniger kümmern können. Einen rauschhaften Augenblick lang war sie *überzeugt*, dass sie und Burke aussahen wie Burt Lancaster und Deborah Kerr in *Verdammt in alle Ewigkeit*.

«Burke?»

«Ja?»

«Hast du je daran gedacht, wieder nach San Francisco zu ziehen?»

Schweigen.

Du hast es vermasselt, du doofe Ziege! Jetzt weiß er, wie der Hase läuft. «Tut mir leid, Burke. Ich hätte das nicht fragen sollen.»

«Ist schon okay.»

«Nein, ist es nicht. Lassen wir das Thema. Ich werd dich nicht nerven, das versprech ich dir.»

«Nein. Wir sollten reden. Es gibt da etwas, das ich dir schon längst hätte sagen sollen.»

Mary Ann hatte intuitiv gewusst, dass dieser Augenblick kommen würde. Ihr ganzer Körper verkrampfte sich, während sie darauf wartete, dass die Wahrheit sie treffen würde wie die Axt eines Henkers. «Bitte», sagte sie schwach. «Ich möchte es lieber nicht hören.»

«Mary Ann, ich habe drei Jahre in San Francisco gelebt ... drei ganze Jahre meines Lebens!»

O Gott! Hatte Michael doch recht gehabt?

«Weißt du, warum ich so gar nicht mehr auf der Höhe der Zeit bin, Mary Ann? Weißt du, warum ich diese dämliche kindliche Naivität habe?»

Bitte nein! Bitte mach, dass er nicht ...

«Ich kann mich an *gar nichts* erinnern, Mary Ann. Ich weiß nicht das Geringste über diese drei Jahre in San Francisco.»

Sie machte sich von ihm los. «Du hast eine ... *Amnesie*?»

Er nickte.

Gott sei Dank, dachte sie, als sie ihn umarmte. Gott sei Dank!

Los, erinnere dich!

«Entschuldige», sagte Burke. Er setzte sich im Sand auf und rieb sich mit den Fingerspitzen die Stirn. «Ich hätte es dir schon lange sagen sollen.»

Mary Ann rang um die richtigen Worte. «Du ... du kannst dich an gar nichts erinnern?»

Burke schüttelte den Kopf. «An nichts aus meiner Zeit in San Francisco. Alles andere ist völlig klar. Ich meine, alles bis 1973. Als ich noch in Nantucket war. Es gibt so ein paar ... Bilder oder wie man das nennen soll, die manchmal hochkommen. Aber sie ergeben keinen richtigen Sinn.»

«Zum Beispiel?»

«Mary Ann, es bringt nichts, wenn wir ...»

«Ich will dir helfen, Burke.»

Er zog eine Linie durch den Sand. «Alle wollen mir helfen.» Als er sah, was sie für ein Gesicht machte, fügte er hinzu: «So hab ich's nicht gemeint. Du bist nicht alle. Es ist bloß so, dass ... Na ja, es wurde schon alles getan, was getan werden kann. Meine Eltern haben mich sogar auf diese Kreuzfahrt geschickt, damit ich ... Du verstehst ...»

«Für mich spielt das alles keine Rolle.»

«Es ist eine Form von Wahnsinn.»

«Das glaube ich nicht.»

«Ich kann nicht ehrlich sein in einer Beziehung, Mary Ann. Ich weiß nicht, mit was ich ehrlich sein sollte. Ich weiß noch nicht einmal, *warum* ich ...»

Mary Ann nahm vorweg, was er sagen wollte, als sie hervorstieß: «O Gott, Burke! Der Tick mit den Rosen!»

Er nickte. «Das ist ein Teil davon. Niedlich, hm? Außerdem machen mich noch Stege mit Geländer fertig.»

«Wo?»

«Überall. Jeder Steg mit einem Geländer. Ist dir auf dem Schiff nichts aufgefallen an mir? Deshalb hänge ich doch den ganzen Tag auf dem Sonnendeck herum. Ich hab eine Heidenangst, Mary Ann.»

Mary Ann rückte näher an ihn heran und legte ihm die Hand aufs Knie. «Aber, sieh mal: Wenn du dich nicht erinnern kannst, was in San Francisco mit dir passiert ist ... Ich meine, wie hast du dann nach Nantucket zurückgefunden?»

«Ich hab auch gar nicht zurückgefunden ... Bist du sicher, dass du das alles hören willst?»

«Absolut.»

«Nun, man hat mich gefunden.»

«Man?»

«Ein paar Bullen haben mich im Golden Gate Park gefunden. Berittene Polizei. Ich war im Wald ... ohnmächtig geworden oder so. Man hat drei Tage gebraucht, bis man herausbekommen hat, wer ich bin.»

«Und dann bist du nach Hause gefahren?»

Er nickte. «Ich hatte wohl einfach Glück. Alles, was mit Nantucket zusammenhing, war fast sofort wieder da – genauso wie mein Name und das ganze Zeug. Bloß was ich in San Francisco gemacht habe, weiß ich nicht.»

Mary Ann lächelte leicht mitleidig. «Willkommen im Club», sagte sie.

Sie gingen lange am Strand spazieren und sahen zu, wie der Himmel nach und nach die Farbe einer reifen Nektarine annahm. Mary Ann war überzeugt, dass Burke sich völlig verschließen würde, wenn sie zu reden aufhörte, weshalb sie ihn weiter sanft aushorchte.

«Du hast mir nicht erzählt, warum du überhaupt nach San Francisco gezogen bist.»

«Oh, ich hab als AP-Reporter gearbeitet.»

«Supermärkte halten sich Reporter?»

Er stupste ihre Nasenspitze an. «AP heißt Associated Press.»

Sie wurde rot. «Das hab ich nur gesagt, damit du dich ein bisschen amüsierst.»

«Natürlich.»

«Und was hast du davor gemacht? Vor der AP.»

«Nichts. Ich bin aus dem Verlag meines Vaters weggegangen und habe mich in der AP-Zentrale in New York vorgestellt. Sie haben mich in eins von diesen winzigen Glaskastenbüros gesetzt, haben mir eine Menge unzusammenhängende Fakten über die Hochzeit von Lucille Ball im Jahre ... ach, was weiß ich ... in die Hand gedrückt, ich habe dann eine typische AP-Geschichte geschrieben ... und sie haben mich daraufhin in ihr Büro in San Francisco geschickt.»

«Und von da an erinnerst du dich an nichts mehr.»

Er kicherte. «O doch. Das habe ich alles noch in grausiger

Deutlichkeit im Kopf. Die Langeweile, die blöde Arbeit, der ständige Termindruck. Fünf Wochen später habe ich den Job geschmissen. Und da setzt dann mein Blackout ein.»

«Was ist mit deinen Eltern? Du konntest doch nicht einfach für drei Jahre verschwinden. Du musst ihnen doch geschrieben haben oder so.»

«Nicht genug, als dass sie wirklich gewusst hätten, was los ist. Nur so Mir-geht-es-gut-und-macht-euch-um-mich-keine-Sorgen-Zeug. Ich habe einige Zeit auf dem Nob Hill gewohnt, das weiß ich. Und ab und zu habe ich öde Aushilfsjobs angenommen – so Schreibkram. Ich habe manchmal Gottesdienste in der Grace Cathedral besucht.»

«Na, wenigstens erinnerst du dich an *irgendwas*.»

Er schüttelte den Kopf. «Das habe ich alles in meinen Briefen geschrieben. Erinnern kann ich mich an kein bisschen was.»

«Du meinst, es gibt keinen Nachweis darüber, was du ... keinen Beleg dafür, wo du warst oder womit du dein Leben ...»

«Moment!» Er blieb plötzlich stehen und kramte in seinen Taschen. «Halt die Hand auf», forderte er sie auf. Etwas zögerlich kam sie seinem Wunsch nach. Burke drückte ihr etwas Kleines aus Metall in die Hand.

«Ein Schlüssel», sagte sie ausdruckslos. «Was soll das heißen?»

«Sag du's mir. Er ist alles, was von mir übrig ist.»

«Wie?»

«Er war in meiner Tasche, als sie mich im Park gefunden haben. In meiner Hemdtasche.»

Sie schaute sich den Schlüssel genauer an. «Er ist ... kleiner als ein Wohnungs- oder ein Autoschlüssel. Er könnte ...» Sie gab schulterzuckend auf.

Er lächelte und zuckte ebenfalls mit den Schultern. Er sah wieder aus wie ein Collie. Sanft, rotgolden und verletzlicher als in ihren wildesten Fantasien. Im selben Augenblick wusste sie, warum sie ihn von Anfang an geliebt hatte. Er war ein unbeschriebenes Blatt, war ganz und gar jungfräulich ...

Und sie konnte ihm zeigen, wo es langging.

Zurück nach Babel

Da waren sie nun wieder, waren wieder da, wo sie sich kennengelernt hatten, in der schäbigen alten Greyhound-Station an der Seventh Street in San Francisco.

Mona spürte einen unerwarteten Nostalgieschauer, als sie sich in der Snackbar umschaute, während Mother Mucca ihren Kaffee lautstark aus dem Löffel schlürfte. Die alte Frau war immer noch widerborstig, aber wenigstens hatte sie sich auf diesen Besuch eingelassen.

Es war erst drei Tage her, dass Mona ihr alles über Andy / Anna erzählt hatte.

Und bis zur Wiedervereinigung von Mutter und Kind war es nur noch eine Stunde.

Mother Mucca rülpste. «Mir is gar nich wohl», maulte sie.

«Fangen Sie jetzt nicht wieder mit der Tour an.»

«*Mach* ich doch gar nich, Mona. Mein Magen ist nicht ganz ...»

«Ihrem Magen geht es ganz prima. Sie sind bloß nervös, Mother Mucca. Das macht nichts. Es ist doch nicht schlimm, wenn man ein bisschen ...»

«*Ich* find das aber schlimm, Mädchen. Es is einfach nich der richtige Moment, dass ich ...»

«Bitte, Mother Mucca! Ich *weiß*, dass Sie das schaffen. Wir haben das schon einmal durchgekaut und waren beide der Meinung, dass ... Na ja, es ist einfach das Beste.»

Die alte Frau zog verstimmt den Kopf ein. «Für *dich* vielleicht.»

«Für uns *alle*.»

«Mein Gott, ich hab meinen Sohn geschlagne vierzig Jahre nich gesehen!»

Mona verzog das Gesicht. «Ihre Tochter.»

«Hmhh?»

«Sie ist jetzt Ihre *Tochter*. Ich weiß, das ist schwer zu verkraften, aber es wäre so wichtig für Mrs. Madrigal ... ich meine, für Anna. Versuchen Sie, das im Kopf zu behalten, ja?»

Mother Mucca weigerte sich, sie anzusehen. «Ich behalt immer alles im Kopf.»

«Sie sollen nicht *alles* im Kopf behalten. Bloß Ihre Tochter. Bloß Anna.»

«Bei mir hat er Andy geheißen. Sechzehn Jahre lang!»

«Ich weiß, aber es hat sich eine Menge geändert. *Sie* müssen sich auch geändert haben.»

«Wer behauptet so was?»

«Ach, seien Sie doch nicht so.»

«Wie sieht er denn aus?»

«Das hab ich Ihnen doch schon erzählt.»

«Mein Gott, dann erzählstes mir halt noch mal!»

Mona suchte nach einer anderen Charakterisierung. «Sie wirkt sehr ... majestätisch.»

Ihre Großmutter schnaubte verächtlich. «Klingt verdammt nach Rennpferd.»

«Dann gucken Sie eben selber.»

«Sieht er ... mir ähnlich?»

«Das müssen Sie mal abwarten.»

Wütend starrte Mother Mucca zuerst ihre Enkeltochter an, dann einen pickligen Teenager in Glitzerschuhen, der einen Tisch weiter einen Doughnut aß. «Nix wie Irre in dieser Stadt», knurrte sie.

Sobald Mona die Barbary Lane sah, klopfte ihr das Herz bis zum Hals. In dem begrünten Großstadt-Canyon hatte sich nichts verändert. Die Katzen liefen noch immer herum, und die kleinen Holzhäuser, die Eukalyptusbäume und Mrs. Madrigals Garten lagen im Mondschein verführerisch da.

«Haste ihm gesagt, dass wir kommen?», fragte Mother Mucca, als sie das behagliche alte Haus musterte.

«Nein. Sie weiß natürlich, dass wir kommen, aber ich habe ihr nicht genau gesagt, wann.»

«So was Dämliches!»

Mona schoss zurück. «Ich wollte ihr schlechte Vibrations vor unserer Ankunft ersparen.»

Die alte Frau starrte sie verständnislos an.

Mona lächelte und übersetzte dann. «Ich wollte nicht, dass sie sich unwohl fühlt vor unserer Ankunft.»

«Dass *ich* mich verdammt unwohl fühl, hat dich aber nich die Bohne gestört.»

«Kommen Sie jetzt. Reißen Sie sich zusammen.»

Mona stieg zum Windfang mit den Klingeln hoch. Mother Mucca kam nicht mit, sondern ging nervös im Vorgarten auf und ab. «Kommen Sie schon», sagte Mona aufmunternd. «Es wird alles gut gehen.»

«Ich kann nich, Mona.»

Als Mona sich umdrehte, sah sie den mitleiderregenden Gesichtsausdruck der alten Frau. Mother Mucca machte ein paar Schritte auf sie zu. «Mona, mein Schatz ... Schau ich auch nich aus wie 'ne alte Hexe?»

«Ach, Mother Mucca ... Sie sehen toll aus! Keine Sorge. Anna wird Sie in ihr Herz schließen.»

«Wir ham nix mit für sie.»

Mona umarmte sie. «Wir sind alles, was sie braucht.»

«Ja?»

Mona lächelte. «Ja.»

«Na, dann drück mal auf die Klingel, Mädchen!»

Der Schlüssel zu ihrem Herzen

Mary Ann und Burke saßen in der Starlight Lounge, hoben ihre Piña Coladas und brachten Trinksprüche aus. «Auf neue Erinnerungen», sagte Burke.

«Genau, und auf ...» Mona runzelte plötzlich die Stirn, weil ihr auffiel, dass der Pianist angefangen hatte, «Everything's Coming Up Roses» zu klimpern.

«Burke ... ich kann ihn auch bitten aufzuhören.»

Er lächelte matt. «Mir ist das gar nicht aufgefallen.»

«Erst, als ich damit angefangen habe, hm?»

«Macht doch nichts.»

«Entschuldige, Burke.»

Er trank sein Glas leer. «Ich kann nicht den Kopf in den Sand stecken, Mary Ann.»

«Wenn ich bloß was tun könnte ...»

«Ich muss einfach damit klarkommen, das ist alles. Ich meine, Rosen entgeht man doch sowieso nicht, oder?» Sein Mund verzog sich zu einem wehmütigen Lächeln. «Versuch das mal.»

«Ich weiß. Es muss ... Burke, könnte da nicht ein Psychiater was tun? Es müsste doch ... Na ja, wenn man deine Amnesie heilen könnte, würde dann nicht automatisch auch deine Angst vor Rosen verschwinden ... und vor Stegen mit Geländer und so?»

«Ich war schon bei einem Seelenklempner.»

«Oh.»

«Er hat mich hypnotisiert und ausgefragt und sonst alles getan, außer Nadeln in eine Voodoopuppe zu stoßen ... Und rausgekommen ist überhaupt nichts dabei. Bloß am Monatsende seine Rechnung.»

Mary Ann schaute auf ihr Glas hinunter und überlegte, wie sie ihre nächste Frage formulieren sollte. «Burke, was hältst du davon ...?»

«Wovon?»

«Ach ... Unwichtig.»

«Es hat sich nicht unwichtig angehört.»

«Na ja, ich hab mich gefragt, ob ... Würde es deiner Erinnerung nicht nachhelfen oder so, wenn du ... nach San Francisco zurückkämst?»

Es folgte endloses Schweigen. Mary Ann hatte diese Frage nicht nur einmal, sondern schon zweimal riskiert. Ihr Gesicht lief augenblicklich rot an. Burke spürte anscheinend, wie verlegen sie war. «Das wäre es mir fast wert», sagte er schließlich, «um mit dir zusammen zu sein.»

Mary Ann riss eine Ecke ihrer Cocktailserviette ab. «Es könnte doch sein ... Na ja, wenn du wieder mit der alten Umgebung konfrontiert wärst und ... mit alten Erfahrungen und so, dann könnte deine Erinnerung doch zurückkommen, und du könntest so eine Art ... Exorzismus für deine Phobien veranstalten.» Sie sah ihn flehentlich an. Ihre Augen waren feucht. «Ach, Scheiße, wem mach ich hier denn was vor?»

Er tupfte ihr die Augen mit einer Cocktailserviette ab. «Mir jedenfalls nicht», sagte er lächelnd.

«Ich *hasse* Abschiede. Ich heule jedes Mal. *Jedes Mal.*»

«Das kenne ich. Mir geht es auch so.»

«Ich habe noch nie so was Schönes erlebt wie mit dir.»

«Das kann ich von mir auch sagen.»

«Ja?»

Er nickte.

«Warum machen wir dann nicht …? O Gott, sehe ich so aus, als würde ich betteln?»

Er nahm ihre Hände. «Sehe ich so aus, als würde ich nein sagen, Dummerchen?»

Sie kuschelten sich auf dem Sonnendeck unter eine Decke und betrachteten die Lichter am Strand.

«Du wirst es nicht bereuen», sagte Mary Ann.

«Das brauchst du mir nicht zu versprechen. Du *kannst* es auch gar nicht.»

«Was ist mit deinen Eltern?»

«Ich werde sie anrufen und es ihnen sagen. Sie haben sicher Verständnis dafür.»

«Werden sie nicht ein bisschen … besorgt sein? Ich meine, wegen San Francisco?»

«Nicht mehr als ich selbst.»

«Nur keine Angst. Diesmal bin ich ja da.» Nach einer Pause sagte sie so beiläufig wie möglich: «Ich glaube, in dem Haus, in dem ich wohne, ist gerade was frei. Wenn dich das interessiert …»

«Toll. Wo ist das?»

«Auf dem Russian Hill. In der Barbary Lane. Das ist ein entzückender kleiner Plankenweg wie aus dem Märchenbuch, und die Vermieterin ist einfach toll. Michael wohnt einen Stock darunter.»

«Und wo ist dann die freie Wohnung?»

«Gleich über den Flur.»

«Wie praktisch.»

Sie kicherte. «Der Kerl, der dort gewohnt hat, ist in das Häuschen auf dem Dach umgezogen.» Denk bloß nicht daran, was mit dem Kerl passiert ist, der dort *vorher* gewohnt hat!

Burke setzte sich auf, griff in die Tasche seiner Windjacke und überreichte Mary Ann ein kleines Päckchen, das in Kleenex eingewickelt war. Sie schlug Lage um Lage zurück, doch ihr Blick löste sich kaum eine Sekunde von Burkes verlegenem Gesicht.

In dem Päckchen lag der merkwürdige kleine Schlüssel, den er ihr am Strand gezeigt hatte. Er hing jetzt an einem Halskettchen aus vierundzwanzigkarätigem Gold.

«Wozu das Ding auch immer gut ist», sagte er beinahe entschuldigend, «jedenfalls liebe ich dich.»

DeDe in der Stadt

Dede wusste, dass sie einen lächerlichen Anblick bot: eine Frau im achten Monat vor einem Einzelgedeck am Tresen vom Vanessi's, die zerknautschte Gucci-Einkaufstasche an den Barhocker gelehnt.

Ach, scheiß drauf, dachte sie. North Beach hat schon Verrückteres gesehen. *Entschieden* Verrückteres. Zum Beispiel die ausgeflippte Göre drüben vor dem Enrico's. Grüne Haare und einen Müllsack an. Igitt!

Außerdem liebte sie dieses Restaurant. Sie genoss seine ungekünstelte Kultiviertheit und die stämmigen italienischen Köche, die ihre Pfannen mit der Grazie und Präzision von Tennisspielern schwangen.

Sie musste daran denken, dass Beauchamp wahrscheinlich zu Hause im Penthouse war, und das lag nur vier Blocks den Hügel hinauf. Obwohl ihr vor einer zufälligen Begegnung mit ihrem Ehemann graute, verschaffte es ihr doch eine Art perverses Vergnügen, dass sie sich alleine in ihrem alten Viertel herumtrieb.

Merkwürdig fand sie es allerdings, dass ihre Mutter gegen diese unorthodoxe Expedition in die Stadt nicht protestiert hatte. Sie hatte kaum hochgeschaut von ihrem Koffer, den sie für einen Ausflug nach Napa gepackt hatte. Seltsam. Als würde sie etwas beschäftigen.

Aber was?

«Wäre es in einer der Nischen nicht angenehmer für Sie?»

DeDe sah von ihrem Kalbsbries auf und schaute in ein Paar freundliche braune Augen. Die Frau war sehr hübsch, hatte krause dunkle Haare und Wangenknochen, für die Veruschka einen Mord begangen hätte.

«Danke. Aber ich sehe mir gerne die Show an», erwiderte sie und deutete auf die Köche hinter dem Tresen.

«O Gott, ja, ist es nicht *fantastisch*? Wenn man ihnen zusieht, wie sie die Zucchini durch die Luft wirbeln – für mich ist das die beste Therapie überhaupt. Man erwartet, dass jeden Moment die Hölle losbricht, aber das passiert nie.»

«Anders als im Leben.»

Die Frau lachte. «Anders als im Leben.»

Ein Kellner stellte der Frau einen riesigen Teller Nudeln hin. «Na dann», seufzte sie grinsend, «oink, oink, oink.»

«Sie sehen doch gut aus», sagte DeDe. «Ich bin diejenige, die aufpassen sollte.»

«Na, Sie essen ja auch für zwei, Schätzchen!»

«Für drei.»

Die Frau pfiff durch die Zähne. «Dann kriegen Sie auch Nachtisch.»

Sie lachten beide. Die Frau war ziemlich hellhäutig, konstatierte DeDe, aber die Herzlichkeit und Natürlichkeit ihres Verhaltens hatte etwas beinahe Afrikanisches an sich. DeDe mochte sie auf Anhieb.

Die Frau legte die Gabel beiseite und lächelte DeDe an. «Sie sind nicht verheiratet, oder?»

Schweigen.

«O Gott», sagte die Frau. «Wenn Sie Touristin sind, dann verzeihen Sie mir. Wir sind in dieser Stadt freier, als es uns guttut.»

«Nein ... Ich meine, ja, ich bin verheiratet, aber ich lebe getrennt ... Ich meine, *wir* leben getrennt. Aber ich wohne hier. Ich bin hier geboren.»

«Mhmm. Ich auch. Das heißt, wenn man Oakland gelten lässt.»

«Etliche Freunde von mir wohnen in Piedmont.»

«*Das* hab ich nicht gemeint.» Das Kastensystem der East Bay kannte sie anscheinend aus dem Effeff.

«Was hat Sie auf die Idee gebracht, dass ich nicht verheiratet sein könnte?»

Die Frau drehte sich zu DeDe um und musterte ihr Gesicht, als suchte sie die Bestätigung für etwas. «Ich weiß nicht recht. Sie wirken so ... unabhängig.»

«Tatsächlich?»

Die Frau lächelte. «Nein. Aber ich dachte, dass Sie es gerne hören.»

DeDe schaute auf ihren Teller. Sie war fasziniert vom Scharfblick dieser Fremden und fürchtete sich gleichzeitig ein bisschen davor. «Glauben Sie, dass es schon zu spät ist, um noch etwas ... dagegen zu unternehmen?»

Auf dem Gesicht der Frau machte sich ein schelmisches Grinsen breit. «Was würde Ihnen denn *Spaß* machen ... ich meine, jetzt sofort ... wenn Sie alles machen könnten, wozu Sie Lust haben, und wenn ... Sie nicht Freunde in Piedmont hätten, die es vielleicht nicht gut fänden?»

DeDe lächelte etwas unsicher. «Ach ... meinen Sie hier im Viertel?»

«Wenn Sie möchten.»

«Ich würde mir gerne drüben auf der anderen Straßenseite diese Oben-ohne-Tänzerin ansehen, die sich in einen Gorilla verwandelt.»

«Warum?»

«Bloß, um mal zu sehen, wie die das anstellen. Wahrscheinlich mit Spiegeln.»

Die Frau machte ein ernstes Gesicht und schüttelte den Kopf. «In Wirklichkeit ist es ein Gorilla mit Mädchenmaske, der in einem fleischfarbenen Bodystocking steckt.»

«Sie meinen, die ...» DeDe lachte, als es bei ihr funkte. «Sehen Sie jetzt, wie leichtgläubig ich bin?»

«Es gibt nur eine Möglichkeit, die Wahrheit herauszufinden.»

«Das meinen Sie nicht ernst!»

«Es gibt *nichts*, das ich lieber täte, als mir zusammen mit einer schwangeren Freundin den Oben-ohne-Auftritt eines Gorillaweibchens anzusehen.»

DeDe überlegte einen Moment, bevor sie die Hand ausstreckte. «Abgemacht. Ich heiße DeDe Day ... oder DeDe Halcyon. Wie es Ihnen lieber ist.»

Der Name schien der Frau etwas zu sagen. «Sind wir uns schon mal begegnet?», fragte DeDe.

«Ich ... lese die Klatschspalten.»

«O Gott!»

«Das macht doch nichts. Ich mag Sie trotzdem. Ich heiße D'orothea.»

«Das ist ein hübscher Name», sagte DeDe.

Mutters Söhnchen

Mrs. Madrigal trug zu ihrem pflaumenfarbenen Kimono einen roten Satinturban, als sie die Tür öffnete. Ihr Make-up war besser, als Mona es je an ihr gesehen hatte.

Die Vermieterin sah ihre Tochter lächelnd an. «Umarmst du mich nun oder nicht?»

Mona wurde rot. «Oh, ja ... O ja, natürlich!» Sie trat reichlich ungraziös in die Wohnung, ließ ihre persische Satteltasche auf den Boden fallen und warf sich in Mrs. Madrigals Arme. Die Vermieterin tätschelte flüchtig Monas Kopf und machte sich sanft aus der Umarmung frei.

«Ist da nicht noch jemand, den ich noch begrüßen soll, Liebes?»

«Oh ... O Gott, tut mir leid.» Sie drehte sich zu Mother Mucca um, die immer noch an der Tür stand. Die alte Frau machte ein finsteres Gesicht, schüttelte über Mona den Kopf und wandte sich an Mrs. Madrigal.

«Sie hat nich mal so viel Manieren, wie Gott ’nem Maultier gegeben hat!»

Mrs. Madrigal lächelte ungerührt und streckte Mother Mucca die Hand entgegen. «Ich bin so froh, dass du gekommen bist.»

Die Puffmutter griff nach ihrer Hand und stieß grummelnd hervor: «Es war *ihre* Idee.»

«Na, dann sollte ich mich wohl bei dir bedanken, Mona. Es ist schön, euch beide wiederzusehen.»

«Ich kann nich lang dableiben», sagte Mother Mucca.

«Ich weiß», antwortete die Vermieterin und hakte sich bei Mona unter. «Wir trinken einen kleinen Sherry und plaudern ein bisschen.» Ihr Blick kreuzte sich nur kurz mit dem von Mother Mucca. Mrs. Madrigal hatte den gleichen freundlichen, aber distanzierten Gesichtsausdruck, mit dem sie sonst den Zeugen Jehovas begegnete.

Die Gastgeberin zog sich in die Küche zurück und ließ Mona mit ihrer Großmutter im Wohnzimmer allein. Mother Mucca war wie ein Granitblock mit Rouge drauf, mürrisch und verschlossen.

«Und», wollte Mona wissen, «ist sie nicht nett?»

«Das is nich normal.»

«Ich dachte, das hätten wir schon abgehakt.»

«Du vielleicht. Das da draußen is mein Sohn.»

«Ja, und sie ist *mein* Vater!»

«Das is ganz was anders.»

«Ach, bitte!»

«Ich hab das Kind aufgezogen, Mädchen! Das is mein eigen Fleisch und Blut!»

«Sie haben Sie in einem Puff aufgezogen, verflucht noch mal! Was haben Sie erwartet? John Wayne?»

«Ich hau dir gleich eine in ...»

Die alte Frau wurde wieder starr, als Mrs. Madrigal ins Wohnzimmer zurückkam. Sie trug ein Tablett, auf dem drei Gläser Sherry und eine Schüssel mit Weinbrandkirschen standen.

«Ich dachte, ich hätte noch ein paar Butterkekse, aber die hat wahrscheinlich Brian oder eins von den anderen Kindern verdrückt.»

Mother Mucca runzelte die Stirn. «Du hast Kinder?»

«Er ist ein Mieter», sagte Mona ungehalten.

«Ja», antwortete Mrs. Madrigal ruhig. «Ich nenne sie meine Kinder. Das ist wahrscheinlich ein bisschen verrückt, aber es scheint sie nicht zu stören.» Sie lächelte Mona an. «Falls doch, sagen sie es mir jedenfalls nicht.»

Mother Mucca griff nach einer Kirsche und steckte sie sich in den Mund. Ihre Gastgeberin schaute sie dabei nicht an. Mona spürte, dass sich eine Katastrophe anbahnte.

«Na», sagte Mrs. Madrigal, als sie sich auf das Sofa setzte und die Beine unter den Kimono zog, «ich nehme an, du hast eine *Menge* Abenteuer erlebt, was?»

Mona nickte. «Winnemucca ist vielleicht ein Trip!»

«Das kann ich mir vorstellen.» Die Vermieterin wandte sich an Mother Mucca, die gerade damit fertig geworden war, sich die Schokolade von den Zähnen zu lutschen. «Ich hoffe, die junge Dame hat nicht zu viel im Weg rumgestanden.»

Die alte Frau schnaubte verächtlich und verzichtete auf einen Kommentar, indem sie ihren Sherry in einem Zug hinunterkippte. Mrs. Madrigal gab nicht nach und ließ ihren Blick weiter auf Mother Mucca ruhen. «Mona hat viel von uns beiden, nicht?»

Schweigen.

«Das Aussehen hat sie allerdings von dir», fügte Mrs. Madrigal noch hinzu.

Mother Mucca schaute in ihr Glas. «Is ja kein Wunder», sagte sie schließlich.

«Was?»

«Soll das da 'n Hut sein?»

«Ich verstehe nicht, was das ...»

«Hühnerkacke, Mädchen! Haste keine Haare?»

«Natürlich habe ich ...»

«Zum Teufel noch mal, was stopfste se dann unter so 'n Häubchen, wie wenn de 'ne Glatze hättst oder so? Weißte, Mädchen ... Wir zwei beide müssen uns mal unterhalten!»

«Ich hatte auch gedacht, dass das der Zweck unserer kleinen ...»

«Wo is dein Schlafzimmer?»

«Was hat das mit ...»

«Sag endlich, wo dein Schlafzimmer is!»

Die beiden Frauen waren schon mindestens zehn Minuten weg. Mona saß starr vor Angst im Wohnzimmer und horchte auf die gedämpften Stimmen der beiden. Dann hörte sie, wie Mrs. Madrigal «Mama, Mama!» sagte und gleich darauf zu weinen anfing.

Mona wartete, bis es wieder ruhig war, ging dann leise zur Schlafzimmertür und machte sie auf. Mrs. Madrigal saß vor ihrer Frisierkommode. Mit dem Rücken zur Tür. Mother Mucca stand neben ihr und bürstete die schulterlangen Haare ihrer Tochter. Als sie aufblickte, sah sie Mona.

«Verschwinde», sagte sie leise.

Ein Tisch für fünf

Als die *Pacific Princess* in Acapulço ablegte, starrte Michael wie gebannt auf die immer kleiner werdende Figur auf der Landungsbrücke. «Sieh ihn dir bloß an», sagte er. «Dieses Arschloch würde selbst auf einer Luftaufnahme noch toll aussehen!»

Mary Ann legte ihm den Arm um die Hüfte. «Hab ich nicht gesagt, dass es klappt?»

«Ja, ich glaub schon.»

«Wann fliegt er nach San Francisco zurück?»

«Am Freitag. Ich hole ihn vom Flughafen ab.»

«Er ist ein richtig netter Kerl, Mouse.»

«Ich weiß. Es ist zum Fürchten.»

«Wieso?»

«Verlang nicht, dass ich das analysiere. Wenn ich anfange, die Dinge zu analysieren, dann ... tut sich gleich gar nichts mehr.» Er drehte sich zu ihr um und schaute ihr in die Augen. «Du weißt doch, was ich meine, nicht?»

Sie machte ein ernstes Gesicht und nickte. «Gott, ja.»

«Anscheinend ist es immer das Gleiche, wenn ich mit jemand was anfange ... Ich weiß nicht ... ich sehe immer Anfang und Ende auf einmal. Ich weiß schon vorher, wie die Geschichte zu Ende geht. Die einzelnen Szenen beherrsche ich im Schlaf. Aber diesmal ... Na ja, ich will das Ende gar nicht kennen. Wenigstens mal für einige Zeit nicht.»

«Vielleicht gibt es gar kein Ende.»

Er bedachte sie mit einem nachsichtigen Lächeln. «Alles hat einmal ein Ende, Babycakes.»

«Ach, komm, Mouse, das ist nicht ... Wie ist es denn mit uns? Wir sind doch auch noch zusammen.»

Er lachte. «Ja, wir beide werden noch im Altersheim gemeinsam auf Aufriss gehen.»

«Wo liegt dann der Unterschied?»

«Der Unterschied liegt darin, Herzchen, dass du mich nicht brauchst und ich dich nicht brauche. Es sind die *anderen* Affen, die wir brauchen ... Die Nur-dich-und-sonst-keinen-Typen. Wenigstens bilden wir uns ein, dass wir sie brauchen. Unsere arme kleine Psyche ist durch Rock Hudson und Doris Day auf immer und ewig geschädigt.»

Mary Ann rang noch um eine schlagfertige Erwiderung, als plötzlich Burke hinter ihr stand. «Tja, wieder auf See, hmh?»

Sie drehte sich um und nahm seine Hand. «Wir haben uns gefragt, wo du bist. Wir haben Jon noch adieu gewinkt.»

«Ich habe ein bisschen mit dem Oberkellner geschachert.»

«Weswegen?»

«Ich sitze jetzt an eurem Tisch. Hoffentlich ist euch das auch recht.»

«Natürlich! Das ist wundervoll!»

Michael grinste boshaft. «Arnold und Melba werden begeistert sein von dir.»

«Ach du Schande», sagte Mary Ann. «Was sagen wir bloß?»

«Tja ...» Michael tippte sich mit dem Zeigefinger ans Kinn. «Ich finde, wir sollten ihnen sagen, dass wir erwachsene Menschen mit modernen Ansichten sind. In unserer Ehe klappt es einfach nicht, und deshalb ... haben wir uns in aller Freundschaft auf eine Scheidung geeinigt, nach der Burke und ich in einer schlichten episkopalischen Zeremonie in der Grace Cathedral den Bund fürs Leben schließen werden.»

«Sehr lustig.»

Burke zwinkerte Michael lachend zu. Dann wandte er sich an Mary Ann: «Er hat den Nagel auf den Kopf getroffen, Mary Ann. Ich *könnte* doch schwul sein. Ich meine, wo ich mich doch an nichts erinnern kann ...»

«Du bist *nicht* schwul. Das ist ein Befehl.»

«Ich war da nicht so sicher», widersprach ihr Michael drohend. «Ich habe gesehen, dass er am Donnerstag in gelben Sachen rumgelaufen ist. Und schau dir doch mal seinen Körper an, Mädchen. Heteros haben keinen Waschbrettbauch.»

Mary Ann tätschelte Burkes Taille. «Der hier schon.»

Burke wurde sichtbar rot.

Michael nahm beide an der Hand. «Kommt jetzt, ihr Doofies. Ich hab solchen Appetit, dass ich mich sogar an einem Steward vergreifen könnte.»

Das Trio rauchte in der Kabine von Mary Ann und Michael einen Joint, bevor es sich auf den Weg in den Speisesaal machte. Als die drei an ihren Tisch kamen, fehlte das Partnerlookpärchen aus Dublin.

«Was?» Michael verzog das Gesicht. «Wie soll ich ohne Arnold und Melba essen?»

Mary Ann kicherte. «Vielleicht sind ihnen die Kleider ausgegangen.»

«Vielleicht», schlug Burke als Erklärung vor, «hat der Oberkellner sie umgesetzt, und jetzt verpetzen sie uns beim ...»

Er unterbrach sich, als das Ehepaar auftauchte. Die beiden waren rosa wie gekochte Shrimps und deutlich stolz auf ihr neuestes Ensemble – identische mexikanische Baumwollhemden, die jeweils mit einer gestickten Rose verziert waren.

Melbas Stimme war süß wie raffinierter Zucker. «Hallo, ihr Jungvermählten! Wer ist euer Freund?»

Mary Ann fing zu stammeln an, als sie die Littlefields sah ... die Rose ... Burke.

«Ach, hallo. Das ist ... Oh, Burke, warum gehst du nicht ...?» Sie warf ihr Wasser um, als sie aufsprang. Burke hatte den Kopf zwischen den Knien und würgte. Mary Ann riss eine Stoffserviette vom Tisch und drückte sie ihm vor den Mund.

«Burke ... Hier. Ich helf dir schon. Entschuldigen Sie, Melba. Gib mir deinen Arm, Burke. Es wird gleich besser ... Hier, es wird gleich besser.» Ohne weitere Erklärung brachte sie ihn vom Tisch fort. Michael und die Littlefields beobachteten ihren Abgang schweigend.

«Mensch!», polterte Arnold los. «Was war das denn?»

«Er ist seekrank», sagte Michael ruhig und sah seinen Freunden nach.

«Dabei sieht der Kerl gar nicht so aus», sagte Arnold grunzend.

«Nein», sagte Michael leise. «Und noch dazu hat er so schöne feste Beine.»

«Hmh?»

«Äh ... Es ist toll, wenn man auf See schön fest auf den Beinen steht.»

«Ganz richtig!», pflichtete Melba ihm bei.

Exzentrische alte Junggesellen

Im Nachthimmel irgendwo über der Monterey-Halbinsel lockerte Michael seinen Sicherheitsgurt und drehte sich nach hinten, um nach seinen Reisegefährten zu sehen.

Burke schlief, ans Fenster gelehnt, in der Lümmelhaltung einer Raggedy-Andy-Puppe.

Mary Ann war noch wach und gab sich größte Mühe, die PSA-Bordillustrierte interessant zu finden. Als sie merkte, dass Michael sie ansah, rang sie sich ein müdes Lächeln ab.

«Ich lese gerade über Swinging Singles in San Francisco.»

«Ach je.»

«Es ist so deprimierend. Findest du, dass ich ein Swinging Single bin?»

Michael schüttelte den Kopf. «Kein bisschen.»

«Gott sei Dank!» Sie beugte sich vor und flüsterte: «Ich finde auch nicht, dass du eine Schwuchtel bist.»

«Besten Dank.»

«In dem Punkt hab ich mich sehr gebessert, Michael.»

«Ich weiß. Ich hab's beobachtet.»

«Nein. Du ahnst gar nicht, wie schlimm ich einmal war.»

«Ist doch jetzt egal.» Er legte eine Pause ein und massierte sich mit den Fingerspitzen die Stirn. «Ich hoffe bloß, dass meine Eltern auch damit klarkommen.»

«Du hast es ihnen gesagt?»

«Nein, aber ich glaube, dass ich es tun werde.»

«Mouse ... meinst du, sie sind schon so weit?»

«Nein. Sie werden nie so weit sein. Sie können sich nicht mehr ändern und treten nur noch auf der Stelle.»

«Was soll es dann?»

«Ich liebe sie, Mary Ann. Und sie wissen nicht einmal, wer ich bin.»

«Und ob sie das wissen. Sie wissen, dass du ein freundlicher, zuvorkommender und ... lustiger Kerl bist. Sie wissen, dass du sie liebst. Warum musst du dann ...?»

«Sie kennen einen Zwölfjährigen.»

«Mouse ... es gibt viele Männer, die nie heiraten. Deine Eltern wohnen dreitausend Meilen weit weg. Warum sollten sie nicht weiter glauben, dass du ...» Auf der Suche nach einem Wort wirbelte ihre Hand in der Luft einen kleinen Kreis.

«Dass ich ein exzentrischer alter Junggeselle bin», ergänzte Michael lächelnd. «Als ich noch in Orlando war, hat man sie immer so genannt. Mein Onkel Roger war ein exzentrischer alter Junggeselle. Er hat Englisch unterrichtet und diverse Lilienarten gezüchtet, und außer bei Hochzeiten und Beerdigungen haben wir ihn kaum je zu Gesicht bekommen. Meine Cousins und Cousinen und ich mochten ihn, weil er aus geknoteten Taschentüchern kleine Püppchen machen konnte. Sonst hat er sich aber immer sehr zurückgehalten, weil er wusste, wie die Regel lautete: Verlier ja kein Wort darüber, wenn du willst, dass wir dich mögen. Erinner uns nicht daran, dass du was Widerliches bist.

Und er hat getan, was sie von ihm verlangt haben. Ich weiß nicht ... Vielleicht hatte er noch nicht mal was *gehört* von den Schwulen in New Orleans und San Francisco. Vielleicht hat er gar nicht mal gewusst, was Schwulsein überhaupt ist. Vielleicht hat er gedacht, dass er der Einzige ist, der ... Aber vielleicht hat er auch bloß gerne in Orlando gelebt. Jedenfalls ist er geblieben, und nachdem er gestorben war – ich war gerade in die Highschool gekommen –, hat man ihm ein dezentes Eunuchenbegräbnis verpasst. Mary Ann ... ich habe nie gesehen, dass er einen anderen Menschen auch nur angefasst hätte. Nie.»

Michael schüttelte zögernd den Kopf. «Ich wünsche ihm von ganzem Herzen, dass er mal gebumst hat.»

Mary Ann griff nach vorne und legte ihm die Hand auf den

Arm. «Heute ist es anders, Mouse. Die Welt ist ein gutes Stück erwachsener geworden.»

«Findest du?» Er drückte ihr den *Chronicle* in die Hand und deutete auf Charles McCabes Kolumne. «Dieser aufgeklärte Liberale schreibt, dass die Homosexuellen einen heftigen Rückschlag erleiden werden, weil die ordentlichen Leute alles ‹Abnormale› leid sind und nichts mehr damit zu tun haben wollen.»

«Vielleicht will er ...»

«Ich habe aber auch eine Neuigkeit für ihn. Rate mal, wer es sonst noch leid ist. Rate mal, wer sich sonst noch abgestrampelt hat wie verrückt, um ja nicht abnormal zu sein. Wer sich mit Witzchen und Entschuldigungen und Trutschigkeiten durch einen Haufen Scheiße geackert hat. *Abnormal?* Kein Schwein würde heute wissen, wer Anita Bryant ist, wenn sie nicht in einen Badeanzug gestiegen wäre und damals bei dieser Viehversteigerung in Atlantic City alles zur Schau gestellt hätte, was sie so zu bieten hat. Wenn du mir den Unterschied zu einem Tanzwettbewerb in Jockey-Shorts erklären kannst, dann tu das bitte!»

Er war laut geworden. Mary Ann sah sich nervös nach den anderen Passagieren um, bevor sie in beruhigendem Ton sagte: «Mouse, *mich* musst du nicht mehr überzeugen.»

Er lächelte und küsste sie auf die Wange. «Entschuldige. Ich höre mich an wie eine von Carry Nations Suffragetten, was?»

Den Rest des Flugs schliefen sie. Als Michael beim Anflug auf San Francisco wach wurde, spürte er sofort wieder die beruhigende Hand der Stadt auf seiner Schulter.

«Na», spöttelte Mary Ann, als das Trio aus dem Flugzeug stieg, «außer den Hare Krishnas in der Halle hätten wir schon alles überstanden.»

Michael zwinkerte Burke zu. «Keine Bange. Wenn sie uns eine Rose verkaufen wollen, setzen wir unsere Geheimwaffe ein.»

Der Pilot kam aus dem Cockpit. Als Michael ausstieg, wechselten die beiden Männer diesen bestimmten, uralten, niemals festgelegten, aber völlig unmissverständlichen Blick.

«Willkommen zu Hause», sagte der Pilot.

«Weiß Gott!», gab Michael zurück.

In der Ankunftshalle puffte Mary Ann ihn in die Rippen. «Ich hab's genau gesehen, dass du's nur weißt.»

«In einer Beziehung hast du recht», antwortete Michael grinsend. «Die exzentrischen alten Junggesellen sind auch nicht mehr das, was sie mal waren.»

Wiedervereinigung in der Barbary Lane

Weil es sich um einen besonderen Anlass handelte, hatte Mrs. Madrigal ihre Haare an diesem Abend zu einer vom Jugendstil inspirierten Frisur aufgesteckt und mit einer großen seidenen Iris geschmückt.

Gott sei Dank ist es keine Rose, dachte Mary Ann sofort, als sie ihre Vermieterin betrachtete, die sich in Gegenwart ihres neuesten Mieters beinahe kokett präsentierte.

«Weißt du, Burke, ich hatte Mary Ann zwar gebeten, mir aus Mexiko etwas Nettes mitzubringen, aber ich hatte nicht erwartet, dass ihr Mitbringsel gleich *so* nett ist.» Sie musterte den jungen Mann lange genug, um ihn verlegen zu machen, und wandte sich dann an Michael. «Was ist mit dir, mein Kind? Hast du mir denn nichts mitgebracht?»

Mary Ann kicherte. «Sein Mitbringsel kommt erst Freitag.» Als Michael ihr einen strafenden Blick zuwarf, schlug sie in gespielter Zerknirschung die Hand vor den Mund.

«Was soll das heißen?», fragte Mrs. Madrigal.

«Mouse redet nicht gerne darüber.»

Die Vermieterin bekam große Augen. «Ahaaa!»

«Mensch», sagte Michael. «Hört bloß auf.»

Mrs. Madrigal reichte einen Joint an ihn weiter. «Ich verstehe, mein Lieber. Du bist ... abergläubisch wegen ihm.» Plötzlich legte sie ihm die Hand auf den Arm. «Es *ist* doch ein Er, oder?»

Michael zog an dem Joint und nickte.

«Gott sei Dank», seufzte Mrs. Madrigal. «Es gibt heutzutage so wenig, auf das man sich noch verlassen kann.»

Michael lachte. «Wenn wir schon bei dem Thema sind ... Wo ist Mona? Ich hab sie seit unserer Rückkehr noch nicht gesehen.»

«Sie ist unten im Searchlight Market und besorgt uns was Gutes zu essen.»

«Nein, ich meine ... in der Wohnung ist alles so, wie ich es verlassen habe. Es sieht nicht so aus, als wäre Mona überhaupt mal zu Hause gewesen.»

Die Vermieterin fasste sich nervös an die Frisur. «Das stimmt auch. Sie war weg. Und in der letzten Zeit hat sie hier unten gewohnt. In meinem Gästezimmer.»

Michael zögerte. Er war jetzt überzeugt, dass etwas nicht stimmte. «Und ... wo war sie?»

«In Nevada.»

«Am Lake Tahoe?»

Mrs. Madrigal schüttelte den Kopf. «In Winnemucca.»

«In Winnemucca?» Michael runzelte die Stirn. «Um Himmels willen, was hat sie denn in dem schäbigen Kaff gesucht?»

Die Vermieterin zuckte mit den Schultern. «Sie wollte ein paar Sachen auf die Reihe kriegen, wie sie das formuliert hat.»

«Und, hat sie es geschafft?»

«Sie sagt, schon.»

Michael lächelte. «Sie lügt.»

«Möglich», sagte Mrs. Madrigal, die sichtlich Gefallen fand

an dem Rätsel, das sie ihren Gästen aufgegeben hatte, «aber sie hat mir ein Geschenk mitgebracht.»

Verblüfftes Schweigen.

«Das Geschenk ist gerade mit Mona einkaufen, und wenn wir wieder eine glückliche, große Familie sein wollen, sollte ich euch rasch ein paar Dinge erklären.» Mrs. Madrigal entschuldigte sich und eilte zum Telefon. Mary Ann hörte, dass sie Brian bat, nach unten zu kommen.

Er tauchte ein paar Minuten später auf, barfuß, in Levi's und shrimpfarbenem T-Shirt. Er nickte Mary Ann und Michael zur Begrüßung zu («Hallo, lang nicht gesehen, was!») und schüttelte Burke die Hand. Die Art, wie Mrs. Madrigal sich bei Brian unterhakte, erschien Mary Ann überraschend vertraut.

«Brian hat das alles schon gehört», erklärte die Vermieterin ruhig, «aber ich möchte die ganze Familie beisammenhaben, wenn ich reinen Tisch mache.»

Es dauerte ganze fünfzehn Minuten.

Sie erzählte ihre Geschichte in einem Rutsch. Als sie damit zu Ende war, tätschelte sie wieder zerstreut an ihrer Frisur herum und warf Burke einen entschuldigenden Blick zu. «Nun, mein lieber Junge ... Es ist noch nicht zu spät, um noch auszusteigen.»

Mary Ann, die benommen und gerührt zugleich war, schaute zuerst Mrs. Madrigal an, dann Burke, der mit rotem Gesicht dastand, und dann wieder Mrs. Madrigal. Brian stand mit den Händen in den Taschen etwas verlegen neben ihr. Michaels Blick kreuzte sich kurz mit dem von Mary Ann, als sie ein paar Schritte nach vorn machte.

«Mrs. Madrigal, bitte seien Sie nicht ...» Sie griff nach der Hand der Vermieterin und drückte sie. «Ich bin so ... stolz auf Sie. Mona muss der glücklichste Mensch in der Stadt sein.» Sie schlang der Vermieterin die Arme um den Hals und drückte sie fest an sich.

Als sie losließ, stand Michael neben ihr und lächelte Mrs. Madrigal an. «Ich kann es noch gar nicht glauben», sagte er bewundernd.

Mrs. Madrigal erwiderte sein Lächeln und streichelte seine Wange. «Das kommt schon noch», sagte sie sanft.

Als Mona mit Mother Mucca eintraf, gab es noch mehr Vorstellungen und Umarmungen, noch mehr hastige Erklärungen und von Herzen kommende Entschuldigungen und unbeholfene Liebesbekundungen.

Burke fand in Brian einen natürlichen Verbündeten, wie Mary Ann bemerkte.

Allerdings verabschiedete sich Brian kurz vor Mitternacht aus ihrer Runde.

«Ein spätes Rendezvous?», fragte Burke diskret.

Brian nickte.

Mary Ann konnte es sich nicht verkneifen, ihn aufzuziehen. «Was in zwei Wochen nicht alles passieren kann», sagte sie neckisch. «Gibt es etwa eine Frau, der du dich schon mehr als einmal gezeigt hast?»

«Ja», erwiderte Brian. «Könnte man so sagen.»

Die Straße der Verderbnis

Frannie Halcyon war endlich auf dem Weg zu Pinus. Sie machte es sich in Helena Parrishs perlgrauem Mercedes bequem und blickte lächelnd in die goldene Landschaft des Sonoma Valley hinaus.

Helena machte einen langen Zug an ihrer Du Maurier. «Was hast du deiner Tochter gesagt?», fragte sie.

«Die Wahrheit. Wenigstens zum Teil. Ich habe ihr gesagt, dass ich in unser Haus in Napa fahre. Aber sie hat mir gar nicht recht zugehört. Sie ist in letzter Zeit so *weggetreten*.»

«Habe ich nicht irgendwo gelesen, dass sie schwanger ist?»

«Mhmm. Im achten Monat. Eigentlich schon im achteinhalbten.»

«Und du bist gar nicht nervös, wenn du sie jetzt allein lässt?»

Frannie sah Helena an. «Wie lange werde ich denn *weg* sein?»

«Das kommt ganz darauf an.»

«Worauf?»

Helena lächelte. «Darauf, wie gut es dir gefällt.»

Frannie kicherte. «Ein paar Tage können ja nicht schaden. DeDe war in der letzten Zeit ... na, du weißt schon ... leicht reizbar, und da nehme ich an, dass sie ganz gerne mal ein bisschen für sich ist. Außerdem ist sie bei einem begnadeten jungen Gynäkologen, und ich bin es ein wenig leid, schon im Voraus die vernarrte Großmutter zu spielen.»

Helena lachte in sich hinein. «In Pinus brauchst du dir darüber keine Sorgen zu machen. Die meisten von uns sind Großmütter, aber wer davon spricht, wird im Morgengrauen hingerichtet.»

Sie fuhren einige Zeit schweigend dahin. Es war fast so, als hätte Helena instinktiv erkannt, dass sie die Fantasien, die in Frannies Kopf langsam Gestalt annahmen, besser nicht störte.

«Jedenfalls», sagte Helena schließlich, «ist ab jetzt sechzig das Gebot der Stunde!»

«Ich weiß nicht, ob die Straße ein solches Tempo ...»

Helena lächelte. «Ich meinte deinen Geburtstag.»

«Ach so, ja.» Frannie schaute auf die Uhr. «Nur noch ein Tag, vier Stunden, dreiundzwanzig Minuten und dreizehn *wunderbar* kurze Sekunden.»

«Du bist schon jetzt eine neue Frau!»

«Ich kann es kaum glauben. Ist dir klar, dass ich vor einem

Monat noch ernsthaft an Facelifting und Verjüngungsspritzen gedacht habe?»

«O Frrrannnie ... Nein! Du musst doch *gewusst* haben, dass Pinus nur auf dich wartet.»

Frannie dachte kurz nach. «Ich bin nicht sicher, ob ich wirklich daran geglaubt habe. Ich habe natürlich Geschichten darüber gehört, aber die kannten die anderen auch nur vom Hörensagen. Ach, Helena ... Ich komme mir so privilegiert vor!»

Die Pinus-Gastgeberin strahlte voller Stolz. «Wir sind *alle* privilegiert, Frannie.» Sie behielt eine Hand am Steuer und deutete mit der anderen auf das Handschuhfach. «Mach mal auf, mein Schatz.»

«Warum?»

«Frag nicht, mach auf.»

Frannie tat, wie ihr gesagt worden war. «Und was ...?»

«Das silberne Pillendöschen.»

«Das hier?»

«Mhmm. Und jetzt ... Auf dem Rücksitz liegt eine Thermoskanne. Gieß dir einen schönen Becher Apfelsaft ein und nimm eine Vitamin-Q-Tablette.»

«Vitamin Q?»

«Stell keine Fragen. Es hilft gegen alles, was dir zusetzt. Du bist jetzt in unserer Obhut, Frannie.» Ihr Lächeln war herzlich, aber gebieterisch.

Die Debütantin nahm eine Tablette heraus und besah sich die Prägung. Die lautete: «Rorer 714.»

«Na, dann prost!», sagte Helena.

Und schon war die Tablette unten.

Als sie durch Glen Ellen fuhren, deutete Helena auf das Schild der Nervenklinik. «Wenn dir Pinus zu viel wird», sagte sie lächelnd, «können wir dich problemlos verlegen.»

Frannie kicherte. Sie fühlte sich angenehm groggy. «Glen Ellen ist so eine verschlafene Kleinstadt. Ich dachte immer, hier ist weiter nichts.»

«Ja, man würde es nie erraten, nicht?»

«Ist es hier in der Nähe?»

«Die Abzweigung ist ein Stück weiter vorne. Du wirst schon sehen.» Helena zog an ihrer Zigarette und zwinkerte Frannie zu. «Schon seit den frühen Vierzigern haben wir keiner Debütantin mehr die Augen verbunden.»

Frannie wurde besinnlich. «Das hat alles etwas, das mich an Edgar erinnert.»

«Verwitwet sind wir *alle*, Frannie. Die Vergangenheit haben wir hinter uns gelassen.»

«Ich meinte das nicht ... sentimental. Edgar hat immer so ein schreckliches Geheimnis gemacht aus seinen zwei Wochen im Bohemian Grove. Der ganze Hokuspokus mit Eulen und Kobolden und Waldgeistern. Er hat das bloß *benutzt*, Helena. Er hat es benutzt, um mich auf Distanz zu halten.»

Helena rümpfte die Nase. «Mein Schatz, im Vergleich zu Pinus ist der Bohemian Grove ein Pfadfinderlager.»

Nachdem sie den Highway verlassen hatten, schaukelten sie ein paar Meilen über eine unbefestigte Straße und fuhren an dem hoch aufragenden Pinienhain vorbei, von dem der Erholungsort wohl seinen Namen hatte. Als der Mercedes um die letzte Kurve bog, hielt Frannie die Luft an und klammerte sich ans Armaturenbrett.

«Mein *Gott*! Helena!»

«Ja», sagte die Gastgeberin strahlend. «Ist er nicht großartig?»

Vor ihnen ragte ein zwanzig Meter hoher, aus Feldsteinen gebauter Turm mit abgerundeter Spitze auf, der den Eingang markierte. Als sie daran vorbeifuhren, spähte Frannie durch das Fenster auf das diskrete Messingschild, das in Augenhöhe angebracht war.

PINUS
Gegründet am 23. August 1912
Zu viel des Guten ist einfach wunderbar

Der Mona'sche Lehrsatz

Jon hatte keine Probleme, Michael in der Menge vor dem American-Airlines-Terminal auszumachen. Er trug Levi's, ein frisches weißes T-Shirt und eine Jefferson-Starship-Baseballjacke aus Satin in Schwarz und Silber.

Und Rollschuhe.

Der Doktor in seinem blauen Brioni-Blazer stiefelte an Michael vorbei in Richtung Gepäckausgabe. «Ich kenne dich nicht», zischte er.

«Ach, stell dich nicht so an, Großer ... Du erinnerst dich doch noch an unsern Zusammenbumser auf der Rollschuhbahn in South City. Neunzehnachtundvierzig war das, glaub ich.»

«Ist dir klar, dass du ein Arschloch bist?»

«Hattest du einen guten Flug?»

«Michael, der grauhaarige Mann dort drüben ist der berühmteste Gynäkologe der ganzen Westküste.»

Der Rollschuhfahrer drosselte das Tempo und schaute sich um. «Er hat Schuppen», stellte er fest.

«Er kennt mich», erwiderte Jon.

«Ich würde *nie* zu einem Gynäkologen mit Schuppen gehen.»

«Würdest du denn wenigstens langsamer fahren?»

«Warum? Willst du knutschen?»

«Ich hau dir gleich eine rein. Im Ernst.»

«Oooh, ich finde es toll, wenn du einen auf männlich machst.»

«Manche können das eben noch.»

«Du bist ein altmodischer Sack, dass du's nur weißt.»

Jon funkelte ihn an, packte ihn hinten am Gürtel und brachte ihn zum Stehen. Dann drehte er ihn vor den Augen des berühmtesten Gynäkologen der ganzen Westküste herum und küsste ihn auf den Mund.

«Zufrieden?»

«Befriedigt!», antwortete Michael strahlend.

Sie holten Jons Wagen aus dem Flughafenparkhaus und fuhren zu seiner Wohnung in Pacific Heights. Unterwegs sprudelten die Details über die Barbary Lane und die Eröffnung, die Mrs. Madrigal ihrer «Familie» gemacht hatte, aus Michael nur so heraus.

Jon schüttelte ungläubig den Kopf. «Das ist ja ... ein Hammer.»

«Findest du's nicht toll?»

«Und Mona hatte *keine* Ahnung?»

Michael schüttelte den Kopf. «Sie hat gewusst, dass Mrs. Madrigal transsexuell ist – was sonst niemand gewusst hat –, aber sie hatte keine Ahnung, dass Mrs. Madrigal ihr Vater ist.»

«Was ist mit Monas Mutter?»

«Was soll mit ihr sein?»

«Weiß *sie* denn Bescheid?»

Michael zuckte mit den Schultern. «Sie hat angerufen, kurz bevor Mona nach Winnemucca gefahren ist. Mona hat erzählt, dass sie reichlich abgedrehtes Zeug geredet hat, über Mrs. Madrigal und so, aber Mona kann nicht so recht sagen, wie viel ihre Mutter weiß.»

Jon pfiff durch die Zähne. «Bizarr!»

«Dabei hab ich noch kein Wort über Mary Ann verloren. Sie hat sich vor unseren Augen in eine zweite Nancy Drew verwandelt und entwickelt einen enormen kriminalistischen Eifer.»

«O Gott. Wie kommt Burke damit zurecht?»

«Alles in allem nicht schlecht. Mary Ann und er sind so besessen von diesem komischen Schlüssel, dass sie sonst kaum noch was mitkriegen.»

«Haben sie schon eine Spur?»

«Null. Ich persönlich glaub ja, dass es der Schlüssel von einem Spind ist.»

«Wie auf Busbahnhöfen und so?»

«Oder in der Sauna.»

Jon wurde schulmeisterlich. «Nicht alle Welt ist schwul, Michael.»

«Wem sagst du das?»

«War das denn schon alles?»

«Was soll das heißen?»

«Waren das schon *alle* Neuigkeiten? Hat es kein Erdbeben gegeben? Sind keine mongolischen Reiterhorden eingefallen und haben sich auf der Brücke verbarrikadiert?»

Michael lächelte geheimnisvoll. «Du bist schon nahe dran.»

«Was ist passiert?»

«Ich habe einen Job!»

«Großartig! Wo?»

«Bei Halcyon Communications. Mary Ann hat mir das Vorstellungsgespräch vermittelt. Der Botenjunge hat seinen Schwanz einmal zu oft auf den Kopierer gelegt, und Beauchamp Dingsbums hat ihn rausgeschmissen. Jetzt hab ich seine Stelle, und ich fang am Montag an.»

«Das ist wunderbar, Michael.»

«Ja, wahrscheinlich.»

«Aber klar. Aufsteigen kannst du später immer noch, Michael.»

«Ich weiß. Und ich weiß auch, dass es ein guter Job ist. Aber das ist auch gleich das Problem. Mir ist sofort wieder der Mona'sche Lehrsatz eingefallen.»

«Hmhh?»

«Der Mona'sche Lehrsatz. Jedenfalls nennt sie es so. Sie sagt, dass man einen tollen Job, einen tollen Liebhaber und eine tolle Wohnung haben kann, aber nie alles gleichzeitig.»

Jon lachte und zwinkerte Michael zu. «Wie kommst du auf den Gedanken, dass du jetzt einen Liebhaber hast?»

Zwei bemerkenswerte Paare

Die erste Woche nach Burkes Wiedersehen mit San Francisco brachte keine neuen Anhaltspunkte für den Grund seiner Amnesie. Nachdem es im Washington Square Bar & Grill zu einer besonders degoutanten Rote-Rosen-Szene gekommen war, entschied sich Mary Ann noch am selben Abend, einen neuen Schlachtplan ins Spiel zu bringen.

«Weißt du», sagte sie beiläufig, als sie mit Burke ins Bett krabbelte, «vielleicht haben wir die ganze Geschichte bisher falsch angepackt.»

Er grinste sie an. «Meinst du, wir sollten in Zukunft immer Kotzbeutel dabeihaben?»

«Burke! Mehr Ernst, ja?»

«Zu Befehl.»

«Der springende Punkt ist doch, dass wir jeder Rose und jedem Steg immer nur *ausgewichen* sind. Wenigstens haben wir es *versucht*. Und je länger wir das tun, desto länger weichen wir auch dem Grund für deine Amnesie aus.»

«Was mich nicht gerade stört.»

Sie runzelte die Stirn. «Das meinst du nicht ernst. Ich weiß, dass du das nicht ernst meinst.»

Er zuckte mit den Schultern. «Komm endlich zum Schluss.»

«Na ja, ich meine bloß, dass wir uns ... damit beschäftigen sollten. Nicht mehr und nicht weniger.»

«Was soll ich machen? In einem Rosengarten zelten?»

«Na ja ... Ja, so was in der Art.»

«Nie im Leben.»

«Sieh mal, Burke: In South of Market gibt es den San Francisco Flower Mart. Das ist der Großmarkt, wo die Blumenhändler ihre Ware holen.»

«Und das sicher schon um fünf Uhr früh.»

«Um drei.»

«Aua.»

«Wir könnten die Nacht durchmachen und uns eine Kneipe suchen, wo es Zwiebelsuppe gibt – wie es die Leute früher immer auf dem Blumenmarkt von Paris gemacht haben. Das könnte ein richtiges Abenteuer ...»

«Jetzt hast du sie *wirklich* nicht mehr alle.»

«Begreifst du denn nicht, Burke? Wenn wir dich *vielen* Rosen aussetzen, Tausenden, dann haben wir vielleicht Glück und ... was weiß ich ... schließen das kurz, was dich so plagt.»

«Toll.»

«Es war ja nicht aus heiterem Himmel. Du wüsstest es doch schon vorher. Du könntest dich darauf einstellen. Und ich würde die ganze Zeit bei dir sein. Hört sich das nicht vernünftig an?»

Er starrte sie ungläubig an. «Und wann sollen wir diese Show abziehen?»

«Na ja ...»

«Heute Nacht, was?»

Sie nickte.

Er schlug die Decken zurück und sprang aus dem Bett.

«Wo willst du hin?»

«In meine Wohnung.»

«Burke, ich wollte dich nicht ...»

«Ich muss mich doch umziehen, oder? Tun es Jeans auch? Oder brauche ich für Les Halles einen Smoking?»

«Komm wieder zu mir ins Bett.»

«Warum?»

«Wenn ich *dich* heute Nacht defloriere», sagte sie grinsend, «dann kannst du *mir* den Gefallen doch wohl auch tun.»

Es war inzwischen Mitternacht. Eine Treppe tiefer, im ersten Stock der Barbary Lane 28, lagen Michael und Jon im Bett und schauten sich eine Wiederholung von *The Honeymooners* an.

«Fernsehen ist doch was Tolles», seufzte Michael, als er Jon die Schüssel mit Rocky-Road-Eiscreme in die Hand drückte, aus der sie gemeinsam aßen. «Diese Serie hab ich fast genauso innig geliebt wie die *Little-Lulu*-Comics.»

Jon lächelte. «Erinnerst du dich an Little Itch?»

«Klar. Und an Tubby! Mein Vater hat mir ein Spielhaus gebaut, das hat genauso ausgesehen wie das von Tubby. Sogar das ‹Für Mädchen verboten›-Schild war dran.»

«Vielleicht bist du *deswegen* schwul geworden.»

«Ach was. Ich weiß doch, wer dran schuld ist. Dieser Kerl, der in L. A. auf Eis liegt.»

«Wer?»

«Walt Disney. Der Mickey Mouse Club.»

«Der Mickey Mouse Club hat dich schwul werden lassen?»

«Na ja ...» Michael machte einen langen Zug an der Haschpfeife und reichte sie an Jon weiter. «Entweder bist du auf die Titten von Annette abgefahren oder nicht. Wenn nicht, dann hat's für dich nur eine Alternative gegeben.»

«Ich warte.»

«*Spin and Marty*. Mein Gott, bei der Sendung hab ich jedes Mal Höllenqualen ausgestanden!»

Jon lächelte versonnen. «Die hatte ich schon fast vergessen.»

«Das kommt davon, weil du dich mit Spin identifiziert hast. Wer sich mit Marty identifiziert hat, wird es nie, nie, nie vergessen.»

«Und warum soll ich mich mit Spin identifiziert haben?»

«Weil für dich mit acht schon alles gelaufen ist wie geschmiert. Du hast *nie* gespürt, wie man sich als Versager fühlt. Du hast im Ferienlager immer alle Preise gewonnen, und die anderen Kinder haben dich jedes Mal in noch ein dämliches Amt gewählt, wenn du dich auch nur umgedreht hast. Hab ich recht?»

Der Doktor ging auf die Frage nicht ein. «Du hast alles Eis aufgegessen», sagte er.

«Ich hab's *gewusst*, dass ich recht habe.»

Der Doktor lächelte ihn bloß an.

Zum Markt, zum Markt

Eine Armada von blaugelben Lieferwagen des *Chronicle* war auf der Fifth Street das einzige Zeichen von Leben, als Mary Ann kurz nach drei Uhr morgens auf ihre Armbanduhr schaute.

«Es ist schaurig», sagte sie, während sie sich im Taxi wieder zurücklehnte, «aber auch verlockend. Ich komm mir vor wie Audrey Hepburn in *Charade*.»

Burke nickte bloß und schwieg.

«Du bist doch nicht nervös, oder?»

«Ich glaube, starr vor Angst wäre der richtige Ausdruck.»

«Wir können wieder umdrehen, Burke, wenn du wirklich glaubst, dass ...»

«Nein. Ich will ja.» In seinem Blick lag eiserne Entschlossenheit, aber Mary Ann konnte das Grauen spüren, das sich dahinter verbarg. «Burke, du hast doch nichts zu befürchten außer …»

Er legte ihr den Finger auf den Mund. «Sag's nicht.»

In diesem Augenblick hielt das Taxi an der Stelle der Brannan Street, wo eine Reihe pastellfarbener Lieferwagen den Eingang zum San Francisco Flower Mart markierten. Mary Ann wartete unruhig auf dem Gehsteig, während Burke das Taxi bezahlte.

Der Markt bestand aus einer Reihe untereinander verbundener Gebäude – wohlriechende, im Neonlicht funkelnde weiße Höhlen. Der durchdringende Geruch von abgeschnittenen Stängeln kitzelte Mary Ann schon in der Nase, als sie die größte Halle noch gar nicht betreten hatten.

«Burke … soll ich erst mal allein reingehen?»

«Nein. Ich bin bereit.»

«Denk dran, wir können jederzeit …»

«Ich weiß. Gehen wir.»

In dem riesigen Blumenhangar wimmelte es von müde dreinblickenden Blumenhändlern. Sie nickten sich in der vertrauten Sprache von Nachtmenschen gegenseitig zu und fummelten sich durch Blumenberge, bis sie die schönsten Gladiolen, Zyklamen, Margeriten oder Topfpalmen ausfindig gemacht hatten.

Mary Ann hatte das Gefühl, sich so unbeholfen und auffällig zu bewegen wie ein Astronaut auf einem anderen Planeten. Sie hakte sich bei Burke unter. «Glaubst du, dass sie die Blumenleute von den Nichtblumenleuten unterscheiden können?»

«Frag mich was Leichteres.»

«Ich hab noch keine Rosen gesehen.»

«Wer will denn welche sehen?»

Sie gingen von Tisch zu Tisch und plauderten kurz mit den freundlichen Leuten, die dort Blumen in Zeitungspapier wickelten. Sie sahen alle aus, als hätte Norman Rockwell sie gemalt.

«Haben Sie auch Rosen?», fragte Mary Ann schließlich. «Dort drüben», sagte lächelnd eine knödelförmige Frau in einem grünen Arbeitskittel. «Auf dem Tisch an der Wand. Aber das ist Großhandel hier.»

Burke grinste etwas unbehaglich, als sie weitergingen. «Sie *können* sie unterscheiden, nicht?»

«Burke ... du musst es mir sagen, wenn ...»

«Es geht schon, Schatz. Ich schwör's.»

Die Rosen steckten zu Tausenden in großen grünen Metallbüchsen. Als Mary Ann die Blumen sah, klammerte sie sich unbewusst noch fester an Burkes Arm.

Burke schien immer bleicher zu werden. «Schon gut», versicherte er Mary Ann. «Lass uns näher rangehen.»

Ein halbes Dutzend Blumenhändler stand vor dem Tisch und begutachtete das Rosenangebot. Mary Ann spürte auf einmal, dass ihr aus lauter Mitleid mit Burke fast schlecht wurde. Sie versuchte, sich auf die Leute zu konzentrieren.

Der Kunde, der ihnen am nächsten stand, war ein Mann von Anfang vierzig mit einer Habichtsnase. Er trug einen hellblauen Freizeitanzug, und die Haut oberhalb seiner Stirn war überkrustet mit akkurat gezogenen Reihen von haarbüscheldurchsetztem Wundschorf. Mary Ann zuckte zurück und wandte sich ab.

Im gleichen Moment stellte sie fest, dass Burke kreidebleich war.

«Komm», sagte sie bestimmt. «Das ist unfair dir gegenüber.»

«Nein ... warte ...»

«Wir können nicht bleiben, Burke!»

«Aber ...»

«Komm jetzt!»

Draußen auf dem Parkplatz übergab sich Burke hinter einem korallenroten Lieferwagen, auf dem ROSE-O-RAMA stand.

Mary Ann stand etwas abseits und kämpfte mit ihren Schuldgefühlen.

Als Burke zurückkam, rang er sich ein Lächeln ab. «Dabei hat sich die Idee vorher so gut angehört.»

«Es war eine *miserable* Idee. Außerdem hätten wir schon früher rausgehen sollen.»

«Wäre ich ja auch, aber ... Hast du den Kerl gleich neben uns gesehen?»

«Den mit den Haarimplantaten?»

Burke nickte. «Vielleicht täusche ich mich auch, aber ich hätte schwören können, dass er mich erkannt hat.»

«Burke, bist du *sicher*?»

«Nein, aber ... Es kam mir so vor, als hätte ich ihn erschreckt, als würde er mich von irgendwoher kennen. Ich dachte, wenn ich lang genug in seiner Nähe bleibe, würde er vielleicht ...»

«Warte hier!»

Mary Ann kümmerte sich nicht um die verblüfften Blicke der Blumengroßhändler, als sie mit klopfendem Herzen zurück in die Halle hetzte, zurück an den Tisch mit den Rosen.

Aber der Mann mit den Implantaten war weg.

Es war fünf nach halb vier, als Mary Ann und Burke den Markt verließen. Zu der Zeit wälzte Jon sich in der Barbary Lane im Schlaf herum und wurde gleich darauf von Michaels Stimme geweckt.

«Jon ... hilf mir ... Mit mir stimmt was nicht.»

«Das träumst du nur, Sportsfreund. Es ist alles in Ordnung.»

«Nein ... ist es nicht. Ich kann mich nicht bewegen, Jon.»

Der Doktor stützte den Kopf auf und schaute Michael ins Gesicht. Seine Augen waren offen und blinzelten. «Aber sicher kannst du dich bewegen», sagte Jon. «Du hast doch gerade erst die Hand nach mir ausgestreckt.»

«Nein ... es sind meine Beine. Ich kann meine blöden Beine nicht bewegen!»

Die Notaufnahme

Als Mary Ann und Burke in die Barbary Lane 28 zurückkamen, hörte Jon ihre Schritte auf der Treppe und winkte die beiden in Michaels Wohnung.

«Michael ist krank», erklärte er kurz angebunden, während er sie ins Schlafzimmer führte, in dem eine leuchtende Plastikgans einen gelblichen Schein auf die reglos im Bett liegende Gestalt warf. Dann kniete der Doktor neben seinem Patienten nieder.

«Mary Ann und Burke sind da.»

«Sie sind ... Hast du sie aufgeweckt?»

Mary Ann machte von der Tür einen Schritt auf ihn zu. «Wir waren auf dem ... Was ist los mit dir, Mouse?»

Michael drückte sich auf die Ellbogen hoch. «Das klären wir gerade. Meine Beine sind ... eingeschlafen.»

Jon klopfte Michaels Beine mit einer Gefäßklemme ab – mit der Gefäßklemme, die Michael als Jointhalter benutzte. «Spürst du das?»

«Nein», sagte Michael, als die Gefäßklemme seine Beine hochwanderte. «Nein ... Nein ...» Als sie schließlich auf halber Oberschenkelhöhe angekommen war, sagte er: «Jetzt.»

«Gut.»

«Gut nennst du das? Mein Gott, was hab ich denn?»

«Ich glaube, es ist nur was Vorübergehendes, Michael. Ich fahr mit dir ins Krankenhaus.»

«Es sind die Wehen, stimmt's? Komm schon, du kannst es mir ruhig sagen.»

Jon lächelte. «Nicht reden, Schatz. Wir bringen dich bald hier raus.»

«Hör auf, hier einen auf Chad Everett zu machen, und sag mir endlich, was ...»

«Keine Ahnung, Michael. Ich hab keine Ahnung, was es ist.»

Jon kümmerte sich um einen Krankenwagen, der eine Viertelstunde später da war. Er, Burke und Mary Ann fuhren hinten bei Michael mit und machten während der Fahrt ins St. Sebastian's Hospital fast dauernd Smalltalk mit ihm. Das war alles andere als normal, und Mary Ann litt darunter, dass sie in dieser Krisensituation nichts tun konnte.

«Mouse», sagte sie sanft, als sie am Lafayette Park vorbeifuhren, «wenn du mir die Telefonnummer deiner Eltern sagst, dann ruf ich sie an, sobald wir im Krankenhaus ankommen.»

Er zögerte mit seiner Antwort. «Nein ... Es ist mir lieber, wenn du sie nicht anrufst.»

«Aber Mouse, meinst du nicht, dass sie es erfahren ...»

«Nein, das glaube ich nicht.»

Jon beugte sich vor und strich ihm über den Kopf. «Michael, ich finde, dass deine Familie ein Recht ...»

«Ihr seid meine Familie», sagte Michael.

Mary Ann und Burke setzten sich schweigend in den Warteraum, während Jon Michael in die Notaufnahme begleitete. Zwanzig Minuten später meldete er sich bei den beiden zurück.

«Sie werden eine Spinalpunktion machen», eröffnete er ihnen.

Mary Ann spielte an der *McCall's* herum, die sie auf dem Schoß hatte. «Jon ... Ich weiß nicht, was das bedeutet.»

«Das ist ein Lendenstich. Sie untersuchen auf eine eventuelle Erhöhung des Eiweißspiegels hin und auf ... eine Verringerung der Anzahl der weißen Blutkörperchen in ...» Der Doktor schaute seine Freunde kaum an. «Sie glauben, dass es Guillain-Barré ist.»

Diesmal griff Burke ein. «Jon ... was heißt das übersetzt?»

«Entschuldigt. Erinnert ihr euch an die Leute, die nach einer Schweinegrippeimpfung gelähmt waren?»

Burke schüttelte den Kopf.

«Ich schon», sagte Mary Ann.

«Na ja, das war das Guillain-Barré-Syndrom. Ich meine, das Syndrom hat die Lähmung hervorgerufen.»

Mary Ann runzelte die Stirn. «Aber ... ich glaube nicht, dass Michael je gegen Schweinegrippe geimpft worden ist.»

«Das ist auch nur einer der Auslöser. Was die Ursache ist, weiß man eigentlich gar nicht.»

«Aber ... was macht das Syndrom denn?»

«Es ist eine zunehmende Lähmung. Sie fängt normalerweise in den Füßen und den Beinen an, und dann ... Na ja, sie steigt dann höher.» Er schaute auf seine Hände und drückte die Fingerspitzen mehrmals sachte gegeneinander. «Aber oft verschwindet sie auch wieder ganz.»

«Jon, er wird doch nicht ...?»

«Die einzige echte Gefahr besteht für das Atmungssystem. Wenn die Lähmung so weit voranschreitet, dass sie die Atmung behindert, muss ein Luftröhrenschnitt gemacht werden, um ...» Er hob die Hände vors Gesicht und drückte die Fingerspitzen gegen die Augen. Mary Ann dachte einen Augenblick lang, er würde anfangen zu weinen, doch sein Gesicht behielt den maskenhaften Ausdruck, den es davor schon gehabt hatte. «Der arme kleine Lausbub», sagte er leise.

Mary Ann widerstand dem Drang, ihn zu berühren, ihn zu streicheln. Er wirkte wie ein Mensch kurz vor dem Zerreißen. «Jon, wird er auch nicht ...? Haben die Ärzte ...?»

«Scheiß auf die Ärzte!»

«Was ... haben sie dir gesagt?»

«Nichts! Rein gar nichts!» Seine Wut ließ Mary Ann zusammenzucken. Jon legte ihr beschwichtigend die Hand auf die Schulter. «Ich halte es für möglich, dass er stirbt, Mary Ann. Wir müssen uns darauf gefasst machen.»

Pinus von innen

Die lange Fahrt hinauf zu Pinus war vor einem beeindruckenden Stahltor abrupt zu Ende. Helena Parrish hielt den Mercedes an und redete in eine Gegensprechanlage. «Einen Cheeseburger, eine Portion Pommes und einen Schoko-Shake – aber dalli.»

Lachen. Das Lachen eines jungen Mannes. «Mrs. Parrish ... Sie sind wieder da!»

«Ich war sechs ganze Stunden weg. Hab ich dir gefehlt, Bluegrass?»

«Ist der Papst katholisch?»

«Du bist süß. Mach auf, Blue. Ich bringe euch die neue Frau.»

«Das glaube ich Ihnen aufs Wort!»

Das Tor schwang auf. Helena lächelte Frannie zu, als sie den Wagen über eine weitere von Bäumen gesäumte Straße lenkte. «Bluegrass wird dir gefallen», sagte sie mit einem Zwinkern. «Unter normalen Umständen ist er für mich reserviert, aber ... Na ja, ich mag dich, Frannie. Und deshalb sollst du ihn bekommen.»

«Helena! Das kann ich nicht an...!»

«Doch ... Bitte. Ich möchte es so. Wirklich.»

«Du bist ein Schatz.»

«Quatsch.»

«Meine Güte, ich fühle mich so ... Ich fühle mich einfach fabelhaft.»

Die Gastgeberin lächelte. «Wir sind jetzt drin. Du kannst janen, wenn du willst.»

«Was kann ich?»

«Schreien. Wir hier nennen es janen – so wie bei ‹Ich Tarzan, du Jane›. Es ist eine Art Tarzanschrei für Frauen. Es hat was von Urschreitherapie, aber es macht *entschieden* mehr Spaß. Los, leg dich ins Zeug.»

Frannie war gehemmt. «Ach, Helena!»

«Los! Du bist jetzt in Pinus.»

«Jetzt gleich? Im Auto?»

«Jetzt und immer dann, wenn du Lust dazu hast, mein Schatz.»

Frannie grinste verlegen, steckte dann den Kopf zum Fenster hinaus und gab ein Geräusch von sich, das wie: «Eeeee-iiiiii!» klang.

«Ganz hübsch», sagte Helena wenig begeistert, «aber du janest nicht, mein Schatz.»

«Wie soll ich denn sonst ...?»

«So.»

Die Gastgeberin reckte ihren Schwanenhals und sperrte den Mund auf, so weit es nur ging. «Aaaahhhhaaaahhhheeee-aaaahhhh!»

Irgendwo aus den Tiefen des Pinienwalds hallte das gleiche Geräusch zurück.

«Ein Echo!», rief Frannie.

«Nein», sagte Helena lächelnd. «Sybil Manigault. Sie steht auf Natur.»

Die Gastgeberin parkte vor dem Empfangsgebäude, einem weitläufigen Bauwerk im Chaletstil mit bleigefassten Fensterscheiben. Am dunklen Holz der Dachvorsprünge rankten sich Lady-Banksia-Rosen entlang.

Frannie schnalzte bewundernd mit der Zunge. «Großartig ... Absolut großartig.»

«Die Wohngebäude sind im gleichen Stil erbaut. Die Pläne stammen von Julia Morgan – vielleicht ihr größter Wurf.»

«Unglaublich! Edgar war von Julia Morgans Architektur fasziniert, aber von diesen Bauten habe ich nie auch nur *ein* Wort gehört.»

«Natürlich nicht. Die Morgan musste sich Pinus gegenüber vertraglich verpflichten, über ihre Arbeit hier Stillschweigen zu bewahren. Die Gründerinnen hatten ursprünglich Bernard Maybeck als Architekten unter Vertrag genommen, aber er trat davon zurück, als er herausfand ... Na ja, du weißt schon.»

Helena führte Frannie in das großzügige Innere des Hauses und gestattete ihr, die Atmosphäre in aller Ruhe auf sich wirken zu lassen: die Lampen mit den Pergamentschirmen, die altrosa Samtbezüge, die Kupferkessel voller Wiesenblumen.

«Ich komme mir richtig komisch vor ohne Gepäck», sagte Frannie.

«Warum? Alles, was du brauchst, ist hier. In zwei Tagen wirst du dich nur unter größten Schmerzen von deinem Kaftan trennen können.»

«Wo sind die anderen alle?»

Helena kicherte. «Sie haben sich wahrscheinlich versteckt.»

«Warum?»

«Ach, es ist eigentlich dumm. Im Prinzip wirst du ja erst morgen sechzig ... Wann? Um halb acht oder so? Die anderen scheuen sich ein bisschen, mit einer Debütantin zu sprechen, bevor sie ... eine von uns ist.»

«Und ... was soll ich bis dahin tun?»

Helena legte Frannie ihren geschmeidigen Arm um die Schulter. «Ich denke, als Erstes solltest du gleich noch eine Vitamin Q nehmen. Als Zweites schlage ich vor, dass du dich ein bisschen mit Birdsong unterhältst.»

«Mit wem?»

Helena zwinkerte ihr zu. «Komm mit.»

Drei Minuten später stieß die Gastgeberin die Tür zu Frannies Wohnhaus auf. Ein junger Mann, der auf der Bettkante gesessen hatte, sprang hoch. Frannie schätzte ihn auf ungefähr vierundzwanzig. Er war schlank, hatte schwarze Locken und erstaunlich blaue Augen. Er trug einen Frotteejumpsuit in Altrosa, dessen Reißverschluss bis zur Taille offen war.

Und er war sichtlich nervös. «Tut mir leid, Mrs. Parrish. Ich wollte nicht ...»

«Das macht doch nichts, Birdsong. Du wusstest nicht, dass wir unterwegs waren. Das ist Mrs. Halcyon.»

Birdsong nickte zaghaft. «Hallo.»

«Wie geht es Ihnen?»

«Birdsong ist dein Hausboy», erklärte Helena. «Er kann dich über alles informieren. Ich muss mich jetzt um deine kleine Festivität von morgen kümmern, deshalb ... Tschautschau!» Sie war blitzschnell zur Tür draußen. Frannie stand allein gelassen da und lächelte Birdsong verlegen an.

«Tja», sagte der Hausboy, der auf einmal sehr viel selbstsicherer war. «Ich glaube, es ist Zeit für unser Bad.»

Helena Parrish stand draußen in der Sonoma-Sonne und janete, was ihre Lungen hergaben.

Vom Umgang mit Kranken

Als Michael im St. Sebastian's Hospital aufwachte, saß Jon neben seinem Bett. Er hatte einen Topf Chrysanthemen dabei, drei ältere Ausgaben der *Playgirl* und etwas in einem braunen Papierbeutel.

«Du solltest dich selber sehen», sagte Michael lächelnd. «Die klassische Wichsfantasie einer jeden Tunte.»

Jon zwinkerte ihm zu. «Wie fühlst du dich?»

«Jeden Tag ein Stückchen weniger. Aber das gehört wohl dazu, was?»

«Sicher. Die Lähmung ... wandert immer nach oben. Michael ... es wird erst mal schlimmer, bevor es wieder besser wird.»

«Schon verstanden.»

«Bist du ... Spürst du, wie sie wandert?»

«Ja, ich glaube schon. Es ist so was Kribbeliges, stimmt's?» Er legte die Hand auf den Oberschenkel dicht unterhalb des Schritts. «Es dauert nicht mehr lang, Kleiner. Greif zu, solang es noch geht!»

Jon lachte. «Wo wir gerade davon sprechen: Ich habe mir eben den Pfleger angesehen. *Er* beunruhigt mich viel mehr als ... das da.»

«Genau. Dann sag mir jetzt, was du in deinem Beutel hast, du Lügner.»

Jon legte den Beutel auf Michaels Schoß. «Rate mal.»

«Eine Accu-Jac-Wichsmaschine ganz für mich allein?»

«Mach schon auf, du Blödel.»

Michael griff nach dem Beutel. Ein *Little-Lulu*-Comic-Heft fiel heraus. «Mein Gott, Jon! Das ist ja ... eine Antiquität! Mindestens späte Fünfziger! Wo hast du das her?»

«Aus dem Comic-Laden an der Columbus.»

«Wahnsinn!» Michael blätterte aufgeregt im Heft herum. «Sieh mal! Hier ist das Clubhaus mit dem ‹Für Mädchen verboten›-Schild! Und die Anzeigen müssen ... O Gott, ich muss mir *sofort* die Anzeigen ansehen!»

«Welche Anzeigen?»

«Du weißt doch ... Für elektrische Handkribbler, für Pupskissen oder für das blöde kleine Metallding, von dem es geheißen hat, dass du zum Bauchredner wirst, wenn du es dir unter die

Zunge steckst. Mein Gott! Hast du dir nie was schicken lassen von dem Zeug?»

Der Doktor schüttelte lächelnd den Kopf.

«Nein», seufzte Michael, «natürlich nicht. Und du hast auch nie die Anzeigen mit Charles Atlas gelesen. Du warst nie ein Neunundvierzig-Kilo-Schwächling. Oder waren es achtundvierzigeinhalb?»

«Keine Ahnung! Aber das eine kann ich dir sagen, du Arsch: Wenn du je ein Schwächling warst, mit egal wie viel Kilo, dann hast du die Phase jedenfalls ziemlich rasch überwunden.» Er streckte die Hand aus, befühlte Michaels Bizeps und ließ die Hand dann sanft auf dem Muskel ruhen.

Michael schaute auf seinen Arm. «Das verschwindet alles.»

«Michael ...»

«Und die Brustmuskeln *auch*. Die Brustmuskeln verschwinden so schnell, dass dir in der Zeit nicht mal eine Pastorentochter einen blasen kann.»

Jon kicherte. «Mein Gott, wo hast du *den* Spruch denn aufgeschnappt?»

«Na, wo schon? In Florida. Im Land der Freien und der Heimat der Macker. Wie lange wird die ganze Geschichte dauern, Jon?»

Jon nahm die Hand von seinem Arm. «Na ja ... Manchmal durchläuft das Syndrom die einzelnen Stadien innerhalb von ein paar Wochen.»

«Manchmal.»

«Bei einem hohen Prozentsatz aller Fälle gibt es ...»

«Hör auf mit dem Scheiß, Jon. Ich werde gelähmt sein, nicht? Und zwar ganz.»

Der Doktor nickte. «Ich glaube schon.»

«Wie werde ich atmen?»

«Vielleicht breitet sich die Lähmung nicht so weit aus.»

«Und wenn doch?»

«Wenn doch, dann könnte ein Luftröhrenschnitt notwendig werden. Das ist nicht so schrecklich, wie es sich anhört, Michael. Bei den meisten Fällen ist der Zustand bloß ...»

«Du armes Schwein!» Michael lachte hämisch.

«Was?»

«Da hast du gedacht, dein Liebhaber steht in der Blüte seines Lebens, und jetzt verliert er plötzlich alle Blätter!»

«Hör doch auf!»

«Ich hab gedacht, das ist witzig.»

«Na, dann denk mal lieber nicht.»

«Hältst du mir bitte die Hand?»

Jon nahm seine Hand. «Ist es so besser?»

«Es kribbelt.»

«In der Hand?»

«Mhmm. Der zweite Akt, was?»

Schweigen.

«Ich will nicht sterben, Jon.»

«Michael, hör auf!»

«Tut mir leid. Ich hab mich schrecklich Jane-Wyman-mäßig benommen.»

«Du brauchst dir keine Sorgen zu machen. Ich werde die ganze Zeit bei dir bleiben.»

«Du passt auf, dass ich keine Pickel kriege, ja? Ich bin sechsundzwanzig ... da kann ich keine Pickel brauchen.»

«Nein, wie eitel.»

«Ich liebe dich, Dr. Fielding.»

Die Antwort war ein Händedruck.

Jetzt reicht's aber!

Mary Anns Sorge um Michael beeinträchtigte ihre Arbeitsleistung bei Halcyon Communications entschieden. Beauchamp Day entdeckte in seinem Brief an den Vorstandsvorsitzenden von Adorable Pantyhose drei Tippfehler.

«Mary Ann, was soll das denn?»

«Was?»

«Sieh dir diesen Scheiß hier mal an! Der Alte hätte sich eine solche Schlamperei bestimmt nicht gefallen lassen! Mein Gott! Da wäre ich ja mit einem Kelly Girl noch besser dran!»

«Entschuldige. Ich ... Beauchamp, ich kann mich einfach nicht konzentrieren ...» Sie drehte sich mit dem Stuhl von ihm weg, schlug die Hände vors Gesicht und begann zu schluchzen.

Beauchamp musterte sie ungerührt. «Eine schwache Vorstellung, Mary Ann. Eine schwache Vorstellung.»

Ihr Schluchzen wurde lauter. «Ich mache kein ... O Gott, ich ...»

«Okay. Dann führ dein kleines Rührstück halt auf oder was es sonst sein soll. Ich lass den Brief von Mildreds Sekretärin noch mal tippen.»

Durch Mary Ann ging ein Ruck. «Nein, ich mach das.»

«Du bist nicht besonders auf Draht, ist dir das klar?»

«Tut mir leid. Ein Freund von mir ist krank. Es ... kann sein, dass er stirbt.»

«Dein fester Freund?»

«Nein. Aber ein guter Freund.» Mary Ann hatte sich längst vorgenommen, Beauchamp nichts von Michaels Zustand zu erzählen, weil sie sich der schwachen Hoffnung hingab, dass Michael sich rasch genug erholte, um seinen Job als Botenjunge antreten zu können.

Beauchamp musterte sie kurz, bevor er sagte: «Tut mir leid

für dich, Mary Ann, aber du wirst wohl damit fertigwerden müssen. Ich kann es mir im Moment nicht leisten, dir auch nur kurz frei zu geben.»

«Ich habe nicht darum gebeten.»

«Du hast geweint. Und die Masche kenne ich von früher.»

«Es ist keine *Masche.*»

Er zuckte gleichgültig mit den Schultern. «Egal. Ich kenne das von dir. Das reicht.»

«Gib mir den Brief.»

«Schau, ich hab doch gesagt, dass mir dein Freund leidtut. Du musst mir also nicht auf die mürrische Tour kommen.»

«Verdammt, gib mir endlich den Brief!»

Beauchamp bedachte Mary Ann mit einem mörderischen Blick, bevor er ihr den Brief hinstreckte und ihn dann fallen ließ, sodass er auf ihren Schreibtisch segelte. Mary Ann schaute zuerst auf den Brief, dann wieder zu Beauchamp. Sie griff nach dem Brief und zerknüllte ihn. Beauchamp schüttelte lächelnd den Kopf. «Du treibst es auf die Spitze, Mädchen.»

«Nein, du.»

«Ts ts ts. Ach wirklich?»

«Lass mich in Ruhe.»

Beauchamp dachte gar nicht daran. Er verschränkte die Arme. «Du denkst wohl, du gehörst hier zum Inventar, was? Du denkst, ich schmeiß dich nicht raus, weil du mal für den Alten gearbeitet hast. Oder, besser noch: Weil ich dich ein paarmal gefickt habe!»

Mary Ann stieß den Stuhl zurück und stand auf. «Denken tu ich schon, aber nicht an dich.»

«Oh, wie smart! Farrah-Fawcett-Matschbirne hat einen Witz gemacht! Hah, hah!»

Mary Ann schaute ihm direkt in die Augen. «Geh mir aus dem Weg.»

Beauchamp rührte sich nicht von der Stelle. «Mensch, wie lächerlich du doch bist!»

«Ich gehe.»

«Na, und ob du gehst! Menschenskind, was hast du denn gedacht, wie lange ich dich und deine herzigschmerzigen *Snoopy*-Cartoons auf den Ablageschränken noch ertragen hätte? Und diesen ekelhaft niedlichen Froschübertopf mit den Glupschaugen, und ...»

«Dann richte dir die Bude doch selber ein. Vielleicht kann dir einer von deinen schicken heimlichen Freunden dabei helfen.»

Beauchamps Augen funkelten eisig blau. «Du bist ja so was von gewöhnlich.»

«Kann sein.»

«*Kann sein*? Hah! Wie kommst du überhaupt dazu, dich für eine Sekretärin zu halten, Süße? Du bist eine doofe, kleinkarierte Zicke! Mensch, sieh dich doch mal an! Du bist noch genauso beschränkt und langweilig, wie du schon mit fünfzehn warst, und das wirst du auch noch sein, wenn dir jemand zum Dank für zwanzig Jahre treue Dienste ein Tupperware-Set überreicht. Aber ich werd es Gott sei Dank nicht sein!»

Mary Ann starrte ihn an und blinzelte ihre Tränen weg. «So was Grässliches wie du ist mir noch nie begegnet ...» Sie stieß ihn beiseite und ging zur Tür.

«Ach, übrigens», schob Beauchamp nach, «wenn du weiter als Tippse arbeiten willst, kannst du die anderen Werbeagenturen vergessen. Dein Zeugnis von Halcyon wird nämlich alles andere als glänzend ausfallen.»

Mary Ann blieb an der Tür stehen, fasste sich, so gut es ging, drehte sich dann um und reckte dem Chef von Halcyon Communications den Mittelfinger entgegen.

«Fick dich selber», sagte sie.

Bruno schaukelt das Ding schon

Fünf Minuten nachdem Mary Ann aus dem Büro gestürmt war, rief Beauchamp auf seiner Privatleitung Bruno Koski an. «Ich bin's, Bruno.»

«Ich kenn 'ne Menge Ichs.»

«Klar. Na ja ... Ich bin der vom Jackson Square. Wissen Sie, ich habe nichts mehr gehört von Ihnen.»

«Wir ham abgemacht, dass du den ersten Schritt machst.»

«Okay, okay. Haben Sie den Mann?»

«Logo. Ich hab ... jemand.»

«Ist er zuverlässig? Und diskret?»

«I wo. 'n abgefuckter Junkie isses, Mann. Kann seinen Arsch nich von 'nem Loch in der Erde unterscheiden. Was denkste denn eigentlich, Mann? Ich steck in der Sache viel tiefer drin wie du!»

«Weiß er über mich Bescheid? Weiß er, dass ich ...?»

«Jetz hör mir mal zu, du Wichser! Wenn de mir nich traust, warum suchste dir dann nich 'nen andern Trottel, der ...?»

«Schon gut. Okay. Wann ist er ... verfügbar?»

«Hab ich dir doch schon verklickert. Sobald de die Kohle raustust.»

«Wie soll ich wissen, dass Sie damit nicht ...?»

«Das kannste nich wissen. Schöne Scheiße, was?»

«Okay. Hören Sie zu. Sie geht morgen Abend zu einer Modenschau der League im ...»

«Der League?»

Beauchamp seufzte. «Der Junior League, Bruno. Aber das spielt keine Rolle. Die Schau findet draußen im Palace of the Legion of Honor statt. Beginn ist gegen acht, sodass Sie Ihrem Mann sagen können ... na ja, Sie können selbst herausfinden, wann die Schau zu Ende ist. Ich bin sicher, dass sie mit dem

Mercedes ihrer Mutter fährt. Auf dem Nummernschild steht: FRANNI.»

«Ihre alte Dame kommt auch mit?»

«Nein. Ich glaube, sie ist in Napa. Ich bin sicher, dass meine Frau alleine kommt.»

«Haste nich gesagt, ihr zwei habt euch getrennt?»

«*Haben* wir uns auch, Bruno.» Beauchamp ging die Geduld aus.

«Na, wie kommt's dann, dass de das alles weißt?»

«Ich habe es gelesen.»

«Gelesen?»

«In den Gesellschaftsnachrichten, Bruno.»

«Ach so.»

«Keine Sorge, sie wird kommen. Wenn sich irgendwo ein Fotograf rumtreibt, kommt sie garantiert.» Er schlug einen etwas geschäftsmäßigeren Ton an. «Wie wollen Sie das Geld haben?»

«Zehner und Zwanziger.»

«Ganz wie im Film, hm?»

«Wir drehn aber kein Film.»

«Sollen wir uns an unserem alten Platz treffen?»

«Ja. Um acht. Morgen Abend.»

«Ist das nicht ein bisschen knapp?»

«Du gibst mir das Geld. Ich ruf mein Kontakt an. Läuft alles total locker.»

«Und Sie sind sicher, dass Ihr Mann weiß, wie ...?»

«Das klappt. Du gibst mir das Geld, und dann klappt das.»

«Ich möchte nicht, dass sie ...»

«Schon klar.»

«Ich übernehme auf keinen Fall die Verantwortung, wenn sie ... wenn es etwas Bleibendes ist. Das will ich noch einmal in aller Deutlichkeit gesagt haben.»

«Klar. Is geritzt. Du bist mir vielleicht 'ne Kanone.»

Nach einer einstündigen Besprechung mit der Werbetexterin für Tidy-Teen Tampettes ging Beauchamp zehn Minuten in seinem Büro auf und ab, bevor er in einer Praxis in der Sutter Street 450 anrief.

«Praxis Dr. Fielding.»

«Ist er da?»

«Einen Moment, bitte.»

Nach einer halben Minute Pause: «Ja?»

«Wie läuft's, Blondie?»

Schweigen.

«Na», sagte Beauchamp, «ich hatte ja nicht gerade einen Tusch erwartet, aber nach der langen Zeit ... Weißt du, du könntest dich wenigstens zu einem fröhlichen Hallo durchringen.»

«Rufst du wegen der Schwangerschaft deiner Frau an?»

«Eigentlich hatte ich vor, mal wieder mit dir ein paar Babys zu machen. In Erinnerung an alte Zeiten, weißt du.»

«Ich lege jetzt auf.»

«Ach, komm mir nicht mit so was!»

«Meines Wissens habe ich dir damals deutlich gesagt, dass du mich nicht mehr in der Praxis anrufen sollst – und auch nicht sonst wo.»

«Was hast du denn? Bist du in festen Händen, oder was?»

«Du bist ein Widerling, Beauchamp.»

«Ich wette, das sagst du zu allen Kerlen.»

Der Doktor legte auf. Beauchamp blieb noch eine Weile am Schreibtisch sitzen und drehte sich auf seinem Stuhl im Kreis. Dann ging er zum Kühlschrank, mixte sich einen Negroni und kippte ihn hinunter.

Das Leben war manchmal ganz schön beschissen.

Manuel, der Gärtner, war schlecht gelaunt, und DeDe hatte nicht den Nerv, ihn zu bitten, dass er die kleinen Ekligkeiten aus dem Swimmingpool von Halcyon Hill fischte. Sie setzte sich stattdessen auf die Terrasse, mampfte M & M's und las in *Angst vorm Fliegen*, das sie sich im letzten Sommer gekauft hatte.

Weil ihre Mutter in Napa war, Beauchamp in der Stadt und ihr Daddy nur noch Erinnerung, kam sie sich in dem großen Haus wie eine verwaiste Prinzessin vor. Wie üblich trieb ihre Einsamkeit sie ans Telefon.

Nur ging es *diesmal* nicht darum, Binky, Muffy, Oona, BoBo oder Shugie anzurufen.

«Hallo», sagte die honigsüße Stimme am anderen Ende der Leitung.

«Hallo. Hier spricht DeDe Day.»

«Die Affenfrau!»

DeDe lachte. «Ich verspreche, dass ich Sie *nie* wieder in so was reinschleppe!»

«Soviel ich weiß, habe ich *Sie* reingeschleppt, meine Liebe.»

«Sie hatten aber recht. Ein Affe im Mädchenkostüm wäre niedlicher gewesen.»

«Egal. Aber ... was macht der Bauch?»

«Er wird größer und größer.»

«Nur das Gefühl wird nicht besser, was?»

«Ich weiß nicht so recht. Ich mache mir doch Sorgen.»

«Worüber?»

«Über nichts Besonderes. Ich weiß, dass es krankhaft ist, aber manchmal habe ich das grausige Gefühl, dass etwas nicht stimmt. Mein Gynäkologe meint, dass das ganz normal ist bei einer Erstgebärenden. Wahrscheinlich sollte ich nicht so viel grübeln.»

«Sie müssen mehr unter die Leute.»

«Ich glaube nicht, dass ich noch mehr Affenfrauen aushalten würde.»

«Der Lonesome Cowboy ist aber auch nicht die richtige Gefühlslage, meine Liebe!»

«Ich wollte eigentlich fragen, ob Sie sich imstande fühlen, heute Abend mit mir zu einer Modenschau der Junior League zu gehen.»

Schweigen.

«Ich weiß, es kommt ein bisschen plötzlich ...»

D'orothea ließ ein gutturales Glucksen hören. «Sie wissen gar nicht, wie komisch das alles ist.»

«Ich weiß, es geht dort ein bisschen langweilig zu, aber ich dachte, ein, zwei Lacher würden wir ...»

«Ich war mal Model, DeDe. In der Agentur Ihres Vaters. Bei Halcyon Communications.»

«Was?»

«Ich war eines der Mädchen für Adorable Pantyhose.»

«Warum haben Sie mir das nicht erzählt?»

«Immerhin hat Ihr Mann mich rausgeworfen ... Und ich wusste nicht, ob Sie ihn auch für so ein Riesenarschloch halten wie ich.»

DeDe lachte. Etwas verhalten zuerst, dann jedoch mit fröhlicher Hingabe. «Mein Gott, D'orothea. Wir haben uns getrennt. Haben Sie das vergessen?»

«Nein, nein, aber heutzutage läuft das ja alles viel laxer als früher. Ich meine, es könnte doch sein, dass Sie beide gemeinsam zum EST-Training gehen. Oder zur Selbsthilfegruppe: ‹Auflösung unüberwindlicher Abneigung zwischen Ehepartnern durch Gespräche›. Oder was weiß ich.»

«Wie gut haben Sie Beauchamp kennengelernt?»

«Gut genug, um mir eine seiner berüchtigten Schimpfkanonaden einzuhandeln.»

«Warum hat er Sie rausgeworfen?»

«Ach ... ich habe ein paar Fototermine sausen lassen. Meine Haut war ... Ich hatte ein Hautleiden, und ich habe ganz fürchterlich ausgesehen. Aber das ist eine lange Geschichte.»

«*Genau* meine Worte zu Beauchamp und mir!»

«Wollen Sie immer noch, dass ich mitkomme?»

«Natürlich! Jetzt sogar noch mehr als vorher.»

«Und Sie sind sicher, dass man am Eingang keine Ahnentafel von mir verlangt?»

«Ich bin sicher. Dann also abgemacht?»

«Abgemacht, meine Liebe!»

In der Stadt war noch etwas anderes abgemacht worden. Douchebag hatte die letzten Absprachen mit Bruno Koski getroffen.

«Hast jetz alles kapiert?», fragte er am Telefon.

«Klar. Bin ja nich doof.»

«Du rührst dich nich vom Fleck, bis ich durchklingel. Wenn ich dann anruf, rennste mit 'nem Affenzahn zum Legion of Honor rauf. Weißte auch garantiert, wo ...?»

«Hab ich doch schon *gesagt*, Mann!»

«Ich ruf dann irgendwann nach acht an. Eins sag ich dir, Punkie. Wenn de das Ding vermasselst, kriegste auch keine Knete!»

«Okay, okay.»

Bruno legte auf.

Eine Viertelstunde später bereitete sich die kleine Punkerin darauf vor, außer Haus zu gehen. Ihre Mutter tauchte in der Tür zu ihrem Zimmer auf.

«*Musst* du denn in diesem Müllsack rumlaufen?»

«Was passt dir denn nicht dran?»

«Mein Gott, Heidi, er ist widerlich! Er ist voller Löcher und ... wi-der-lich!»

«Ich hab dir doch *gesagt*, du sollst neue kaufen.»

«Ich werde mich nicht mit dir streiten. Wo gehst du überhaupt hin?»

«Ich ... Ins Mab.»

«Ins was?»

«Ins Mabuhay!»

«Dann verpasst du aber *Drei Mädchen und drei Jungen*.»

«Wie furchtbar.»

«Heidi ... Versprich mir, dass du dir heute keinen Kaugummi mehr in die Nase steckst.»

«Okay.»

Douchebag lächelte ihre Mutter an, zog einen Batzen Dentyne aus dem linken Nasenloch, steckte ihn in den Mund und fing an, intensiv darauf herumzukauen.

«Bis denn», sagte sie und verduftete.

Laut nachgedacht

Nach nicht einmal vierundzwanzig Stunden war Michael vollkommen gelähmt. Er konnte mit den Augen blinzeln und die Lippen bewegen, doch der Rest seines Körpers war erschreckend bewegungslos. Seinen Besucher schaute er mithilfe eines Spiegels an, der schräg zu seinem Bett aufgehängt war.

«Hallo, Schatz», sagte er.

«Hallo.»

«Solltest du nicht in der Praxis sein?»

«Das geht schon. Heute ist nicht viel los.»

Michael grinste. «Bei mir auch nicht.»

«Ich habe mit Mary Ann gesprochen. Sie und Burke kommen später noch vorbei.»

«Mein Gott, was bin ich heute wieder begehrt! Miss Congeniality kommt. Und Brian und die drei Grazien sind gerade gegangen.»

«Wer?»

«So nenne ich die drei ab jetzt. Mona, Mrs. Madrigal und Mother Mucca.»

Jon lachte. «Die sind vielleicht ein Trio.»

«Ja. Und es tut Mona gut. Ich freu mich für sie.»

«Michael ... Geht's denn einigermaßen?»

«Na ja ... Mir ist heute was Lustiges eingefallen.»

«Und zwar?»

«Als ich noch ein Kind war, mit vierzehn oder so, hab ich mir Sorgen gemacht, was passiert, wenn ich nicht heirate. Mein Vater war mit dreiundzwanzig verheiratet, deshalb hab ich mir gesagt, dass ich noch neun oder zehn Jahre habe, bis die Leute merken, dass ich schwul bin. Danach ... Tja, danach gab es dann keine besonders guten Entschuldigungen mehr. Was glaubst du, was ich mir deshalb gewünscht habe?»

Jon zuckte mit den Schultern.

«Dass ich gelähmt sein würde.»

«Um Gottes willen, Michael!»

«Nicht so wie jetzt. Bloß von der Hüfte abwärts. Auf die Art hätte ich im Rollstuhl sitzen können, die Leute hätten mich gemocht, und ich hätte mir keine Sorgen machen müssen, was sie sagen, wenn ich nicht heirate. Damals hab ich das für eine wunderbare Lösung gehalten. Ich war vielleicht ein *blödes* Kind.»

«Du bist auch ein gefühlsduseliger Erwachsener. Du darfst dich da nicht reinsteigern, Michael. Es ist nicht gut für dich, wenn du ... Halt, fast hätt ich es vergessen. *Chorus Line* kommt wieder nach San Francisco. Ich hab heute Karten bestellt für uns.»

«Was für ein netter Schwindel.»

«Verflucht noch mal, Michael! Hör endlich auf mit deiner ...

Melodramatik! Es fällt mir unendlich schwer, dich enttäuschen zu müssen, aber du wirst nicht ...»

«Das Wort heißt sterben, Babycakes.»

«Du *wirst* aber nicht sterben, Michael. Ich bin Arzt. Ich weiß das.»

«Du bist Gynäkologe, Blödmann.»

«Dir macht das Spaß, wie? Du fährst richtig ab auf dieses dämliche Kameliendamen-Getue.»

«Heh, heh.» Michaels Stimme klang sanft, beruhigend. Alle Schnoddrigkeit war weg. «Nimm mich doch nicht ernst, Jon. Ich muss einfach reden, das ist alles. Hör gar nicht auf das, was ich sage. Okay?»

«Abgemacht.»

«Weißt du was? Sie geben mir jetzt die Pille. Ich meine, sie sagen Steroide oder so was dazu, aber es ist trotzdem die Pille. Ich hab mich den ganzen Vormittag dran hochgezogen. Ich kriege die Pille, und mein Gynäkologe verbringt mehr Zeit mit mir als mein behandelnder Arzt. Ist das nicht zum Schreien?»

Jon lächelte. «Stimmt, das ist gar nicht schlecht.»

«Vielleicht hat das alles auch sein Gutes. Ich meine, so kann mir auch nach Stunden noch keiner den Vorwurf machen, dass ich tuntig daherkomme. Wenn man mich im Bolt in eine dunkle Ecke stellen könnte, wäre ich der absolute *Star*!»

Eine halbe Stunde später kam Mary Ann. Michael zwinkerte ihr über den Spiegel zu. «Hallo, meine Hübsche. Wo hast du bloß diese Acapulcobräune her?»

«Hallo, Mouse. Burke ist auch da.»

«Ach ja. Hallo, Mr. Sexappeal.»

«Hallo, Michael.»

«Die Luft ist rein, Kleiner. Weit und breit keine Rose in Sicht.»

Das Pärchen lachte nervös. «Mouse», sagte Mary Ann, «ich

hab dir deine Post mitgebracht. Möchtest du ... dass ich sie dir vorlese?»

«Was ist es denn? Ein blauer Brief von der Tripperklinik?»

Mary Ann kicherte. «Ich glaube, es ist ein Brief von deinen Eltern.»

Michael schwieg. Jon warf Mary Ann einen warnenden Blick zu, worauf sie sofort einen Rückzieher versuchte. «Ich kann den Brief auch dalassen, Mouse ... Und Jon liest ihn dir dann später ...»

«Nein. Mach nur.»

Mary Ann schaute Jon an, dann wieder Michael. «Bist du sicher?»

«Klar. Was soll's?»

Also machte sie den Brief auf.

Rettet unsere Kinder!

Mary Ann begann zu lesen:

Lieber Mikey,

Wie geht es Dir? Ich schätze, Du bist inzwischen wieder aus Mexiko zurück. Bitte schreib uns. Dein Papa und ich sind schon richtig gespannt darauf, dass wir alles erfahren über die Reise. Und wie geht es Mary Ann? Wann bekommen wir mal die Gelegenheit, sie kennenzulernen?

In Orlando ist alles in Ordnung. Es sieht so aus, dass wir dieses Jahr eine gute Ernte kriegen, selbst mit dem Frost und so. Kann sein, dass wegen dem Boykott der Homosexuellen ein bisschen weniger Orangensaft verkauft wird, aber Papa sagt, dass es auf längere Sicht keinen Unterschied machen wird, und außerdem ...

Mary Ann schaute auf. «Mouse ... Ich glaube, wir sollten uns das für eine andere Gelegenheit aufsparen.»

«Nein. Es ist okay. Lies weiter.»

Mary Ann sah Jon an. Der zuckte bloß mit den Schultern. «Ich habe mich mein halbes Leben damit herumgeschlagen», sagte Michael. «Da kommt es auf einen Tag mehr auch nicht an.»

Also fuhr Mary Ann fort:

... und außerdem sieht der Herr dann deutlich, auf welcher Seite wir stehen.

Erinnerst Du Dich noch, dass ich Dir in meinem letzten Brief erzählt habe, dass wir in unserer Resolution nichts gesagt haben über das Vermieten an Homosexuelle, weil Lucy McNeil das Zimmer über ihrer Garage an diesen tuckigen Mann vermietet hat, der in der Dixie Dell Mall Teppiche verkauft? Ich habe das ganz in Ordnung gefunden, weil Lucy eine von der stillen Sorte ist und mit dem Magen Schwierigkeiten hat, und da habe ich gedacht, dass es nicht christlich sein würde, sie unnötig aufzuregen.

Ich glaube, dass der Mann recht gehabt hat, der mal gesagt hat, dass der Weg in die Hölle mit guten Vorsätzen gepflastert ist, denn Lucy ist aus heiterem Himmel richtig militant geworden wegen der Homosexuellen. Sie hat gesagt, dass sie unsere Resolution für Save Our Children nicht unterschreiben will, und sie hat uns alle Barbaren und Heuchler genannt und gesagt, dass Jesus nicht mal zulassen würde, dass wir seine Füße küssen, wenn er heute auf die Erde zurückkommen würde. Kannst Du Dir so was vorstellen?

Nach dem Treffen war ich richtig wütend wegen der ganzen Sache, bis mir Dein Papa dann alles erklärt hat. Weißt Du, ich habe ja nie viel darüber nachgedacht, aber Lucy hat nun mal nie geheiratet, und dabei ist sie wirklich hübsch gewesen, als sie

und ich damals auf die Orlando High gegangen sind. Sie hätte einen richtig guten Ehemann kriegen können, wenn sie sich mehr drum gekümmert hätte. Jedenfalls hat mich Dein Papa mit der Nase drauf gestoßen, dass Lucy seit Neuestem beim YWCA Kurse in moderner Kunst besucht und Navajo-Flanell und Hippiekleider anhat, sodass ich es für möglich halte, dass die Lesbischen sie vielleicht angeworben haben. Trotzdem ist das furchtbar schwer zu glauben. Sie war immer so hübsch.
Etta Norris hat vergangenen Samstag am Abend bei ihr zu Hause ein zwangloses Treffen von Save Our Children gegeben. Es war richtig nett dort. Lolly Newton hat sogar einen Red-Devil's-Food-Kuchen mitgebracht, den sie nach dem Rezept von Mrs. Oral Roberts gemacht hat. Und die hat das Rezept wieder aus dem Kochbuch von Anita Bryant genommen. Das hat uns auf die Idee gebracht, ganz viele Rezepte aus dem Kochbuch nachzumachen und die Sachen dann beim Wohltätigkeitsbasar der Veterans of Foreign Wars zu verkaufen, damit wir für Save Our Children Geld zusammenbringen.
Wir beten alle dafür, dass das Referendum in Miami durchgeht. Wenn es den Homosexuellen in Miami erlaubt wird, dass sie dort als Lehrer arbeiten, dann könnte das in Orlando auch passieren. Reverend Harker sagt, dass es in Miami so schlimm geworden ist, dass sich die Homosexuellen in aller Öffentlichkeit küssen. Dein Papa sagt, dass er das nicht glaubt, aber ich sage, dass der Teufel viel mächtiger ist, als wir glauben.
Mikey, wir haben Blackie einschläfern müssen. Ich sage Dir das nur furchtbar ungern, aber er war schon sehr, sehr alt. Ich weiß, dass der Herr für ihn sorgen wird, wie er für alle seine Wesen sorgt.
Bubba lässt Dich grüßen.
In Liebe,
Mama

Mary Ann stellte sich neben Michaels Bett und wandte sich ohne den Umweg über den Spiegel direkt an ihn. «Mouse ... Es tut mir wirklich leid.»

«Vergiss es. Ich finde es zum Schreien komisch.»

«Nein. Es ist furchtbar. Sie weiß nicht, was sie sagt, Mouse.»

Michael lächelte. «Und ob sie das weiß. Sie ist eine eingefleischte Christin. Solche Leute wissen *immer*, was sie sagen.»

«Aber sie würde das niemals sagen, Mouse. Nicht, wenn sie es wüsste. Schon gar nicht über ihren eigenen Sohn.»

«Sie würde es über den Sohn von jemand anderem sagen. Kannst du mir erklären, wo da der Unterschied sein soll?»

Als Mary Ann sich zu Jon und Burke umdrehte, liefen ihr Tränen über das Gesicht. Dann streckte sie die Hand aus und berührte die bewegungslos daliegende Gestalt in dem Bett.

«Mouse ... wenn ich etwas tun könnte, um in deinem Leben etwas zu verändern, glaub mir, ich würde ...»

«Du kannst etwas tun, Babycakes.»

«Was? Wie?»

«Hast du deinen Bic griffbereit?»

«Klar.»

«Na dann: Zum Diktat, Miss Singleton!»

Ein Brief an Mama

Liebe Mama,
es tut mir leid, dass es mit meinem Brief so lange gedauert hat. Jedes Mal, wenn ich dir und Papa schreiben will, wird mir klar, dass ich nicht die Dinge sage, die ich im Herzen trage. Das wäre nicht weiter schlimm, wenn ich euch weniger lieben würde, als ich es tue, aber ihr seid immer noch meine Eltern, und ich bin immer noch euer Sohn.

Ich habe Freunde, die mich für verrückt halten, weil ich euch diesen Brief schreibe. Ich hoffe, dass sie damit falsch liegen. Ich hoffe, ihre Zweifel kommen daher, dass sie Eltern haben, die sie weniger geliebt und ihnen weniger vertraut haben, als die meinen das tun. Ganz besonders hoffe ich darauf, dass ihr diesen Brief als Ausdruck meiner Liebe zu euch sehen werdet, als Zeichen meiner immerwährenden Sehnsucht, mein Leben mit euch zu teilen.

Ich hätte euch wahrscheinlich nicht geschrieben, wenn ihr mir nicht von eurem Engagement für Save Our Children berichtet hättet. Euer Engagement hat mir mehr als alles andere vor Augen geführt, dass ich die Pflicht habe, euch die Wahrheit zu sagen. Euch zu sagen, dass euer eigenes Kind homosexuell ist und dass ich niemals vor etwas anderem beschützt werden musste als vor der grausamen und ignoranten Frömmlerei von Leuten wie Anita Bryant.

Es tut mir leid, Mama. Nicht, dass ich so bin, wie ich bin, sondern dass ich dich den Gefühlen aussetzen muss, die du jetzt wohl gerade hast. Ich kenne diese Gefühle, denn ich hatte sie fast mein ganzes Leben lang. Abscheu, Scham, Ungläubigkeit – Ablehnung aus Angst vor etwas, von dem ich sogar als Kind schon wusste, dass es genauso unveränderlich zu meiner Natur gehört wie die Farbe meiner Augen.

Nein, Mama, ich bin nicht «angeworben» worden. Kein gereifter Homosexueller hat sich als mein Mentor betätigt. Aber, weißt du was? Es wäre schön gewesen, hätte es einer getan. Es wäre schön gewesen, hätte mich einer, der älter war als ich und verständiger als die Leute in Orlando, zur Seite genommen und mir gesagt: «Du bist völlig in Ordnung, Junge. Wenn du mal groß bist, kannst du genauso Arzt oder Lehrer werden wie alle anderen. Du bist weder verrückt noch krank und auch nicht verdorben. Du kannst Erfolg haben und glücklich wer-

den und deinen Frieden finden bei Freunden, das heißt, bei allen möglichen Freunden und Freundinnen, die sich einen Dreck darum kümmern, mit wem du ins Bett steigst. Was aber das Wichtigste ist: Du kannst lieben und geliebt werden, ohne dich dafür zu hassen.»

Aber niemand hat das je zu mir gesagt, Mama. Das musste ich selber herausfinden, und mithilfe der Stadt, die mein Zuhause geworden ist. Ich weiß, dass es euch schwerfallen wird, das zu glauben, aber in San Francisco gibt es Unmengen von Männern und Frauen – und zwar sowohl Heteros als auch Homos –, die überhaupt nicht an die Sexualität denken, wenn es darum geht, den Wert eines Menschen zu bestimmen.

Das sind alles keine Radikalen oder Verrückten, Mama. Es sind Verkäuferinnen und Bankangestellte und kleine alte Damen und Leute, die einem zunicken und einen anlächeln, wenn man ihnen im Bus begegnet. Sie behandeln dich weder herablassend noch mitleidig. Und ihre Botschaft ist so einfach: Ja, du bist eine Persönlichkeit. Ja, ich mag dich. Ja, es ist völlig in Ordnung, wenn du mich auch magst.

Ich weiß, was euch jetzt durch den Kopf gehen muss. Ihr fragt euch: Was haben wir falsch gemacht? Wie haben wir es dazu kommen lassen? Wer von uns beiden hat ihn so werden lassen?

Darauf kann ich euch keine Antwort geben, Mama. Und ich glaube, dass mir diese Fragen eigentlich auch nichts bedeuten. Aber eines weiß ich genau: Wenn du und Papa mich so habt werden lassen, wie ich bin, dann danke ich euch von ganzem Herzen, denn mein Wesen ist das Licht und die Freude meines Lebens.

Ich weiß, dass ich euch nicht verständlich machen kann, was es heißt, schwul zu sein. Aber ich kann euch sagen, was es nicht heißt.

Es heißt nicht, sich hinter Wörtern zu verstecken, Mama. Hinter Familie zum Beispiel oder Anständigkeit oder Christentum. Es heißt nicht, seinen eigenen Körper zu fürchten oder die Vergnügungen, die Gott dafür vorgesehen hat. Es heißt nicht, seinen Nachbarn zu verurteilen, es sei denn, er ist grob oder rücksichtslos.

Das Schwulsein hat mich gelehrt, tolerant, mitfühlend und bescheiden zu sein. Es hat mir die unbegrenzten Möglichkeiten des Lebens aufgezeigt. Es hat mir Leute zugeführt, die mir mit ihrer Leidenschaft, Zuneigung und Sensibilität zu einem immerwährenden Quell der Kraft geworden sind.

Es hat mich in die Menschenfamilie eingeführt, Mama, und zu der gehöre ich gern. Ich gehöre gern dazu.

Es bleibt mir nicht mehr viel zu sagen, außer dass ich derselbe Michael bin, den ihr schon immer gekannt habt. Ihr kennt mich jetzt nur besser. Ich habe nie etwas in der Absicht getan, euch wehzutun. Und das wird weiter so bleiben.

Bitte fühlt euch nicht verpflichtet, auf diesen Brief rasch zu reagieren. Es reicht mir das Bewusstsein, dass ich die Menschen nicht mehr länger belügen muss, die mich gelehrt haben, die Wahrheit in Ehren zu halten.

Mary Ann lässt euch herzlich grüßen.

In der Barbary Lane 28 ist alles in Ordnung.

Euer euch liebender Sohn

Michael

Das Ende

Mary Ann war zutiefst erschüttert, als sie und Burke das St. Sebastian's verließen. Sie hatte vorgehabt, den Großteil des Abends dort zu verbringen, doch ihre Tränen hatten sich als unbeherrschbar erwiesen. Jon hatte allerdings versprochen, dass er sie anrufen würde, «wenn sich etwas ändert».

Zu Hause in der Barbary Lane versuchte sie, unter dem Heißwasserhahn ein Filetsteak aufzutauen.

«Ich möchte davon nichts haben», sagte Burke.

«Ich dachte, du magst Steak.»

«Ich hab keinen Hunger. Ehrlich.»

Sie seufzte und warf das Fleisch auf das Rubbermaid-Abtropfgestell. «Ich auch nicht.» Sie drehte sich mit einem gezwungenen Lächeln zu Burke um. «Weißt du, wie ich Michael kennengelernt habe?»

«Im Supermarkt, oder?»

«Hab ich dir das schon erzählt?»

Burke nickte. «In Puerto Vallarta.»

Mary Ann trocknete sich die Hände an einem Geschirrtuch ab und setzte sich Burke gegenüber an den Küchentisch. «Er war so niedlich, Burke ... Aber ich war wütend auf ihn, weil er mit diesem Kerl zusammen war, der mir wirklich gut gefallen hat, und ich habe mir den ganzen Abend immer wieder vorgesagt: ‹Was für eine Verschwendung ... Was für eine Verschwendung!› Das war's damals für mich auch. Für mich war sein ganzes Dasein eine Verschwendung, und bei ihm war irgendwas falsch gelaufen. Natürlich habe ich mir *eingeredet*, dass er mir leidtat, aber in Wirklichkeit habe ich mir bloß selbst leidgetan. Ich musste feststellen, dass nicht alle tollen Männer für mich bestimmt waren, und damit bin ich nicht fertiggeworden.»

«Das macht doch nichts. Die Menschen ändern sich.»

«Ich hab mich nicht geändert. Jedenfalls lange nicht. Ich bin mir immer vorgekommen wie ... Ich weiß nicht. Wahrscheinlich hab ich mir eingebildet, dass ich ihn ändern kann. Dass ich seine Freundin werde und er dann ein entspannteres Verhältnis zu Frauen entwickeln kann oder so. Ich hab nicht damit gerechnet, dass mir dabei klarwird, wie nötig ich es selbst hatte, entspannter zu werden.»

«Mach dich doch nicht so runter.»

«Aber es ist die Wahrheit, Burke.»

«Michael liebt dich, Mary Ann. *Irgendwas* musst du wohl richtig gemacht haben.»

«Hoffentlich.»

«Hoffentlich? Verdammt noch mal, Mary Ann, in Mexiko hat es Augenblicke gegeben, da hat mich meine Eifersucht fast um den Verstand gebracht.»

«Eifersucht? Auf Michael?»

«Auf euch beide. Darauf, wie Michael und du zusammen gelacht und Sachen ausgeheckt habt. Darauf, wie ihr Arnold und Melba Theater vorgespielt habt. Darauf, wie ihr so getan habt – mein Gott, ihr habt gar nicht so getan, ihr *wart* verheiratet. Ihr beide wart so sehr ein *Ehepaar*, wie zwei Leute es nur sein können.»

Sie blinzelte ihn verblüfft an und spielte unbewusst an dem merkwürdigen Schlüssel herum, den sie um den Hals trug. «Burke ... Ich liebe dich. Und ich wollte dich nie ...»

«Ich mache dir keine Vorwürfe. Ich will bloß nicht, dass du dich selbst bestrafst. Nicht wegen Michael. Zwischen euch beiden ist etwas Großartiges abgelaufen.»

Sie ließ den Schlüssel los und griff nach seiner Hand.

«Können wir nicht ins Schlafzimmer gehen?», fragte sie.

Dort lag sie dann in seinen Armen auf dem Bett und weinte.

Später schauten sie fern, und beide taten dem anderen zuliebe so, als fänden sie es interessant. Schließlich stand Burke auf und drehte den Fernseher ab.

«Möchtest du im Krankenhaus anrufen?»

«Nein ... ich ... Nein.»

«Vielleicht fühlst du dich dann wohler.»

«Jon ist ja dort. Ich glaube, es ist besser, wenn ich nicht auch noch ...»

«Ich glaube, dass es Michael freuen würde.»

«Aber, was sollte ich denn ...?»

Das Telefon klingelte. Sie zuckten beide zusammen. «Möchtest du, dass ich rangehe?», fragte Burke.

Sie zögerte. «Nein ... ich geh schon.»

Sie drehte ihm den Rücken zu, während sie redete. Sie wollte nicht, dass Burke ihr Gesicht sah.

«Hallo, Jon ... Na, so einigermaßen ... Ja ... O Gott! O Gott, nein! ... Nein, es geht schon wieder. Um welche Zeit ist er ...? Danke ... Ja, werde ich ... Mach ich, Jon. Ist lieb von dir, Jon.»

Sie legte auf.

Burke legte den Arm um sie.

«Gott sei Dank», sagte sie leise. «Es war nicht Michael, Burke. Es war Beauchamp Day. Jon und Michael haben es gerade im Radio gehört. Beauchamps Auto ist gegen die Seitenwand des Broadway-Tunnels geprallt und in Flammen aufgegangen. Sie konnten nicht an ihn ran, Burke. Er ist bei lebendigem Leib verbrannt.»

Endlich sechzig

Der köstliche Vitabath-Kräuterduft kitzelte in Frannies Nase, als sie sich in der riesigen Marmorbadewanne zurücklehnte und die Wirkung der Vitamin Q genoss.

«Ach, du meine Güte! Dieses Ding ist ja groß genug für zwei.» Birdsong, der ihr gerade die Füße massierte, hielt einen Moment lang inne. «Möchten Sie, dass ich mit hineinkomme, Mrs. Halcyon?»

«Ach so, nein.» Sie kicherte. «Nein, so war das nicht gemeint, Birdsong.»

«Es wäre kein Problem.»

«Nein, das wäre es wohl nicht ... Birdsong?»

«Ja, Ma'am?»

«Wie lange arbeiten Sie schon in Pinus?»

«Ungefähr zwei Jahre.»

«Wie alt waren Sie, als Sie hier angefangen haben?»

«Äh ... Zwanzig.»

«Es gefällt Ihnen also hier?»

«Ja, Ma'am.»

«Mit all den alten Damen hier. Macht es Ihnen denn Spaß ... sich um sie zu kümmern?»

«Für mich sind sie nicht alt.»

Frannie lächelte nachsichtig. «Ich weiß, dass man Ihnen aufgetragen hat, das zu sagen, aber es ist doch bestimmt ... Na ja, ich meine, wir sind nun mal alle über sechzig, nicht? Ein junger Mann wie Sie muss sich da ein bisschen ... komisch vorkommen ... Wenn Sie wissen, was ich meine.»

«Nein, Ma'am. Ich mag reife Frauen.»

Sie sah ihn aus halb geschlossenen Augen an und grinste. «Sie sind der geborene Diplomat, junger Mann.»

Birdsong zwinkerte ihr zu und wackelte an ihrem großen Zeh.

«Wie ist Ihr richtiger Name?», wollte sie wissen.

«Den dürfen wir nicht sagen.»

«Ihr dürft nicht, hmh?»

«Nein, Ma'am.»

«Schrubben Sie mir auch den Rücken?»

«Wenn Sie möchten.»

«Ich möchte», sagte Frannie lächelnd und wälzte sich in ihrem Schaumbad auf den Bauch.

Die Matriarchin schlief tief, bis Helena Parrish um sechs Uhr abends an ihre Tür klopfte. «Die Stunde naht», sagte sie fröhlich, als sie in das Häuschen lugte. Sie hatte ihre Straßenkleidung abgelegt und war in den an diesem Ort üblichen altrosa Kaftan geschlüpft. Sie hatte ihre Frisur gelöst, sodass ihre Haare jetzt in einen prächtigen, locker geflochtenen Zopf zusammenflossen.

Frannie rieb sich die Augen und schwang die Beine aus dem Bett. «Ich bin nicht besonders nervös. Sollte ich es denn sein?»

«Ach, Schatz ... Das wird die außergewöhnlichste Nacht deines Lebens.»

«*Jetzt* bin ich nervös.»

«Es wird schon alles gutgehen.»

«Ich komme mir langsam vor wie eine närrische alte Jungfer.»

«Unsinn. Du wirst hier die Jüngste sein.»

Frannie kicherte. «Daran hab ich noch gar nicht gedacht.»

«Du sollst auch nicht *denken*, mein Schatz ... Du sollst es *fühlen*. Das ist das Geheimnis von Pinus. Lass deinen Gefühlen freien Lauf.»

«Ich werd's versuchen.»

«Gut. Jetzt ... noch eine Vitamin Q, und dann machen wir uns auf die Socken.»

Beim Anblick des Amphitheaters verschlug es Frannie den Atem. Vor der Kulisse des langsam in die Dunkelheit tauchenden Hügels saßen an die hundert Frauen in altrosa Liegestühlen und blickten träge auf die Freilichtbühne vor ihnen.

In der Mitte der Bühne loderte ein Freudenfeuer, das dem riesigen goldenen P, das darüber hing, einen mystischen Glanz gab. Als Helena erschien, begann das Publikum zu janen.

«Aaaahhhhaaaahhhheeeeaaaahhhh!»

Der ohrenbetäubend laute Schrei rollte heran wie Donner und jagte Frannie kurze Schauer über den Rücken. Sie zupfte ihren Kaftan zurecht, tastete an ihrer Frisur herum und wartete auf Helenas Zeichen.

«Meine Damen», sagte Helena, die spielend ohne ein Mikrofon auskam, «wir wissen alle, warum wir heute Abend hier sind, und deshalb wollen wir gleich anfangen. Ohne lange Umschweife möchte ich Ihnen jetzt ... die jüngste Kandidatin vorstellen, die in die Mysterien von Pinus eingeweiht wird ... Frannie Halcyon!»

Diesmal ließ das Gejane beinahe die Bäume erzittern. Frannie trat hoch erhobenen Hauptes auf die Bühne und stellte sich neben Helena an das Freudenfeuer. Dann standen alle Frauen gleichzeitig auf, und eine gigantische Torte wurde auf die Bühne gerollt. Die Frauen janeten erneut und stimmten dann ein jubilierendes «Happy Birthday» an.

Die Torte platzte auf, und im flackernden Feuerschein wurde etwas Fleischfarbenes sichtbar.

Die nackte Gestalt, die aus der Torte tauchte, war dem Publikum bekannt und entlockte so mancher ein verzücktes Seufzen. «Bluegrass», kreischte eine Frau neben der Bühne. *«Sie hat Bluegrass gekriegt!»*

Als Frannie hochschaute, sah sie einen riesenhaften Mann mit goldblonden Haaren, den wohl auch jede andere sofort für Joe Palooka gehalten hätte. Er lächelte das Geburtstagskind an und sprang mit einem beherzten Satz aus der Torte.

In einer einzigen Bewegung hob er Frannie hoch und lief mit ihr in den Wald.

Und das Gejane hob von Neuem an.

Was von Beauchamp bleibt

Als Bruno endlich anrief, war Douchebag fuchsteufelswild. «So 'ne Kacke, Mann! Du hast gesagt um acht!»

«So? Tja, ich hab dich angelogen. Geh nach Haus, Punkie.»

«Was heißt das denn, geh nach Hause? Ich frier mir hier draußen den Arsch ab seit …»

«Geh nach Haus, hab ich gesagt!»

«Und was is mit meim Geld?»

«Mit deim Geld wird's nix, weil's mit deim Job nix wird. Der Kunde liegt nämlich grad im Broadway-Tunnel aufm Grill.»

«Hä?»

«Ich erklär's dir, wenn de groß bist.»

«Heh, Alter, so geht das aber …»

«Hör mal, Kleine, wenn de nich 'n passendes Veilchen zu deinen grünen Zotteln willst, dann geh mir nicht aufn Sack, verstanden?»

Douchebag hatte eine hartgesottene Antwort parat, überlegte es sich aber anders und legte auf. Sie machte die Sicherheitsnadel an ihrem Müllsack noch einmal fest, knallte die Tür der Telefonzelle zu und machte sich auf den Nachhauseweg.

Vielleicht lief ihr unterwegs ja eine Katze über den Weg, die sie ordentlich treten konnte.

Als sie aus dem Palace of the Legion of Honor kam, blieb DeDe einen Augenblick stehen, um zur Golden Gate Bridge hinüberzuschauen, die in der Dunkelheit glitzerte.

«Es lässt nie nach, finden Sie nicht auch?»

«Was?», fragte D'orothea.

«Das. Ich meine … man wird es nie über. Ich bin hier geboren, und trotzdem finde ich den Anblick jedes Mal wieder atemberaubend. Manchmal denke ich, dass in der Brücke ein riesiger Magnet steckt, der mich hier festhält.»

«Würden Sie denn gerne weggehen?»

«Ich denke daran. Aber denken nicht *alle* daran, von zu Hause fortzugehen? Das Problem ist nur, dass man kaum noch irgendwo hinkann, wenn man bereits am Ende des Regenbogens geboren wurde.» Sie drehte sich um und lächelte ihre neue Freundin an. «Ist das nicht ziemlich unfair?»

«Vielleicht gibt es ja eine Stadt, die Sie noch nicht kennen.»

«Es gibt sehr viele Städte, die ich noch nicht kenne. Athen ... Wien ...»

«Nein. Ich meine hier.» D'orothea lächelte und zog eine Augenbraue hoch. «Diese Damen von der Junior League sind mir so fern wie ... der Mars. DeDe, es gibt in dieser Stadt erstaunlich viele Leute, deren Schuhe nicht zu ihren Handtaschen passen.»

DeDe dachte darüber nach, während sie schweigend zu D'orotheas Haus in Pacific Heights fuhren. Als sie vor dem zimtbraun und dattelgolden gestrichenen viktorianischen Haus ankamen, bedankte sich D'orothea für einen «erbaulichen Abend».

DeDe lächelte entschuldigend. «Es war ganz schön langweilig, hm?»

«Nicht mit Ihnen, meine Liebe.» D'orothea beugte sich plötzlich zu DeDe hinüber und küsste sie auf die Wange. «Übrigens, wo kriegen wir die Kinder?»

«Im St. Sebastian's», antwortete DeDe. «Und, danke für das *wir*.»

D'orothea zuckte mit den Schultern. «Sie können dabei ja schlecht alleine bleiben, oder?»

«Ich hatte mich schon darauf eingestellt.»

«Quatsch.» Sie hüpfte aus dem Auto, schlug die Tür mit heftigem Schwung zu und warf DeDe von den Eingangsstufen aus einen Kuss zu. «Ich rufe Sie bald an.»

Vierzig Minuten später traf DeDe auf Halcyon Hill ein. Im Auffahrtsrund stand ein Polizeiwagen. Als sie den Mercedes abschloss, entdeckte sie neben der schmiedeeisernen Figur eines

Schwarzen Jockeys, die ihre Mutter nach den Unruhen in Watts hatte weiß lackieren lassen, einen bulligen Streifenpolizisten.

«Mrs. Day?» Der Polizist kam auf sie zu.

«O Gott! Doch nicht schon wieder ein Einbruch?»

«Nein, Ma'am. Entschuldigen Sie. Wir konnten keine anderen Mitglieder Ihrer Familie ausfindig machen, deshalb hat man mir gesagt ... Es ist ein Unfall passiert, Mrs. Day.»

«Mutter! Ist es meine Mutter?»

Der Polizist fasste sie am Arm. «Nein, Ma'am. Seien Sie unbesorgt. Warum gehen wir nicht rein und setzen uns?»

DeDe nahm die Nachricht gefasster auf, als der Polizist erwartet haben mochte.

«Wann ist es passiert?», fragte sie.

«Vor ein paar Stunden. Anscheinend ist sein Wagen im Broadway-Tunnel ins Schleudern geraten. Er ist danach ... in Flammen aufgegangen.»

«O Gott.»

«Mrs. Day ... Es tut mir wirklich leid für Sie. Wenn Sie irgendwohin möchten, bin ich gerne bereit, Sie mitzunehmen.»

«Nein. Danke. Ist schon gut.»

«Möchten Sie, dass ich noch ein bisschen bleibe?»

«Danke, ich glaube nicht, dass das nötig sein wird.»

Mit deutlichem Unbehagen überreichte ihr der Polizist einen Umschlag. «Ich soll Ihnen das hier geben. Es ist seine persönliche Habe – ich meine, die Ihres Gatten.»

Zwei Scotchs und mehrere Hundert M & M's später zog sich DeDe in ihr Schlafzimmer zurück und nahm all ihren Mut zusammen, um den Umschlag zu öffnen.

Das Einzige, was von ihrem Mann noch übrig war, landete mit einem hässlichen Klappern auf der Spiegelplatte ihrer Frisierkommode.

Eine goldene Gürtelschnalle, die aus zwei ineinander verschlungenen G bestand.

Burkes böser Traum

Mary Ann und Burke schliefen in der Nacht von Beauchamps Tod aus unterschiedlichen Gründen unruhig. Als Mary Ann am nächsten Morgen aufwachte, rief sie im St. Sebastian's an und erkundigte sich nach Michaels Zustand. Jon erklärte ihr, dass sich keine Veränderung eingestellt hatte. Sie erwarteten Mona und Mrs. Madrigal für den späteren Vormittag im Krankenhaus.

Dann rief die Sekretärin bei Halcyon Communications an und verlangte nach Mildred von der Produktion. Es war noch nicht halb neun, und doch hörte sich die Stimme der alten Jungfer müde und weit entfernt an.

«Wann haben Sie es gehört?», fragte sie.

«Gestern Abend», sagte Mary Ann und gab ihrer Stimme bewusst einen getragenen Klang. «Ein Freund hat mich angerufen.»

«Es ist fürchterlich. Die Medien stürzen sich darauf wie die Aasgeier. Mir graut *jetzt* schon vor Van Amburg und seinen Happy-Talk-Nachrichten heute Abend.»

«Soll ich reinkommen, Mildred?» Die *eigentliche* Frage war natürlich, ob Beauchamp Mildred – oder sonst jemand Wichtigem – erzählt hatte, dass er Mary Ann gefeuert hatte.

«Nein», entgegnete Mildred. «Wir haben sowieso geschlossen. Ich kümmere mich bloß um die Anrufe … und die Presse. Ach so, eins noch.»

«Hmmmm?»

«Ich habe heute Morgen mit DeDe Day gesprochen. Sie hält sich wirklich wacker, wenn man an das ganze Drumherum denkt. Es muss schrecklich sein für sie, wo die Babys jetzt jeden Tag kommen können und wo doch – und das ist eigentlich das Schlimmste von allem – ihre Mutter vermisst wird.»

«Mrs. Halcyon wird vermisst?»

«Na ja, nicht direkt vermisst. Man weiß nur nicht, wo sie ist. Sie hat DeDe gesagt, dass sie in ihr Haus in Napa fährt, aber dort ist sie bis jetzt nicht aufgetaucht. Ich vermute ja ... das ist aber nur *meine* Theorie ... na ja, sie ist eine tiefreligiöse Frau, und vielleicht macht sie es Angelina Alioto nach und fährt alle Missionen ab.»

«Weiß die Presse, dass sie ...»

«Um Gottes willen, nein! DeDe hat es mir unter dem Siegel der Verschwiegenheit erzählt! Sie hört sich ganz diskret bei den Freundinnen ihrer Mutter um. Ich glaube, sie rechnet damit, dass ihre Mutter jeden Augenblick auftaucht. Aber behalten Sie das für sich, ja?»

«Aber natürlich. Mildred ... Sind schon irgendwelche Vorkehrungen für die Beerdigung getroffen worden?»

«Oh ...» Mildreds Stimme stockte. «Ich fürchte, das ist eine ganz traurige Geschichte. Beauchamp hat in seinem Testament festgelegt, dass er verbrannt werden möchte. Aber in Anbetracht der ... Art des Unfalls war die Familie der Ansicht, dass eine Verbrennung vielleicht doch etwas geschmacklos wäre.»

«Ach so.»

«Ich schätze, es wird einen Gedenkgottesdienst geben. DeDe hat heute Morgen mit Beauchamps Eltern in Boston gesprochen.»

«Danke, Mildred. Ich will Sie nicht länger aufhalten.»

«Ich weiß, Sie machen sich im Augenblick wahrscheinlich Gedanken um Ihren Job ... Aber seien Sie ganz unbesorgt, meine Liebe. Ich bin sicher, dass wir hier was für Sie finden werden, wenn sich der Staub erst mal gelegt hat. Warum bleiben Sie in der Zwischenzeit nicht einfach ein bisschen zu Hause?»

«Danke, Mildred.»

«Nichts zu danken, Mary Ann. Ich bin sicher, dass Beauchamp es so gewollt hätte.»

Falls Mary Ann auch nur einen Augenblick überlegen musste, was sie mit ihrer Freizeit anfangen sollte, so wurde diese Frage bereits während des Frühstücks beantwortet.

«Ich hab letzte Nacht von unserem gemeinsamen Freund geträumt», sagte Burke.

Mary Ann stellte ihren Orange Cappuccino ab. «Von Michael?»

«Nein. Von dem Mann mit den Implantaten ... Den wir auf dem Blumenmarkt gesehen haben.»

«Igitt.»

«Du hast recht. Ich hätte nicht davon anfangen sollen.»

«Nein. Du solltest darüber reden, Burke.»

«Es war bloß ein Traum.»

«Es könnte auch ein Stück *Erinnerung* gewesen sein. Erzähl mir davon.»

Er sah sie skeptisch an. «Ich möchte nicht dein liebstes ... Hobby sein, Mary Ann.»

«Glaubst du denn, dass du das bist?»

Er zögerte. «Nein. Eigentlich nicht.»

«Dann erzähl schon.»

«Na ja, es kam ein Steg darin vor. Genau so einer wie der, von dem ich dir erzählt habe. Er hatte ein Geländer aus Metall, und ich glaube, dass ich auf Beton ging – nur war der Steg hoch über der Erde.»

«Und was war darunter?»

«Keine Ahnung. Leute vielleicht. Aber unten war niemand zu sehen. Ich war mit anderen auf dem Steg. Mit Leuten, die ich kannte.»

«Mit wem?»

«Kann ich nicht sagen. Ich weiß bloß, dass ich sie kannte.»

«Großartig.»

«Dann kam der Mann mit den Implantaten – ich meine, er tauchte neben mir auf –, und auf einmal war diese Rose da, diese *schreckliche* Rose.»

«Warum war sie so schrecklich?»

«Ich ... weiß es nicht.»

«Hat er dir die Rose gegeben? Der Mann mit den Implantaten.»

«Nein, nicht so richtig. Sie war einfach da. Dann hat er sich zu mir herübergebeugt und gesagt: ‹Nur zu, Burke, es ist rein organisch.› ... Und da bin ich losgerannt.»

«Und?»

«Das ist alles. Ich bin aufgewacht.»

Mary Ann trank einen Schluck aus ihrem Becher. «Weißt du, ich glaube, wir sollten den Kerl mit den Implantaten nicht so wichtig nehmen. Ich meine, wir haben beide über ihn gesprochen, und da könnte es sein, dass du ihn in deine tatsächlichen Erinnerungen eingebaut hast.»

«Mmmm. Nur eins spricht dagegen.»

«Was?»

«In meinem Traum hatte er keine Implantate. Sein Kopf war kahl wie ein Ei.»

Der Heiratsantrag

Michaels Nachtschwester stammte ebenfalls aus Florida und hieß Thelma. Manchmal setzte sie sich an sein Bett und unterhielt sich mit ihm, wenn sie ihm um acht seine Fortral-Injektion gegeben hatte.

«Thelma?»

«Was ist, mein Schatz?»

«Bin ich heute den vierten Tag hier?»

«Äh ... den fünften, glaube ich.»

«Wenn ich vollkommen gelähmt bin, wie kann es dann sein, dass es wehtut? Ich meine ... ich kann *spüren*, dass es wehtut.»

«Wo?»

«In den Beinen ... In den Oberschenkeln ... Und ein kleines bisschen in den Armen. Es ist verrückt. Ich kann sehen, dass mein Bein da unten ganz still daliegt, aber ich habe ein Gefühl, als würde es jemand zur Decke hochbiegen. Ich wollte dich schon bitten, es wieder runterzudrücken.»

Sie strich ihm über die Stirn. «Das legt sich wieder, mein Schatz.»

«Gestern Nacht bin ich wach geworden, weil ich das Gefühl hatte, dass ich zwischen zwei Bankreihen eingezwängt bin.»

«Wie in einer Kirche?»

«Mhmm. Ich konnte die Kante von diesen ... na, du weißt schon ... von diesen Brettern spüren ... hinten an den Fußgelenken und hinter dem Kopf. Mein Gott, ich konnte die Bretter fast *sehen*.»

«Ob du es glaubst oder nicht, das ist normal. Dr. Beery sagt, dass es bei Guillain-Barré fast immer sensorische Störungen gibt.»

«Wär's nicht auch möglich, dass ich plemplem bin? Ich fände es toll, plemplem zu sein.»

«Ach, komm!»

«Nein, wirklich. Nur so 'ne kleine Macke. Eine leichte Schizophrenie vielleicht, mit Anflügen von Melancholie und ab und zu ein bisschen Sabbern.»

Thelma lächelte. «Du bist nicht verrückt, mein Schatz. Mach dir nichts vor. Du bist normal.»

«In Florida wäre ich das nicht.»

Thelma wurde rot. «Dazu kann ich nichts sagen.»

«Weißt du was?», sagte Michael.

«Was, mein Schatz?»

«Du siehst richtig toll aus.»

Mit nervöser Sorgfalt steckte sie sein Bettlaken unter die Matratze. «Ich hab nicht mal toll ausgesehen, als ich noch in Florida war.»

«Das glaub ich dir nicht, Thel. Ich wette, du hast die Jungs dort unten immer scharfgemacht wie 'ne Rasierklinge.»

«Jetzt ist es aber genug!»

«Ich wette, sie haben immer vor eurem Haus gewartet in ihren Chevy-Pick-ups und den Mond angebellt wie die Jagdhunde und ... dich in die Stadt ausgeführt auf eine Royal-Crown-Cola und eine Moon Pie ... Und ich wette, du hast es genossen wie nur was.»

«Weißt du, was ich wette? Dass du innerhalb von zwei Sekunden noch eine Spritze kriegst.»

«Selbst wenn du mir eine Gehirnoperation androhst: Ich erkenne eine Schönheit auf den ersten Blick.»

«Schlaf jetzt.»

«Du gehst nicht weg, Thel, ja?»

«Nein, mein Schatz. Nicht, bevor dein Freund kommt.»

Sein Freund kam kurz danach. Thelma verabschiedete sich, sobald Jon in der Tür auftauchte.

«Hallo», sagte Michael schläfrig.

«Hallo. Ich bleibe nicht lange. Du hörst dich müde an.»

«Nein, bitte. Ich möchte, dass du bei mir bleibst.»

«Gut.» Jon holte sich einen Stuhl ans Bett. «Ich hatte heute eine großartige Idee.»

«Was für eine?»

«Wir werden deine Wohnung streichen!»

«Prima! Ich mach als Stehleiter mit.»

Jon lächelte. «Sieh mal: Ich hab dir ein paar Farbmuster von Hoot Judkins mitgebracht.» Er hielt Michael eines der Papptäfelchen vor die Augen. «Der kittige Ton hier gefällt mir irgendwie.»

«Mhmm. Tuntengrau.»

«Lass den Quatsch.»

«Es *ist* nun mal die Farbe des Jahres. Vor zwei Jahren war es Schokoladenbraun, dann Tannengrün. Ich fand das immer sehr praktisch. Wenn man in einem fremden Bett wach wurde, wusste man wenigstens, in welchem Jahr man war ... Hören Sie, Dr. Kildare, die Farbe meiner Wände ist so ziemlich das ...»

«Quatsch. Wenn ich dort wohnen soll, dann muss dieses kosmische Orange von Mona verschwinden!»

Die Bedeutung von Jons Worten ließ sich sofort auf Michaels Gesicht ablesen. «Äh ... Ist das nicht ein bisschen voreilig, Jon?»

«Wolltest du nicht schon immer mit einem Doktor zusammenleben?»

«Ach, Jon, ich fühle mich derart geschmeichelt, dass ich ...»

«Ich schmeichle dir nicht, du Arsch. Ich frage dich, ob du mich heiraten willst.»

Schweigen.

«Was ist?»

«Jon, du kannst mich nicht ... auf den Pott setzen.»

«Wer sagt das?»

«Wir sind nicht in *Die wunderbare Macht*. Die Realität sieht anders aus. Du wirst unserer widernatürlichen Beziehung alles Geheimnisvolle nehmen.»

«Das Risiko gehe ich ein. Was hältst du also davon?»

Michael zögerte. «Wann werde ich ... hier rauskommen?»

«Ich ... ich weiß es nicht. Das hängt von vielen Faktoren ab, Michael.»

«Aha.»

«Michael, sieh mal ...»

«Du verstehst es immerhin, einen aufzumuntern. Das muss ich dir lassen, Babycakes.»

Asche zu Asche

Der Gedenkgottesdienst für Beauchamp Talbot Day wurde an einem Dienstag um elf Uhr in der St. Matthew's Episcopal Church in San Mateo abgehalten.

In der ersten Bank saßen Mitglieder der engsten Familie, darunter Mr. und Mrs. Richard Hamilton Day aus Boston, Massachusetts; Miss Allison Dinsmore Day aus New York City; Mrs. Edgar Warfield Halcyon (geborene Frances Alicia Ligon) und die Witwe, Mrs. Beauchamp Talbot Day (geborene Deirdre Ligon Halcyon).

In Begleitung der Witwe und ihrer Mutter befanden sich das Hausmädchen der Familie, Miss Emma Ravenel; Miss D'orothea Wilson aus San Francisco; und ein junger Mann unbestimmbarer Herkunft, der auf den Namen Bluegrass hörte.

Vier Reihen hinter der Familie saßen Miss Mary Ann Singleton, die Sekretärin des Verstorbenen; ihr Begleiter, Mr. Burke Christopher Andrew; und Dr. Jon Philip Fielding, der Gynäkologe der Witwe.

Zu den Freunden des Verstorbenen, die am Gottesdienst teilnahmen, gehörten Mr. Archibald Anson Gidde, Mr. Richard Evan Hampton und Mr. Peter Prescott Cipriani.

Reverend Lindsey R. McAllister aus Boston leitete den Gottesdienst.

Auf Bitten der Familie des Verstorbenen gab es bei der Zeremonie mit Ausnahme einer einzelnen Rose, die das Prozessionskreuz schmückte, keine Blumengaben.

Kurz nach dem Beginn der Zeremonie griff sich Mr. Burke Christopher Andrew plötzlich an den Bauch, ließ sein Gesangbuch fallen und erbrach sich in die Reihe vor ihm.

Es gab keinen Nachruf.

Eine Stimme aus der Vergangenheit

Nach dem Gedenkgottesdienst fuhr Jon Mary Ann und Burke nach Hause in die Barbary Lane 28. Es fiel ihm auf, dass die beiden ungewohnt still waren. Wahrscheinlich wegen der Misslichkeiten, die die Rose auf dem Prozessionskreuz ausgelöst hatte.

«Ich würde mir deshalb keine Sorgen machen», sagte der Doktor schließlich.

«Ich hätte mehr Papiertücher mitnehmen sollen», sagte Mary Ann.

Jon schüttelte den Kopf. «Er war ein Arschloch. Da fand ich es mehr als passend.»

«Wer?», fragte Burke.

«Beauchamp. Er war ein grauenhaftes Arschloch.»

Mary Ann schaute verblüfft drein. «Ich dachte, du kennst nur DeDe.»

«Ja. Eigentlich schon. Aber ich hatte ein- oder zweimal mit ihm zu tun.»

Es hatte keinen Zweck, ihnen von seiner kurzen Affäre mit Beauchamp zu erzählen. Er hatte nicht einmal Michael davon erzählt. Auf dieses Zwischenspiel war er nie stolz gewesen.

Als Jon in Michaels Wohnung war, sah er nach, wie viel Platz es im Wandschrank des Schlafzimmers gab. Sobald Monas Sachen nach unten gebracht werden konnten – sie hatte bereits ihre Absicht zum Ausdruck gebracht, bei Mrs. Madrigal einzuziehen –, würde für seine Kleider und Möbel mehr als genug Platz sein. Michael besaß fast nichts.

Jon blieb einen Augenblick vor Michaels Kommode stehen und sah sich die Sachen an, die den Spiegelrahmen zierten.

Polaroids von Mona am Devil's Slide, wie sie nackt Grimassen schnitt. Andere von Mary Ann, wie sie sich im Garten geziert in Pose stellte. Ein goldener Anhänger, der die Form von Jockey-Shorts hatte – offensichtlich Michaels Preis vom Tanzwettbewerb im Endup. Ein aus einer Illustrierten ausgerissenes Foto von Jan-Michael Vincent mit nacktem Oberkörper.

Es gab nichts von Jon, nichts von ihnen beiden. Sie waren noch nicht lang genug zusammen. Der einzige Beleg für ihre Beziehung war eine Cocktailserviette aus dem Sans Souci, die keck hinter eine Ecke von Jan-Michael Vincent gesteckt war.

Jon fing plötzlich zu weinen an und ließ sich auf die Kante von Michaels Bett sinken.

Michael hatte wie gewöhnlich recht gehabt. Der Wirbel um die Farbmuster *war* voreilig gewesen. Es gab nicht das geringste Anzeichen dafür, dass Michaels Zustand sich besserte. Und diesem flippigen kleinen Romantiker, der sich an der Schwelle zum Tod befand, konnte man schließlich nichts vormachen.

Das Telefon klingelte, als Jon gerade aufgestanden war und sich die Tränen aus den Augen wischte.

«Hallo», sagte er, als er in der Küche ans Telefon ging.

«Wer spricht da?» Eine Frauenstimme. Blechern.

«Jon Fielding. Ein Freund von Michael.»

«Ist dort nicht die Wohnung von Mona Ramsey?»

«Ach so ... Na ja, irgendwie schon. Sie ist ...»

«Irgendwie schon?» Eigentlich nicht blechern. Ehern.

Jon gab jedes Bemühen um Freundlichkeit auf. «Sie steckt gerade mitten im Umzug. Aber Sie können sie einen Stock tiefer in der Wohnung ihrer ... ihrer Vermieterin erreichen.»

«Diese blöde Kuh», kam es halblaut vom anderen Ende.

«Soll ich Ihnen die Nummer geben?»

«Ja, bitte.»

Jon gab sie ihr.

Der Anruf kam, als Mrs. Madrigal und Mother Mucca in North Beach beim Einkaufen waren. Mona war allein in der Wohnung.

«Ja?»

«Mona?»

«Hallo, Betty.»

«Ich hab dich schon für tot gehalten.»

«Ach ja? Na dann ... Überraschung!»

«So redet man nicht mit seiner Mutter!»

«Ich hab dir aus Nevada eine Postkarte geschickt.»

«Ich war ganz krank vor Sorge. Warum warst du überhaupt in Nevada?»

«Ach ... nur so ...» Mona hielt es für besser, das Thema zu wechseln. «Wie ist das Wetter in Minneapolis?»

«Der Winter war grauenhaft.»

«Ach, wie schlimm. Ich hoffe, deine Grundstückswerte haben nicht darunter gelitten. Aber ... wie bist du eigentlich an diese Nummer gekommen?»

«Ich hab in deiner Wohnung angerufen. Ein junger Mann hat abgenommen, und der hat sie mir gegeben.»

«Das muss Jon gewesen sein.»

«Mona, hör zu ... Ich muss mit dir reden.»

«In Ordnung. Fang an.»

«Nein. Persönlich. Du machst einen schweren Fehler, Mona.»

«Womit denn?»

«Ich kann am Telefon nicht darüber sprechen. Ich komm dich besuchen.»

Schweigen.

«Hast du mich verstanden, Mona?»

«Das ist schlecht möglich, Betty. Hier gibt es nicht genug Platz.»

«Ich kann in der Wohnung einer Freundin bleiben. Das ... ist bereits geklärt. Zwei Stunden wirst du wohl Zeit für mich haben, Mona. Ich *bitte* dich nicht ... Ich komme einfach. Das bist du mir schuldig.»

«Ja», sagte Mona resigniert. «Wahrscheinlich.»

Kleinere Wunder

Als Jon ins St. Sebastian's zurückkam, hatte er Michaels Post dabei: die Ansichtskarte eines Freundes, der auf Maui war; ein Rundschreiben seines Kongressabgeordneten; und die freudetriefende Benachrichtigung durch die Sweepstakes-Lotterie von Reader's Digest, dass Michael vielleicht schon zu den Gewinnern gehörte.

Michael schlief, also setzte sich der Doktor still in einen Sessel am Fenster.

Fünf Minuten später kam die Nachtschwester herein.

«Sind Sie gerade gekommen?»

«Ja.»

Die Schwester deutete mit dem Kopf auf ihren Patienten. «Er ist ein netter Junge.»

Jon nickte.

«Sie und er sind ... gute Freunde, nicht?»

«Mhm.»

«Er redet viel von Ihnen.»

«Ich weiß.»

«Wir haben uns heute lange unterhalten. Wir kommen beide aus Florida, wissen Sie. Ich bin aus Clearwater. Das heißt, meine Familie hat dort gewohnt, wie ich noch ein Teenager war, und ich hab dort meinen Mann kennengelernt und so, aber wir sind dann umgezogen nach Fort Bragg, North Carolina, als er zur Army gegangen ist.»

«Aha.»

«Wissen Sie, ich geb es ganz offen zu: Wir zwei sind so richtig konservativ, Dr. Fielding. Wir haben 64 für Goldwater gestimmt, und Earl sagt immer, dass der Sozialismus dieses Land kaputtmachen wird, und ich würde sagen, da bin ich mit ihm einer Meinung. Für meine Begriffe ist das nicht reaktionär. Ganz egal, was die Leute so sagen. Ich bin im Glauben an die Verfassung, an die Bibel und an die freie Marktwirtschaft erzogen worden, und ich denke, dass ich dem immer treu bleiben werde.»

Die Krankenschwester ging auf Michaels Bett zu. Jon war nicht ganz wohl in seiner Haut. Worauf wollte sie hinaus?

«Ich denke manchmal», fuhr sie fort, «dass alles einfach zu schnell geht. Die Welt wird immer verrückter, und die Menschen haben nicht mehr die ... sie wissen einfach nicht mehr, was *Anstand* ist. Auf *nichts* kann man sich mehr so verlassen wie früher. Familien und Ehen gehen kaputt, und die Sozis zerstören einfach alles, was den Leuten mal wichtig war.»

Sie stand inzwischen am Kopfende des Betts. Ihr Blick ruhte einen Moment lang auf Michael. Als sie den Kopf wieder hob, hatte sie Tränen in den Augen.

«Ich weiß, dass das stimmt. Ich *weiß* es, Dr. Fielding. Es gibt viele Dinge auf dieser Welt, die ich ändern würde, aber ... ich ...» Sie wischte sich die Tränen aus den Augen und schaute wieder Michael an. «Ich wäre stolz ... Ich wäre richtig stolz, wenn dieser

Junge hier der Lehrer von meinen Kindern wäre. Ich schwör's bei Gott!»

Jon verbarg seine Gefühle hinter einem Lächeln. «Danke», sagte er leise.

Die Krankenschwester wandte sich ab und schnäuzte sich. Als sie sich danach an Michaels Bettdecke zu schaffen machte, wich sie Jons Blick aus. Sie sah ihn erst wieder an, als sie fast schon an der Tür war.

«Ich hoffe, Sie nehmen mir das nicht ... übel?»

«Nein. Natürlich nicht. Sie haben etwas sehr Schönes gesagt.»

«Sind Sie nicht schrecklich müde?»

«Ein bisschen.»

«Warum gehen Sie nicht nach Hause. Ich pass schon auf ihn auf.»

«Ich weiß. Ich werde auch bald gehen.»

«Herr Doktor?»

«Ja?»

«Wenn das alles vorbei ist ... wenn es ihm wieder besser geht ... würde ich mich freuen, wenn Sie ... ich meine, wenn Sie beide ... mal zu uns zum Essen kommen würden. Rote Bohnen mit Reis mache ich richtig gut.» Sie lächelte und deutete mit dem Kopf auf Michael. «Er hat gesagt, dass er das gerne isst.»

«Danke. Wir kommen sehr gern.»

«Earl ist wirklich ein netter Kerl. Er wird Ihnen gefallen.»

«Klar. Danke.»

«Gute Nacht, Doktor.»

«Gute Nacht. Und alles Gute.»

Jon blieb noch eine Stunde sitzen, bevor er schließlich im Sessel einschlief. Eine drängende Stimme weckte ihn.

«Pssst, Blödian.»

«Wa...? Michael?»

«Nein. Marie Antoinette.»

«Was ist los?»

«Komm mal her.»

Jon trat ans Bett. «Ja?»

«Schau mal.»

«Was denn?»

«Da unten, du Doofsack. Meine Hand.»

Jon sah, wie sich Michaels Zeigefinger ein ganz klein wenig bewegte.

«Steh nicht einfach so rum», sagte Michael grinsend. «Klatsch gefälligst, wenn du an Märchen glaubst!»

Der Laden im St. Sebastian's

Ein plötzlicher Hauch von Frühling traf Mrs. Madrigal, die den Vorgarten der Barbary Lane 28 fegte, völlig unvorbereitet.

Es war wieder Frühling in der Barbary Lane! Wuchernde gelbe Narzissen, die ihre Zeit zwischen den Mülltonnen verbummelten, der Geruch nach Katzenfell, nach Flieder und der sonnenwarmen Rinde der Eukalyptusbäume ... Und der liebe, gute Brian, der sich auf den Ziegelsteinen sonnte.

Zum ersten Mal seit Wochen schien ihre Familie wieder intakt zu sein. Michael ging es laut Jon sehr viel besser, und er sollte in wenigen Tagen nach Hause zurückkehren. Mary Ann und Burke hatten sich in ihren Wohnungen gemütlich eingerichtet, obwohl es den Anschein hatte, dass eine auch genügt hätte.

Brian wohnte natürlich immer noch in dem Häuschen auf dem Dach.

Und Mona – ihre innig geliebte Tochter – war bei ihr unten eingezogen, sobald Mother Mucca nach Winnemucca zurückgekehrt war.

Es war Frühling, und alles war bestens.

Bis auf ... etwas an Monas Verhalten, das Mrs. Madrigal beunruhigte.

«Brian, mein Lieber?»

Er verdrehte den Hals und lächelte zu ihr hoch. Er war am ganzen Körper eingecremt und sah in seiner grünen Speedo-Badehose sehr anmutig aus. Dieser Junge, dachte Anna, ist eine kuriose Mischung aus Gefährlichkeit und Verletzlichkeit. Ein Kojote, der um Abfälle bettelt. «Ja?», sagte er. «Bin ich Ihnen im Weg?»

«Nein, nein. Ich kann um dich herum fegen. Ich wollte dich etwas fragen.»

«Klar. Schießen Sie los.»

«Du und Mona ... sprecht ihr oft miteinander?»

Brian lachte zynisch. «Sie hat es mehr mit etwas, das sie ‹aufeinander eingehen› nennt.»

«Ach je. Gibt es Spannungen zwischen euch?»

Er nickte. «Nichts Schlimmes. Ich hab sie zum Essen eingeladen, und da hat sie mir gesagt, dass das mit der *Energie* nicht hinkommt. Sie könnte nicht auf jemand eingehen, der – ich zitiere wörtlich – seine Wonder-Bread-Jahre damit zugebracht hat, zu lernen, wie man BHs aufhakt.»

«Ach, du meine Güte! Ich hoffe, du hast ihr das nicht durchgehen lassen.»

Brian lächelte boshaft. «Ich hab ihr gesagt, dass man mit ihrer Energie nicht mal einen Billigvibrator in Gang setzen könnte. Nur so alltägliches Geplauder halt. Sie hat Ihnen davon erzählt, hm?»

«Nein. Ich dachte nur, dass du mir vielleicht einen Hinweis geben kannst, warum sie ... Sie ist nicht sie selbst, Brian. Irgendwas macht ihr sehr zu schaffen, aber ich kann sie nicht dazu kriegen, es mir zu erzählen, und da dachte ich, dass du vielleicht … Wahrscheinlich geht es auch wieder vorbei.»

Brian spürte, wie besorgt sie war. «Sie ist glücklich mit Ihnen. Mit ihrem neuen Zuhause, meine ich. Das weiß ich bestimmt.»

«Oh … Hat sie dir das gesagt?»

«Das hat sie *allen* gesagt.»

Die Vermieterin lächelte. «Meistens ist sie ja ein herzensguter Mensch. Gib wegen des Essens nur nicht auf.»

Also versuchte Brian es noch mal. Er rief Mona an, sobald er wieder in seinem Häuschen auf dem Dach war.

«Warum kannst du mich nicht ausstehen?»

«Wer spricht da?»

«Etwa, weil ich bei Perry's arbeite? Oder weil ich hetero bin?»

«Brian, ich bin nicht in der Stimmung für …»

«Ich bin kein Schwein, Mona. Ich bin promisk wie nur was, aber ich bin *kein* Chauvischwein. Verflucht noch mal! Ich war in Wounded Knee, Mona!»

«Erwarte bloß keine Bestätigung von mir für deine … Warst du wirklich dort?»

«Mhm.»

«Das glaub ich dir nicht.»

«Ich hab falschen Hasen gemacht.»

«In Wounded Knee?»

«*Gestern*, du herzloses Frauenzimmer! Zum ersten Mal in meinem Leben hab ich falschen Hasen gemacht, und du willst ihn nicht mal mit mir essen!»

Sie musste unwillkürlich lachen. «Du hast mir nichts davon gesagt.»

«Ich sag es dir jetzt. Komm doch zum Essen, Mona. Heute Abend.»

Sie sagte bereitwilliger zu, als er erwartet hatte.

Den Rest des Nachmittags verbrachte er damit, zum ersten Mal in seinem Leben falschen Hasen zu machen.

Mona und Mary Ann begegneten sich um halb fünf auf der Treppe. Mona wollte noch in letzter Minute in die Wäscherei. Mary Ann war unterwegs zu einem Treffen mit Jon, um mit ihm ins St. Sebastian's zu fahren.

Mary Ann fiel auf, dass Mona entschieden weniger entspannt wirkte als sonst. Und sie *lächelte*.

«Gib Mouse einen schmatzigen Kuss von mir, okay?»

«Mach ich», sagte Mary Ann.

Als sie mit Jon ins St. Sebastian's kam, spürte sie einen Anflug von schlechtem Gewissen, weil sie Michael während seiner gesamten Krisenzeit außer Küssen noch nichts geschenkt hatte. Burkes Phobie hatte jeden noch so kurzen Besuch im Blumenladen des Krankenhauses unmöglich gemacht.

Da Burke aber gerade am Jackson Square war und sich bei Alexandre's die Haare schneiden ließ, konnte sie doch eine hübsche Azalee oder sonst was Nettes holen.

Sie sagte Jon, dass sie sich oben bei Michael treffen würden, und marschierte zum Blumenladen in der Eingangshalle des Krankenhauses. Als sie hineinging, war niemand zu sehen. Also drückte sie auf die Klingel neben der Kasse.

Sofort kam ein Mann aus der Kühlkammer im hinteren Teil des Ladens. «Brrr», sagte er fröhlich, «hier draußen ist es mir lieber.» Falls er seine Kundin erkannte, ließ er es sich jedenfalls nicht anmerken.

Aber sie wusste genau, wer er war. Auf den ersten Blick. Der Mann mit den Implantaten.

Falscher Hase in Wounded Knee

Brians Essen war ein bedingter Erfolg. Mona hob den guten Geschmack seines falschen Hasen hervor, schalt ihn aber wegen seiner Missachtung vegetarischer Prinzipien.

«Moment mal», konterte er. «Wenn du eine so eingefleischte Vegetarierin bist, warum hast du mir das nicht vorher ...?»

«Du hast gesagt, dass er schon fertig war, Brian. Außerdem bin ich mit mir nicht mehr so ... strikt, wie ich es mal war.»

«Verstehe.»

«Hackfleisch hat was viel Unpersönlicheres als ein kräftiges Steak. Ich meine, der Verstoß gegen die Unantastbarkeit des Tiers kommt einem da viel geringer vor. Man weiß nicht mehr, von welchem Stück der Kuh das Fleisch stammt.» Sie grinste plötzlich, weil ihr klar wurde, dass sie albernes Zeug redete.

Brian erwiderte ihr Grinsen und legte ihr noch eine Scheibe Braten auf den Teller. «Das ist keine Kuh, dass du's nur weißt!»

«Na, dann eben ein Ochse oder so was.»

Er schüttelte den Kopf. «Ein Hund. Ein Cockerspaniel, um genau zu sein. Denkst du, ein Kellner bei Perry's kann sich *Rindfleisch* leisten?»

Nach dem Essen setzten sie sich mit einem Fotoalbum auf die Kante von Brians Bett. Auf dem Umschlag klebte ein Sticker: MAKE LOVE NOT WAR.

«Weißt du», sagte Brian etwas verlegen, «wenn dir das Ganze zu doof wird ...»

«Es war doch meine Idee, oder?»

«Okay. Aber ...» Er blätterte über die ersten paar Seiten hinweg. «Das ist nur langweiliger Kram.»

«Nein. Halt. Was ist das?»

«Die Redaktion der *Law Review* an der George Washington University.»

«Welcher bist du?»

«Der Idiot mit der David-Harris-Brille.»

«Du trägst eine Brille?»

«Nicht mehr. Ich hab jetzt Kontaktlinsen.»

«Grün gefärbte, hm?» Sie lächelte mokant. Er tat leicht beleidigt, aber innerlich freute er sich. Ihr waren seine Augen aufgefallen. Das war schon mal ein Anfang.

Er deutete auf einen Zeitungsausschnitt. «Das ist sogar über den AP-Ticker gegangen. Das bin ich in Chicago, 1968, dort links.»

«Woher willst du das wissen? Dein Kopf hängt nach unten.»

«Ich hab mich wegen der Polizei schlaff gemacht.»

«Echt? Wo hast du dich denn sonst noch schlaff gemacht?»

«Ach ... in Selma, in Washington ... Machst du dich lustig über mich?»

Sie lächelte. «Ich hab mich in Minneapolis schlaff gemacht.»

«Kein Scheiß?»

Sie nickte strahlend.

«Bei einer Anti-Kriegs-Demo?»

«Ja. Hast du Jerry Rubin gekannt?»

«Ich hab ihn mal in Chicago getroffen. Ich schätze, wir haben uns 'ne halbe Stunde unterhalten.»

«Ich habe gerade sein Buch gelesen. *Growing Up at 37*. Es hat mich richtig umgehauen.»

«Ist es so gut, oder was?»

Sie verzog das Gesicht und schüttelte den Kopf. «Er schreibt, dass er auf diesen Machttrip gekommen ist – mit der Militanz und so –, weil er völlig verklemmt war wegen der Größe seines Glieds. Ich meine, das ist ja schon ein starkes Stück, wenn einer so was sagt.»

Brian nickte brav. Sie machte keine Witze.

«Mein Gott», fuhr sie ärgerlich fort. «Haben wir alles nur

deshalb getan? Ist es in den Sechzigern bloß darum gegangen? Um die Größe von Jerry Rubins bescheuertem *Pimmel*?»

Es gab einfach keine tiefschürfende Antwort darauf, Brian verlegte sich deshalb aufs Lachen. «Da kann man nur noch abschlaffen», sagte er.

Später standen sie nebeneinander am Fenster, das auf die Bay hinausging. Brian zündete einen Maui-Zowie-Joint an und hielt ihn Mona hin. Nach einem kurzen Zug gab sie ihn zurück. «Das reicht mir», sagte sie. «Sonst knall ich am Ende noch durch.»

«Was ist los?»

Sie seufzte und schaute zum Leuchtfeuer auf Alcatraz hinüber. «Meine Mutter kommt nach San Francisco», sagte sie schließlich.

Es dauerte eine Weile, bis Brian ein Licht aufging. Er pfiff durch die Zähne. «Weiß Mrs. Madrigal davon?»

Mona schüttelte betrübt den Kopf. «Ich will versuchen, es alleine hinzukriegen. Meine Mutter hat am Telefon eine arg seltsame Bemerkung gemacht. Sie hat gesagt, dass ich einen schrecklichen Fehler mache.»

«Meinst du, sie weiß über Mrs. Madrigal Bescheid?»

«Kann ich nicht so recht sagen. Aber wenn sie was weiß, dann muss sie annehmen, dass ich es weiß. Und dass ich auch weiß, dass sie es weiß. Was soll sie mir also schon groß erzählen können? Was soll der Blödsinn mit dem schrecklichen Fehler?»

Ihre Stimme zitterte. Brian legte ihr den Arm um die Hüfte.

«Ich kann keine neuen Überraschungen brauchen, Brian. Ich habe Angst.» Sie weinte inzwischen. Sie löste sich von ihm, ging durch das Zimmer an das andere Fenster, blieb davor stehen und wischte sich die Tränen ab.

«Mona ...»

«Ist schon wieder gut.» Sie sah sich nach einer Uhr um. «Es ist sehr spät. Ich sollte besser gehen.»

Er stellte sich neben sie und riskierte alles: «Du kannst hierbleiben ... wenn du möchtest.»

«Nein. Aber vielleicht beim nächsten Mal.» Sie umarmte ihn etwas verlegen und legte den Kopf an seine Brust. «Ich mag dich, Brian. Du bist ein heimlicher Tom Hayden.»

Er küsste sie auf die Stirn. «Und wer ist meine Jane Fonda?», fragte er.

Sie standen eng umschlungen am Fenster und erstarrten vor diesem Hintergrund endgültig zu einem Klischeebild, wie es Rod McKuen nicht besser hinbekommen hätte.

Lady Eleven beobachtete die beiden nicht einmal eine Minute lang. Dann setzte sie ihr Fernglas ab und zog die Vorhänge zu.

Ein Gedicht zum Grübeln

Vielleicht lag es an den Palmen, an dem merkwürdig tropischen Abend oder an dem dunkelhäutigen Mann vom Nebentisch mit seinem Campari, aber die Terrasse des Savoy-Tivoli hatte etwas, das in Mary Ann eine prickelnde Erinnerung an Mexiko wachrief.

Burke erging es nicht anders. «Erinnert dich das an Las Hadas?»

«Glaub mir, ich hab es nicht darauf angelegt.» Sie hatte ihn ganz aufgeregt vom Krankenhaus angerufen und ihm das Lokal als Treffpunkt genannt. Ihre Entdeckung hatte sie am Telefon nicht preisgeben wollen.

«Und, was ist?», fragte Burke, sobald ihr Kaffee und ihre Desserts gekommen waren.

Mary Ann lächelte geheimnisvoll und versenkte ihren Löffel in der Crème Caramel. «Ich habe unseren Freund gefunden», erwiderte sie schließlich.

«Wen?»

«Den Mann vom Blumenmarkt. Den mit den Haarimplantaten.»

«Mensch. *Wo?*»

«Im Krankenhaus. Er führt dort den Blumenladen. Ich bin heute Nachmittag reingegangen, weil ich für Michael eine Azalee oder so was holen wollte, und da stand er hinter ...»

«Hast du mit ihm gesprochen? Hast du ihn wegen mir gefragt? Hat er dich erkannt?»

Sein drängender Ton überraschte sie. «Ich habe ihn nicht gefragt, Burke. Ich hatte Angst davor.»

«Warum?»

«Weil ich glaube, *dass* er mich erkannt hat. Er hat sich zwar nicht so verhalten, aber ich bin einfach das Gefühl nicht losgeworden, dass ihm klar war, wer ich bin.»

«Na und? Schau, Mary Ann, mir macht es nichts aus, ihn anzusprechen, wenn du dich davor genierst. Alles ist mir lieber als diese ewige Beklommenheit und Spekuliererei. Der Mann könnte der Schlüssel zu allem sein.»

«Das weiß ich, Burke. Ich bin sogar davon überzeugt. Nur glaube ich nicht, dass wir das Risiko ...» Sie griff über den Tisch und nahm seine Hand. «Es kann sein, dass ein schreckliches Erlebnis deine Amnesie ausgelöst hat, Burke. Und dieser Mann hatte vielleicht damit zu tun.»

«Du siehst zu viele Filme. Vielleicht habe ich für ihn gearbeitet oder so.»

Sie schüttelte den Kopf. «Ich habe Jon gebeten, die Unterlagen des Krankenhauses durchzugehen. Du hast im St. Sebastian's nie auf der Gehaltsliste gestanden, und du warst dort auch nie Patient. Es gibt keinerlei Hinweise darauf, dass du es vor unseren Besuchen bei Michael schon mal betreten hast.»

Er lächelte sie liebevoll an. «Du spielst mal wieder die kleine Schnüfflerin, was?»

«Ich möchte dir helfen», sagte sie leise.

«Schön.» Er fasste in die Brusttasche seines Cordjacketts, zog eine Karteikarte heraus und legte sie vor Mary Ann hin. «Dann sag mir, was *das* zu bedeuten hat.»

Sie griff nach der Karte. Burke hatte einen Vierzeiler darauf geschrieben:

Hoch auf dem geheiligten Stein
Leuchtet die inkarnierte Rose
Über dem Berg der Flut
Am Kreuzungspunkt der Linien.

«Was ist das?», wollte sie wissen.

«Das hab ich geträumt. Ist doch hübsch, hm?» Sein Ton war viel zu schnoddrig – ein Abwehrmechanismus, den Mary Ann inzwischen als solchen erkannte. Er hatte mehr Angst als je zuvor.

«Hast du es in deinem Traum *gehört*, Burke?»

«Ja. Oben auf diesem verfluchten Steg mit dem Geländer. Der Rest des Traums war wie sonst auch. Es war dunkel, der Mann mit den Implantaten war da, rings um mich standen in der Finsternis noch andere Leute, und der Implantatemann sagte: ‹Nur zu ... es ist rein organisch.›»

«Und wie hast du es gehört? Das Gedicht, meine ich.»

«Sie haben es gesungen. Immer und immer wieder.»

«Wie viele Leute?»

«Kann ich nicht sagen. Sie haben beim Singen fast geflüstert ... Als wäre jemand in der Nähe gewesen, der es sonst gehört hätte.»

Mary Ann schaute auf die Karteikarte, bevor sie den kleinen

Schlüssel an ihrer Halskette betastete. Passte das irgendwie zusammen? Exorzierte sie Burkes Dämonen, oder half sie bloß mit, neue in die Welt zu setzen?

«Hast du das letzte Nacht geträumt?»

Er nickte. «Und was jetzt, mein Schatz?»

«Ich ... weiß nicht recht.»

«Ich denke, wir sollten den Mann mit den Transplantaten darauf ansprechen.»

«Nein. Bitte. Nicht jetzt. Geben wir der Sache noch ein bisschen Zeit, Burke.»

Widerwillig erklärte er sich dazu bereit. Mary Ann wollte ihre Vorbehalte gerade untermauern, als in ihrem Blickfeld eine vertraute Gestalt erschien.

«Burke, wir müssen gehen.»

«Ich hab meinen Kaffee noch nicht ausgetrunken.»

«Ich bitte dich, Burke, leg das Geld einfach auf den Tisch!»

Er fügte sich, aber mit gekränkter Miene. Geräuschvoll stieß er seinen Stuhl zurück und stand auf.

Mary Ann hakte sich bei ihm ein und zog ihn die Grant Avenue hinunter – nur Sekunden bevor Millie, die Blumenfee, mit einem Korb voll Rosen über ihre gewohnte Kundschaft herfiel.

Die Buße

Am Tag nach seinem Essen mit Mona wandelte Brian während seiner Schicht bei Perry's nahezu auf Wolken. Bei Mona hatte er jetzt ein angenehm *sicheres* Gefühl, und er war überzeugt, dass er auf etwas Realeres und Erfüllenderes – und unvergleichlich Sinnlicheres – gestoßen war, als er je erlebt hatte.

Er hatte aber auch ein rasend schlechtes Gewissen gegenüber Lady Eleven.

Wie hatte er sie so ohne Weiteres vergessen können? Vor fast einem Monat hatte er ein Auge auf sie geworfen – und zwar in doppelter Hinsicht –, und das hatte er seither jede Nacht wieder getan. Wenn sie auch sonst nichts für ihre Beziehung tat – sie bewies immerhin Verlässlichkeit. Das war doch auch etwas wert, oder?

Natürlich hatte er vorgehabt, sich nach und nach von ihr zurückzuziehen. Die fantasiebetonte Seite ihrer Liaison hatte sich beinahe verflüchtigt, und es war ihm in letzter Zeit unmöglich geworden, mit ihr zum Orgasmus zu kommen, ohne an eine andere zu denken. Trotzdem: Er hatte sie schäbig behandelt. Er hatte ihren ungeschriebenen Vertrag wegen eines bisschen Maui Zowie und eines niedlichen Spatzen in der Hand gebrochen.

Also saß er nun um Mitternacht reuig in seinem Sessel neben dem Fenster und beobachtete den elften Stock des Superman Building.

Ihr Fenster blieb jedoch dunkel.

Sie bestraft mich, dachte er. Sie lässt mich leiden, weil ich mich versündigt habe. Vielleicht aber – nur vielleicht – leidet sie selbst Qualen, weil sie sich unnötig damit plagt, dass es ihr nicht gelungen ist, mein Interesse wachzuhalten.

Doch dann, um null Uhr sieben, ging bei ihr das Licht an, und Brian bemerkte eine leichte Bewegung der Vorhänge. Erregt stand er auf und hob das Fernglas vor die Augen. Der Vorhang ging auf.

Es war Lady Eleven, klar, aber ihre Erscheinung war radikal verändert. Sie hatte nicht mehr ihren schlabbrigen Frotteebademantel an. Stattdessen trug sie wohl ein graues Wollkostüm. Die Haare hatte sie zu einem lockeren kleinen Knoten hochgebunden, und ihre Miene wirkte – selbst auf diese Distanz – streng und vorwurfsvoll.

Sie hob ihr Fernglas und betrachtete Brian einen Moment lang.

Mit einem Mal kam er sich in seinem Bademantel dämlich vor. Er fragte sich, ob sie das hatte erreichen wollen.

Sie verließ ihren Fensterplatz für mehrere Minuten und kam dann mit einem plakatgroßen Stück Papier wieder. Sie legte es auf einen Tisch neben dem Fenster und kritzelte etwas darauf. Danach hielt sie es vor das Fenster.

Die Nachricht lautete: LASS SIE FALLEN.

Brian spürte, wie ihm das Blut ins Gesicht schoss. Verärgerung, Verwirrtheit und Schuldgefühle bekriegten sich in ihm. Er starrte über die mondbeschienene Stadt hinweg auf das anklagende Plakat, bevor er sich in die Küche verdrückte, um eine große Papiertüte zu suchen.

Er fand eine, riss sie auseinander und fetzte mit einem Magic Marker etwas darauf.

Seine Antwort lautete: SIE IST BLOSS EINE FREUNDIN.

Er hielt das Papier eine halbe Minute lang ans Fenster, und sie studierte es in dieser Zeit durch ihr Fernglas. Als er es schließlich weglegte, stand Lady Eleven mit verschränkten Armen da und schüttelte den Kopf.

«Verdammt noch mal!», knurrte er und konterte damit, dass er ICH SCHWÖRE ES auf die Papiertüte schrieb. Er hielt sie zum zweiten Mal hoch und wackelte damit bekräftigend hin und her. Lady Eleven blieb in derselben Haltung stehen, beugte sich dann aber noch einmal über ihr Plakat.

Diesmal schrieb sie: ZIEH DICH AUS.

Brian schüttelte verärgert den Kopf.

Lady Eleven schüttelte das Plakat.

Brian schüttelte den Kopf.

Lady Eleven kritzelte wieder etwas auf das Plakat und hielt es hoch. Dem ZIEH DICH AUS hatte sie ein WENN DU MICH LIEBST hinzugefügt.

Brian schüttelte den Kopf.

Verärgert dachte er einen Augenblick daran, die Vorhänge zuzuziehen und es sich mit dem Odorama-Poster aus dem *Hustler* im Bett gemütlich zu machen. Solchen Blödsinn hatte er doch nicht nötig. Frauen, die sich um seinen Arsch rissen, ohne solche entwürdigenden Forderungen zu stellen, gab es doch tonnenweise.

Warum ausgerechnet *die*? Warum sollte er sich vor dieser namenlosen, neurotischen und zwanghaften Verrückten erniedrigen?

Natürlich kannte er die Antwort:

Weil sie ihn brauchte. Weil die Selbsterniedrigung, einem Fremden «Wenn du mich liebst» hinzuschreiben, noch jammervoller war als die, sich vor einem Fremden nackt auszuziehen. Weil sie verzweifelt war und niemand sonst sie retten konnte.

Also knüpfte er den Gürtel seines Bademantels auf.

Lady Eleven griff wieder nach ihrem Fernglas, als Brian den Bademantel fallen ließ. Sie beobachtete ihn – lächelnd? –, bis sein Ständer zu sehen war. Dann fing sie an, ihr Kostüm aufzuknöpfen.

Als sie beide nackt waren, fing das Ritual von Neuem an, und zwar fiebriger und hingebungsvoller als je zuvor.

Durch den Nebel seiner Leidenschaft hörte Brian, wie jemand an die Tür klopfte.

Dann war eine Stimme zu hören: «Brian, ich bin's. Mona. Ich habe gerade ein bisschen Naduweißtschon besorgt. Was hältst du davon, wenn wir uns ein paar Lines reinziehen?»

Stumm und starr wie ein Satyr auf einem pompejanischen Fries wartete Brian, bis der Eindringling wieder gegangen war.

Dann wandte er sich von Neuem seiner Geliebten zu.

Rätsel im Morgengrauen

Zum dritten Mal in einer Woche schlief Mary Ann in Burkes Wohnung. Kurz vor Morgengrauen wurde sie von etwas wach – von einem Geräusch, einem bösen Traum oder dem letzten Schrei der Forelle, die sie zum Abendessen gekocht hatte. Sie stützte den Kopf auf und weckte Burke durch schiere Willensanstrengung.

Er blinzelte sie an. «Was ist los, Schätzchen?»

«Er muss irgendwo auf dem Land sein.»

«Wer?»

«Der geheiligte Stein.»

«Ach, du meine Güte! Schlaf doch noch ein bisschen, ja?»

«In fünf Minuten. Aber sag's mir zuerst noch mal vor.»

Burke stöhnte. Dann kotzte er das Gedicht raus wie ein Zwölfjähriger, der Lincolns Gettysburg Address aufsagen musste:

Hoch auf dem geheiligten Stein
Leuchtet die inkarnierte Rose
Über dem Berg der Flut
Am Kreuzungspunkt der Linien.

«Siehst du?», sagte Mary Ann. «Es ist ein hügeliges Gelände.»

«Kluges Mädchen.»

Sie bohrte ihm die Finger in die Seite. «Wie heißt der Berg aus der Bibel?»

«Ölberg.»

«Nein, du Dussel. Der, auf dem Noahs Arche gelandet ist. Der Berg der Flut, wenn du verstehst, was ich meine.»

«Ararat.»

Sie kaute nachdenklich auf dem Zeigefinger herum. «Ich frage mich, ob irgendwas so heißt. Hier in der Gegend, meine ich.»

«Keine Ahnung.»

Mary Ann schlug die Decken zurück und kletterte aus dem Bett.

«Verdammt, was machst du denn?», fragte Burke.

«Ich schau im Telefonbuch nach.»

«Komm sofort wieder ins Bett!»

«Ich hab's doch gleich.» Sie fand das Telefonbuch auf dem Fußboden und blätterte rasch darin herum. «Arante ... Araquistain ... Ararat! Ararat, Armenisches Restaurant, Clement Street 1000! Sieh doch, Burke!»

«Na und?»

«Es könnte da eine Verbindung geben.» Weil sie nicht einen Hauch von Begeisterung bei ihm spürte, rümpfte sie verärgert die Nase. «Interessiert dich die Aufklärung denn gar nicht, Burke?»

Sein Lächeln war aufreizend gemeint. «Na schön, Angie Dickinson. Was ist dann die inkarnierte Rose? Ein besonders extravagantes Gericht aus deinem Restaurant?»

«Könnte doch sein, du Klugscheißer.»

«Und der Kreuzungspunkt der Linien?»

«Ich finde deine Einstellung überhaupt nicht gut.»

«Dann hast du wahrscheinlich auch keine Lust, dir *meine* Theorie anzuhören, was?»

«Hast du denn eine?»

«Ja.»

«Dann raus damit.»

«Das kostet aber was.»

«*Keine* Chance.»

Mit theatralischer Geste presste er die Fingerspitzen gegen die Stirn. «Ohhhh ... es lässt nach. Ich fürchte, ich verliere es. Es ist nur noch ein schwaches, schwaches ...»

«Na, von miiiir aus!» Grinsend kletterte sie wieder ins Bett.

Die Heftigkeit und Faszination in ihrem Liebesspiel machten es zum besten seit Wochen.

Hinterher machte Burke in der Küche etwas Milch warm, und sie tranken sie, aufrecht im Bett sitzend, aus demselben dampfenden Becher.

«Also, was ist jetzt mit deiner Theorie?», fragte Mary Ann.

Burke trank noch einen Schluck, bevor er antwortete. «Ich glaube, es könnte was mit Kokain zu tun haben.»

«Mit Kokain?» Was *diese* Droge anging, war Mary Ann immer noch sehr Cleveland-like.

«Ja. Eine Line Koks, verstehst du? Der Kreuzungspunkt der Linien.»

«Aha.»

«Gefällt dir nicht, hm?»

«Aber warum sollte jemand ein Lied darüber singen?»

Er zuckte mit den Schultern. «Hier singen die Leute doch über *alles*. Vielleicht hat ja eine Sekte ...»

«Du glaubst, es war eine Sekte?» Der Gedanke war auch ihr schon gekommen, aber sie hatte es nicht gewagt, das Thema anzuschneiden. Burke wurde zunehmend empfindlicher, was seine im Dunkeln liegende Vergangenheit anging.

«Ich weiß es nicht», erwiderte er.

«Und ob du es weißt. Du glaubst, dass es eine Sekte war.»

«*Glauben* tu ich gar nichts», sagte er gereizt. «Ich rate. Ich rate, wie mein Leben ausgesehen haben könnte, und das ist beileibe kein Kinderspiel.»

«Ich weiß. Entschuldige.»

Er zog sie näher. «Ich wollte dich nicht anschnauzen.»

«Ich weiß.»

«Lass uns noch ein bisschen schlafen, okay?»

«Okay. Burke?»

«Ja?»

«In dem Traum ... Erinnerst du dich noch, ob du ... Ach, vergiss es. Es ist unwichtig.»

«Komm schon. Raus damit.»

«Ich habe mich gefragt ... Kannst du dich erinnern, ob du gesungen hast?»

«Nein.»

«Du hast nicht gesungen.»

«Nein. Ich meine, ich kann mich nicht erinnern.»

Zum ersten Mal war sie sich nicht sicher, ob sie ihm glaubte.

Michaels Theorie

Mary Ann verließ Burkes Wohnung nach dem Frühstück. Sie sagte ihm, sie sei etwas unruhig wegen ihrer Stelle bei Halcyon Communications. Sie müsse ein paar Anrufe machen, um die Geschäftsleitung daran zu erinnern, dass sie eine neue Aufgabe brauchte. Dieser unverhoffte Urlaub konnte nicht ewig dauern.

Damit sagte sie nur die halbe Wahrheit.

Nach einem kurzen Anruf bei Mildred (die ihr versicherte, dass der Verwaltungsrat in der darauffolgenden Woche einen neuen Chef bestimmen würde) wählte sie die Nummer des armenischen Restaurants Ararat und erkundigte sich, ob dort jemals ein gewisser Burke Andrew gearbeitet hatte.

Man habe diesen Namen noch nie gehört, erklärte ihr der Geschäftsführer.

Die Idee war natürlich dumm gewesen, aber das bescheuerte Gedicht, der Mann mit den Implantaten und die vertrackte Nervenprobe mit Burke und seinen Rosen machten ihr inzwischen schwer zu schaffen.

Burke wirkte seit mehreren Tagen gereizt. Dazu kam, dass

seine Reizbarkeit anscheinend umso größer wurde, je tiefer Mary Ann in das Rätsel seiner Vergangenheit eintauchte. Sie fragte sich, ob seine Erinnerung schon so viel preisgab, dass er sich vor der endgültigen Aufdeckung ängstigte.

Erzählte er ihr alles, was er wusste?

Mary Ann erkannte, dass sie einen Verbündeten brauchte, einen unbeteiligten Dritten, der ihr beim Sortieren der Puzzleteile helfen konnte.

«Jemand zu Hause?»

Michael grinste ihr von seinem Krankenhausbett entgegen. «Nur ich und Merv.»

«Ach so ... Ja.» Sie ging zum Bett, küsste ihn auf die Wange und heuchelte Interesse an der Fernsehshow. «Eva Gabor sieht immer so jung aus», sagte sie lahm.

«Das machen die Wäscheklammern.»

«Was?»

«Man hat ihr Wäscheklammern verpasst.» Mit beiden Händen kniff Michael die Kopfhaut hinter den Schläfen zusammen. «Hier ... und hier. Sie passen unter ihre Eva-Gabor-Perücken.»

Mary Ann kicherte. «Ach, Mouse ... Du hast mir so gefehlt!» Sie setzte sich auf die Bettkante und zupfte an seinen Haaren. «Du wirst schon ganz struppig», sagte sie. Er griff nach der Fernbedienung und schaltete den Fernseher aus. «Wie geht's unserem alten Mister Geheimnisumwoben?», wollte er wissen.

Mary Ann stöhnte leise. «Es wird jeden Tag bizarrer.» Sie erzählte ihm von dem Traumgedicht, von der leichten Veränderung in Burkes Verhalten und von ihrer zunehmenden Furcht, dass sie Burke mit ihrer Amateurschnüffelei allmählich auf die Nerven ging.

Michaels Augen glänzten. «Sag das Gedicht noch mal auf.»

Sie wiederholte es. «Was hältst du davon?»

«Das riecht mir ganz nach Sekte.»

«Ich hab schon befürchtet, dass du so was sagst.»

«Na ja, es würde eine Menge erklären. Die Amnesie zum Beispiel. Vielleicht haben sie ihn deprogrammieren lassen oder so. Aber vielleicht haben ihn auch seine *Eltern* deprogrammieren lassen. Wie einen Munie.»

«Ach, Mouse!» *Die* Möglichkeit war nicht einmal ihr in den Sinn gekommen.

«Es könnte doch sein.»

«Glaubst du, sie würden so was tun? Ohne ihm was davon zu sagen, meine ich.»

Er zuckte lächelnd mit den Schultern. «Meine Eltern würden mich *liebend gern* deprogrammieren lassen. Hmmm ... Wer weiß, was für Folgen so was hat. Vielleicht sperren sie dich in eine gepolsterte Zelle, die mit funktioneller Musik beschallt wird, und verpassen deinem Schwanz und deinen Eiern jedes Mal einen Elektroschock, wenn du auf einen Bette-Davis-Film positiv reagierst.»

«Mouse, hast du denn von deinen Eltern schon was gehört?»

«Sozusagen. Meine Mutter hat geschrieben, dass meine ‹Sünde wider den Herrn› meinen Vater ins Grab bringen wird, und mein Vater hat geschrieben, dass sie meine Mutter ins Grab bringen wird.» Er lächelte matt. «Sie machen sich schreckliche Sorgen umeinander.»

Am späten Nachmittag kam Jon ins St. Sebastian's.

«Ratet mal, wer bald auf die Entbindungsstation kommt.»

«Wer?», fragten Mary Ann und Michael im Chor.

«DeDe Day. Sie ist schon fast eine Woche über der Zeit. Und das mit Zwillingen.»

Mary Ann runzelte die Stirn. «Irgendwie ist das traurig.»

«Warum?»

«Na ja, so ohne Vater, meine ich.»

Jon tat die Bemerkung mit einem Schulterzucken ab. Beauchamp Day war für die Institution der Vaterschaft kein Verlust gewesen. «Ich habe diesen Kerl auf dem Parkplatz gesehen», sagte er, um das Thema zu wechseln.

«Welchen?»

«Den Kerl vom Blumenladen. Ich kann es dir nicht verdenken, dass du dich vor ihm erschrocken hast.»

«Warum?» Mary Ann spürte, wie die Haare auf ihren Unterarmen prickelten.

«Na ja, er hat mich angesehen, als hätte ich ihn dabei erwischt, wie er gerade eine Nonne vergewaltigt oder so.»

«Was hat er gemacht?»

Jon zuckte mit den Schultern. «Nichts, das ich hätte sehen können. Er hat eine Kühlbox in den Kofferraum seines Autos geladen.»

«Eine Kühlbox?»

«Du weißt schon ... so ein Ding aus Styropor. Wie man's für Bier nimmt.»

«Wo wir gerade beim Thema sind», schaltete Michael sich ein, «hat mir mein Gynäkologe nicht versprochen, dass er mir heute was Nettes zum Vollknallen mitbringt?»

Jon lachte und versicherte sich dann, dass die Tür zu war. Er überreichte Michael einen Joint aus Mrs. Madrigals bestem Eigenanbau. «Den könnt ihr zwei rauchen», sagte er, «aber passt auf, dass die Tür zu ist, und wartet, bis ich aus dem Haus bin.»

Mary Ann hörte ihn überhaupt nicht.

Eine Kühlbox aus Styropor?

Vater ist der Beste

Mona spülte wütend das Geschirr, als Mrs. Madrigal in die Küche kam.

«Bist du verärgert über mich, Liebes?»

Mona runzelte die Stirn. «Nein. Natürlich nicht.»

«Auf irgendwen bist du doch wütend. Etwa auf Brian?»

Schweigen.

«Hast du nicht gesagt, euer Essen war ganz reizend?»

«Er ist total verkorkst», stellte Mona kategorisch fest. Mrs. Madrigal griff nach einem Geschirrtuch, stellte sich neben ihre Tochter und fing an abzutrocknen. «Ich weiß», sagte sie ungerührt. «Aber ich hatte gedacht, dass er einen ganz vorzüglichen Schwiegersohn abgeben würde – mit oder ohne Ehesakrament. Du brauchst einen Freund, Mona.»

«Auf den kann ich aber verzichten.»

«Mein Gott, was hat er denn *angestellt*?»

Mona drehte den Wasserhahn zu, trocknete sich die Hände ab und ließ sich auf einen Stuhl sacken. «Wir haben wirklich schön zusammen gegessen. Es war ganz toll, ja? Also bin ich am nächsten Abend noch mal zu ihm hochgegangen. Es war wohl schon spät, aber auch nicht *so* spät, und er hätte wenigstens durch die Tür rufen können oder so, wenn ...» Sie unterbrach sich.

«Wenn was?», fragte Mrs. Madrigal.

«Wenn er jemand dahatte.»

«Aha.»

Mona schaute weg. Sie kochte vor Wut.

«Woher weißt du, dass er überhaupt da war?», fragte Mrs. Madrigal.

«Er war da. Ich hab gesehen, wie er nicht mal zehn Minuten davor hochgegangen ist.»

«Hatte er da jemanden mit?»

«Nein, aber er hätte ... Ach, ich weiß nicht. Reden wir nicht mehr davon, okay?»

Mrs. Madrigal lächelte ihre Tochter gütig an, holte einen Stuhl und setzte sich neben sie. Sanft legte sie ihre Hand auf Monas Knie. «Erinnerst du dich an das Schild, das du nicht leiden kannst? Das vor Abbey Rents?»

«Ja», antwortete Mona verdrießlich. «Krankenstations- und Partyzubehör.»

«Na, darum geht's doch, oder?»

«Bei was?»

«Im *Leben*, meine Liebe.» Sie drückte Monas Knie. «Wir müssen die Krankenstationen hinnehmen, wenn wir die Partys feiern wollen.»

Mona verdrehte die Augen. «Das ist etwas sehr vereinfacht.»

«Nein, Liebes», sagte Mrs. Madrigal lächelnd. «Es *ist* so einfach.»

Monas Empörung legte sich. Am späten Nachmittag spazierte sie mit Mrs. Madrigal Arm in Arm zu Molinari's Delicatessen, wo sie Salami, Käse und eine Packung eingelegte Pilze kauften. Sie picknickten auf dem Washington Square und sahen chinesischen Großmüttern zu, die auf der Wiese Kampfsportübungen machten.

Schließlich wagte Mona den entscheidenden Schritt. «Ich muss dir etwas sagen», begann sie.

«Ja, meine Liebe?»

«Es gehört eher in die Abteilung ... Krankenstation.»

Mrs. Madrigal lächelte. «Sag schon.»

«Meine Mutter kommt zu Besuch.»

Mrs. Madrigals Lächeln verblasste.

«Die reizende Betty Ramsey», ergänzte Mona. «Ich glaube, ihr beide hattet schon mal das Vergnügen.»

«Mona ... Warum?»

«Das kann ich nicht genau sagen.» Sie griff nach Mrs. Madrigals Hand. «Es tut mir leid. Ehrlich. Ich habe sie angefleht, nicht zu kommen. Sie hat gesagt, ich wär es ihr schuldig, und ich würde einen schrecklichen Fehler machen. Ich hab getan, was ich konnte, um sie davon abzubringen.»

«Hast du ihr von mir erzählt, Mona?»

«Nein! Ich schwör's!»

«Und was soll das Gerede von einem ‹schrecklichen Fehler›?»

«Ich hatte gehofft, dass du es mir sagen kannst. Ich meine, gibt es sonst noch etwas, was ich wissen sollte? Außer deiner Operation und so?»

«Ich kann mir nicht vorstellen, was ...» Mrs. Madrigals Stimme stockte. Sie zupfte geistesabwesend an den losen Haarsträhnen, die ihr kantiges Gesicht umrahmten. «Mona, wenn sie nicht weiß, dass du und ich zusammengefunden haben, dann verstehe ich nicht, wie ich etwas wissen sollte, das mit ihrer Bemerkung zu tun hat.»

«Aber sie weiß doch Bescheid. Ich meine, ich bilde mir *ein*, dass sie Bescheid weiß. Ach Gott, der Mond steht total beschissen!»

Mrs. Madrigal rang sich ein kurzes Glucksen ab. «Und was schlägst du jetzt vor, Töchterchen?»

Mona lächelte schwach. «Laden wir sie zum Essen ein?»

«Oh ... Krankenstation, Krankenstation!»

Mona lachte. «Vielleicht sollte *ich* erst mal mit ihr reden. Wenn sie keine Ahnung hat, brauchen wir unsere Deckung auch nicht auffliegen zu lassen.»

«Eine fabelhafte Idee.»

Die aber immer weniger fabelhaft wurde, je weiter der Tag voranschritt. Als Mona am Abend Michael im Krankenhaus besuchte, brach Mrs. Madrigal eine ihrer eigenen Lebensregeln, indem sie sich in ihrem Schlafzimmer mit Zukunftssorgen abquälte.

Sie wusste, dass das dumm war. Wenn sie eine Begegnung mit Betty schon nicht vermeiden konnte, warum sollte sie sich dann auch noch Sorgen machen? Das Wichtigste in dieser Situation war, ihre ganze Kraft für Monas Glück einzusetzen.

Deshalb marschierte sie nach oben und unterhielt sich ein bisschen mit Brian.

Von ihm erfuhr sie mehr, als sie erwartet hatte.

Burke explodiert

Schleichender Frühlingsnebel glitt unter der Brücke hindurch in Richtung Stadt, als Mary Ann tief Luft holte und die Anleitung zu einer isometrischen Hockübung las.

«Igitt. Die hier ist wirklich das Letzte.»

Burke grinste. Er presste den Rücken gegen einen Eichenpfahl und ließ sich langsam nach unten gleiten. «Vergiss nicht, dass das deine Idee war.»

Sie streckte ihm die Zunge raus. Natürlich hatte er recht. Wochenlang hatte sie sich für diesen Ausflug zum Marina-Green-Trimmkurs starkgemacht, nachdem ein halb wabbeliger Bauch und ein sexy *Apartment-Life*-Artikel über Paare, die zusammen Sport trieben, sie dazu angeregt hatten.

Burke weidete sich an ihrer Qual. «Es ist noch nicht zu spät, um aufzuhören, eh bei dir was reißt.»

«Pah! Wer hat wen geschlagen beim Hüpfschnellen *und* beim Baumstammspringen?» Sie entschied sich für den Pfahl gegenüber von Burke und ließ sich mit herausforderndem Blick in die vorgeschriebene Position hinab.

Burkes Gesicht lief knallrot an, als er weiter in der Hocke blieb. «Das kommt, weil du die Übungen für fortgeschrittene Anfänger machst. Ich bin aber auf der Meisterstufe.»

«Und am Schluss geht dir dann die Luft aus. Hast du noch nie was von Ausdauer gehört?»

Burke hatte bis dreißig gezählt und sprang wieder hoch. «Ein gesunder Geist in einem gesunden Körper!», rief er.

Mary Ann bekam auf die Schnelle keine schmissige Antwort hin. Sie dachten beide dasselbe.

«Na ja», sagte Burke schulterzuckend, «manche können eben nicht beides haben.»

Als sie ihren Rundlauf beendet hatten, schlenderten sie zu einer Bank am Ufer der Bay zurück. Mary Ann stellte sich lächelnd in den Wind. Sie spürte, wie das Blut in ihren Gliedern kribbelte. Dann hakte sie sich bei Burke unter und lehnte den Kopf an seine Schulter.

«Rieche ich auch so stark wie du?»

Er küsste sie auf ihre feuchte Schläfe. «Mindestens.»

«Na fabelhaft.»

«Wir gehen nicht unter die Dusche, wenn wir nach Hause kommen, sondern wir vögeln im Wohnzimmer auf dem Fußboden.»

«Burke!»

«Ich *mag* Frauen, die riechen.» Er küsste sie noch einmal und fing an, eine Strophe von «I Remember You» zu singen.

Mary Ann kümmerte sich nicht um die Ironie, die darin lag. «Ich glaube, ich habe dich noch nie singen gehört. Du hast eine wunderschöne Stimme.»

«Ja, nicht?» Er sang weiter.

«Hast du denn mal ... professionell gesungen?»

Er drehte sich zu ihr um und schaute sie zögernd an. «Nicht

richtig. Nur in der Kirche, damals in Nantucket. Im Good Shepherd Choir. Aber, worauf willst du denn hinaus?»

Ihre Stimme klang defensiv. «Auf nichts. Darf ich mich denn nicht für dich interessieren?»

«Das hat meine Mutter gestern Abend am Telefon auch gesagt.»

«Sie hat dich angerufen?»

Er nickte mürrisch.

«Sie flippen aus, was?»

«Hast du was anderes erwartet? Sie hassen diese Stadt. Ihr einziges Kind ist hier im Golden Gate Park in einem Busch gelandet und hat kein Erinnerungsvermögen mehr. Und jetzt ist er wieder da und jagt Geister.»

«Kannst du dich daran erinnern, Burke?»

«An was?»

«Dass du im Park unter einem Busch aufgewacht bist.»

«Nicht direkt. Ich erinnere mich, dass ich einige Zeit im Krankenhaus war und dann ...»

«In *welchem* Krankenhaus, Burke?»

«Im Presbyterian.» Er lächelte wohlwollend.

«Aber woher weißt du dann, dass es so war? Ich meine die Geschichte mit dem Park und so.»

Er blickte sie verständnislos an. «Wie?»

«Woher willst du wissen, dass dir deine Eltern die Wahrheit sagen?»

«Was soll das denn wieder ...?»

«Vielleicht haben sie dich ja deprogrammieren lassen, Burke.» Mary Ann rückte ein Stück ab und wappnete sich gegen das, was kommen würde. Burke blinzelte sie einen Moment an. Dann brach er in höhnisches Gelächter aus.

«Ich hab vielleicht eine Macke, aber *bekloppt* bin ich nicht! Mein Gott, glaubst du nicht, dass ich es merke, wenn mich jemand an der Nase herumführt? Glaubst du nicht, dass ich genug Verstand habe, um ... Mensch!»

Sie konnte nichts anderes tun, als ihn zu beruhigen. «Nimm's nicht so persönlich, Burke. Es tut mir leid, okay?»

Er schaute auf die im Nebel zerfließende Bay hinaus und brütete schweigend vor sich hin. «Ich bin kein Baby», sagte er schließlich. «*Ich war immerhin bei der AP, Mary Ann.*»

In dieser Nacht schliefen sie – auf Mary Anns Vorschlag hin – zum ersten Mal seit Burkes Ankunft in San Francisco getrennt.

Mary Ann träumte von Rosen.

Sie ging mit einem Dutzend Rosen im Arm über einen Steg. Hinter ihr kam der Mann mit den Implantaten, der eine ganze Entourage von Rosenträgern anführte.

Sie waren alle da: der Zwerg aus Las Hadas; die Rosenverkäuferin vom Blumenmarkt; Millie, die Blumenfee; und Arnold und Melba Littlefield, die drohend das Prozessionskreuz von Beauchamps Trauerfeier schwangen.

Plötzlich tauchte Burke am Ende des Stegs auf. Er packte Mary Ann an den Schultern, schaute sie mit flehendem Blick an und schüttelte sie: «*Ich war immerhin bei der AP, Mary Ann. Ich war immerhin bei der AP.*»

Als sie aufwachte, wusste sie, was sie als Nächstes zu tun hatte.

Das Spinnerressort

Wie Mary Ann in Erfahrung brachte, hatte Associated Press seine Büros im zweiten Stock des Fox-Plaza-Hochhauses, eines kalten Betongrabsteins von einem Gebäude, der die Ruhestätte des alten Fox Theater markierte.

Das Theater war ungefähr fünf Jahre vor Mary Anns Ankunft in San Francisco abgerissen worden, aber Michael hatte ihr den anmutigen Bau beschrieben, das majestätisch Überladene, das den Bedürfnissen der Menschen so elegant entsprochen hatte.

Mary Ann musste daran denken, als sie in dem neonhellen Büro stand und darauf wartete, dass ein Mann namens Jack lange genug vom Computerbildschirm seiner Schreibmaschine aufschaute, um ihre Anwesenheit zu bemerken.

«Äh ... entschuldigen Sie. Der Büroleiter meinte, dass Sie mir vielleicht ...»

Sein Blick klebte weiter an den Zeichen auf dem Bildschirm. «Scheiße, Kacke, Mist!»

«Es tut mir leid, wenn ich einen schlechten Moment erwischt habe.»

«*Sie* waren nicht gemeint.» Er schaltete die Maschine aus, drehte sich auf seinem Bürostuhl zu ihr um und schenkte ihr ein müdes Lächeln. «Wie viele Wörter kann man über Patty Hearst schon schreiben, hm?»

Mary Ann lächelte auch. «Ich hab's nie probiert.»

«Dann lassen Sie's auch dabei. Von der puren Spaltenlänge her nervt dieses Weibsbild mehr als Angela Davis, Charlie Manson und der Sternzeichen-Mörder zusammen!»

«Es muss aber doch irgendwie aufregend sein.»

Der Reporter schnaubte verächtlich. «Ich habe mich für Buffalo beworben. Ich habe sie *angebettelt*, dass sie mich nach Buffalo schicken sollen. Aber nein! Diese Arschlöcher in New York waren der Meinung, dass der gute alte Jack Lederer *ganz wunderbar* nach San Francisco passt.» Er kramte eine More heraus, zündete sie an und warf das Streichholz auf den Boden. «Also, was kann ich für Sie tun?»

«Der Büroleiter sagt, Sie hätten früher mit ...»

«Krallen Sie sich einen Stuhl.»

Sie gehorchte und zwängte sich auf den etwas ungemütlichen Platz zwischen seinem Schreibtisch und einem Aktenschrank, der die Beschriftung «Massenmorde etc.» trug.

«Der Büroleiter sagt, Sie hätten früher mit einem Kerl namens Burke Andrew gearbeitet.»

Er dachte einen Augenblick nach. «Stimmt. Das ist schon zwei, nein, *mindestens* drei Jahre her. Aber nur kurz. Höchstens vier oder fünf Monate. Er hat's nicht gepackt.»

«Hat man ihn rausgeworfen?»

«Nee, er ist gegangen. Er war einfach zu langsam. Da konnte rund um ihn die Welt in Scherben gehn, und er hat *stundenlang* an einem fesselnden Vorspann rumgefeilt. War aber ganz nett, würd ich sagen. Ein Freund von Ihnen?»

«Ja.»

«Ist er verschollen oder so?»

«Nein, warum?»

Er zuckte mit den Schultern. «Sind wir hier nicht in der richtigen Stadt? Um mal so eben von der Bildfläche zu verschwinden?»

Mary Ann lächelte, obwohl es sie innerlich schauderte. Sie hatte schon seit ewigen Zeiten nicht mehr an Norman Neal Williams gedacht. «Burke hat sein Gedächtnis verloren, Mr. Lederer. Er kann sich an nichts erinnern, was nach seiner Zeit hier in der Agentur passiert ist. Ich hoffte, Sie könnten mir vielleicht ...»

Der Reporter pfiff durch die Zähne. «Ist ja 'ne richtige Seifenoper!»

«Wem sagen Sie das.»

«Und ich soll Ihnen die fehlenden Teile liefern, was?»

Sie nickte. «Hat er Ihnen gesagt, wo er nach der AP hinwollte? Hat er von seinen Plänen gesprochen?»

«Saugen Sie sich das auch nicht aus den Fingern?»

«Nein! Warum sollte ich? Schauen Sie, der Büroleiter hat mir gesagt, dass Sie und Burke oft zusammengearbeitet haben.»

«Ja. Wir haben zusammen Nachtdienst gemacht. Aber er hat nie über privaten Kram geredet.»

«Als er noch hier war, hat er da jemals Geschichten über Sekten geschrieben?»

Jack Lederer schüttelte den Kopf. «Die Spinner sind mein Ressort, Schätzchen.» Er grinste schmierig. «Sie denken, die Munies haben ihn sich geschnappt, hm?»

Sie ging nicht darauf ein. «Halten Sie es für möglich, dass er ...»

«Wann hat's ihn überhaupt erwischt mit dieser Amnesie?»

«Vor zirka drei Monaten hat ihn die Polizei im Golden Gate Park gefunden. Er war umgekippt oder so.»

Der Reporter riss eine Schreibtischschublade auf und zerrte ein Spiralheft heraus. «Ich glaube, es war ... Nein, es war noch früher ... ziemlich genau vor ...» Er blätterte in dem Notizheft herum. «Es war vor fünf Monaten, da hab ich Ihren Freund abends mal kurz im Lefty O'Doul's getroffen. Er hat mir erzählt, dass er als Freier arbeitet und dass ich mich vor Neid in den Arsch beißen kann, weil er hinter einer wirklich irren Sache her ist.»

Mary Anns Hirn arbeitete hektisch. «Soll das heißen, er war immer noch *Reporter*?»

Der AP-Mann grinste überheblich. «Er hat *frei* gearbeitet. Das ist ein Unterschied. Die Freien reden immer nur Stuss.» Er schaute wieder in sein Notizheft. «Ja. Da haben wir's doch. ‹Transsubstantiation.›»

«Wie? Ich fürchte, ich ...»

«Ja. Ich auch nicht. Ich hab Ihren Freund gefragt, ob seine angeblich irre Story auch Substanz hat, aber er hat nur gelacht und gesagt: ‹*Trans*substantiation trifft's schon eher.› Als ich ihn gefragt hab, was das denn heißen soll, hat er seinen Drink weggeputzt und mir gesagt, ich soll's nachschlagen.»

«Und dann?»

«Dann ist er zur Tür rausmarschiert.»

«Aber, was *heißt* es denn nun?»

Jack Lederer drückte seine Zigarette aus und zeigte auf ein Wörterbuch, das auf dem «Massenmorde etc.»-Schrank stand. «Schlagen Sie's nach, Schätzchen.»

Heimkehr

Jon lud sich Michael auf die Arme, holte tief Luft und stellte sich vor die steile Holztreppe, die zur Barbary Lane hinaufführte. «Bist du bereit?», wollte er wissen.

«Ob *ich* bereit bin? Wenn ich mir um jemand Sorgen mache, dann um *dich*. Wobei mir einfällt: Was ist eigentlich aus unserem Sherpa geworden?»

«Er ist auf zweieinhalbtausend Metern an Unterkühlung gestorben.»

«Ach, Mist! Man kriegt einfach keine guten Sherpas mehr.»

Jon schwankte unter Michaels Gewicht. «Bring mich nicht zum Lachen, sonst lass ich dich noch fallen.»

«Von wegen. Mitgehangen, mitgefangen.»

Jon stieg mit sicher gesetzten Schritten die Stufen hoch. «Ich glaube, wir bunkern besser Proviant. Irgendwas sagt mir, dass wir nicht allzu häufig weggehen werden.» Keuchend machte er auf dem Absatz halt, von dem aus man die Barbary Lane betrat.

«Um Himmels willen», sagte Michael melodramatisch. «*Schau auf keinen Fall nach unten!* Tu so, als wärst du Karen Black in *Airport*.» Er sah Jon tapfer lächelnd an und verdrehte die Augen.

«Dann hilf mir wenigstens, Michael, wenn du nicht gleich ...»

«Entschuldige.»

Der Doktor stapfte schwerfällig den von dichten Büschen gesäumten Plankenweg entlang und fluchte laut, als Boris, die Nachbarschaftskatze, aus dem Unterholz auftauchte und sich voller Wonne an Jons Bein den Rücken schubberte. «Ach», sagte Michael. «Eine nette kleine Muschi hat doch noch keinem geschadet.»

Mona erwartete sie vor dem Haus. «Soll ich mal schnell den Rollstuhl holen oder so?»

Jon schüttelte den Kopf. «Es ist einfacher, ihn zu tragen.»

«Über die Schwelle, wohlgemerkt.» Michael zwinkerte Mona zu.

«Du hättest mir wenigstens dein Strumpfband zuwerfen können», sagte sie.

«Seit wann willst *du* denn heiraten?»

«Das war ein *Witz*, Mouse.»

Mrs. Madrigal hastete in den Vorgarten und hielt den beiden die Tür auf. «Willkommen zu Hause, mein Lieber. Das Leben hier war so anders ohne dich.»

Michael warf ihr einen Kuss zu. «Aber hier ist das Leben doch dauernd anders, oder?»

Jon machte zum Abendessen einen Schmorbraten. Hinterher schob er Michaels Rollstuhl ans Fenster, holte sich einen Sessel und setzte sich zu ihm.

«Der Fisch hat mir gefehlt», meinte Michael.

«Welcher Fisch?»

«Der dort unten. Der Neonfisch auf dem Kai. Er ist mir immer so vergnügt vorgekommen.»

Jon zündete einen Joint an und gab ihn Michael. «Der Fisch war ein frühchristliches Symbol für Hoffnung. Die Christen haben ihn in die Wände der Katakomben geritzt, in denen sie sich versteckt hielten.»

«Was du nicht sagst!» Michael grinste und machte einen Zug. «Ich könnte noch eine Menge von dir lernen.»

Jon schaute auf die Bay hinaus. «Heißt das, dass ich bleiben kann?»

Schweigen.

«Na ... sag wenigstens *irgendwas*.»

«Ich liebe dich, Jon ...»

«Für den Anfang ist das schon mal ganz gut.»

«Ich will bloß keine Arzt-Patient-Kiste laufen haben, das ist alles.»

Jon drehte sich um und schaute ihn an. «Schätzt du uns denn so ein?»

«Du bist Arzt, Jon. Es wäre nur normal, wenn du darauf abfahren würdest, auch noch zu Hause jemanden zu umhätscheln.»

«Mir *graut* davor, dir den Arsch abzuwischen!»

«Weißt du, ich wollte dich nicht ... Stimmt das denn?»

«Und ob!»

Michael schmunzelte. «Du weißt gar nicht, wie viel mir das bedeutet.»

Sie lachten, bis ihnen die Tränen herunterliefen. Michael konnte den glimmenden Joint nicht mehr halten und ließ ihn auf den Fußboden fallen. Jon trat ihn aus. Dann beugte er sich vor und sah Michael direkt in die Augen.

«Ich möchte, dass du wieder gesund wirst, Sportsfreund. Und es ist mir egal, durch wen.»

«Ich weiß.»

«Auf Sex mit Gelähmten fahre ich allerdings *trotzdem* ab.»

Sie saßen gemeinsam im Bett und schmökerten angeregt in alten Ausgaben des *Architectural Digest*.

«Heh», sagte Jon, «sollen wir Mona für morgen zum Brunch einladen?»

«Sie hat vielleicht gar keine Lust dazu. Sie trifft sich nämlich heute Abend mit ihrer Mutter.»

«Ist ihre Mutter ein solches Miststück?»

«Mona sagt, dass ihre Frisur von L'Oreal ist, ihr Schmuck von Cartier und ihr Herz von Frigidaire. Aber wer weiß?»

«Mhm.» Jon vertiefte sich wieder in seine Zeitschrift.

Michael hörte auf zu lesen und kostete diese ungekannte und noch junge Form des Nichtstuns aus. Sein ganzes Erwachsenenleben lang hatte er jemanden gesucht, mit dem er im Bett *nichts* tun konnte. Und nun hatte er diesen Jemand gefunden, diesen klugen, großzügigen Menschen, dessen Liebe so stark war, dass der Sex wieder in den Bereich des Möglichen rückte.

Jon hielt sein Heft hoch. «Ist das nicht prachtvoll?» Es war ein frühes Foto des Pacific Union Club, des palastartigen, in Stein errichteten Gebäudes, das noch immer die Spitze des Nob Hill zierte.

Michael wackelte anerkennend mit dem Kopf. «Wenn man sich vorstellt, dass ein Club dermaßen viel Geld hat!»

«Der Club war doch gar nicht der Bauherr. Das waren die Floods.»

«Die Floods?»

«Die Familie Flood. Sie gehörte früher zum *ganz* großen Geld.»

Michael zog die Augenbrauen hoch. «Meinst du nicht auch ...?»

«Was?»

«Mein Gott!», kreischte Michael. «Das könnte es sein, Jon. *Das könnte es sein.*»

Der Berg der Flut

Es war schon spät, aber Michael war viel zu aufgeregt, um mit seinem Anruf bei Mary Ann bis zum nächsten Tag zu warten.

«Ajax Detective Service hier.»

«Mouse?»

«Du hast dir wohl eingebildet, dass du mich mit diesem dämlichen Gedicht schaffst, was?»

«Hast du was rausgekriegt?»

«*Mais naturellement!* Kannst du runterkommen?»

«Und *ob* ich kann!» Sie legte ohne weiteren Kommentar auf.

Jon deponierte den *Architectural Digest* auf dem Nachttisch. «Soll ich aufstehen?»

«Warum?», fragte Michael.

«Kommt sie nicht runter?»

Michael sah leicht beleidigt drein. «Ich glaube, sie weiß, dass wir in einem Bett schlafen, Jon.»

«Ich weiß, aber ...» Der Doktor musste über sich selbst lächeln. «Ich komme mir vor wie Nora Charles in *Mordsache ‹Dünner Mann›* oder so.»

Michael zupfte am Revers von Jons Pyjama. «Kein Problem. Du hast ja dein Négligé an.»

Gleich darauf hörten sie, wie Mary Ann draußen auf dem Flur sittsam an die Tür klopfte. «Es ist offen», rief Michael.

Als Mary Ann vorsichtig ins Schlafzimmer lugte, sorgte Michael dafür, dass sich kein verlegenes Schweigen einstellte. «Denk dir nichts dabei», sagte er grinsend. «Tu einfach so, als wären wir Starsky und Hutch.»

Mary Ann kicherte. «Ihr seht *wirklich* ein bisschen aus wie die beiden.» Sie holte sich einen Stuhl ans Bett. «Ich hoffe, es macht dir nichts aus, dass ich hier so eindringe, Jon.»

Jon lächelte. «Ich bin schon ganz gespannt auf die Lösung.»

«Eigentlich», fügte Michael hinzu, «hat Jon auch den entscheidenden Hinweis geliefert.»

Mary Ann hielt es kaum mehr in ihrem Sessel. «Erzähl, erzähl!»

Michael lächelte geheimnisvoll und steigerte die Spannung noch mehr. «Ich glaube, dass es in Burkes kleinem Traumgedicht um den PU Club geht.»

«Um was?»

«Um den PU Club, du Landpomeranze! Um den Pacific Union Club oben auf dem Nob Hill.»

«Um dieses rote Ziegelding?»

Michael nickte. «Ein Mann namens Flood hat es bauen lassen, und das macht den Nob Hill zum Berg der Flut! Außerdem ist der PU Club nicht bloß eine Sekte, er ist unsere *älteste* Sekte. Denk doch mal an diese viel zu gut gepolsterten alten Arschlöcher von Bankern, die in viel zu gut gepolsterten Sesseln rumsitzen!»

Mary Ann war die Kinnlade runtergefallen. «Aber, Mouse, glaubst du denn, dass sie das Gedicht bei einem ihrer Rituale aufsagen, oder was?»

«Passt das nicht ganz wunderbar?»

Mary Ann dachte einen Augenblick nach. «Na ja, dieses Stück passt. Aber was ist mit dem Rest? Mit dem Kreuzungspunkt der Linien zum Beispiel?»

Jon, der bis dahin gespannt zugehört hatte, konnte sich die Frage nicht verkneifen: «Was hat es mit diesem Kreuzungspunkt der Linien denn auf sich?»

«Das ist ein Teil des Gedichts», klärte Michael ihn auf. «‹Hoch auf dem geheiligten Stein / Leuchtet die inkarnierte Rose / Über dem Berg der Flut / Am Kreuzungspunkt der Linien.›»

Jon grinste. «Vielleicht ziehen sie sich im PU Club Koks rein.»

«Das ist die Erklärung, an die Burke auch glaubt», sagte Mary Ann.

Michael legte Widerspruch ein. «Im PU Club schnupft man nicht, und damit basta.»

«Halt!», rief Jon. «Was ist mit den Cable Cars?»

«Was soll mit denen sein?», fragte Mary Ann.

«Die Linien der Cable Car. Sie kreuzen sich an der Ecke California und Powell, und das ist nur einen Block vom PU Club entfernt!»

Mary Ann und Michael kreischten im Chor. «Das ist brillant», platzte Michael heraus. «Das ist absolut brillant!»

Mary Ann strahlte. «Das muss es sein.»

Jon verbeugte sich hoheitsvoll. «Jetzt müssen wir bloß noch herausfinden, was das alles mit dem Blumenhändler aus dem St. Sebastian's Hospital zu tun hat, nicht?»

Mary Ann nickte gedankenverloren. «*Und* was das alles mit der Transsubstantiation zu tun hat.»

Nach einer Schrecksekunde sagte Michael: «Können Sie das noch mal sagen, Ma'am?»

«Hast du ein Lexikon?»

«Im Regal an der Tür», erwiderte Michael. «Gleich neben *Der Läufer und sein Held*.»

Mary Ann fand das Lexikon und fing an, darin zu blättern. «Ich war heute bei der AP. Burke hat dort mal gearbeitet. Einer von den Redakteuren hat mir erzählt, dass Burke ihm vor etwa fünf Monaten über den Weg gelaufen ist, und er hat auch erzählt, dass Burke damals gesagt hat, er sei an einer Geschichte über ... Da ist es. Transsubstantiation.» Sie reichte Jon das Lexikon.

Der Doktor las laut vor. «‹Die Umwandlung eines Stoffs in einen anderen.›»

«Lies die zweite Definition vor», forderte Mary Ann ihn auf.

«‹In der römisch-katholischen Glaubenslehre die Verwandlung der Substanz von Brot und Wein in die Substanz von Leib und Blut des verklärten Christus beim Abendmahl, bei der nur die äußere Erscheinungsform von Brot und Wein erhalten bleibt.› Und was hat das mit Burke zu tun?»

«Der Kerl bei der AP hat gesagt, dass Burke an einer völlig irren Geschichte gearbeitet hat, die irgendwas mit Transsubstantiation zu tun hatte.»

Michael runzelte mit einem spöttischen Blick die Stirn. «Hast du das Burke schon serviert?»

Mary Ann machte ein ernstes Gesicht und schüttelte den Kopf. «Ich glaube, er nimmt mir meine Neugier langsam übel, Mouse. Ich weiß zwar nicht, worauf das hinausläuft, aber ich versuche, alles ganz diskret anzugehen, bis ich einen stichhaltigen Hinweis habe.»

«Weißt du, was ich glaube?», sagte Jon.

«Was?», fragte Mary Ann.

«Ich glaube, dass du *zu viele* Hinweise hast.»

Mary Ann seufzte. «Ich glaube, du hast recht.»

Betty

Das Erste, was Mona an Betty Ramsey auffiel, waren ihre Kleider. Ihre Garderobe war ganz in Erbsengrün und Weiß gehalten – die klassischen Farben, an denen man Maklerinnen im ganzen Land erkannte.

Und Monas Kleider waren das Erste, was Betty an Mona auffiel.

«Wo hast du diesen *Kittel* bloß her? Aus der Altkleidersammlung?»

Mona lächelte selbstgefällig. «Wenn du es genau wissen willst, ja.»

«Er ist unschmeichelhaft wie nur was.»

«Danke.»

«Die Hippieära ist vorbei, Mona. Das Pendel schwingt wieder zurück.»

Mona ignorierte die Bemerkung und ging ans Fenster.

«Was machst du da?», fragte Betty.

«Ich schau mir deine Aussicht an.» Sie drehte sich um und lächelte ihrer Mutter zu. «Das ist das Erste, was *alle* Leute aus San Francisco machen, wenn sie zu jemand in die Wohnung kommen.» Sie teilte die Vorhänge und warf einen Blick auf den nächtlichen Glanz der Stadt. «Mhmm. Sehr hübsch. Wem gehört die Wohnung eigentlich?»

Betty ließ ein paar Eiswürfel in ein Glas fallen. «Susan Patterson. Ich hab sie mal vor *Jahren* in Carmel kennengelernt. Sie ist das Frühjahr über in der Schweiz.»

Mona sah sich um. «Hier sieht's aus, als wärst du schon seit *letztem* Frühjahr da.» Auf dem Fußboden lagen Gump's-Schachteln und Saks-Tüten; durch die Badezimmertür waren Bettys Yogamatte und eine ganze Batterie von französischen Körpercremes zu sehen.

Betty hielt eine Ginflasche hoch. «Den oder Bourbon?»

«Danke, weder noch.»

«Ich habe aber kein Perrier da.»

«Macht nichts. Ich hab gerade eine Quaalude genommen.»

«Um Himmels willen!»

Mona setzte sich auf das Sofa. «Hätte ich lieber eine von deinen Valium nehmen sollen?»

«Die hat mir ein *Arzt* verschrieben.»

«Typisch.»

«Du solltest auch ohne solche ... Lass uns nicht streiten, Mona. Es ist so lange her, dass wir uns gesehen haben, Schatz. Da können wir uns wenigstens ...»

«Warum bist du hier, Betty?»

Betty antwortete nicht sofort. Sie mixte ihren Gin Tonic zu

Ende und setzte sich dann zu ihrer Tochter auf das Sofa. «Was glaubst du?»

Mona schaute ihrer Mutter in die Augen. «Ich glaube, dass es kein bisschen mit mir zu tun hat.»

«Das ist unfair, Mona.»

«Das ist die Wahrheit.»

Betty schaute auf ihr Glas. «Du weißt über Andy Bescheid, nicht?»

Mona verwandelte ihr Gesicht in eine Maske. «Ich weiß, dass er dich verlassen hat. Aber das ist schon ein alter Hut.»

«Spiel kein Theater, Mona. Ich weiß, dass er dein Vermieter ist. Ich weiß von seiner Geschlechtsumwandlung, und ich weiß, dass du auch davon weißt.»

Mona gab nicht nach. «Ich wiederhole. Warum bist du hier?»

«Weil ich das *Recht* habe, hier zu sein, verdammt noch mal! Er hat mich verlassen, Mona! Er hat mich und mein Kind allein gelassen! Er ist aus meinem Leben verschwunden, ohne auch nur einen Zettel hinzulegen, und jetzt glaubt er, er kann wieder ankommen und Anspruch auf das Kind erheben, das er noch nicht mal ...»

«Ich bin kein Kind, und auf mich hat auch niemand *Anspruch erhoben*, Betty. Bis vor zwei Wochen hab ich noch nicht mal gewusst, dass er ... dass sie mein Vater ist.»

Betty funkelte sie empört an. «Und jetzt wohnst du mit ihm zusammen!»

«Mit ihr.»

«Hat er dir auch verraten ... Oh, entschuldige, *sie* ... Hat *sie* dir vielleicht auch verraten, was sie mit dem Privatdetektiv angestellt hat, den ich auf sie angesetzt habe?»

«Mit dem *was*?»

«Mona, mein Schatz, das ist alles so viel komplizierter, als du dir je ...»

«Sag mir einfach, wovon du da redest.»

Betty griff nach der Hand ihrer Tochter. «Als du mir letzten Sommer das Foto von deiner Vermieterin geschickt hast, ist mir sofort die Ähnlichkeit aufgefallen, und deswegen habe ich einen Privatdetektiv beauftragt, mit dessen Hilfe ich herausfinden wollte, ob ich recht hatte.»

Mona war entgeistert.

«Aber», fuhr Betty fort, «er hat sich nie wieder gemeldet.»

«Was heißt das?»

«Ich habe nie wieder ein Wort von ihm gehört. Er hat bei euch im Haus gewohnt, Mona. In der Barbary Lane 28.»

«Mr. Williams? Der Kerl vom Dach?»

Betty nickte und hielt Monas Hand fest. «Wir sind per Telefon in Kontakt geblieben. Mindestens einmal pro Woche hat er mich angerufen. Er sagte, Andy sei anscheinend zu ... Anna Madrigal geworden, und Anna Madrigal sei ein Anagramm für irgendwas. Dann war er auf einmal verschwunden.» Sie ließ Monas Hand los und trank einen Schluck. «Hast du ihn gekannt, *Mona*?»

Mona war wie betäubt. Sie schüttelte den Kopf. «Überhaupt nicht. Er hatte ... eine Macke.»

«Ich weiß. Einen Besseren konnte ich auf die Schnelle nicht auftreiben. Aber der Punkt ist doch der: Was ist mit ihm *passiert*?»

Mona nahm einen Schluck von Bettys Gin. «Das haben wir uns auch gefragt.»

«Wir?»

«Wir *alle*. Einschließlich Mrs. Madrigal. Sie hat sich sogar bei der Polizei erkundigt.»

«Ich will mich mit ihr treffen, Mona. Arrangierst du das?»

Mona machte ein unglückliches Gesicht. «Bleibt mir denn was anderes übrig?», seufzte sie resigniert.

«Nein», sagte Betty.

Die inkarnierte Rose

Mary Ann hielt sich an ihre neue Strategie und verlor Burke gegenüber kein Wort über den Pacific Union Club. Oder über ihre Erkenntnisse zur Transsubstantiation. Während des Frühstücks und auch während des gemächlichen Vormittagsspaziergangs über den Russian Hill bewahrte sie Stillschweigen.

Um die Mittagszeit entschuldigte sie sich.

«Jon ist in seiner Praxis», erklärte sie. «Ich habe ihm versprochen, dass ich Mouse ein bisschen Gesellschaft leiste.»

Als sie in Michaels Wohnung kam, fuhr der Invalide im Rollstuhl auf und ab, und seine Augen blitzten vor Erregung. «Weißt du was?», fragte er ohne weitere Einleitung. «Das mit der roten Rose haben wir bei unserer Diskussion gestern Abend überhaupt nicht berücksichtigt.»

«Ich hatte das Gefühl, dass ihr zwei sonst an einer Überdosis eingeht.»

Michael lächelte. «Ich doch nicht, Babycakes. Ich bin *süchtig*. Sieh mal, alles hängt doch von dem Mann mit den Implantaten ab, nicht?»

«Nicht unbedingt. Burke *glaubt* bloß, dass der Implantatemann ihn wiedererkannt hat.»

«Nehmen wir mal an, dass es stimmt. Was haben wir dann?»

«Vielleicht ist er ja Mitglied im PU Club.»

Michael schüttelte den Kopf. «Die Theorie hab ich Jon schon vorgetragen. Er meint, der PU Club würde *niemals* einen Krankenhausfloristen aufnehmen. Vielleicht hat Burke im PU Club gearbeitet. Als Kellner oder so.»

«Das kann ich mir nicht vorstellen», sagte Mary Ann.

«Okay, vielleicht sind wir sowieso auf einer falschen Fährte. Der Berg der Flut könnte doch auch der Nob Hill als Ganzes sein.»

«Was gibt es dort *sonst noch*?»

«Etliches. Das Mark, das Huntington, das Fairmont.»

«Großartig. Eine Hotelsekte.»

Michael grinste. «Die Sektenfährte lässt dich wohl nicht mehr los, was?»

«Ich weiß nicht», stöhnte Mary Ann. «Manchmal kommt es mir so vor, als hätte ich mir die ganze Geschichte bloß ausgedacht.»

Michael lachte. «Könnte ja sein. Ich hab mir zum Beispiel heute Vormittag alte Schulbücher aus dem Literaturunterricht angesehen – du weißt schon, *Silas Marner* und *Der große Gatsby* und solches Zeug –, und dabei hab ich mich fast gekugelt vor Lachen, weil ich auf jeder zweiten Seite ‹Symbolik!› an den Rand geschrieben hatte. Stell dir das mal vor! Im *Großen Gatsby* hatte ich das Wort ‹gelb› überall angestrichen, wo es auftauchte.»

«O Gott!», sagte Mary Ann lächelnd. «Ich erinnere mich an diese schrecklichen Klassenarbeiten. Aber ich versteh nicht, Mouse – was soll das mit unserem Fall zu tun haben?»

«Na, vielleicht suchen wir *auch* zu viel nach Symbolik. Nicht *alles* muss auch was bedeuten.»

«Ja, aber es wäre schön, wenn *irgendwas* mal eine Bedeutung hätte.»

«Was ist mit dieser Transsub… wie immer das auch heißt?»

«Was soll damit sein?»

«Na, zunächst mal: Ist Burke katholisch?»

Mary Ann schüttelte den Kopf. «Episkopalisch.»

«Das ist ja nahe dran.»

«Ja?»

Michael nickte. «Die Hochkirchen sind noch katholischer als die Katholiken. Glaub mir, ich kenn mich da aus. Ich hatte mal einen Freund, der war Seminarist der episkopalischen Hochkirche. Es hat nicht viel gefehlt, und er hätte sich auch noch *rasiert* mit Weihwasser. *Er* hat garantiert daran geglaubt, dass sich Brot und Wein in den Leib und das Blut Christi verwandeln.»

Mary Ann schüttelte es ein bisschen. «Daran glauben die? Im wörtlichen Sinn?»

«Im wörtlichen Sinn. Du hast die Definition ja gelesen, Babycakes.»

«Ich weiß, aber das ist doch etwas abartig, findest du nicht?»

Michael zuckte mit den Schultern. «Die Christen sind auf der ganzen Welt die Einzigen, die vor einem Folterinstrument niederknien. Wenn Christus erst in diesem Jahrhundert den Märtyrertod gestorben wäre, würden wir wahrscheinlich alle kleine elektrische Stühle um den Hals tragen.»

Mary Ann war schockiert. «Mouse, das ist ja Gotteslästerung!»

«Ist es nicht. Sondern eine Feststellung zum Wesen der ...» Plötzlich krampften sich Michaels Hände um die Armlehnen seines Rollstuhls, und auf seinem Gesicht erschien ein Ausdruck höchster Konzentration. «Mensch!», rief er. *«Menschenskind!»*

«Um Himmels willen, Mouse, was ist denn?»

«Der geheiligte Stein! Der doofe geheiligte Stein! Das ist Grace Cathedral, es *muss* Grace Cathedral sein!»

«Grace Cathedral?»

«Was sonst? Sie ist gleich neben dem PU Club, Mary Ann! Auf dem Berg der Flut am Kreuzungspunkt der Linien! Und rate mal, was die inkarnierte Rose ist.»

«Was?»

«Die größte Rose in der ganzen Stadt! Die Fensterrose der Grace Cathedral!»

Liebesdienste

D'orothea Wilson machte in der Halle des St. Sebastian's Hospital kurz halt, um ein altes Gemälde zu betrachten, das den Namensgeber der Einrichtung zeigte.

Der Heilige war an einen Baum gefesselt. Er trug nur einen Lendenschurz und hatte ein seliges Lächeln im Gesicht. Sein blutüberströmter Körper war mit Pfeilen gespickt. Mit mindestens einem halben Dutzend.

D'orothea verzog das Gesicht und erregte damit die Aufmerksamkeit einer vorbeikommenden Krankenschwester. «Ich weiß», sagte die Krankenschwester mit angeekelter Miene. «Ist es nicht furchtbar?»

«Warum hängt man so etwas überhaupt auf? Noch dazu in einem Krankenhaus!»

Die Krankenschwester lächelte matt. «Der Verwaltungsrat streitet jedes Jahr darüber. Ich glaube, es war Bestandteil einer großen Stiftung oder so. Und niemand möchte die Alte vergraulen, die es gespendet hat. Man hat es schon zwei- oder dreimal umgehängt. Hier fällt es noch am wenigsten auf.»

«Es sollte sich mal nachts jemand mit einer Dose Lackspray drüber hermachen», schlug D'orothea vor.

«Nur zu!», meinte die Krankenschwester.

Nachdem sie sich am Empfangstresen nach DeDes Zimmer erkundigt hatte, schaute D'orothea noch rasch im Blumenladen des Krankenhauses vorbei und kaufte ein Dutzend Rosen. Dann hastete sie in den ersten Stock, um ihre Freundin zu besuchen.

«Du kannst nicht lange bleiben», sagte DeDe grinsend. «Meine Mutter hat man gerade rausgescheucht.»

«Ich geh auch bald wieder.» D'orothea legte die Rosen auf den

Nachttisch, beugte sich über DeDe und küsste sie auf die Wange. «Du siehst *toll* aus, mein Schatz.»

«Danke. Und schönen Dank für die Rosen.»

«Wie geht's der Trommel?»

DeDe verdrehte die Augen. «Sie macht bum-bum, bum-bum.»

«Du meinst ...?»

«Die Wehen kommen alle fünfzehn Minuten.»

«Ach du grüne Neune! Dabei hast du am Telefon so beiläufig darüber geredet. Da dachte ich ... Ach, Schatz, bist du nicht ganz aufgeregt?»

DeDe rang sich ein dünnes Lächeln ab. «Klar.»

«*Natürlich!* Da fällt mir ein, du hast mir die Namen noch gar nicht gesagt.»

«Welche Namen?»

«Die für die Babys. Hast du schon welche ausgesucht?»

DeDe strich das Laken über ihrem gewaltigen Bauch glatt. «Ach, wahrscheinlich Edgar, wenn eines ein Junge wird. Nach meinem Vater. Und wenn eines ein Mädchen wird, dann nenne ich es Anna.»

«Das ist ein hübscher Name. Hat er einen bestimmten Grund?»

«Daddy hat mich darum gebeten. Noch kurz vor seinem Tod.»

«Der Name hat in eurer Familie wohl Tradition, hm?»

DeDe schüttelte den Kopf. «Nicht dass ich wüsste. Daddy hat bloß gesagt, dass ihm der Name gefällt.» Sie fummelte wieder am Laken herum und drehte den Kopf zur Seite. D'orothea brauchte einen Moment, bis sie begriff, dass DeDe weinte.

«Schatz? Nicht doch, Schatz. Was ist denn?»

«Ich hab solche Angst, D'or.»

D'orothea setzte sich auf die Bettkante und streichelte sanft über DeDes Haare. «Wieso denn?», fragte sie.

«Ich habe das Gefühl, als würde man mich bestrafen.»

«Bestrafen? Wofür?»

DeDes Gesicht glänzte vor Tränen. Sie griff nach einem Kleenex, putzte sich die Nase und ließ das Tüchlein dann auf den Nachttisch fallen. Schließlich sah sie D'orothea an und sagte seufzend: «Der Vater der Zwillinge ist Chinese, D'or.»

D'orothea verzog keine Miene. Dann sagte sie: «Na und?»

Ein Lächeln kämpfte gegen DeDes traurige Miene an. «Du hast leicht reden.»

«Schön», sagte D'or. «Dann kann ich's ja noch mal sagen. Na unnnnd?»

DeDe lachte endlich. «Ach, D'or, danke!»

«Nicht der Rede wert. Außerdem sehen Eurasier *immer* hinreißend aus.»

«Ja, nicht?»

«Weiß Big Mama denn Bescheid?»

DeDe zuckte erst zusammen und schüttelte dann den Kopf.

«Das hab ich mir gedacht», sagte D'or. «Deswegen heulst du auch, was?»

«Zum Teil wohl schon.»

«Und was macht den anderen Teil aus?»

«Keine Ahnung. D'or ... Nicht eine von meinen Freundinnen hat auch nur angerufen.»

«Tja, das Blatt ändert sich jetzt, mein Schatz.»

«Warum?»

«Weil ich die erste von deinen *neuen* Freundinnen bin, DeDe. Und uns wirst du nicht so leicht wieder los.» Sie beugte sich vor und gab DeDe noch einen Kuss. «Außer, wenn du deine Kinder kriegst. Bei so was wird mir nämlich ganz flau im Magen. Aber ich werde in deiner Nähe sein. Gleich draußen vor der Tür.»

«Das brauchst du nicht.»

«Ich will aber.»

«Danke, D'or.»

«Ach so, möchtest du denn, dass ich deine Mutter über die Babys aufkläre?»

«Nein. Das mache ich schon selbst. Ich liebe dich, D'or.»

«Ich dich auch, Schatz.»

Zurück nach Nantucket?

Natürlich war Burke am schwersten zu überzeugen.

«Das ist doch alles Larifari, Mary Ann. Warum sollte jemand wegen einer *Kathedrale* sein Gedächtnis verlieren? Du scheinst zu vergessen, dass es mir jedes Mal ganz dreckig geht, wenn ich ...»

«Du hast bei Beauchamps Trauerfeier gekotzt, oder etwa nicht? Das war in einer Kirche.»

Burke wedelte ungeduldig mit den Händen. «Ich hab doch wegen der Rose gekotzt.»

«Aber, begreifst du denn nicht? Vielleicht wird dir gar nicht vom *Anblick* der Rose schlecht. Vielleicht ist es bloß das Wort, die Assoziation mit der Fensterrose.»

Burke wirkte niedergeschlagener denn je, als er sich auf die Bettkante setzte. «In meinem Traum sehe ich kein Fenster. Ich sehe eine rote Rose. Keine rosa oder gelbe Rose – eine *rote*, Mary Ann.» Als er zu ihr hochsah, hatte sich seine Augenfarbe von einem lebhaften Grau in einen stumpfen Zinnton verwandelt. «Ich glaube, ich gehe besser wieder nach Hause.»

Mary Anns erster Gedanke war der, dass sie doch schon in seiner Wohnung waren. Dann traf sie die Bedeutung seines Satzes, als hätte man ihr ein Bündel Dornenzweige ins Gesicht geschlagen. «Burke, das ist nicht dein Ernst!»

Sein freundlicher Ton war vernichtend. «Doch», sagte er

sanft. «Ich muss mich von der Geschichte freimachen, Mary Ann.»

«Aber, Burke ...» Sie setzte sich neben ihn und legte ihm den Arm um die gebeugten Schultern. «Du wirst dich *nie* davon freimachen, wenn du nicht den Grund für deine Amnesie ausfindig machst. Du kannst nicht bis in alle Ewigkeit Angst haben.»

«Ich habe keine Angst.»

Zärtlich drückte sie seine Schulter. «Ich weiß, aber was ist mit den Rosen?»

«Damit komm ich zurecht. Ich muss einfach ... Ich muss endlich wieder mein Leben leben.»

«Und was willst du im Osten machen?»

«Mein Vater hat mir eine Stelle in seinem Verlag angeboten.»

Mary Ann schmachtete ihn an. «Kannst du so einen Job nicht auch hier machen?»

Lächelnd strich er ihr über die Haare. «Du wirst mir *fehlen*. Das hätte ich wohl gleich zu Anfang sagen sollen.»

Sie spürte, wie ihr die Tränen in die Augen stiegen. «Verdammt», sagte sie leise. «Ich könnte mich ohrfeigen.»

«Warum?»

«Ich hätte nicht drängeln sollen. Ich hätte dich nicht auf diesen Trip schicken sollen.»

Sein Gesicht bekam die Farbe einer American-Beauty-Rose. *«Du hast mich auf keinen Trip geschickt.»*

Sie betrachtete ihn schweigend, las ihm die Angst von den Augen ab. Dann stand sie auf und ging durchs Zimmer. Wenn es jetzt vorbei war, wenn es für sie beide kein Zurück mehr gab, dann hatte sie auch nichts mehr zu verlieren, wenn sie die ganze Wahrheit sagte.

Sie drehte sich zu ihm um. «Burke, der Mann mit den Implantaten singt im Chor der Grace Cathedral.»

«Was?»

«Ich hab mich heute Vormittag danach erkundigt. Und ich glaube, dass du mit ihm gesungen hast.»

«Moment mal! Wie hast du das denn rausgefunden?»

Sie wich seinem Blick aus, weil sie nicht so dastehen wollte, als wäre sie besonders stolz auf sich. «Ich ... Na ja, als Erstes habe ich Jon gebeten, im Krankenhaus anzurufen und nach seinem Namen zu fragen. Dann habe ich in der Grace Cathedral angerufen und mit einem Kerl gesprochen, der als Küster bezeichnet wurde, und der hat mir gesagt, dass der Implantatemann ... er heißt übrigens Tyrone ... also, der Küster hat mir gesagt, dass Tyrone im Chor der Grace Cathedral singt.»

In Burkes Augen schimmerte so etwas wie Hoffnung. «Und du glaubst ... du glaubst, dass ich mit ihm gesungen habe?»

«Es *könnte* sein», sagte sie verhalten. «Du hast mir erzählt, dass du in Nantucket im Chor gesungen hast. Und als wir in Mexiko waren, hast du mir erzählt, dass du in den Briefen an deine Eltern über Gottesdienste in der Grace Cathedral geschrieben hast.»

Mary Ann sah wohl wie ein verängstigtes Kaninchen aus, denn plötzlich lächelte Burke und klopfte neben sich auf das Bett. Sie ging zu ihm, setzte sich und blickte ihn deprimiert an. «Bin ich eine Nervensäge?», fragte sie.

Er küsste sie auf die Nasenspitze. «Du glaubst also, dass der Nachwuchsreporter Burke Andrew in der Grace Cathedral auf finstere Vorgänge gestoßen ist?»

Sie lächelte schüchtern. «Das ist bloß die *aktuellste* Theorie.»

«Eine Episkopalensekte, hmh?»

«Reit nicht noch darauf herum», ermahnte sie ihn.

«Eigentlich», sagte er lächelnd, «finde ich diese Theorie gar nicht so schlecht.»

Als sie in ihre Wohnung hinüberhuschte, stieß Mary Ann auf Mrs. Madrigal, die gerade den Flur saugte. Die Vermieterin hatte ihre Haare auf Lockenwickler gedreht.

«Probieren Sie's mit einer neuen Frisur?», fragte Mary Ann.

«Das muss sich erst zeigen. Vielleicht sehe ich am Ende aus wie Medusa. Und wo willst *du* so eilig hin?»

«Burke geht mit mir in die Kirche.»

«Wie romantisch», sagte Mrs. Madrigal in vollem Ernst.

«Wahrscheinlich werden Blitze auf mich herabfahren. Es ist das erste Mal, dass ich in San Francisco *in* die Kirche gehe. Und ich bin schon zehn Monate hier.»

Die Vermieterin lächelte. «Sprich ein Gebet für mich.»

«Das haben Sie doch nicht nötig.»

«Heute schon!»

«Warum?»

Mrs. Madrigal rückte ein Stück näher und wisperte. «Heute Abend, mein liebes Kind, habe ich ein ernstes Gespräch mit meiner Exfrau.»

Fragen und Antworten

«Hallo, Betty.»

Mrs. Madrigal sagte diese Worte mit einer Wärme und Selbstsicherheit, die Mona erstaunten. Überdies hatte die Vermieterin noch nie schöner ausgesehen. Weiche, schimmernde Haut. Leuchtende Augen. Ein zartgrüner Kimono, der sie umflatterte wie Schmetterlingsflügel.

Außerdem hatte sie an diesem Abend auf ihren gewohnten Kopfputz verzichtet. Ihr Gesicht wurde von weichen, romantischen Löckchen umrahmt. Betty war sichtlich verblüfft.

«Hallo. Ich hoffe, ich ... Wie geht es dir?»

Mrs. Madrigal lächelte wie eine gütige Hindu-Gottheit. «Du kannst mich Andy nennen, wenn du willst. Anna geht dir wohl ein bisschen schwer über die Lippen.»

«Nein, es macht ... Die Gegend hier ist *entzückend*. Ich kann jetzt verstehen, warum Mona so verrückt danach ist.»

Mrs. Madrigal nahm ihrem Gast den Mantel ab. «Wie ich gehört habe, wohnst du nur ein paar Blocks von hier.»

«Ja. Aber in einem Hochhaus. Es ist einfach ... wunderschön hier. Die Treppe, die von der Straße heraufführt, kommt einem vor wie aus ... Ach, ich weiß nicht, aus was.» Sie ging ins Wohnzimmer und musterte alles mit nervösen Blicken. Natürlich mit Ausnahme der Person, die einmal ihr Ehemann gewesen war.

Mrs. Madrigal holte Sherry aus der Küche. «Für dich habe ich keinen mitgebracht, Mona, meine Liebe. Ich denke, deine Mutter und ich sollten uns ein bisschen unterhalten.»

Mona sprang auf. «Okay. Ist gut. Ich geh ein bisschen spazieren.»

«Es wird nicht lange dauern», sagte Mrs. Madrigal. «Warum gehst du nicht ins Tivoli? Vielleicht kommen wir später nach.»

«Schön», sagte Mona lahm und verließ die Wohnung.

Mrs. Madrigal saß schweigend da, nippte an ihrem Sherry und studierte Betty Ramseys rasch dahinwelkendes Lächeln. «Alle Achtung», sagte sie schließlich, «du hast dich wirklich gut gehalten. Deine Figur ist noch so gut wie vor dreißig Jahren.»

Betty zupfte an ihrem Rock, um sicherzugehen, dass ihre Knie bedeckt waren. «Yoga hilft da sehr», sagte sie knapp.

«Mhmm. Und ein paar Schnibbeleien hier und da.»

Durch Betty ging ein Ruck. «Ich wüsste nicht, was das hier ...»

«Das war keine Gehässigkeit, Betty.» Mrs. Madrigal lachte aus vollem Herzen. «Ich wäre die *Letzte*, die den Wert der Chirurgie in Zweifel ziehen würde!» Ihre Fröhlichkeit verschwand genauso rasch, wie sie sich eingestellt hatte. «Sag mir jetzt, was ich für dich tun kann.»

Die Maklerin schaute auf ihr Glas hinunter. «Ich habe ein Recht, meine Tochter zu sehen», sagte sie in einem erzwungen ruhigen Ton, als wäre sie kurz davor, aus der Haut zu fahren. «Ich habe ein Recht zu erfahren, was du mit ihr anstellst.»

Ein mattes Lächeln huschte über das Gesicht der Vermieterin. «Etwas fürchterlich Perverses. Ich schenke ihr ein Zuhause. Und Liebe.»

«Soll das heißen, dass ich das nicht getan habe?»

«Das ist doch Unfug, Betty. Mona ist über dreißig.»

Eine dicke Ader an Bettys sehnigem Hals begann zu pulsieren. «Ich weiß, was du treibst. Du hetzt sie bewusst gegen mich auf. Du benutzt sie, um einen krankhaften Mütterlichkeitsdrang zu befriedigen, der dir das Gefühl geben soll, eine *richtige* Frau zu sein! Mein Gott! Das ist alles dermaßen daneben, dass ich nicht mal ...»

«Tut mir leid, dass du so gegen mich eingestellt bist. Vielleicht hilft es, wenn ich dir sage, dass du mit deiner Reaktion nicht ganz unrecht hast.»

«Nicht ganz unrecht! Pass mal auf, Andy! Ich verlange mehr von dir als ein mickriges Glas Sherry und ein paar schlappe Entschuldigungen. Ich will Antworten, verdammt noch mal!»

Mrs. Madrigal stellte ihr Glas beiseite und faltete die Hände im Schoß.

«Schön», sagte sie ruhig. «Ich werde mich anstrengen.»

Ihre Gelassenheit brachte Betty etwas aus dem Konzept. «Ich will zum Beispiel wissen, was mit Norman Neal Williams passiert ist.»

Mrs. Madrigals Wedgwood-Augen wurden groß wie Untertassen. «Du hast ihn *gekannt*?»

«Komm mir nicht auf die Tour!», fauchte Betty sie an.

«Ehrlich, Betty, ich weiß nicht, was du meinst.»

«Ich hatte ihn auf dich angesetzt, und das weißt du auch! Was hast du getan? Hast du ihn bestochen?»

«Er ist vor ein paar Monaten verschwunden. Er ist einfach nicht wiedergekommen, Betty. Mein Gott, war er ein *Detektiv*?»

«Wie *geziert* du doch lügen kannst.» Betty sprang auf. «Es hätte mir klar sein müssen, dass ich die Wahrheit von dir nicht erwarten kann. Ich finde, es wird Zeit, dass Mona die Wahrheit über ihren *richtigen* Vater erfährt!»

«Betty, bitte ...»

«Es sei denn, du hast sie ihr in deiner grenzenlosen Freimütigkeit schon erzählt.»

Schweigen.

Betty lächelte grimmig. «Ich hatte es nicht anders erwartet.»

«Wie kannst du so rachsüchtig sein? Du wirst ihr damit nur wehtun.»

«Du hast es doch gerade selbst gesagt. Mona ist über dreißig. Da hält sie das aus. Wo sie doch schon so ein großes Mädchen ist.»

Der geheiligte Stein

Es wurde schon Abend, als sie auf dem Nob Hill ankamen. Vor dem Mark und dem Fairmont wuselten pastellfarbene Touristen hin und her. Mary Ann kamen sie vor wie Küken, die man zum Osterfest bunt gefärbt hatte und die ihre Mütter suchten.

Aber diese Leute suchten wohl eher ihre Kinder.

Wie Monas Mutter. Wie Michaels Eltern und Burkes Eltern und ihre eigenen. Und selbst Mother Mucca. Verblüfft, schockiert, insgeheim jedoch angenehm erregt, waren sie scharenweise in dieses neuzeitliche Sodom gekommen, um mit eigenen Augen zu sehen, was aus ihren Nestflüchtlingen geworden war.

In ihren Augen lag Angst. Und Verwirrtheit. Und eine Art stummer Verzweiflung, die in Mary Ann das Bedürfnis weckte, die Hand auszustrecken und sie zu umarmen. Einige von ihnen näherten sich schon dem Ende ihres Lebens. Dennoch – in mehr als einer Hinsicht waren *sie* die Küken. Sie waren die Kinder ihrer Kinder.

Die Ampel sprang um. Burke und Mary Ann zwängten sich durch die Menge auf dem Fußgängerüberweg und marschierten westlich die California Street hoch. Mitten in diesem mittelamerikanischen Chaos behauptete sich zu ihrer Rechten mit leichtem Dünkel die schlammbraune Festung, die Pacific Union Club hieß: Still, düster und unergründlich stand sie da.

Mary Ann ließ ihre Finger an dem um das Gebäude laufenden Zaun aus massiver Bronze entlanggleiten und prüfte, ob sich in seinen Verzierungen ein Rosenmotiv fand. Nichts. Nur eine Nancy Drew fand Hinweise so en passant.

Als sie in den Huntington Park kamen, setzten sie sich mit dem Rücken zum PU Club auf eine Bank in der Nähe des Brunnens und betrachteten die riesige Fensterrose der Grace Cathedral.

«Hast du angerufen?», fragte Burke.

Mary Ann nickte. «Eine Frau aus dem Pfarrbüro hat mir gesagt, dass heute Abend eine Messe mit Kommunion stattfindet.»

«Wann?»

Sie schaute auf die Uhr. «In einer Dreiviertelstunde.»

«Dann sollten wir jetzt reingehen. Es ist mir lieber, wenn nicht so viele Leute drin sind.»

«Warum?»

Er deutete lächelnd auf seinen Mund. «Diese Woche hab ich schon genug Vorstellungen gegeben.»

«Meinst du nicht, dass du ...?»

«Woher soll *ich* das wissen?», sagte er schulterzuckend. «Ich denke, wir sollten lang genug drinbleiben, um zu sehen, ob es etwas auslöst, und dann aber raus wie der Teufel, wenn er Weihwasser riecht.» Er amüsierte sich über das Bild, zu dem er gegriffen hatte, und schaute entschuldigend zu dem riesigen Fenster hoch. «Tut mir leid.»

«Burke, bevor wir hineingehen ...»

«Ja?»

«Mir ist gerade was eingefallen. Als du zu Hause in Nantucket in die Kirche gegangen bist, hast du da geglaubt, dass sich der Wein in Blut und das Brot in Fleisch verwandeln?»

Er lächelte. «Hat das nicht jeder mal geglaubt?»

Sie schüttelte den Kopf. «Wir waren Presbyterianer. Für mich war das bloß Traubensaft.»

«Ich schätze, wir waren reichlich hochkirchlich», sagte er grinsend.

«Findest du so eine Vorstellung nicht ein bisschen grotesk?»

«Vielleicht. Wenn man es sich mal richtig überlegt. Aber nicht grotesk genug für eine heiße Nachrichtenstory, falls du an so was gedacht hast. Sieh mal, Mary Ann, für die meisten Episkopalen sind das bloß Worte. Wenn man einen Hochkirchler in die Mangel nehmen könnte, würde er vielleicht *sagen*, dass er überzeugt ist, das Blut Christi zu trinken oder sein Fleisch zu essen, aber ich glaube, dass die meisten Leute das etwas prosaischer und symbolhafter sehen.»

«Hast du dir denn überlegt, warum du dann an dem Thema dran warst?»

Er lachte in sich hinein. «Du nimmst alles noch viel wörtlicher als die Hochkirchler. Überleg doch mal, was du erzählt hast: Von Jack Lederer weißt du, dass ich in Verbindung mit der Geschichte, an der ich damals dran war, das Wort ‹Transsubstantiation› *erwähnt* habe. Im weiteren Sinn kann es auch bloß so was wie Transformation oder Veränderung bedeuten. Mensch, vielleicht hab ich über berufliche Pläne geredet ... oder *sonst was.* Jack Lederer hat das Wort doch nur aufgeschrieben, weil er selber nicht wusste, was es bedeutet.»

Ein kalter Abendwind stob durch den kleinen Park. Mary Ann stellte den Mantelkragen hoch und schaute wieder zur Kathedrale hinüber. Sie hakte sich bei Burke unter.

«Sie ist schön», sagte sie ehrfurchtsvoll. «In dem Licht sieht sie fast blau aus.»

Er nickte und zog sie näher an sich heran.

«Warum gruselt es mich so, Burke?»

Er drehte sich lächelnd zu ihr um. «Weil *dein* kirchliches Erbe immer noch viel mit ‹The Little Brown Church in the Dell› zu tun hat.» Er stand plötzlich auf und zog sie mit hoch. «Los jetzt, du Heidin. Auf dass die Religion über uns komme.»

Die Ironie, die in Burkes Verhalten lag, entging Mary Ann nicht.

Jetzt war sie diejenige, die sich am liebsten gedrückt hätte.

Der Showdown

Wie vom Donner gerührt sackte Mrs. Madrigal auf ihrem roten Samtsofa zusammen. Das Grauenhafte, von dem sie weiche Knie und einen trockenen Hals bekam, war, dass Betty die Situation sichtlich genoss.

«Sie wäre gar nicht hier», fauchte die Maklerin, «wenn sie nicht überzeugt wäre, dass dein Blut in ihren Adern fließt.»

«Das stimmt nicht», hielt Mrs. Madrigal wenig wirkungsvoll dagegen. «Alle hier können dir sagen, dass das nicht stimmt.»

Bettys Augen wurden zu Schlitzen. «Warum fragen wir nicht Mona? Hmmm?»

«Welchen Sinn sollte das haben? Was würdest du damit gewinnen, Betty?»

Betty schob die Unterlippe vor. «Wahrscheinlich nicht so viel, wie du verlieren würdest.»

«Nein. Da täuschst du dich, Betty. Die Verliererin wäre Mona. Sie braucht jetzt ein Zuhause. Sie braucht familiäre Geborgenheit. Aber was sie *gar nicht* braucht, ist die Geschichte von deiner uralten Eskapade mit einem sexbesessenen Klempner.»

«Immerhin hat ihm der Laden *gehört*. Und ich finde es *sehr* merkwürdig, Andy, dass du meinst, die Identität ihres *richtigen* Vaters sei für sie nicht weiter von Interesse.»

«*Ihn* hat sie ja auch nicht interessiert. Weder damals noch heute. Herrgott, es war nur ein Seitensprung!»

«Und *du* hast wohl eher Anspruch auf sie, oder was? Du, der du sie *ganz* um den Vater gebracht hast!»

Mrs. Madrigal bekam feuchte Augen. «Ich habe versucht, es wiedergutzumachen, Betty. *Siehst* du das denn nicht?» Sie deutete fahrig im Zimmer umher, als könnte die Barbary Lane 28 irgendwie die Reinheit ihrer Absichten beweisen. «Siehst du nicht, was ich ihr geben wollte?»

«Dafür ist es zu spät, Andy. Dreißig Jahre sind zu viel.»

«Soll ich etwa vor dir auf die Knie fallen? Geht's dir darum?»

«Lass dir eins gesagt sein, Andy: Aufhalten wirst du mich nicht.»

«Sie geht nicht nach Minneapolis zurück. Das kann ich dir garantieren.»

«Das ist mir egal.»

«Was bleibt denn dann noch, außer dass du Mona wehtust? Auf längere Sicht wird diese Neuigkeit für sie keinen Unterschied machen. Und dich wird sie weniger lieben, Betty, nicht mehr.»

Das Gesicht der Maklerin blieb starr. «Das werden wir ja sehen.»

«Nein», sagte Mrs. Madrigal entschieden. «Das werden wir nicht sehen.»

«Was?» Der Ton der Vermieterin hatte Betty einen Schock versetzt.

«Du wirst nämlich die Stadt verlassen, Betty. Wenn du morgen noch hier bist, erzähle ich allen, die es etwas angeht, was du in dem Haus Ecke Leavenworth und Green gemacht hast.»

Betty spürte die Verschiebung der Machtverhältnisse. Sie lag in der Luft wie nach einem Unwetter das Ozon. «Was soll das denn heißen?», fragte sie gereizt.

«Das soll heißen», antwortete Mrs. Madrigal nach einem Schluck Sherry, «dass du schon viel länger in der Stadt bist, als du Mona erzählt hast.»

«Und wenn schon?»

«Fast einen Monat, und nicht nur ein paar Tage», sagte die Vermieterin lächelnd.

«Sieh mal, Andy. Ich *wusste* doch, dass etwas nicht stimmte. Schließlich war Norman Williams verschwunden!» Sie lief hektisch im Zimmer hin und her und warf ihrem Ex-Ehemann ab und an einen wütenden Seitenblick zu. «Ich *musste* doch was unternehmen.»

«Mhmm. Und da kam dir die Idee, auf eigene Faust ein bisschen herumzuschnüffeln.»

«Was hätte ich denn sonst tun sollen?»

«Ja, was wohl», sagte Mrs. Madrigal ruhig. «Wie ist denn die Aussicht im elften Stock?»

Schweigen.

«Das Stockwerk stimmt doch, oder? Ich glaube, Mona hat vom elften gesprochen.»

«Andy, ich kann mir beim besten Willen nicht vorstellen, was ...»

«Im elften Stock muss man eine wunderbare Aussicht auf dieses Haus hier haben.» Mrs. Madrigal fixierte ihre Beute. «*Besonders* um Mitternacht.»

Betty blieb wie angewurzelt stehen. Ihr so entschlossen geschürzter Mund verlor jeden Halt. «Hat Mona dir das erzählt?»

Lächelnd sagte die Vermieterin: «Außer Mona habe ich noch viele andere Kinder.»

Betty stand mitten im Zimmer und starrte vor sich hin. Schließlich sagte sie: «Mist.» Es klang wie das Zischen einer Schlange.

«Deshalb bin ich überzeugt», sagte Mrs. Madrigal vergnügt, «dass ich deine Zustimmung finde, wenn ich sage, dass es eine *Menge* Dinge gibt, von denen Mona besser nichts erfährt. Außerdem braucht *sie* diesen Jungen fast genauso, wie er sie braucht, Betty.»

«Sie ... weiß nicht ... Bescheid über mich?»

Mrs. Madrigal schüttelte den Kopf. «Und er auch nicht. Für ihn bist du eine richtige Salome, eine Sirene auf ihrem Felsen!» Sie zwinkerte der Maklerin zu. «Ich erzähle ihm nichts, wenn du auch nichts erzählst.»

Betty funkelte sie in sprachloser Wut an.

«Und ich erzähl es auch sonst niemand, Betty. Aber nur, wenn du abreist. Und zwar morgen.»

«Ich kann dir nicht trauen.»

«Und ob du das kannst. Ich war vielleicht ein unzuverlässiges Mannsbild, aber ich bin ein schrecklich nettes Frauenzimmer.»

«Ein *Teufel* bist du, dass du's genau weißt!»

«Ich bitte dich», sagte Mrs. Madrigal lächelnd. «Nenn mich wenigstens eine Hexe.»

Der Mann, der gar nicht da war

Als Burke und Mary Ann die Kirche betraten, verriet das laute Klappern ihrer Schuhe auf dem Steinfußboden den wenigen

Andächtigen, die in dem großen Raum verstreut saßen, ihre Anwesenheit.

«Ich komm mir vor wie ein Touristentrampel», flüsterte Mary Ann.

Burke lächelte und drückte ihre Hand. «Keine Bange. Die Presbyterianerin wird dir schon niemand ansehen.»

«Sollten wir uns nicht setzen?»

Er zuckte mit den Schultern. «Wenn du willst.»

Sie stiegen in eine Bank neben einer eindrucksvollen Steinsäule. Links über ihnen verdunkelte sich die Technicolor-Pracht eines bunten Glasfensters. Mary Ann setzte sich und kramte ein Dynamint aus ihrer Handtasche.

«Willst du auch eins?», fragte sie.

Burke schüttelte den Kopf. «Bleiben wir einfach ein bisschen sitzen.»

Mary Ann sah sich um und fragte sich beklommen, ob sie und Burke die gleichen Eindrücke aufnahmen. Die alte Frau, die zwei Reihen vor ihnen ihre Gebete aufsagte, hatte mithilfe einer Nadel ein rosa Taschentuch mit Blumenmuster an ihrem grauen Dutt befestigt. Auf der anderen Seite des Gangs saß ein Mann, der ein T-Shirt mit der Aufschrift «the pines 75» trug und sich mit ausholender Geste bekreuzigte.

Diese Leute waren keine Katholiken, rief Mary Ann sich in Erinnerung. Sie waren Episkopale, wahrscheinlich Hochkirchler, aber gewöhnliche Protestanten, die in diesen hallenden Raum gekommen waren, damit sich in ihren Mündern Wein in Blut verwandeln konnte.

Es schauderte sie. Sie fummelte sich noch ein Dynamint raus. Dann bemühte sie sich um Burkes Aufmerksamkeit.

«Tut sich was?», wollte sie wissen.

Er schüttelte den Kopf.

«Erinnerst du dich überhaupt an diesen Raum?»

«Nein, eigentlich nicht. Es erinnert sehr an St. John the Divine's in New York.»

«So riesig», stellte Mary Ann geistesabwesend fest.

Burke lugte um den Pfeiler herum. «Der Chor hat seinen Platz vermutlich vorne neben dem Altar. Vielleicht sollten wir da mal hingehen.»

«Ahm ... Warum das denn?»

Er lächelte sie an. «Hast du Angst, Mary Ann?»

«Nein. Ich finde bloß ... Na ja, damit würden wir doch ... auffallen, nicht?»

Er nahm sie an der Hand. «Komm. Nur ganz kurz. Vielleicht erkenne ich die Einfriedung für den Chor wieder oder sonst was da vorne.»

Also schritten sie gemeinsam den Gang entlang. Mary Ann vergaß ihre Ängstlichkeit für einen Augenblick und amüsierte sich im Stillen über die Symbolik, die in diesem Vorgang lag. Ob man sich bei den Proben für eine Trauung so fühlte?

Als sie an die Kommunionsbank kamen, blieb Burke kurz stehen und las den Spruch, der in Petit-Point-Stickerei die Kniekissen zierte: WER VON DIESEM BROT ISST, WIRD EWIG LEBEN. Mary Ann zupfte Burke am Ärmel. «Siehst du», flüsterte sie. «Transsubstantiation.»

Er konnte seine Belustigung nicht verbergen. «Du tust, als würdest du eine Inka-Ruine besichtigen.»

Der Organist saß in unmittelbarer Nähe der Einfriedung für den Chor. Außer ihm hielt sich sonst niemand in diesem Teil der Kathedrale auf. Mit feierlicher Geste legte er seine Notenblätter zurecht. Dann begann er zu spielen.

Mary Ann zuckte zusammen, als die Musik durch die Kathedrale donnerte. «Vielleicht fangen sie jetzt an, Burke.»

«Er übt nur», klärte Burke sie auf. «Gehen wir jetzt. Es ist nicht nötig, dass ich mir die Chorempore auch noch ansehe.»

«Wenn du sie aber noch …»

Er schüttelte den Kopf. «Hier kommt mir nichts bekannt vor. Wenn es anders wäre, könnte ich es jetzt schon sagen.»

Sie machten kehrt und strebten in würdiger Haltung dem Ausgang zu. Die alte Dame mit dem rosa Taschentuch blickte auf, als sie an ihrer Bank vorbeikamen. Mary Ann lächelte ihr entschuldigend zu, bevor sie himmelwärts zu der großen Fensterrose blickte. Deren Leuchtkraft war inzwischen erloschen. Sie war so schwarz wie die Nacht draußen.

«Burke?»

«Hmh?»

«Lass uns heute Abend irgendwas hübsches Seichtes und Unterhaltsames machen. Sehen wir uns einen Burt-Reynolds-Film an. Oder gehen wir doch in diese Country & Western-Kneipe, wo immer alle mitsingen sollen. Oder … O Gott, halt! Sieh nicht hin, Burke!» Sie packte ihn an der Hand, zerrte ihn unsanft in eine Bank und zog ihn auf die Knie hinunter. «Nicht bewegen», flüsterte sie. «Nicht umdrehen.»

«Um Himmels willen, was soll …»

Mary Ann hielt in geheuchelter Andacht den Kopf gesenkt. «Sssssch! Mr. Tyrone ist da.»

«Wer?»

«Der Mann mit den Implantaten.»

«Wo?»

«An der Tür. Er stand gerade an der Tür, Burke.»

Burke fand ihre Reaktion übertrieben. «Wenn er im Chor singt, Mary Ann, dann hat er doch allen Grund …»

«Er hatte etwas bei sich, Burke.»

Burke spähte über die Schulter.

«*Nicht*! Er wird dich sehen.»

«Dann sieht er mehr als ich.»

«Was?»

«Es ist niemand da, Mary Ann.»

Sie drehte sich langsam um und schaute noch einmal zur Tür. Burke hatte recht. *Es war niemand da.*

Tränen im Tivoli

Mona machte sich gerade über ihren zweiten halben Liter Rotwein her, als Mrs. Madrigal ins Savoy-Tivoli kam.

Allein.

«Alles in Ordnung, Mrs. Madrigal?»

Die Vermieterin nickte. «Es hätte hässlicher sein können.» Sie glitt auf einen Stuhl und griff über den Tisch hinweg nach Monas Hand. «Ich habe mein Bestes getan, meine Liebe.»

«Hat sie eine Szene gemacht?»

«Sie hat es versucht.»

Mona zögerte, bevor sie dann doch mit der Frage herausplatzte, die ihr schon den ganzen Abend auf der Seele lag. «Hat sie über Mr. Williams gesprochen?»

«Ja.»

«Und?»

«Mir ist die Spucke weggeblieben. Ich hatte keine Ahnung, dass er Detektiv war, und schon gar nicht, dass er für *sie* gearbeitet hat. Außerdem kann ich mir gar nicht vorstellen, was mit ihm passiert ist.»

Mona schaute in ihr Weinglas.

«Sieh mich an, Liebes. Das ist die Wahrheit.»

«Ich glaube dir.»

«Du musst mir glauben, Mona. Du *musst*.»

«Tu ich ja», sagte Mrs. Madrigals Tochter lächelnd. «Wo ist sie eigentlich? Ist sie vor Wut geplatzt?»

«Beinahe. Kann ich mal bei dir trinken, Liebes?»

Mona schob ihr Glas über den Tisch. «Es tut mir leid, dass du das durchmachen musstest.»

«Sie reist morgen ab. Du solltest sie noch mal anrufen.»

«Na gut.»

«Vergiss nicht, dass sie dich liebt, Mona. Sie hat damals eine Menge Opfer für dich gebracht.»

«Ich weiß.» Mona holte sich das Weinglas zurück und trank einen Schluck. «Darf ich dich noch etwas fragen?»

«Nur zu.»

«Mr. Williams hat Betty berichtet, dass dein Name ein Anagramm ist.»

«Wie interessant.»

«Und?»

«Was und?»

«Ist es so?»

Mrs. Madrigal lächelte geheimnisvoll. «Hast du noch nicht versucht, es aufzulösen?»

«Dann stimmt es also?»

Die Vermieterin nahm sich ein Stück Brot und knabberte daran. «Pass auf, junge Frau: Wir machen jetzt einen kleinen Kuhhandel. Ich verrate dir die Auflösung des Anagramms, wenn du einen Freund von mir zum Essen einlädst.»

«Wen?»

«Brian Hawkins.»

«Vergiss es.»

Mrs. Madrigal legte das Stück Brot betont geziert beiseite. «Na schön.»

«Ich bin deine Tochter», konterte Mona. «Ich habe das Recht, die Auflösung des Anagramms zu erfahren.»

«Das stimmt. Und als dein Vater habe ich das Recht, über Enkel zu reden.»

«So ein Quatsch.»

Mrs. Madrigal drohte mit dem Finger. «Mother Mucca wird dir den Mund mit Seife auswaschen.»

«Brian Hawkins interessiert sich nicht mal *im Entferntesten* für mich.»

«Das wird er aber bald tun.»

«Hmh?»

«Vertrau mir nur, Mona.»

Mona schaute weg. «Ich bin mir seinetwegen furchtbar dämlich vorgekommen.»

«Ach, Mona, dämlich sind wir doch alle! Nur haben manche von uns mehr Spaß damit als andere. Entspann dich, meine Liebe! Genier dich nicht zu weinen ... oder zu lachen. Lach, so viel du willst, wein, so viel du willst, pfeif auf der Straße hübschen Männern hinterher, und *zum Teufel* mit allen, die dich für dämlich halten!» Sie hob das Weinglas und prostete der jüngeren Frau zu: «Ich liebe dich, mein Engel. Und das gibt dir die Freiheit zu allem.»

Mona gab keine Antwort. Tränen liefen ihr über das Gesicht.

Mrs. Madrigal langte über den Tisch und tupfte ihr mit einer Serviette die Augen ab.

«Ist es dir feucht genug?», wollte Mona wissen.

Plötzlich stand der Kellner neben ihnen.

«Ah, Luciano», rief Mrs. Madrigal. «Haben Sie meine Tochter schon kennengelernt?»

Der Kellner machte eine höfliche Verbeugung. Mona wurde rot und hielt ihm die Hand hin. Der Kellner drückte ihr einen Kuss darauf und sagte: *«Bella.»*

Mrs. Madrigal lächelte stolz. «Natürlich ist sie *bella*! Bei der Mu... äh ... na ja.»

Mona lächelte sie mit verschwommenen Augen an. «Du bist so was von verrückt.»

«Grazie», sagte ihre Vermieterin.

Abstieg ins Nirgendwo

Mary Anns Augen wurden groß wie Hostien, als sie zu der Stelle hinübersah, wo der Mann mit den Implantaten gestanden hatte. «Ich schwör's dir, Burke. Er hat gleich dort neben der Tür gestanden.»

«Kann ja sein», meinte Burke schulterzuckend. «Aber jetzt steht er nicht dort.»

«Wahrscheinlich ist er wieder rausgegangen.»

«Willst du nachsehen?»

Sie zögerte. «Ich denke, das sollten wir. Aber es darf nicht so wirken wie jetzt.»

«Richtig. Hast du nicht auch gesagt, dass er was bei sich hatte?»

Sie machte es Burke nach und wechselte von der knienden in die sitzende Position. «Ich bin mir nicht sicher», sagte sie leicht beklommen. «Aber es hat ausgesehen wie eine Kühlbox aus Styropor.»

Er blinzelte sie an. «Müsste ich wissen, was das zu bedeuten hat?»

Sie schüttelte den Kopf. «Ich hab es nie erwähnt. Jon hat letzte Woche gesehen, wie er mit einer Kühlbox aus Styropor aus dem Krankenhaus gekommen ist.»

«Und?»

«Nichts und. Er hat es nur gesehen. Draußen auf dem Parkplatz.»

Burke zog die Augenbrauen hoch. «Glaubst du etwa», fragte er mit gespielter Dramatik, «dass er zur Kommunion statt Wein lieber Bier trinkt?»

«Ich blase die Sache doch gar nicht auf, Burke.» Sie wusste, dass seine Schnoddrigkeit nur ein Abwehrmechanismus war, doch es irritierte sie trotzdem.

Er stand auf und half ihr aus der Bank. Während sie auf das Portal zugingen, betraten drei oder vier neue Andächtige den Bau. «Wie viel Zeit haben wir noch?», wollte Burke wissen.

«Eine Viertelstunde», kam die Antwort.

Sie erreichten den Eingang. «Ich geh voran», sagte Mary Ann. «Wir schlendern einfach raus und tun so, als würden wir ein bisschen frische Luft schnappen.»

Burke zwinkerte ihr zu und hielt den Daumen nach oben.

Mary Ann zog an der schweren Tür und trat in die Dunkelheit hinaus. So beiläufig wie möglich musterte sie die Leute, die plaudernd auf dem Vorplatz standen. Der Mann mit den Implantaten war nicht darunter.

Sie nahm Burkes Arm und ging zurück in die Kathedrale. «Das ergibt keinen Sinn», flüsterte sie. «Er kann doch sonst nirgends hingegangen sein.»

«Mit einer Ausnahme ...» Burke drehte sich um und deutete auf den Fahrstuhl gleich rechts neben dem Eingang. Er lag etwas abseits im Dunkeln und war ihrer Aufmerksamkeit bis dahin völlig entgangen. «Damit geht's wohl in den Glockenturm oder so.»

«Wohin?»

«Keine Ahnung. Vielleicht zu Quasimodo?» Er streckte die Hand aus und drückte auf den Knopf.

«Burke! Was machst du da?»

«Wir können doch jetzt nicht aufhören, oder?»

Plötzlich glitt die Fahrstuhltür zur Seite, und profanes Neonlicht ergoss sich in diesen tintenschwarzen Winkel der Kathedrale. Burke packte Mary Ann am Arm und zog sie in den Fahrstuhl. Die Tür schloss sich augenblicklich.

«Burke, wir könnten in Schwierigkeiten kommen.»

Er antwortete nicht, denn er war völlig auf die Kontrollknöpfe fixiert. «Es gibt 2, 3 und TG», sagte er. «TG muss Tiefgeschoss heißen. Probieren wir es für den Anfang mal mit der 2. Meinst du nicht auch, dass wir dem Ort eher gerecht werden, wenn wir gen Himmel fahren?» Er drückte auf den 2er-Knopf.

Nichts passierte.

«Lass das bleiben, Burke. Mach die Tür auf.»

«Warte doch mal.» Er probierte es mit dem 3er-Knopf. Der Fahrstuhl rührte sich nicht von der Stelle.

«Burke!»

«Einmal noch.» Der TG-Knopf setzte sie diesmal in Bewegung. Nach unten. Nach weniger als zehn Sekunden war die Fahrt zu Ende. Die Tür gab den Blick auf einen beleuchteten Gang frei. Burke trat hinaus und zog Mary Ann mit. Die Fahrstuhltür schloss sich.

«Das ist bloß der Geschenkeladen», flüsterte Mary Ann. Mehrere Schaufenster in dem Gang boten einen Einblick in das religiöse Warenhaus: zum größten Teil Statuen des heiligen Franziskus und Wandbehänge aus Filz mit Hippie-Peace-and-Love-Sinnsprüchen.

Obwohl der Laden im Halbdunkel lag, probierte Burke die Tür aus. Abgeschlossen. Die beiden anderen Türen auf dem Flur ebenfalls. Der Fahrstuhl bot den einzigen Ausgang. Burke grinste Mary Ann leicht verlegen an, dann drückte er auf den Aufwärtsknopf. Nichts geschah.

«Aha!», sagte Burke. «Mr. Tyrone-Implantat muss auf dem Weg nach unten sein.»

Mary Ann gefror das Blut. «Nach *hier* unten?»

Burke lächelte. «Von 2 oder 3 nach unten. Offensichtlich ist er nicht nach unten, sondern nach oben gefahren. Wahrscheinlich steigt er gerade im Erdgeschoss aus. Das heißt, falls nicht noch jemand anderes den Fahrstuhl benutzt.»

«Aber wie hat er nach oben fahren können, wenn wir nur nach unten konnten?»

Sobald die Tür des Fahrstuhls sich öffnete, zuckte ihr die Antwort wie ein schwindelerregender Blitz durch den Kopf.

Sie stiegen schweigend ein und fuhren ins Erdgeschoss. Als die Tür aufging, stellte Mary Ann sich vor die Kontrollleiste und drückte auf den Tür-zu-Knopf. Burke sah sie irritiert an.

«Drück noch mal auf den 2er-Knopf», sagte sie.

Er drückte. Nichts geschah.

Mary Ann griff in ihren Nacken und löste den Verschluss des Goldkettchens, das Burke ihr in Mexiko gegeben hatte. Sie reichte ihm den Schlüssel und deutete dann auf ein Schloss in der Kontrollleiste.

«Versuch mal, ob er passt», sagte sie.

Der Ausweg

«Edgar und Anna, hm?»

D'orotheas Lächeln wirkte fast mütterlich, als sie an DeDes Bett saß und die Hand der frischgebackenen Mutter hielt. DeDe strahlte. «Du hast sie gesehen, hm?»

«Na, und ob. Sie sind toll, mein Schatz. Eins von jeder Sorte. Perfekter geht's nicht.»

«Würdest du das mal meiner Mutter sagen?»

D'orothea runzelte die Stirn. «Ist sie ausgeklinkt?»

«Man könnte es so nennen. Sie hat mir gesagt, ich hätte abtreiben sollen.»

«Hast du nicht gesagt, sie ist katholisch?»

«Das ist sie auch», maulte DeDe. «Aber sie ist auch aus Hillsborough und Mitglied im Francesca Club. Und dort herrschen wieder ganz andere Dogmen. Einer der unumstößlichsten Grundsätze ist der, dass man kein Kind mit Schlitzaugen bekommt.»

D'orothea drückte ihre Hand. «Denk einfach nicht daran, mein Schatz.»

«Ich muss. Ich muss damit leben.»

«Wirklich?», sagte D'orothea mit herausforderndem Blick.

«Ich kann davor nicht weglaufen, D'or.»

«Vielleicht nicht. Aber du könntest auf etwas *zulaufen*.»

«Zum Beispiel?»

D'orothea zuckte mit den Schultern. «Auf ein neues Leben. Auf ein Leben, in dem du dich nicht mehr mit solchen Leuten abgeben musst.»

«Dafür ist es bei mir wohl ein bisschen zu spät.»

D'orothea schüttelte den Kopf. «Falsch, mein Schatz. Bei mir war es auch noch nicht zu spät.»

«Was soll das heißen?»

D'orothea lächelte verständnisvoll. «Weißt du, wir liegen gar nicht so weit auseinander. Ich mag zwar aus dem falschen Viertel von Oakland kommen, aber ich bin schon *sehr* früh sehr vornehm geworden. Ich habe Götzenbilder angebetet, bevor ich noch meinen ersten BH brauchte. Mein Gott, ich war sogar viel schlimmer als du. Bei mir war es eine bewusste Entscheidung. Aber bei dir ist es bloß eine Frage der Familientradition.»

«Man sollte die Macht der Familientradition nie unterschätzen», sagte DeDe wehmütig.

«*Oder* die Macht Dollars, des Allmächtigen. Stell dir das mal vor: Ich war dermaßen scharf aufs Geld, dass ich mir sogar die Haut schwarz gefärbt habe, um an welches zu kommen.»

«Was?»

«Es ist eine lange und schmutzige Geschichte. Ich erzähl sie dir mal, wenn du wieder ... Pass auf, DeDe: Erinnerst du dich noch an den Abend, wo wir bei der Modenschau im Legion of Honor waren und du mir gesagt hast, dass es schwer ist, wenn man am Ende des Regenbogens lebt?»

«Sicher.»

«Tja, vielleicht war deine Annahme falsch.»

«Und zwar?»

«Vielleicht stimmt es gar nicht. Vielleicht ist San Francisco gar nicht das Ende des Regenbogens.»

Die Radikalität des Vorschlags drang nur langsam zu DeDe durch. «D'or, redest du vom *Weggehen*?»

«Warum nicht?»

«Ich *kann* nicht, D'or. Ich habe meine Familie hier. Zumindest meine Mutter. Und meine Freundinnen.»

«Was hast du von denen bis jetzt gehabt?»

DeDe musterte das Gesicht ihrer Freundin. «Warum werde ich das Gefühl nicht los, dass du eine Sünderin bekehren willst?»

D'orothea lachte. «Ich bin in der letzten Zeit *tatsächlich* oft in der Kirche gewesen. Das spielt sicher mit eine Rolle. Uns ist nicht so furchtbar viel Zeit auf diesem Planeten gegeben, DeDe, und wenn nicht ein paar von uns die Initiative ergreifen, sich selbst ändern und sich dem allgemeinen Niedergang widersetzen ... Weißt du, es ist ganz einfach: Von selbst läuft gar nichts.»

«Das ist mir schon klar, D'or. Da gebe ich dir auch recht. Aber ich verstehe nicht, wie ein Weglaufen ...»

«Kein *Weglaufen*, mein Schatz. Ein Zulaufen. Ein *Zulaufen* auf etwas.»

«Worauf willst du hinaus?»

D'orothea lächelte. «Es ist wohl besser, wenn ich gleich damit rausrücke, hm?»

Sie brauchte fünfzehn Minuten, um ihren Vorschlag darzulegen. Als sie fertig war, blickte DeDe sie mit einer Mischung aus Zweifel und Faszination an.

«Und du meinst, ich könnte die Babys mitnehmen?», fragte sie.

«Natürlich! Das ist doch das Tolle daran. Ein total neues Leben für die beiden, in dem sie von der Selbstgerechtigkeit und Kleinkariertheit der Freundinnen deiner Mutter verschont bleiben! Ein total neues Leben für sie und für uns alle, DeDe!»

DeDe lief vor Aufregung rot an. «Es ist verrückt, aber es klingt sehr vernünftig.»

«Das kannst du laut sagen!»

«Mutter kriegt sicher Zustände.»

«Aber nein. Na ja, am Anfang vielleicht. Aber auf lange Sicht erspart es ihr alle Peinlichkeiten. Du kannst so blitzartig aus der Stadt verschwinden, dass die Hillsborough-Mischpoke gar keine Chance mehr hat, sich über deine Kinder herzumachen. Deine Mutter wird dir dafür *dankbar* sein, DeDe.»

«Ich muss darüber nachdenken», sagte DeDe.

«Ich weiß. Klar. Es hat auch noch Zeit.»

«*Aufregend* ist es aber doch!»

«Wem sagst du das!», sagte D'orothea.

Die Kühlbox

Burkes Hände zitterten, als er den Schlüssel in das Schloss an der Kontrollleiste steckte. Mary Ann schaute ihm über die Schulter. «Ruckel mal hin und her.»

«Tu ich doch. Weiter geht's nicht.» Der Schlüssel steckte nur halb drin.

«Probier's mal andersrum.»

Burke zog den Schlüssel heraus und steckte ihn von Neuem hinein. Diesmal glitt er reibungslos in das Schloss. Mary Ann stieß einen kurzen Schrei aus. Burke drehte sich um und strahlte sie voller Bewunderung an. «Wir können ihn jetzt auf die 2 oder auf die 3 stellen. Was soll's sein?»

Ohne zu wissen, warum, nahm Mary Ann die 3.

Als Burke auf den 3er-Knopf drückte, begann der Fahrstuhl seine langsame Aufwärtsfahrt.

Mary Anns Hochgefühl wich nagender Angst. «Was ist, wenn er dort oben ist, Burke? Der Implantatemann.»

«Dann stellen wir uns dumm», meinte Burke.

«Gut. Außerdem wissen wir gar nicht genau, ob er den Fahrstuhl genommen hat.»

«Er ist damit gefahren.» Burkes grimmige Entschiedenheit machte ihr Angst.

«Aber warum sollte jemand, der bloß im Chor singt, einen Schlüssel für diesen Fahrstuhl haben?»

«Aus demselben Grund», sagte Burke ungerührt, «aus dem ich auch einen hatte.»

Der Fahrstuhl ruckelte die beiden ein wenig, als er hielt. Die Tür ging auf. Sie betraten einen Raum, der ungefähr so groß war wie Mary Anns Wohnzimmer. Es gab keine Fenster. Eine flackernde Neonröhre, die neben dem Fahrstuhl an die Wand montiert war, warf einen grünlichen Schein auf die Stapel von Gesang- und Gebetbüchern, die sich an den Wänden des Raums entlangzogen.

Weiter konnte man nur über eine schmiedeeiserne Wendeltreppe. Und zwar nach oben.

Mary Ann schüttelte sich und trat in den Fahrstuhl zurück. «Burke ... versuchen wir es lieber mit der 2.»

Burke schüttelte den Kopf. «Hier ist es.»

«*Was* ist hier?»

«Keine Ahnung. Ich hab nur so ein Gefühl, dass wir hier richtig sind.»

«In diesem Raum?»

«Nein.» Er wies mit einer Kopfbewegung auf die Wendeltreppe. «Dort oben.»

«O Gott, Burke! Bist du sicher, dass wir da hochsollen?»

Um seinen Mund lag ein entschlossener Zug, aber seine Stimme klang dünn und unsicher. «Ich muss da hoch.»

«Vielleicht könnten wir ja später noch mal herkommen.»

«Nein. Später hab ich vielleicht zu viel Angst.»

«Und wenn der Implantatemann dort oben ist?»

Burke drehte sich von ihr weg. «Er hatte genügend Zeit, um wieder runterzufahren.»

«Aber, wenn er ...?»

«Ich gehe hinauf, Mary Ann. Du kannst machen, was du willst. Du hast mir schon genug geholfen.»

Sie griff beschwichtigend nach seiner Hand. «Ich komme mit», sagte sie leise.

Burke ging voran. Mary Ann blieb so dicht hinter ihm, dass sein Cordjackett ständig ihr Gesicht streifte. Auf der Wendeltreppe gelangten sie durch die Decke in einen noch dunkleren Raum. In einen entschieden dunkleren Raum. Mary Ann zupfte an der Unterkante von Burkes Jackett.

«Wir können nicht mal was *sehen*, Burke.»

«Das macht nichts», flüsterte er. «Unsere Augen gewöhnen sich schon daran.»

Die Wendeltreppe führte noch weiter. Etwa fünf Meter über dem Raum mit den Gebetsbüchern kamen sie auf eine Art Absatz.

«Höher können wir nicht», sagte Burke.

«Um Himmels willen, Burke, lass uns ...»

«Warte.» Sie hörte, wie er an etwas herumhantierte. «Ich glaube, hier ist eine Tür.»

Es gab tatsächlich eine Tür. Als sie nach außen aufschwang, waren sie im ersten Moment vom Licht geblendet. Sie wichen beide vor dem Anblick zurück, dem sie sich gegenübersahen:

ein Metallsteg, der in Richtung Altar führte. *Mindestens dreißig Meter über dem Fußboden der Kathedrale.*

«Ich *kann* nicht», sagte Mary Ann, ohne dass Burke sie zu etwas aufgefordert hätte.

«Wenn ich kann, kannst du auch. Sieh mal, es gibt ein Geländer. Du kannst unmöglich runterfallen.»

«Es geht doch nicht um ein ...» Das Wort «Geländer» ließ sie verstummen. «Burke! *Ein Steg mit einem Geländer!* Das ist die Stelle, von der du geträumt hast!»

«Ich sag's noch mal», entgegnete er düster. «Wenn *ich* kann, kannst du auch.»

Er fasste sie an der Hand und führte sie auf den Steg. Mary Ann schaute auf die Uhr. Die Messe sollte in zwölf Minuten anfangen. Acht Stockwerke unter ihnen setzte sich die Kirchengemeinde aus roten, blauen und gelben Farbflecken zusammen. Die Höhe reduzierte sie auf die Primärfarben. Eine Fensterrose aus Menschen.

Burke und Mary Ann gingen mindestens fünfzig Meter, bis sie direkt über dem Querschiff der Kathedrale standen. In Entsprechung zum Grundriss des Gebäudes kreuzte dort ein zweiter Steg denjenigen, auf dem sie sich befanden.

Und genau dort stand eine Kühlbox aus Styropor.

Mary Ann schaute nach hinten, dann auf dem anderen Steg nach links und rechts. Der Mann mit den Implantaten war nirgends zu sehen. Burke stand wie versteinert da und starrte auf die Kühlbox. Sein angekränkelt-graues Gesicht zwang Mary Ann, Stärke zu zeigen.

«Burke, ist das der Kreuzungspunkt der Linien?»

Er nickte.

Sie griff nach der Kühlbox. «Soll ich sie aufmachen?»

«Bitte», sagte er matt.

Sie hob den Deckel. Eine dicke weiße Rauchwolke wallte über die Ränder der Kühlbox. Nein. Kein Rauch. Trockeneis. Mary Ann kniete neben der Kühlbox nieder und blies auf die Oberfläche der Wolke. Sie teilte sich.

Das, was Mary Ann zu Gesicht bekam, war von einem stumpfen Rot, fast schon mauvefarben. Ein schmaler Strich Haare zog sich über seine Oberfläche. An dem Ende, wo man es abgetrennt hatte, war es schwarz, und die Zehennägel hatten einen schauderhaften Gelbstich.

Aber es war zweifellos ein menschlicher Fuß.

Mary Ann ließ den Deckel fallen, stand schwankend auf und sank in Burkes Arme. Sie versuchte zu schreien. Statt dessen kam es ihr hoch, und sie machte sich gerade noch rechtzeitig von Burke los, um sich über das Geländer zu beugen.

Die Menschen unten ahnten kaum, was sie da traf.

Die Sekte

Als Mary Ann sich wieder aufrichtete, jagte Burkes verzerrtes Gesicht ihr neuen Schrecken ein.

«Burke ... O Gott, hast du ihn gesehen?»

Er nickte mechanisch und starrte den Deckel der Kühlbox an.

«Es war ein Fuß, Burke. Es war ein menschlicher Fuß.»

Burke blinzelte, ohne etwas zu sagen oder die Augen von der Kühlbox zu lassen.

«Wir müssen hier weg, Burke!»

Er packte sie am Handgelenk. «Nein ... Warte ...»

«Um Himmels willen, Burke! Wir müssen es jemand sagen. Wir können nicht einfach ...»

«Es war kein Fuß.»

«Was?»

«Es war kein Fuß.» Er riss die Augen auf, als würde ihm eine seltene göttliche Offenbarung zuteil. «Es war, es war ... etwas anderes.»

Mary Anns Stimme schlug ins Schrille um. «Ich hab es *gesehen*, Burke. Es *kann* gar nichts anderes sein.» Sie versuchte, sich aus seinem Griff zu lösen, aber seine Hand war wie ein Schraubstock. «Burke, was machst du da? *Lass mich los, Burke!*»

Seine Hand gab nach. Am Haaransatz quollen ihm große Schweißtropfen wie Brandblasen aus der Haut. Er drehte sich um und sah sie an. «Es war kein Fuß», sagte er mit kläglicher Stimme, «es war ein Arm.»

«Burke, um Himmels ...!»

«*Bestimmt*, Mary Ann. Als ich zum ersten Mal hier war ... war es ein Arm.»

«Du warst ...? Burke, du *erinnerst* dich?»

«Sie wollten, dass ich ... Sie sagten, ich müsste ...»

«*Wer*, Burke?»

«Sie. *Er*.»

«Der Mann mit den Implantaten?»

Burke nickte.

«Was hat er von dir verlangt?»

Schweigen.

«Burke?»

«Wir müssen hier weg.»

«Warte, Burke. Was haben sie von dir verlangt?»

Burke ging wieder den Steg entlang, drängte von der Kühlbox weg, zurück zur Wendeltreppe. Noch während er die Hand nach Mary Ann ausstreckte, wurde er schneller, bis sie beinahe rannten.

«Burke, was ist, wenn der Mann mit den ...?»

«Wie spät ist es?» Er zog ihr Handgelenk zu sich heran und schaute auf die Uhr. «O Gott! Wir haben nur noch drei Minuten!»

«Wofür?»

«Sie kommen in drei Minuten! Die Messe fängt in drei Minuten an!»

Die beiden waren wieder an der Tür und tauchten erneut in die Dunkelheit ein. Burke ging auf der Treppe voran. Er klammerte sich die ganze Zeit an Mary Anns Hand. Als sie in den Raum mit den Gesangbüchern kamen, stürzte er an den Knopf neben dem Fahrstuhl, sprang dann aber zurück, als hätte er einen elektrischen Schlag bekommen.

«Scheiße!»

«Was ist los?», flüsterte Mary Ann.

«Hör doch ... Der Lift! Sie kommen hoch!»

«O Gott.»

Burke sah sich hektisch um, bevor er Mary Ann in die dunkelste Ecke des Raums zog, hinter einen hohen Stapel aus Gebetbüchern. Sie duckten sich in dessen Schatten, als die Fahrstuhltür klappernd aufging.

Fünf oder sechs Leute kamen heraus, und wenigstens zwei von ihnen waren Frauen. Sie klangen vergnügt und ganz alltäglich, bis der Mann mit den Implantaten die Zauberformel anstimmte, die Mary Ann inzwischen auswendig kannte.

Hoch auf dem geheiligten Stein
Leuchtet die inkarnierte Rose
Über dem Berg der Flut
Am Kreuzungspunkt der Linien.

Vom metallischen Geschmack ihres Erbrochenen wurde Mary Ann erneut übel. Sie versuchte, an gänseblümchenübersäte Wiesen zu denken, an Regentropfen auf Rosen und an Schnurrbärte von kleinen Kätzchen, aber der Anblick des grässlich dunkelroten Fußes schoss ihr immer wieder wie ein Blitzlicht durch den Kopf.

Instinktiv griff Burke nach ihrer Hand und drückte sie beruhigend. Dabei streifte er den Stapel Gebetbücher, was diesen bedrohlich ins Schwanken brachte. Mary Ann hielt den Atem an und tat ihr Bestes, um den schwankenden Stapel am Einstürzen zu hindern.

Sie warteten eine Ewigkeit.

Schließlich machten sich die gesichtslosen Zelebranten daran, die Treppe zum Steg zu besteigen. Als ihre Tritte verklungen waren, hetzte Burke zum Fahrstuhl und drückte wie wild auf den Knopf.

Die Tür öffnete sich augenblicklich.

«Wo ist der Schlüssel?», fragte Burke.

Mary Ann griff sich an den Hals. «Ich muss ihn ...»

«O Gott!»

«Sieh auf dem Boden nach, Burke! Vielleicht ist er ...»

«Lass nur! Kann sein, dass wir ihn gar nicht brauchen!» Er drückte auf den Knopf für das Erdgeschoss. Der Fahrstuhl gab ein grausiges Seufzen von sich, und die Tür schloss sich rumpelnd. Ihre Fahrt nach unten begann.

Als sie sich wieder im Hauptgeschoss der Kathedrale befanden, kündigte ein Donnergrollen der großen Orgel den Beginn der Messe an. Ohne sich ein einziges Mal umzudrehen, flüchteten sie durch das riesige Portal ins Freie und rannten bis zum Huntington Park.

Dort saßen sie dann eng aneinandergedrängt und nach Atem ringend auf einer Bank.

«Du erinnerst dich wieder, nicht?»

«Ja.»

«An alles?»

«An das meiste.»

«Warum weinst du?»

«Ich bin ... erleichtert, das ist alles.»

«Hast du diese Leute gekannt?»
«Ja.»
«Sollen wir gleich darüber reden?»
«Ich denke schon. Das heißt, wenn es dir nichts ausmacht.»
«Es macht mir nichts aus.»
«Dieser Fuß, Mary Ann ... Diese Leute.»
«Hmh?»
«Sie essen ihn. Sie sind jetzt dort oben und essen ihn.»

Im Alleingang

Eine Woche später.

Auf Jon gestützt machte Michael ein paar wackelige Schritte zum Badezimmer.

«Ja wunderbar!», sagte Jon strahlend. «Du bist einfach toll!»

«Ja, nicht?»

«Ich glaube, du kriegst das auch alleine hin.»

«O nein.»

«Komm schon, Dumpfbacke. Versuch's.»

«Lass doch diese Kitschfilmtour! Ich bin noch nicht so weit!»

«Ich lass jetzt los.»

«Wenn du das machst, erzähl ich deinem Vater, dass du mit Jungs ins Bett gehst!»

«Achtung, fertig ...!»

«Jon!»

«Mit dem versteckten Betatschen hat es jetzt ein Ende. Du bist wieder auf dich selbst angewiesen.»

Der Doktor schlüpfte unter Michaels Arm weg und ging ein paar Schritte zur Seite. Michael fuchtelte wild mit den Armen und versuchte, das Gleichgewicht zu halten. Seine Knie waren wie Pudding, aber er schaffte es, ruhig und aufrecht stehen zu bleiben.

«Und jetzt geh», sagte Jon ruhig.

«Hoffentlich ist dir klar, wie kitschig das alles ist.»

«Mach schon.»

«Du hättest für dieses bewegende menschliche Drama auch einen passenderen Ort aussuchen können. Sicher fall ich gleich hin und knall gegen das Klo. Und dann sterbe ich am Ende mit einem Johnny Mop in der Hand.»

«Halt die Klappe und geh endlich.»

Michael seufzte, hob den linken Fuß und setzte ihn ungefähr fünfzehn Zentimeter weiter vorne wieder auf den Boden. Dann zog er den rechten Fuß nach vorne. «Godzilla im Anmarsch auf Tokio», sagte er ächzend.

Er wiederholte die Übung, bis er vor der Kloschüssel stand. Mithilfe eines Handtuchhalters, den er als Stütze benutzte, drehte er sich um. Dann verzog er das Gesicht und ließ los.

Er legte eine Punktlandung hin.

Jon stand lässig an den Türrahmen gelehnt da und lächelte ihn an. «Na siehst du.»

«Sollte man einer Dame nicht eine gewisse Intimsphäre lassen?», sagte Michael.

«Augenblick.» Jon eilte ins Wohnzimmer und kam mit dem *Chronicle* zurück. Er legte ihn Michael auf den Schoß. «Noch etwas leichte Lektüre.»

Die erste Seite beherrschte ein Foto von Burke und Mary Ann, die sich reichlich nervös auf einer Pressekonferenz präsentierten.

Die Balkenüberschrift lautete:

EPISKOPALE KANNIBALENSEKTE ENTLARVT!

Später unterhielten sich Jon und Michael in der Küche bei Kaffee und Rosinentoast über die Ereignisse der Woche. Michael hielt die Zeitung hoch.

«Was soll das eigentlich? Wollte Burke nicht exklusiv in der *New West* darüber berichten?»

«Wollte er auch, aber die Polizei ist ihm zuvorgekommen. Der Polizeichef hat gestern eine Pressekonferenz einberufen und dafür gesorgt, dass für ihn auch noch ein bisschen Publicity abfällt. Burke war stinksauer, denn der Polizeichef hatte ihm versprochen, dass er Stillschweigen bewahrt, bis die Geschichte in der *New West* rauskommt. Das Ergebnis war ungefähr das Gleiche: ein Riesentumult. Burke hat dann halt gestern gegen Abend bei der *New West* seine eigene Pressekonferenz abgehalten.»

Michael lächelte. «Mary Ann geht sicher schon auf dem Zahnfleisch.»

«Ach, sie hält sich eigentlich ganz gut. Sie hat gesagt, dass sie dich heute Nachmittag besuchen kommt.»

«Schön.»

«Mach ja keine blöden Sprüche, Michael. Die Geschichte hat sie doch ein bisschen mitgenommen.»

«Okay. Ich verspreche, dass ich keine Kannibalenwitze erzähle.» Michael grinste. «Obwohl es nett wäre.»

«*Genau das* hab ich gemeint.»

«Okay. Okay. Obwohl ich in gewisser Hinsicht genauso in der Sache drinstecke wie Mary Ann.»

«Wie das denn?»

«Na, was wäre denn passiert, wenn ich im St. Sebastian's gestorben wäre? Diese Sektenheinis hätten sich dann über mich hergemacht da oben auf dem Steg.»

Jon schüttelte lächelnd den Kopf. «Sie haben keine *ganzen* Menschen verspeist, mein Schatz. Bloß Teile. Amputierte Teile.»

«Ach, hätte doch sein können!»

«Nein. Die Teile waren leichter zu verstecken. Und zu transportieren. Es war kein Problem, sie aus der Chirurgie in den Kühlraum von Tyrones Blumenladen zu bringen. Und für die Fahrt zur Kathedrale passten sie wunderbar in die Kühlbox.»

Michael verzog das Gesicht. «Wie *oft* haben sie das eigentlich gemacht?»

«Wer weiß?», sagte der Doktor schulterzuckend. «Vielleicht zweimal die Woche, vier oder fünf Monate lang. Burke ist wohl gleich in der Anfangszeit der Sekte darauf gestoßen. Als er noch im Chor gesungen hat.»

Michael verdrehte die Augen. «An seiner Stelle wäre ich damals nach Nantucket zurückgegangen.»

«Völlig undenkbar. Burke ist doch Journalist. Er war total scharf auf die Geschichte. So scharf, dass er sich bei der Sekte eingeschmeichelt und dann gleich einen Blick auf die Vorgänge riskiert hat, die sich in der Kathedrale oben auf dem Steg abgespielt haben. Etwas Abgedrehtes hatte er ja erwartet, aber nichts *dermaßen* Abgedrehtes. Denn das hat er nicht gepackt.»

«Dann war er also nie im Blumenladen vom St. Sebastian's?»

«Anscheinend nicht. Er sagt, dass er von den Verbindungen zum Krankenhaus keine Ahnung hatte, bis Mary Ann ihn darauf aufmerksam gemacht hat.»

Michael runzelte die Stirn. «Das ergibt aber keinen Sinn.»

«Warum nicht?»

«Wegen der Rosenphobie. Was ist mit der roten Rose?»

«Gute Frage», sagte der Doktor.

Eine Rose ist eine Rose

Michael stand in seinem Gehgestell, als er Mary Ann an der Tür begrüßte. «Hallo», sagte er unbeschwert. «Willkommen im Behindertenheim Barbary Lane.»

Sie küsste ihn auf die Wange. «Sehr behindert kommst du mir aber nicht vor.»

«Rate mal, was ich heute Vormittag gemacht habe.»

«Was?»

«Ich bin *gegangen*, Babycakes. *Ohne* dieses verfluchte Ding hier.»

«Mouse!»

«Ist das nicht affenscharf?»

«Mach's mir vor, Mouse. Mach's mir auf der Stelle vor.»

Er grinste sie an. «Tut mir leid. Ohne meinen Leierkastenmann trete ich nie auf. Aber, was ist mit *dir*? Wie fühlt man sich als Stern am Medienhimmel?»

Sie ächzte und setzte sich auf das Sofa. «Ich bin fix und fertig. Ich hab mit allen drei Fernsehsendern geredet, mit der *People*, der *Time*, der *Newsweek*, der *New York Times*, dem *National Enquirer* und mit meinen Eltern. Meine Eltern waren am anstrengendsten.»

«Klar.»

«Sie sind völlig *hysterisch*, Mouse. Man könnte meinen, dass es hier nur so wimmelt vor kannibalistischen Episkopalen. Ich hab versucht, ihnen zu erklären, dass die Presse das Ganze ziemlich aufbauscht, aber sie haben mir nicht mal zugehört. Sie wollen, dass ich mit dem nächsten Flugzeug nach Cleveland zurückkomme.»

«Und, machst du's?»

Lächelnd schüttelte sie den Kopf. «Setz dich zu mir, Mouse. Ich brauche ein paar Streicheleinheiten.»

Er ließ das Gehgestell stehen und plumpste auf das Sofa. Sie hielten sich lange umarmt.

«Wie geht's meiner Kleinen denn?», fragte Michael.

«So lala.»

«Es wird sicher wieder besser. Glaub mir.»

«Ich sollte nicht jammern. Im Vergleich zu Burke hab ich's richtig angenehm. Er war schon den ganzen Vormittag bei der Polizei und hat versucht, sich zu erinnern.»

«Wollen sie Namen hören von ihm?»

Mary Ann nickte. «Bisher sind ihm vierzehn Leute eingefallen. Darunter drei Mitglieder des Kirchenchors, zwei Chirurgen am St. Sebastian's und sogar noch ein paar Geschäftsleute.»

«Also ist sein Gedächtnis wieder ganz da?»

«Ja, fast. Das meiste kam an dem Abend wieder, an dem wir ... am bewussten Abend. Allerdings kann er sich immer noch nicht erinnern, wie er im Golden Gate Park gelandet ist. Ich vermute, dass sie ihn unter Drogen gesetzt haben, sobald ihnen klar war, dass er das Gedächtnis verloren hatte.»

«Komisch, dass sie nicht versucht haben, ihn richtig loszuwerden.»

«Warum? Streng genommen haben sie kein Verbrechen begangen. Das treibt die Polizisten am allermeisten auf die Palme. Die Ärzte kann man natürlich wegen Verletzung irgendwelcher ethischer Grundsätze ihres Berufsstands festnageln, aber sonst ist die Gesetzeslage eher verschwommen. Die verschiedenen Körperteile waren ja nur medizinischer Abfall. Und kein Gesetz verbietet das Essen von Abfällen.»

Michael runzelte die Stirn. «Haben sie das Zeug wirklich *gegessen*?»

Sie nickte. «Anscheinend haben sie irgendwie davon ... probiert. Es sollte was Symbolisches sein oder so. Eine Stufe weiter als die Transsubstantiation. Burke hat erzählt, dass sie es im gleichen Moment gemacht haben, in dem die Leute unten das Brot gegessen und den Wein getrunken haben. Der Mann mit den Implantaten hatte dafür zu sorgen, dass das Zeug bei jeder Messe auf dem Steg bereitstand.»

«Was passiert mit dem Kerl eigentlich?»

«Wer weiß? Burke meint, dass der sich dumm und dämlich verdienen wird. Er hat auch schon einen Literaturagenten engagiert.»

«Du nimmst mich auf den Arm!»

«Aber nein. Ist das nicht ekelhaft?» Es schüttelte sie ein bisschen, und sie wandte sich ab. «Ich möchte bloß, dass alles schnellstens vorbeigeht.»

Michael sah sie etwas unschlüssig an. «Darf ich dir noch eine Frage stellen?»

«Klar. Mach nur.»

«Was hat es mit der roten Rose auf sich gehabt? War das bloß die Fensterrose – die inkarnierte Rose, von der sie gesungen haben?»

Mary Ann lächelte schwach. «Anfangs hab ich mir das so vorgestellt. Oder dass es was mit dem Blumenladen im St. Sebastian's zu tun hatte. Aber dann kam raus, dass es weder mit dem einen noch mit dem anderen zu tun hatte, sondern mit einer Tätowierung.»

«Mit einer *Tätowierung*?»

Sie nickte. «An dem Abend, als Burke sein Gedächtnis verlor, nahmen ihn die Sektenmitglieder zum ersten Mal mit hinauf auf den Steg, weil sie inzwischen genug Vertrauen zu ihm hatten. Allerdings hatte er nicht damit gerechnet, dass sie von ihm die Teilnahme an der Zeremonie erwarteten. Er wusste natürlich, dass sie Hochkirchler waren ...»

Michael lachte glucksend und unterbrach sie. «Höher als die

kann man in einer Kirche wohl auch kaum noch hinaus», sagte er.

Mary Ann rang sich ein Lachen ab. «Jedenfalls wusste er *nicht genau*, was passieren würde, bis sie dann zu singen anfingen, Tyrone die Kühlbox aufmachte und einen Arm herauszog.»

«Äbäh!»

«Ich weiß», sagte Mary Ann, die bei ihrer Beschreibung selbst zusammengezuckt war. «Wer würde *nicht* versuchen, so was zu verdrängen?»

«Mein Gott! Dann war die rote Rose ...»

Mary Ann nickte. «Auf den Arm tätowiert.»

«Hat Burke denn ... Ich meine, hat er ...?»

Mary Ann zuckte mit den Schultern. «Er muss es wohl *versucht* haben, der arme Junge.»

Das Anagramm

«Und?», sagte Mrs. Madrigal lächelnd.

«Und was?», fragte Mona.

«Wie war deine Verabredung?»

«Das geht dich nichts an. Das gehört nicht zu unserem Kuhhandel.»

Die Vermieterin zog mit schelmischem Blick eine Augenbraue hoch und konzentrierte sich dann wieder auf das Tablett voller Marihuana, das sie gerade sortierte. «War es so toll?»

Mona wurde rot. «Du weichst dem Thema aus.»

«Und das wäre?»

«Das Anagramm. *Das Anagramm.*»

«Aha.»

Mrs. Madrigal schaute hoch. «Du meine Güte! Macht dich die Liebe reizbar?»

«Du *willst* es mir nicht sagen, was?»

«Das hab ich nicht behauptet.»

«Muss ich dann vielleicht *raten*?»

Mrs. Madrigal reckte den Hals, um sich das Stück Papier, das ihre Tochter in der Hand hielt, genauer anzusehen. «Haben wir da etwa eine kleine Liste? Oh, wie toll! Ich fühle mich wie Rumpelstilzchen.»

Mona ließ sich stöhnend neben Mrs. Madrigal auf das Sofa sinken. «Du bist wirklich pervers!»

Mrs. Madrigal konzentrierte sich wieder auf das Marihuanatablett. «Was hast du als Erstes geraten?»

Mit einem vernehmlichen Seufzen las Mona vor. «DARLING AMANA.»

«DARLING AMANA? Was soll *das* denn heißen?»

Mona runzelte verdrießlich die Stirn. «Es soll heißen, dass du ein überaus netter Kühlschrank bist.»

«Aha. Weiter.»

«A GRANDMA IN LA.»

«A GRANDMA IN LA», wiederholte die Vermieterin.

«Ach du liebes bisschen! Welches dunkle Geheimnis sich wohl dahinter verbirgt?» Sie blickte kurz zu Mona hinüber, die genauso finster dreinschaute wie eine gewisse Puffmutter aus Winnemucca. «Nur weiter, meine Liebe. Ich finde es wunderbar!»

«A GRAND ANIMAL.»

Mrs. Madrigal brüllte vor Lachen und verschüttete fast das Dope. «Ist das nicht *zu köstlich*! A GRAND ANIMAL! Das bin ich wahrhaftig!»

«Hab ich's jetzt erraten?»

«Nein.»

Mona verdrehte die Augen. «Ich hasse dieses Spiel.»

«Mach weiter. Was kommt als Nächstes?»

«Ach, Scheiße, das war schon alles.»

«Wie wär's mit LAD IN ANAGRAM?»

Mona ließ den Zettel sinken und starrte ihren Vater an. «LAD IN ANAGRAM? Du nimmst mich auf den Arm!»

Mrs. Madrigal lächelte matt. «Stimmt. Aber die Variante finde ich genauso toll.»

«Du bist krank», sagte Mona.

«Gib mir den Stift da», verlangte die Vermieterin.

Mona gehorchte. Die Vermieterin kritzelte fünf Wörter ans Ende der Liste, die ihre Tochter angefangen hatte: A MAN AND A GIRL.

Mona starrte fassungslos auf die Liste. «Das ... *das* ist es jetzt?»

Mrs. Madrigal nickte.

«Mein Gott ... wie sexistisch.»

«Wie bitte, junge Dame?»

«Ein *Mädchen*?», keuchte Mona. «Du bist eine Frau!»

Mrs. Madrigal schüttelte den Kopf. «*Du* bist eine Frau, meine Liebe. Ich bin ein *Mädchen*. Und ich bin stolz darauf.»

Mona lächelte. «Mein eigener Vater ... ein Sexist!»

«Meine über alles geliebte Tochter», sagte Mrs. Madrigal, «Transsexuelle können *niemals* sexistisch sein!»

«Dann ... bist du ein *Trans*sexist!»

Die Vermieterin beugte sich zu Mona hinüber und küsste sie auf die Wange. «Verzeih mir, bitte. Ich bin schrecklich altmodisch.»

Happy End

Muttertag 1977.

Die Herrin von Halcyon Hill saß im Arbeitszimmer ihres verstorbenen Mannes, hörte sich ein Bobby-Short-Album an und trank einen Mai Tai. Emma, ihr Hausmädchen, kam mit einem Stapel Post ins Zimmer.

«Es ist eine Karte von Miss DeDe dabei, Miss Frances.»

Die Matriarchin stellte ihr Glas ab. «Gott sei Dank!»

«Ich hab gewusst, dass sie ihrer Mama schreibt», sagte Emma. «Sie ist ein braves Kind.» Sie übergab Frannie die Post und blieb neben dem gepolsterten Bürostuhl stehen. Emma ist auch einsam, dachte Frannie. Sie möchte über DeDe reden.

Mit angewidertem Gesicht legte Frannie die letzte Ausgabe der *New West* beiseite. Der Aufmacher hatte den Titel «Im Zentrum der Kannibalensekte» und stammte von Burke Andrew. «Ich werde nicht einmal einen *Blick* darauf werfen», sagte die Matriarchin. «Es ist einfach nicht zu glauben, was mit dieser Stadt passiert.»

Emma gab ein zustimmendes Grunzen von sich. «Es gibt Leute, die nehmen's mit der Religion gleich viel zu ernst.» Frannie wusste, dass die Bemerkung eine Spitze gegen die Episkopalen war. Trotzdem weigerte sie sich, die Kirche in Schutz zu nehmen. Sie hatte schon zu viele Kreuze zu tragen.

«Wo ist die Karte, Emma?»

«Gleich hinter der Telefonrechnung, Miss Frances.»

Zu Frannies Enttäuschung war es keine Ansichtskarte. Es war eine von DeDes eigenen gold-grünen Karten im florentinischen Stil, und die Nachricht war unaufmerksam knapp:

Mutter!

Haben uns gut eingelebt. Den Kleinen geht es gut, und ich bin braun gebrannt und gesund. Ich habe hier so viele nette Menschen kennengelernt. Das ist der erste Job, den ich je hatte, und ich bin glücklich damit.

Du fehlst mir oft, bin aber sicher, es ist das Beste so. D'or lässt dich grüßen.

Ganz herzlich

DeDe

Frannie seufzte laut, als sie die Karte weglegte. Emma legte ihr mitfühlend die Hand auf die Schulter. «Machen Sie sich mal keine Sorgen, Miss Frances. Das wird garantiert wieder anders. Sie ist ein kluges Kind. Sie wird sicher wieder vernünftig.»

Die Matriarchin schüttelte den Kopf und tupfte sich mit einer Cocktailserviette die Augen ab. «Das ist zu viel, Emma.»

«Was meinen Sie?»

«Heute ist *Muttertag*, Emma. Edgar hat mir immer Godiva-Pralinen oder sonst was gebracht. Manchmal vergesse ich ganz, dass er gestorben ist, und da ist es jedes Mal so, als würde ich ihn von Neuem verlieren. Beauchamp ist nicht mehr da ... DeDe nicht ... Und meine einzigen Enkelkinder auch nicht.»

Emma drückte die Schulter ihrer Herrin. «Sie müssen stark sein, Miss Frances.»

Frannie schwieg einen Augenblick, dann sah sie ihr Hausmädchen mit einem matten Lächeln an. «Sie sind so *weise*, Emma.»

«Machen Sie sich mal keine Sorgen.»

Frannie nickte entschlossen und griff noch einmal nach der Karte. Mit leicht zusammengekniffenen Augen studierte sie die Briefmarke und den Poststempel. «Ich weiß nicht einmal, wo Guyana überhaupt *liegt*», sagte sie.

Wie ein neugeborenes Fohlen probierte Michael Tolliver im Vorgarten der Barbary Lane 28 seine Beine aus. Mary Ann kam aus dem Haus. «Ich hab eben mit Mildred gesprochen», rief sie.

«Und?»

«Es hat geklappt, Mouse. Du kannst in zwei Wochen als Botenjunge anfangen, wenn du dir's zutraust.»

Er ließ einen Freudenschrei los. «Endlich werd ich auch eine Bürotrulla!»

«Ich glaube, der neue Chef wird dir gefallen. Er war bisher Art-Director.»

«Ohoho», machte Michael und schnitt eine Grimasse.

Mary Ann nickte. «Schwul wie nur was.»

«Ach, ein Happy End! Ein Happy End!»

«Zum Teil wenigstens.»

«*Zum Teil?* Die Welt war doch noch nie schöner! Mona und Brian sind schon fast eine Woche zusammen. Mrs. Madrigal grinst wie die Cheshire Cat. Du kannst reich werden, wenn du deine Memoiren verkaufst ... und Burke sogar *noch* reicher. Ich bin wieder ein gesunder und strammer Junge, und Jon und ich können wieder ... na ja, darüber spricht man nicht. *Außerdem* – O Wunder aller Wunder! – hat mir meine Mutter gestern einen Schokoladenkuchen geschickt.»

Mary Ann lächelte. «Ich weiß. Jon hat mir ein Stück gegeben. Es ist schön, dass sie Verständnis zeigt.»

«Das ist noch nicht raus. Es war nämlich kein Brief im Paket. Nur der Schokoladenkuchen.»

«Sie *bemüht* sich, Mouse.»

Lächelnd sagte er: «Du weißt ja, welches Wort mein Vater für die Schwulen immer nimmt. Da hätte mich ein Früchtekuchen leicht nervös gemacht.»

Mary Ann lachte halbherzig.

«Was hast du?», fragte Michael. «Ist was?»

Schweigen.

«O Gott! Doch nicht etwa Mr. Williams! Ist seine Leiche aufgetaucht?»

«Nein! Um Himmels willen, Mouse, fang bloß nicht wieder damit an! Es geht um Burke, Mouse. Er zieht nach New York. Man hat ihm einen Job beim *New York Magazine* angeboten.»

«Ach nein!»

«Ich sollte mich für ihn *freuen*, Mouse. Für ihn ist das eine fabelhafte Gelegenheit. Die meisten Journalisten würden einen Mord begehen, um dort arbeiten zu können.»

«Hat er dich gebeten mitzukommen?»

Sie nickte. «Ja, gleich als Erstes.»

«Und ...?»

«Ich *kann* nicht, Mouse.» Verzagt schaute sie sich im Garten um. «Es ist viel zu schön hier.»

«Braves Mädchen.»

«Nein. Dummes Mädchen. *Dummes* Mädchen.»

Er schüttelte den Kopf.

«Was ist bloß mit mir, Mouse?»

«*Nichts* ist mit dir, Babycakes. Du hast es bloß satt, von zu Hause wegzulaufen.» Er nahm sie am Arm und führte sie langsam in Richtung Haus.

«Wohin gehen wir?», fragte Mary Ann.

«Zurück nach Tara», sagte er grinsend. «Wir überlegen uns, wie wir ihn wieder zurückholen. Schließlich ist morgen *wirklich* noch ein Tag, meine Liebe!»

Ende des zweiten Buches